I0576784

Felix Dahn

Sühne

Trauerspiel in fünf Aufzügen

Felix Dahn

Sühne

Trauerspiel in fünf Aufzügen

ISBN/EAN: 9783741158438

Hergestellt in Europa, USA, Kanada, Australien, Japan

Cover: Foto ©Andreas Hilbeck / pixelio.de

Manufactured and distributed by brebook publishing software
(www.brebook.com)

Felix Dahn

Sühne

Sühne.

Trauerspiel in fünf Aufzügen

von

Felix Dahn.

Erstmalia erschienen 1870

Leipzig
Druck und Verlag von Breitkopf und Härtel.
1898.

Schaubühne.

—

Erster Band.

Rudolph von Ihering

zugeeignet.

Personen.

Samo
Brinno
Wulf
Ratgar
} Gaufürsten der Semnonen.

Armin, Gaufürst der Cherusker.

Sigo, zwanzig Jahre alt,
Thiotfrid, vierzehn Jahre alt,
} Samos Brüder.

Heilrun, Brinnos Schwester, Priesterin der Nerthus.
Albheid, Brinnos Tochter.
Ein Bote.

Priesterinnen, Krieger und Volk der Semnonen.
Cheruskische Krieger.

Ort der Handlung: im Lande der Semnonen an der Elbe.

I. Aufzug: Opferstätte im Urwald.
II. Aufzug: Wald am Grenzwall zwischen Samos und Brinnos Gauen.
III. Aufzug: Vorhof der Halle Brinnos.
IV. Aufzug: die Halle Samos.
V. Aufzug: Wald vor dem Heiligtume der Nerthus im Gaue Brinnos.

Zeit der Handlung: im Jahre 9 nach Christus, kurz vor der Varusschlacht im Teutoburger Walde.

Zwischen dem ersten und zweiten Aufzug liegen drei, zwischen dem zweiten und dritten Aufzug vier, zwischen dem vierten und fünften Aufzug vierzehn Tage.

Bemerkungen für Regie und Darsteller.

Samo 35—45 Jahre. — Brinno, ebenso alt, rotes Haar und roter Rauschebart. — Wulf, 30 Jahre, schwarzes Haar, das Hinken nur leise angedeutet. — Ratgar, 25 Jahre. — Armin war zwar damals erst 27 Jahre, soll aber hier aussehn wie Samo, imponierend, überlegen. — Sigo, 20 Jahre, blond, lange Locken. — Thiotfrid, Damenrolle. — Heilrun, 25—35 Jahre. — Albheib, 16—18 Jahre, offnes freiwallendes Haar.

Der Stoff ist weder Geschichte noch Sage, sondern Erfindung. Die nordischen Namen Balbur, Nornen, Hel u. f. w. (neben den südgermanischen Woban, Donar) wurden der leichteren Verständlichkeit halber beibehalten. Das Tempo ist (mit Ausnahme der Monologe) rasch, lebhaft, nicht deklamatorisch, zu nehmen.

I. Aufzug.

Opferstätte im Urwald. Im dichten Wald erhebt sich in der Mitte des Hintergrundes ein praktikabler Rasenhügel, welchen ein roh aus Felssteinen gefügter Altar krönt.

―――

Erste Scene.

Samo auf der rechten Seite der Bühne (rechts und links stets vom Schauspieler aus gedacht) mit Helm und Schwert: von der linken im Vordergrund tritt auf, von zwei Kriegern Samos hereingeführt, Armin mit Helm, Mantel und Speer; man sieht, er kömmt auf der Wanderung eben an: Samo begrüßt ihn, ihm entgegenschreitend und die Hand reichend. — Die beiden Krieger rechts ab.

Samo. Willkommen, mein Armin! Du Hort und Hoff-
                            nung
Nicht der Cherusker nur, — nein: unser aller. —
Soweit Germanenfreiheit Rom bedroht,
Soweit hofft sie Errettung durch Armin.

Armin. Freund, sprächst du wahr, — leicht wäre dann
                            mein Werk!
Doch selbst mein eignes Volk, selbst die Cherusker,
Gespalten in viel Gaue habern sie:
Was ich verlange, das verwirft Segest,
Weil ich's verlange, müßt' er's sonst auch loben.

Samo. Das alte Weh! — Die gleiche Wunde klafft
In meinem Volk: Vier Gaue der Semnonen:
Vier Fürsten, von den Gauen frei gewählt,
An Macht und Recht ein jeder gleich dem andern: — —
Und sonder Ende Streit und Fehdegang! —
Um jedes Wort, bei Würfel oder Trunk

Vom Übermut der Jugend keck gewagt,
Fließt Blut: — und jeder Tropfe Blutes heischt
In Blut Vergeltung: durch Geschlechter erbt
Der Haß, die Fehde fort von Gau zu Gau. —
Das heißt dann: „Ehre", heißt „die alte Freiheit",
Daß jeder mit dem Schwerte Rache nimmt,
Kein Recht, kein Richter über allen steht,
Den jeder aus dem viergespaltnen Volk
Anrufen könnte, anerkennen müßte.

    Armin. Und unterdessen zwingt ins ehrne Joch
Der Römer all' die Hadernden zusammen!
Die wilde Kampflust unsrer Völker zehrt
Sich selber auf in nimmer ruh'ndem Erbzwist.
Die Schwerter, die dem Cäsar sollten wehren, —
Zu ew'gem Bruderkrieg sind sie gezückt.
Verloren sind wir, hoffnungslos verloren,
Rast diese Wut der Rachefehden fort.

    Samo. Soll nicht Armin, dem Namen sondergleichen,
Gelingen, zu vereinen seinen Stamm,
Nicht Fürst mehr Eines Gaues neben andern,
Nein: König alles Volkes der Cherusker?

    Armin. Das ist mein Wunsch: denn unser aller Rettung
Liegt nur auf diesem Weg. In Rom gebeut,
Im ungemeßnen Weltreich Roms, nur Einer:
Nicht der Legionen Zahl und Waffenkunst, —
Der Eine Wille macht sie überlegen,
Der wie die Finger einer Hand sie lenkt. (Pause)
Drum kam ich her zu Euch, zum Bund zu mahnen.
(geheimnisvoll) Dem Wandrer Wodan ähnlich durch die Lande
Hinschreit' ich mit geheimnisvollem Werk,
Zum Waffenbund die Völker all' zu sammeln:
Ihr dürft, an Macht und Ruhm so groß, nicht fehlen: —
Sonst fehlt am ehrnen Gurt der stärkste Ring.

Samo. Du weißt, mein Schwert ist dein zum Kampf
mit Rom:
Doch, wenn sie hören, daß zu dir ich halte,
Versagt dir Wulf und Brinno jede Hilfe.
Armin. So blind macht sie der Groll der Nachbar-
schaft?
Du fast allein im Volke der Semnonen
Bist sehend! (Pause) Aber sprich, es lebt ja Eine
Lichthelle Seele, reif und klar und klug,
Wie eine Schutzgöttin so mild und edel, — (Pause, prüfend)
Dein wert und lang dir traut, — in eurem Stamm?
Samo (große Pause, ernst, schmerzlich verhalten). Heilrun! —
Armin (rasch, lebhaft). Jawohl, Heilrun, die Wunder-
weise!
An Edelsinn und Hoheit ihr vergleich' ich
Von allen Erdenfrau'n Thusnelba nur.
Samo (bewegt, bejahend mit dem Haupte nickend).
Du kennst sie gut. —
Armin (begeistert). So kennt sie ganz Germanien!
Den Göttern näher als der rauhe Sinn
Des Mannes steht die Frau: sie flüstert leise
Uns eblen, weisen Rat, wie Weissagung:
Den Himmel schließt sie ahnend in das Herz:
Denn jedes Weib ist eine Priesterin! (prüfend)
Hilft dir Heilrun nicht?
Samo (traurig). Sie ist Brinnos Schwester.
Armin (forschend). Du siehst sie nie?
Samo (immer verhalten). Ich sah sie viel — — vor Jahren.
Armin (für sich). Er liebt sie noch.
Samo. Als Brinno noch mein Freund war,
Da stand so einsam meine Halle nicht,
Wie jetzt: da schwebte, leis und licht und lieblich,
Die Jungfrau, meiner jungen Brüder pflegend,

Durchs Haus, das braune Balkenwerk verschönend
Mit manchem Kranz und mit der eignen Anmut. — —
Sie kam nicht mehr, seit Brinno mit mir brach: —
Dem heilgen Dienst der Nerthus zugewandt
Erzog die Priesterin des Bruders Tochter,
Wie ich, im öden Haus, die Brüder.

Armin.   Ja!
Schon rühmt das Lied der Sänger deine Treue:
Statt in die Halle sich die edle Gattin
Zu führen, die ihm starke Söhne bringe,
Lebt Samo mit den Brüdern einsam hin. —
So, sonder Jugendglanz und Frauenliebe,
Warbst früh du reif und stark, ein Hort der Deinen: —
(prüfend) Doch unbeglückt.

Samo.   Mein Glück sind meine Pflichten!
Ich war des Vaters Trost als früh er starb,
Ich ward der Muntwalt meiner beiden Brüder:
Mir hat sein brechend Auge sie vertraut,
Den just gebornen und den siebenjähr'gen,
Zu lieben sie, zu wahren und getreulich
Zu höchstem Manneswert sie groß zu ziehn.

Armin. Kein Muntwalt hat, von dem die Sagen künden,
So treu wie du sein heilig Amt erfüllt.

Samo (sehr warm). Die Freude hat mir's leicht gemacht!
                                    Sprich selbst:
Wo lebt ein Jüngling unter allen Stämmen,
An Schönheit und an freud'ger Herrlichkeit.
Gleich meinem Sigo!

Armin (lächelnd drohend). Und an Übermut!

Samo. Sein Übermut ist Übermaß der Kraft!
Doch harmlos, heiter, wie des Kindes Spiel.
Mein Bruder Sigo, Freund, ist meine Jugend:
Er ist mein Glanz, mein Stolz; mir hat zu früh

Die Pflicht die Hingebung an Lust und Scherz,
Das Untergehn im Augenblick versagt:
So freu' ich mich denn Sigos Fröhlichkeit.
Er muß mir Weibeskuß und Harfenschlag
Und frohe Lust beim Becherklang ersetzen.
All' meine Kraft ist meines Volks: schwer lastet
Der Gaue Zwietracht auf der Seele mir.
Ich lache selten: doch ich lächle still,
Tönt Sigos Silberlachen durch die Halle,
Bringt er die Preise heim von Jagd und Wettspiel,
Der Jungfraun Kränze von dem Sunnwendsprung,
Der Fürsten Ehrenring vom Schwertertanz: —
Auf Sigos goldnem Haupt ruht all mein Glück. —
  Armin (ernst). Und wenn du ihn verlörst?
  Samo (erschrocken).   Oh all' ihr Götter!
Ihn, der um zwanzig Jahre jünger ist.
  Armin (warnend). Die Norne ruft gar oft den Freudigsten
Am frühsten ab: der sonnigste der Götter, —
Gott Baldur, — stirbt zuerst.
  Samo (tief traurig).   Dann würd' es Nacht
Um mich! (Pause) Nein! Nein! Das wüßt' ich nicht zu
               tragen!
Die Götter selber, fürcht' ich, würd' ich hassen,
Die mir ihn raubten: — und schlüg' ihn ein Mann, —
(grimmig) Ihn rächen würd' ich mit so grimmem Zorn,
Wie nimmer Rache ward geschaut auf Erden.
     (Freudenrufe hinter der Scene rechts.)
  Armin. Welch' Jubeln dort?
  Samo.   Mir sagt des Herzens Freude:
Mein Liebling kehrt zurück.

———

Zweite Scene.

Vorige. Thiotfrid. Ratgar. Gleich darauf Sigo und Gefolge. Volt.
(Alle von rechts.)

Thiotfrid (Kränze von Eichlaub in der Hand und einen goldnen Becher
und goldne Ketten um den Arm, eilfrig herein eilend).

Ei, Bruder, Bruder!

Wo säumst du denn? horch, wie sie alle jauchzen!
Zurück kehrt Sigo fröhlich von der Fahrt.
Er kann die Kränze gar nicht alle tragen,
Die goldnen Ketten, Becher, Spangen, die
Er sich gewonnen in der Fürsten Hallen.

Ratgar (Eichlaubbekränzt, eine goldne Kette um den Hals, tritt auf, begrüßt die beiden: sehr rasch und lebhaft).

Jawohl, bis in der Goten ferne Gaue
Ging unsre Gastfahrt: mancher Preis ward mein:
Doch zehnmal mehr gewann wie spielend Sigo!
Das ist ein Jüngling! aller Götter Günstling!
Selbst wie ein junger Feuergott so froh
Und keck und stark und hell und herzensgut.
Der Mädchen Liebling und der Harfenschläger:
Soweit man singt in Hallen der Germanen,
Singt man von Sigos Schöne, Kraft und Frohmut!

Armin. Und Samos Weisheit, Willenszucht und Maß:
Die Frohen preisen ihn: — die Ernsten: — Samo. —

Erneuter Jubel hinter der Scene bei Sigos Erscheinen: er wird vom Gefolge
bis auf die Bühne, auf einem Schild sitzend, getragen; Haupt und Hals mit
Eichenkränzen geschmückt, mit einer goldnen Halskette, Armringen, ein reichge-
schmücktes Trinkhorn in der Hand, das er um das helmlose Haupt schwingt:
mehrere Krieger tragen in gewölbten Schilden Becher, Schmuck und Waffen —
Ehrenpreise Sigos. Das heimkehrende Gefolge Sigos und Ratgars wird
von den Männern und Frauen, welche die Heimkehrenden erwartet halten und
die Ehrengaben annahmen, freudig begrüßt. Während Sigo hereingetragen
wird, ruft

Der erste Krieger. Heil, Sigo, Heil! dem Sieger in
der Jagd!

Zweiter Krieger. Dem Sieger Heil im Ringkampf und
im Speerwurf! .

Dritter. Dem Sieger Heil im Schwertertanz und Pfeil-
schuß!

Alle. Dem Sieger Heil!

Sigo (lachend). Jawohl! dem Sieger: — — aber meist:
— beim Trinkhorn!
(springt herab, giebt das Horn ab)
Schweigt doch, ihr Prahler! schweigt! Was mühlos glückt,
Verdiente nie noch Lob!
(umarmt Samo, küßt Thiotfrid auf die Stirne, reicht Armin die Hand)
Gegrüßt Armin!
Wann geht's zum Kampf mit Rom! Heut' oder morgen? —
Dank, daß du kamst! (er legt den Arm um Samos Nacken) Mein
armer Bruder hier
Hat stets nur meine Thorheit anzuschau'n: —
Und Weisheit heischt doch weisen Widerhall.

Armin. Jung, schön und fröhlich sein — das nenn'
ich Weisheit.

Natgar (neckisch). Ja, seine Schönheit hat den letzten Sieg
Ihm sehr erleichtert, glaub' ich!

Sigo. Willst du schweigen!

Natgar. Des Gotenkönigs Tochter Swanhild, die
Anstatt der Spindel nur den Speer führt, zwang
Er hin im Ringkampf Brust an Brust: sie glühte
Vor Liebe mehr dabei noch als vor Zorn:
Ihr Vater wollte schon das Brautfest rüsten:
Doch lachend warf jung Sigo sich aufs Roß
Und ritt davon.

Sigo. Ich, und beweibt! Das wäre,
Wie wenn den Blitz an Haus und Herd man bände!
Bezwingen wollt' ich sie, besitzen nicht!
Der trotz'gen Mägdlein herben Hochmut beugen

In Scherz und Spiel und Spott, das ist mir Lust:
Doch mich mit eines Weibes Last beschweren, —
Niemals! (Tritt seitwärts vor, hinweg von Armin und Samo, welche
im Mittelgrund miteinander sprechen. Armin schickt sich an, zu gehen.)
    Sigo (für sich). Ha, Albheid! Albheid! warum muß
Ich stets dein denken? — — Da ich Swanhilds Busen
An meiner Brust heiß wogen fühlte, da
Ich sie zusammenbrach in meinen Armen
Und mich in Zorn und Liebe traf ihr Blick, —
Auch da sah ich nicht Swanhild, nein, nur dich! — —
Hinweg, du zwingend Bild, ich hasse dich!
    Armin. Nein, Freund! ich bleibe nicht zu dieser Zwie=
                               sprach,
Die hier mit Wulf und Brinno dich erwartet.
Es frommte nicht nach deinen eignen Worten:
Erst muß die Einsicht sie, vielleicht die Not
Mit dir versöhnen, eh' ich sie gewinne.
    Sigo (lachend). Wir und versöhnt! — Gebt acht! Schon
                           heut' entbrennt
Aufs neu' die Fehde! Diesem tollen Brinno,
Des heißen Sinn stets schürt der gift'ge Wulf,
Ist ja nicht wohl, wenn nicht die Fehde tobt.
Ihm — und der übermüt'gen Jägerin,
Der Albheid — (für sich, stampft mit dem Fuß): Ei, schon wieder
                         Albheid! (laut) Wie
Das rasche Reh im Lauf sie überholt,
So möcht' ich mir die Jägerin erjagen!
Dann trüg' ich sie nach Haus auf diesem Arm . . . —
    Samo (prüfend, er hat Sigos unbewußte Neigung zu Albheid längst
                      erkannt).
Und dann?
    Sigo (heftig). Dann bräch' ich ihr den Jagdspeer
Und Köcher, Pfeil und Bogen — krach! — entzwei
Und rief' ihr: „Weiber sollen Kindlein wiegen."

Armin (prüfend). Und dann?

Sigo (stutzend). Und dann? — — (Pause, dann heftig) Ei,
daun ließ ich sie laufen!
Was fing' ich an mit ihr?

Armin (für sich).   Er glaubt zu hassen —
Und liebt. — (laut) Lebt wohl, zu andern Stämmen wandern
Heißt Woban mich, den großen Bund zu sammeln.
Euch, Freunde, brauch' ich nicht zu mahnen mehr:
(zu Samo) Versöhne du in Einheit erst dein Volk,
Das ist dein nächstes Pflichtwerk! — — Und bedarfst
Du dazu Rat und That, — so rufe mich!

Samo (ihm die Hand zum Abschied reichend: Gruppe).
Ich weiß, zu allem Großen hilft Armin.

(Alle ab nach rechts, Armin ehrerbietig das Geleit gebend.)

———

Dritte Scene.

Brinno, Wulf. Deren Krieger. (Von links.)

Brinno (tritt hastig auf — Wulf folgt ihm, hinkend, aber nur mit ganz
leiser Andeutung).
Verhaßter Ort, wo ich den Todfeind finde!
Scheut' ich den Frieden dieser Stätte nicht, —
Zum Kampfplatz sollte werden mir das Ding!

Wulf (prüfend). So lob' ich dich! — schon bangt' ich:
weiche Schwäche,
Die unablässig dir die Schwester rät,
Beschleiche dich! — Nun seh ich: du bleibst fest.

Brinno (weicher). Sie meint es gut, Heilrun, nach Weibes-
Weise: —
(Pause) Oft hab' ich meinen Schutzgeist sie genannt.

Wulf. Doch weiß sie nicht, wie Haß das Herz berauscht!
Haß macht den Jüngling erst zum Mann: wie Liebe

2*

Die Maid zum Weib. (Pause: lauernd) Doch auch das Weib
kann hassen!
Albheid, dein Kind, — wie haßt sie diesen Sigo,
Den Übermüt'gen! — Wie trug sie mir auf,
Den letzten kecken Streich ihm zu vergelten! —
Umsonst schon lang werb' ich um ihre Gunst:
— Denn thöricht sagtest du der Schwester zu,
Das Kind nur dem zu geben, den es liebt: —
Doch werf' ich Sigos Lockenhaupt ihr einst
Als Brautschatz in den Schos, — — aus frohem Dank
Wird sie mein Weib. —

Brinno. Der kecke, wilde Knabe!

Wulf (schürend). Er schwatzt nur laut die Überhebung aus,
Die schweigsam, aber unertragbar stolz,
In tiefer Brust der ältre Bruder birgt!

Brinno (zornig, langsam sich selbst überredend).
Ja, Schein und Trug und schlaue Heuchelkunst
Ist Samos Mäßigung und weise Milde.

Wulf (schürend). Dadurch berückt und täuscht er alles Volk.

Brinno. Daß selbst in unser'n Gau'n, nicht nur in seinem
Und Ratgars, er das Ohr, das Herz der Menge
Sich ganz gewann.

Wulf. Wohl ehren sie uns noch
Aus angestammter Treue der Geschlechter: —
Ihn aber, Samo, nennen sie den Weisen! —

Brinno. Gerechten, Guten! ganz unleidlich ist's!

Wulf. Nur widerstrebend folgen sie uns noch
Zum Fehdegang mit ihm! — Wie ich ihn hasse!

Brinno. Ich haff' ihn heißer, — weil ich heiß ihn liebte.

Wulf (für sich). Ich wache, daß kein Rückfall dich beschleicht.

Brinno (weich, versunken in Erinnerung). Als Spielgenossen
wuchsen wir heran:
Wir wurden Freunde: völlig schien getilgt

Die alt vererbte Zwietracht unfrer Sippen: —
Da hatt' ich einen Streit mit Ratgar einst
Um Grenzwald — Samo riefen beide wir
Um Schiedspruch an: (heftig) und denke, — der Verräter! —
Ihm gab er Recht, gab Unrecht mir, dem Freund!
Und hatt' ich doch nur deshalb seinen Spruch
(mit leise komischer Wirkung)
Gewählt, weil ich vertraut, er helfe mir
Zum Sieg durch Recht und Unrecht.

    Wulf.   Ei, der Freund
Ist nie im Unrecht!

    Brinno.   Ja, so dacht' auch ich!
Er aber, da ich zornig mich nicht fügte,
Was that er? — Zu den Waffen gegen mich
Griff er und stritt, an Ratgars Seite kämpfend,
Den Wald mir ab! — (Pause: mit leise komischer Wirkung) Wir
                    hatten's freilich so
Zuvor bedingt: — „den Schiedsspruch nöt'genfalls
Vollstrecken soll der Schiedsmann mit Gewalt:"
Jedoch, beim Hammer Donars, meines Ahnherrn, —
An meiner Seite hatt' ich mir gedacht
Sollt' er den andern zwingen. (Pause) Freilich sprach er:
Nur aus Gerechtigkeit (mit leise komischer Wirkung) hab' er's gethan.
Doch das ist eitel Lüge! — Ja, säh' ich
Ihn seine Weisheit einmal ebenso
Auch gegen seinen eignen Vorteil wenden, —
Ich wollt' ihm glauben!
(Wulf macht unwillig eine warnende Bewegung.)
               Das hat nicht Gefahr!
Von andern heischt er Maß und Selbstverleugnung,
Und zeigt sie auch, in kleinen Dingen, selbst:
Doch wenn sein kühles Herz an etwas hinge . . . —

    Wulf. Es hängt an nichts, als an den jungen Brüdern.

Brinno. Das gäb' er nicht in Selbstbezwingung hin.
Wulf. Nur Heuchelkunst ist seine Mäßigung.
Brinno. Doch wohin zielt sie? (mit leise komischer Wirkung) Mir
wär's ganz unmöglich,
Mir jahrelang solch Zwangsjoch aufzulegen,
Und gält' es, Walhalls Krone zu erlisten.
Wulf. Ich ahne längst sein Ziel! — Jedoch ich wache!
Entlarven will ich ihn vor allem Volk:
Wagt er's zu offenbaren, — gegen ihn
Schnell' ich den Pfeil zurück, den er auf uns,
Auf unsre Freiheit wagt und Macht zu zielen.
Brinno (mißbilligend). Das Mißtrauen saß an deiner
Wiege, Wulf.
Wulf. Das Mißtrau'n ist des schwächer'n Mannes
Schutzgott. —
Mein Land — wie meine Brust — ist nicht so breit,
Wie eure: Trotz und Ungestüm der Starken
Muß mir die Vorsicht und die List ersetzen.
Brinno. Und sein geheimes Ziel, was ist's?
Wulf. Geduld!
Mir ist, schon heute wird er sich verraten.
Gieb acht: ich winke dir, lock' ich's ihm ab.
Brinno (sieht nach links in die Coulisse). Die liebe Schwester
naht!
(Geht mit den Kriegern Heilrun entgegen, sie zu empfangen.)

Vierte Scene.

Wulf (allein, tritt in die Mitte vor). Versöhnten sich
Die starken Nachbarn, — völlig machtlos würd' ich.
Drum, gleich dem Eichhorn, das am Stamm des Weltbaums
Bald auf, bald nieder huscht und überall

Leis zischelnd schlaue Zwietrachtworte sä't,
Stets muß ich schüren, sie getrennt zu halten. —
Mein soll das schlanke Kind, schön Albheid, werden:
Sie liebt mich nicht: — ich kann ihr's nicht verdenken!
Von meiner Schönheit ist nicht viel zu prahlen:
Mein Wuchs geriet zu kurz um einen Daumen:
Das muß mir, riesengroß, der Haß ersetzen: —
Den Klumpfuß schlepp' ich fluchend durch das Leben:
Die Mägdlein meiden mich beim Reigentanz:
(heftig) Doch desto heißer nur verlangt mein Blut! — —
Mein soll sie werden, — hassend, aber fürchtend —:
Und Brinnos Erbe mit: mag er sich sträuben, —
Ich weiß den Zauber, der die Übermacht
Der stolzen Nachbarn all' mir einst zerbricht:
Zur rechten Zeit ruf' ich das Zauberwort.
„Quinctilius Varus, sende die Legionen!" —
(Pause) Gefährlich neigt zum alten Freund noch immer,
Im Haß ihn liebend, Brinno, — doch ich kenne
Das Eine Wort, das, wie ein rotes Tuch
Den Auerstier, in toller Wut ihn rasend
Blind vorwärts reißt: hei, weiser Samo, selbst
Sollst du dies Wort mir sprechen — und entfacht
In Flammenlohe schlägt empor der Haß.
(Pause) Mag Samo sich den Enkel Wodans rühmen
Und Brinno Donars, — — Ich bin Loges Sproß: —
Der du den plumpen Donnrer und den weisen
Allkönig selbst zu überlisten weißt, —
Hilf, Vater Loge, deinem würd'gen Sohn. —

(Ab nach links, wo Brinno abging.)

Die Bühne bleibt kurze Zeit leer. Hornrufe von rechts, von Samos Seite,
langsam gezogen, feierlich, weihevoll. Antwortend Hornrufe von links, von
Brinnos Seite, heftig, wild, leidenschaftlich. Im ganzen dreimal von rechts
und dreimal von links.

Fünfte Scene.

Die Bühne füllt sich ganz. — Von rechts Samo, Sigo, auf dem Haupt einen Helm mit zwei mächtigen Auerstierhörnern; Ratgar und die Männer ihrer Gaue: alle bewaffnet: keine Frauen. Von links Heilrun, ganz weiß gekleidet, mit brennender Fackel in der Hand, auf einem, von acht jungen Priesterinnen geschobenen, weißen, vergoldeten Wagen, der, von zwei hohen Rädern getragen, dem römischen Triumphwagen ähnlich, vorn mit brusthohem Halbrund geschlossen, nach hinten offen ist. (Die Priesterinnen verlassen mit dem Wagen die Scene, sowie Heilrun herabgestiegen.) Hinter Heilrun: Brinno, Wulf und die Männer ihrer Gaue, alle bewaffnet, keine Frauen. Heilrun schreitet allein auf den Hügel in der Mitte: in weitem Abstand von diesem vorn rechts Samo und die Seinen, vorn links Brinno und die Seinen.

Samo (für sich, sowie er Heilrun oben stehend erblickt).

Sie ist's: — nicht nur der Göttin Priesterin:
Die Friedensgöttin selbst ist mir dies Weib.

Heilrun (von oben). Ich spreche Frieden über diesen
Ort! — —

Ihr darbet eines höchsten Richters, ihr
Vier Gaue meines Volkes, der gemeinsam
Das Ding euch hegte: nur das Heiligtum
Der großen Göttermutter einigt euch: —
Nach altem Brauch laßt denn die Priesterin
Die Stätte weihen, wo ihr tagen wollt.
Ich weihe diesen Ort und eure Häupter:
Ich mahne, daß der Götter Schutz und Friede
Ob diesen Wipfeln schwebt: rein, wie die Flamme,
Die ich entzünde, lodert in die Wolken,
So rein und lauter sei euch Sinn und Wort.

(Sie berührt mit der Fackel den Altar: eine Flamme schlägt hoch empor.)

Ich mahne noch, daß diese Nacht begann
Die heil'ge Zeit der dreimal sieben Nächte,
Da Nerthus Umzug hält durch unsre Gau'n:
Kein Schwert verläßt in dieser Frist die Scheide:
Verflucht die Hand, die jetzt zum Streit sich höbe: —
Dann schlüge Götterzorn das ganze Volk. —

(Pause) Das schwache Weib muß euch, die Starken, mahnen: —

(Kleine Pause) So mahnt und warnt und hemmt das heil'ge
Recht,
Das unsichtbare, wehr- und waffenlose,
Den Trotz der Starken: Stein und Eisen war
Zu schwach, den Höllenwolf, Gewalt, zu bänd'gen:
Da schuf ein Netz mit unsichtbaren Maschen
Allvater und dem Scheusal warf er's um: —
Und zitternd stand, von Furcht gebannt, der Wolf:
Dies unsichtbare Netz: es heißt das Recht.
Zwar leis, jedoch durch nichts zu übertäuben,
Spricht in der eignen Brust des Übelthäters
Des Rechtes Warnwort und zerschmilzt von innen
Die Kraft ihm, die kein äußrer Zwang bezwänge,
Den Bösen schreckt es und (bedeutungsvoll Sigo, dann Brinno
anblickend) den Guten führt es.
Das Heldenhaupt, das nie der Furcht sich beugte,
Beugt rühmlich, beugt freiwillig sich dem Recht: —
Denn stärker als die Faust ist die Vernunft. (Pause)
Samo (für sich). Und edler als die Männer ist das
Weib, —:
Dies Weib! —
Heilrun (will herabsteigen). Ich scheide nun: — — der
Männer ist das Ding.
Sigo (rasch vortretend, warm und lebhaft). Nein, bleibe, Priesterin!
Ich bitte dich!
Dein Wort ist mächtig, weil es wahr und gut!
Bewährt hat sich dein Spruch sofort an mir:
Ich kam mit Trotz, den Rechtsgang zu verwerfen:
Ich wollte gar die Klage nicht vernehmen,
Die Brinno bringt: — doch du hast mich verwandelt:
Ja, stärker als die Faust ist die Vernunft:
Das Herz im Busen wandelt uns ihr Wort:
Sprich, Brinno, denn: ich will dir Rede stehn.

Samo. Ja, klage: volles Recht soll dir geschehn.

Brinno (schwankt in innerem Kampfe).

Wulf (fällt rasch ein). Was Klage! Kind und Weiber mögen

klagen!

Der Schwäche kläglich Wort und Werk ist: „Klagen"!
Das Recht? — Das Recht des Mannes ist sein Schwert! —

Brinno (umgestimmt). Gut sprichst du, Wulf, und wie ein

Freund. Jawohl:

Zwar in der Sippe heilgem Kreis muß Friede,
Muß Rechtsgang walten: Brüder wohl und Vettern
Soll'n ihren Streit durch Fehde nicht entscheiden:
Denn jeder braucht zum Schutz des andern Speer: —

Wulf. Doch außerhalb der Sippe, mit dem Fremden, —

Brinno. Aus anderm Gau, entscheide nur das Schwert —

Wulf. Den Streit, das Recht, den Wert!

Brinno. Denn jeder Mann
Hat soviel Recht und Wert, als Kraft.

Wulf. Und gar
Mit euch, ihr unerträglich Übermüt'gen! —

Brinno. Ihr nächsten Nachbarn, nächsten Stammge=

nossen!

Wulf. Je näher, je verhaßter ist der Feind! —

Brinno. Mit euch nie Rechtsgang, immer Fehdegang!

Wulf. Wer mit euch rechten will, ist schon gerichtet!
(giftig höhnend) Das dächt' ich, Brinno, hättest du erfahren.

Brinno (braust heftig auf). Das Recht, dies Wachsbild, wißt

ihr klug zu kneten. —

Wulf. Wie's eurem Vorteil frommt! Der weise Samo
Ist drum so weise, (lacht) weil er sich stets Recht giebt.

Brinno. Zu klagen nicht bin ich hierher gekommen:
Nein, Fehde treu und redlich anzusagen,
Auf daß ihr nicht, ihr rechtsgewandten Helden,
Uns vor den Völkern vorwerft, daß wir tückisch,

Bevor wir ehrlich angesagt den Streit,
Euch überfallen, — deshalb kam ich her.

Samo. So sage nur, weshalb du Fehde willst.

Brinno. Zwar braucht ich's nicht: — Haß ist sein
                                  eigner Grund! —
Es ist des Feuers Art, die Flut zu hassen,
Ob ihrer kühlen, tückisch stillen Art: —
Doch, weil ihr stets das Recht im Munde führt . . . . —

Samo. Nicht nur im Munde, Brinno: auch im Sinn.

Heilrun. So herrlich ist das Recht, daß auch das
                                      Unrecht,
Die Leidenschaft gern seinen Mantel borgt.

Brinno. So hört den Grund! — Hier, dieser lecke Sigo,
Des toller Übermut nicht mehr zu bänd'gen,
Am Grenzwall hat er jüngst, am Nornenbrunnen,
Gejagt —, stets jagt er dort, uns vor der Nase,
Als ob im ganzen Wald kein Wild sonst weide: —
Sein überlautes Horn wirft, wie zum Hohn,
Uns laut den Schall ins Land.

Sigo (lachend).   Ei, strenger Nachbar
Verwehrt doch auch den Wolken und dem Wind
Bei Bann und Buße, daß aus unsrer Luft
Sie weh'n zu euch hinüber sonder Fragen!
Blast wieder, — wenn mein Blasen euch verdrießt.

        (Ratgar und einige der Krieger rechts lachen mit.)

Brinno (fährt auf).

Samo. Still, Bruder!

Brinno.   Einen Auerstier verfolgt' er —

Sigo (lachend zu Ratgar).   Noch immer liegt das Rind
                                ihm auf der Seele!
Die Fehde wird den „Ochsenkrieg" man nennen.

        (Ratgar und viele Krieger rechts lachen.)

Samo (strenger). Still, Freunde!

Brinno.   Auf der Grenze just erreicht
Und trifft er ihn: verendend stürzt das Wild.
Jedoch das Haupt mit den gewalt'gen Hörnern, —
Auf unsre Landflur fiel es ganz herüber:
Sechs meiner Knechte sah'n's!

Sigo (lachend).   Das halbe Dutzend
Stand drüben lang schon gierig auf der Lauer,
Ob nicht der Braten noch lebendig ihnen,
Von mir bereitet, in die Hände liefe.

Brinno (grimmig).   So leugnest du, daß jenseit eurer
Grenze
Haupt fiel und Hörner?

Sigo.   Nein, ich leugn' es nicht.

Brinno. Nun, Samo, du gerechter Rechtskund'ger: —
Was sagt das Markrecht von erjagtem Wild,
Das auf der Grenze fällt?

Samo (recitierend).   „Wo das Haupt und das Horn,
Wo Gewehr und Geweih, — da das ganze Gejaid."

Brinno. Dein Bruder aber, dieser Sigo da, —
Als meine Knechte fassen Horn und Haupt, —
Ihr gutes Recht, — was thut der kecke Knabe?

Sigo (lachend). Ei nun, ich zog den Stier, der vor mir
lag —
Ein wenig nur — ganz leise — so! — beim Schwanz —:
Und hui! da lag das Haupt, die Hörner und
Die Helden, alle sechs, die drüben zogen, —
Da lagen sie selb Siebent mir zu Füßen.

(Helles Lachen Sigos, Ratgars und der Ihrigen: Zorn auf der anderen Seite.)

Sigo (gutmütig rasch fortfahrend). Es war ein Scherz — nicht
bös hatt' ich's gemeint!
Fünf Stunden war dem Brüller ich gefolgt, —
Es hatte mir den Arm gequetscht sein Horn, —
Er fiel erst mit dem dritten Speer —: mein Blut

War heiß vor Weidmannslust und Schmerz, vor Zorn,
Daß nun die Schächer mir die stolze Beute
Ablisten wollten, lauernd im Gebüsch, —
Ergreifend, was ich fällte. — Übrigens: —
Ich ließ sie wieder laufen — alle sechs, —
Ließ auch den Braten liegen: — nur die Hörner
Nahm ich und setzte mir sie auf den Helm:

(trotzig darauf schlagend)

Da könnt ihr sie auch holen, habt ihr Lust.

Samo. Schweig, Sigo!

Brinno (zu den Seinen). Hört ihr's, wie der Flammbart höhnt?
Kurz: um das Unrecht, mehr noch um die Schmach,
An meinen Knechten mir gethan —: künd' ich euch Fehde!

Samo (rasch). Halt, Brinno! Nimm das rasche Wort
zurück!
Denn laut vor allem Volk erklär ich hier:
Du bist im Recht —, im Unrecht ist mein Bruder!

Heilrun. Kein edler Sinn sucht mehr als solch' Bekenntnis.

Samo. Und was als Buße du zur Sühne heischest,
Das soll dir werden. — Fordre! — Sprich! — (Pause)
Du schweigst?
Wohlan: so biet' ich das zur Sühne dir:
Für jenen Stier zwölf andre soll mein Bruder
Erlegen und dir an die Halle bringen.

(Staunen im Volk.)

Sigo (zu Ratgar). Nun soll ich gar Herrn Brinnos
Jagdknecht werden!
Meintwegen! aber an die Halle nicht, —
Ins Haus, zu Albheid, dring' ich mit der Beute.

Samo. Ich frag' euch, alles Volk: ist das nicht Sühne,
Die selbst ein Held wie Brinno nehmen mag?

Viele Stimmen (auf Brinnos Seite). Ja, reichste Sühne!
Freudig soll er's nehmen!

Brinno (verlegen, zweifelnd zu Wulf). Ich faß' es nicht, —
weshalb? — Er hat's nicht nötig! —
Furcht kann's nicht sein.

Wulf (leise zu Brinno). Nein, stets die alte Lift!
Doch gieb nur acht: — ich will ihn überliften.

Heilrun. Du schweigst, mein Bruder? Wie? Du kannst
noch zögern?

Brinno (tritt trotzig vor).
Der Stier, um den es gilt, ist nicht mehr da:
— Den haben Wolf und Geier längst verzehrt —
Zwölf andre sind nicht jener, (mit leise komischer Wirkung) der
mir zukam: —
Nicht nehm' ich sie.

Wulf (bösartig hetzend). Jedoch die Hörner sind
Noch da von jenem Stier — (deutend): auf diesem Helm!

Brinno (rasch verstehend). Jawohl: die Hörner will ich.

Sigo (lachend ans Schwert greifend). Hol' sie nur!

Samo (nimmt rasch und sanft Sigo den Helm ab, schreitet zu Brinno
hinüber und reicht ihm den Helm, der ihn in der Überraschung mit zögernder
Bewegung annimmt).
Da nimm sie! — Samt dem Helm! — Ist's nun genug?
(Allgemeines Staunen im Volk, Zorn des Wulf.)

Sigo (unwillig). Ho, Bruder, Halt! Mein Helm! — Und
meine Ehre! —
Nicht laff' ich sie! Das leid' ich nicht.

Samo (ruhig). Du wirfst!

Sigo. Das darfst du nicht! Ich bin nicht unmündig,
Wie Thiotfrid ist. Du bist mein Muntwalt nicht!

Samo (gütevoll und groß). Dein Muntwalt nicht, doch deine
Einsicht bin ich.
(leise zu ihm).
Es wagt kein Feind zu denken, daß aus Feigheit

Den Frieden suchen du und ich: sie müssen
Gestehen, daß wir nur die Sühne bieten,
Um unsres Volkes willen —: das ist Ruhm,
Viel rühmlicher, mein Sigo, und viel höher,
Als deines Helmes hochgehörnter Trotz! —

Sigo (übermältigt). Du bist so weise, — als du gütig
bist! — —
Und heischtest du mit dieser weichen Stimme
Mein Haupt — (reicht ihm beide Hände hin) ich gäb' es willig,
— wie den Helm! —

Brinno (stand unterdessen in großer Verlegenheit mit dem Helm in den
Händen, halb für sich, halb zu Wulf).
Mir brennt der Helm die Hand. — Was thu' ich
jetzt?
Nehm' ich ihn an, — ist abgethan die Fehde;
Nehm' ich ihn nicht, — laut schmäht mich alles Volk
Und lobt die beiden „Brüder Edelmut".

} *mit komischer Wirkung.*

Heilrun. Heil Samo, dir! Dich lieben alle Götter!
Tief dankt dir all' dein Volk.

Volk. Heil Samo, dir!

Brinno. Nun Wulf, so hilf doch! Hast du nicht verheißen —?

Wulf (winkt Brinno beschwichtigend, tritt vor. Pause, dann höhnisch).
Für ein Stück Erz und ein paar Büffelhörner
War das viel Dank und Rührung und Geschrei!
(lauernd) Doch schwerlich ist der kluge Fürst schon fertig
Mit Wunsch und Wort —: gewiß verlangt auch er, —
Wie billig! — was von uns — denn seht: — er zögert!
Sprich, Samo, ist's nicht also?

(Pause)

Samo. Ja, so ist's.

Heilrun (für sich). Was wird er fordern? Bange pocht
mein Herz!

Samo. Ihr wißt, wir haben Fehde nicht zu fürchten!
Ich prahle nicht: — doch habt ihr uns noch nie
Besiegt: ich fordre nun dafür, daß wir
So eifrig eurem Recht genügt nur Eines:
Nicht Land, noch Gold, noch Machtgewinn für uns: —
Vielmehr ein Gut, das euch frommt, ganz wie uns.

Heilrun (für sich). Was mag er planen?

Brinno (für sich). Wohin zielt sein Sinn?

Samo. Ich fordre, daß fortan durch Volksbeschluß
Für immer unter der Semnonen Gau'n
Sei abgethan die Fehde: daß vielmehr
Statt Rache, Sühne nur zu fordern sei.
(Pause) Was ich freiwillig heut' ein Beispiel bot,
Von keiner Furcht genötigt oder Satzung,
Den Gegner, Sühne leistend, zu versöhnen —
Das sei fortan Gesetz in unsrem Volk.
(Pause) Entbrennt ein Streit, — hier, vor dem Allding klage,
Wer sich verletzt glaubt, greife nicht zum Schwert:
Und Rede stehn soll hier ihm der Verklagte. —

Ratgar. Ja, an des Alldings Urteil unverbrüchlich
Soll Kläger und Verklagter sein gebunden!

Samo. Was in der Sippe nur bis heute galt:
Verbot der Rache, Nötigung zur Sühne, —
Das sei fortan des ganzen Volkes Recht:
Denn alle sind wir Eines Stammes Söhne.

Heilrun. Die Friedensgöttin spricht aus deinem Mund.

Wulf (für sich). Meinst du? — Der Zwietracht Funken
hör' ich knistern!
(zu Brinno) Die Larve jetzt reiß' ich ihm ab! Gieb acht!
(laut, scheinbar wohlmeinend, ganz ernst)
Wer aber soll dann vorsteh'n solchem Allding?

Wer soll's berufen, hegen, schließen? — Wer
Den Bann vollstrecken, wann es Urteil fand?
Vier Fürsten gleichen Rechts sind wir bisher:
Drei werden sich dem vierten schwerlich fügen:

(langsam, wie überlegend, scheinbar wohlmeinend)

Bei solchen Völkern taugt das Allding nur,
Wo mächtig über alle herrscht — nur Einer.

Natgar. Ein Gott gab auf die Lippe dir dies Wort.

Heilrun (für sich). Jawohl, ein Gott! —: der Arglist
Vater: — Loge!

Samo. Erst heute sprach dies Wort mein Freund Armin:
Ihr kennt den stolzen Namen und den Mann. —

Wulf (leise zu Brinno, grimmig). Wir kennen ihn! Roms Herrschaft will er brechen,
Daß in Germanien herrsche nur: — Armin.

Brinno (edel, heftig). Lob' mir nicht Rom, —: sonst bleiben
wir nicht Freunde!
So lang' ich atme, setzt kein Römer mir
Den gottverhaßten Fuß in meinen Gau! — (Pause)
(laut) Wie ganz Germanien ehr' auch ich Armin:
Was riet der Held?

Samo. Er riet den gleichen Rat.
Nur Eins errettet uns vor Rom und vor
Der eignen Zwietracht, die das Volk zerfleischt,
Nur Eins erstickt der Fehden blut'ge Thorheit: —
Das Königtum!

Wulf (rasch einfallend, schürend, höhnisch).
Habt ihr's gehört, ihr Männer!

Brinno (rasch einfallend, wütend).
Das also ist des weisen Samo Weisheit!
Und seiner Friedlichkeit Geheimnis, das!

Wulf. Das ist das Ziel, zu dem mit Heilorufen
Das blöde Volk ihn tragen soll!

Brinno.   Das ist's?
Darum so maßvoll, gütig, selbstverleugnend!

Wulf. Darum nicht Rache mehr, noch Fehdekampf!

Brinno. In seine klugen Hände will er leise
Uns alles nehmen: Freiheit, Stolz und Haß.

Wulf. Umspannen soll uns allen Geist und
                         Denken —

Brinno. Ein goldner Reif, — — den Er am
                         Kopfe trägt!

Wulf. Der Väter stolze Freiheit und den Trotz, —

Brinno. Der auch im eignen Volk den Feind
                         erschlägt,

Wulf. Die Halle niederbrennt des bösen Nachbars,

Brinno. Des Mannes bestes Recht: sein Recht
                         zu hassen,

Wulf. Und Stolz und Ehre mit dem Schwert
                         zu wahren —

Brinno. Wir sollen's opfern!

Wulf.   Auf daß Einer nur,
Der König Samo, herrsche über uns!

Brinno. Der Hammer Donars schlage dir aufs
                         Haupt!
Hier vor die Füße werf' ich dir den Tand,
Womit du schmeichelnd meine Rache mir
Abliften wolltest (wirft ihm den Helm vor die Füße): Fehde,
                         Kampf und Rache!

Heilrun. Die Götter flieh'n! (löscht das Feuer) Es siegen
                         die Dämonen! — —
Noch hält euch dreimal sieben Nächte lang
Des Festes Friede!

Wulf und Brinno in raschestem Tempo einander ablösend und steigernd bis zu Heilruns Abschlußwort.

Brinno.   Sind sie aber um: —
Dann hütet euch: dann Fehde, Kampf und Rache!

(Voll, Wulf und Brinno wiederholen die Worte: „Dann hütet euch dann Fehde, Kampf und Rache." Brinnos und Wulfs Krieger stürmen, von jenen geführt, die Waffen schwingend, links ab. Heilrun steigt langsam hinab und folgt ihnen zögernd, schmerzlich nochmal umblickend.)

Samo (versucht vergeblich Brinno, der sich drohend losreißt, am Mantel zu halten).

Hört mich! Ihr irrt! Verweilt! Halt! Bleibt! (Pause)
Umsonst! —

(In tiefstem Schmerz, tritt vor, von Sigo und Ratgar an beiden Händen gefaßt)
Ihr Götter! habt ihr's wirklich denn beschlossen,
Daß dieses Volk sich selbst vernichten soll?

(Vorhang fällt.)

II. Aufzug.

Lichter anmutiger Wald: der Grenzwall am Nornenbrunnen zwischen Samos und Brinnos Gauen. Der Grenzwall (aus Rasenhügel mit Pfahlwerk) läuft von hinten nach vorn, die Bühne in zwei Hälften scheidend: im Hintergrund der Nornenbrunnen, einen (gemalten) Wasserfall bildend: an diesem erheben sich auf beiden Seiten Rasenstufen, so daß man sich über den Grenzwall hinweg, der Sigo nur bis an den Gürtel reicht, die Hände bieten kann. — Auf Samos Seite (rechts) ein dichtes Gebüsch, auf Brinnos Seite (links) eine Rasenbank.

Erste Scene:

Albheid (tritt auf: von links, gleich darauf Heilrun, ihr folgend).

Albheid (in bis an die Knie hochgeschürztem grünem Jagdgewand, am Gürtel ein Jagdmesser an zierlicher Kette, eine kleine Lederkappe mit weißen Möwenschwingen auf dem Haupt, fliegendes Haar, den Köcher voller Pfeile auf dem Rücken, eilt mit gespanntem Langbogen (nicht Armbrust) aus der Coulisse bis an den Grenzwall, wendet sich rasch, kniet nieder, zielt nach oben links in die Luft in die Coulisse; bevor sie abdrückt):

Halt, Adler! (drückt ab, springt auf) — Hei, das traf! Mein
ward der Vogel,
Bevor er über Sigos Grenze flog.

(Zwei Knechte, mit Jagdspeeren, Pfeil und Bogen und Netzen, von links hinten.)

Genug der Jagd, genug der Beute! Bringt sie
Dem Vater heim und meldet: seine Tochter
Hat mit dem Speer den Eber abgefangen,
Der unsre Saat zerwühlte.

(Giebt Bogen und Köcher ab. Knechte verneigen sich, lehnen einen Speer an die
zweite Coulisse links, ab nach links.)

Heilrun (besorgt).   Kind, du blutest?

Albheid (immer rasch, lebhaft heiter).

's ist nichts! Des Untiers Last zerbrach den Speer und
Der Hauer ritzte mir den Arm! — Ich habe
Des Blutes nur zu viel — des heißen Blutes!
Es schießt mir siedend in die Wangen oft,
Ja, bis ins Hirn — verbrennend all mein Denken.

Heilrun (setzt sich auf die Rasenbank).

Du bist sehr jung — die Jahre kühlen ab! — (Pause)
Der eignen Jugend mahnt mich diese Wald=Au:
Am Nornenquell hier saß ich oft und träumte
Manch tiefen Traum: — denn nie war ich so wild
Wie du, mein Füllen mit der Schüttelmähne,

(Albheids wirres flatterndes Haar ordnend, die ungeduldig den Kopf schüttelt,
alles wieder verwirrend.)

Du Brinnos echtes Blut. — Nun, warte nur,
„Jungfräulein Ungestüm:" bald wirst du sittig,
Webst du im Frauensaal als Hausfrau!

Albheid (sich hastig losreißend).   Nie!

Ich Hausfrau! Weben? Nie, solang ich atme!
Ein Skalde sang einst, daß auch Menschenmädchen
Sich zu Walküren Woban manchmal wähle: —
Darauf nur harr' ich, das nur streb' ich an!
Auf Wolkenrossen brausen durch die Lüfte

Und Helden hetzen in den Lanzensturm! —

(in gesteigerter Leidenschaft).

Und träfe Sigo dann die Todeswunde —
Ich legte vorn ihn auf des Rosses Bug
Und trüg' ihn jauchzend nach Walhall empor.
Da droben gönn' ich gern ihm alles Glück,
Tobt nur sein Trotz nicht mehr an unsrer Mark.

Heilrun (für sich). Und dennoch wählt sie immer diesen
Jagdgrund,
Hier an dem Grenzwall, wo auch Er stets jagt.
(laut) Sang auch der Skalde, daß dann jene Mädchen
Voll glücklich sind?

Albheid (stutzend). Das sang er nicht! — (Pause. Rasch:)
Jedoch — —
Welch höher Glück mag Mädchen werden? Sprich!

Heilrun (sehr tief). Geliebten Manns geliebtes Weib zu
sein.

Albheid (schelmisch, sie am Kinne fassend, ihr scharf ins Auge sehend).
Ei Muhme! Woher weißt du das? Du bist
Ja unvermählt!

Heilrun (zögernd, sich abwendend).
Ich weiß es nicht — —: ich glaub' es.

Albheid (neckisch). Nun schoß das Blut dir glühend in
die Wangen!
(zärtlich, ernst empfindend)
Ei nun, du wirst es noch erproben.
(Heilrun schüttelt ernst lächelnd das Haupt) Schöner,
Viel schöner scheint mir deine reife Milde,
Als herbe Jugend, die noch Kindheit fast,
In aller meiner Freundinnen Gestalt;
Wär' ich ein Mann — ich freite dich, Heilrun:
„Die beste Hausfrau wird die Priesterin:" —
So sagt man —: zum Altar macht sie den Herd.

Ja, zärtlich lieb' ich dich (sich an sie schmiegend, knieend): Du
gleichst dem Mondlicht,
Das alles sänftigt, was sein Glanz berührt.

Heilrun (lächelnd, ihr das Haar streichelnd).

Nun, Wildfang, dich hab' ich noch nicht gesänftigt!

Albheid (springt ungestüm wieder auf).

Laß mir die Wildheit, die mir Lust — — und Qual!
(jetzt nicht mehr heiter, sondern ergreifend ihren inneren Widerstreit schildernd)

Durchs Leben jagt mich ein geheimer Feind,
Den unabschüttelbar ich mit mir trage,
Wie bösen Elb, der aufs Genick mir sprang.
Das brennt in mir und wallt in heißen Wogen: —
Ich weiß nicht was! — So rasch schlägt oft mein Herz, —
So stark, — als wollt' es springen! — Aus der Halle
Dann treibt es mich, auf sattellosem Hengst
Zu brausen mit dem Sturmwind um die Wette,
Des Urwalds Untier mit dem Speer zu fällen,
Zu schwimmen durch die eisig kalte Flut,
Dem Strom den Busen kühn entgegen werfend: —
Dann wird mir wohl. — — Doch kehr' ich heiß nach
Hause, —
Im Schlummer rastlos tobt es mir im Haupt:
Und was ich niederstritt am hellen Tag,
Zornmütig mir vertrieb aus wachem Denken,
Ein übermütig tief verhaßtes Bild . . ., —
(die Hände ringend, fast in Thränen ausbrechend)

Mit trotz'ger Schöne zwingt es mich im Traum!
Ich fahr' empor, weit ausgestreckt die Arme,
Ich weiß nicht, ob im Ringkampf zu erwürgen,
Ob glühend zu umarmen meinen Feind!
(Wirft sich in heißer Erregung an Heilruns Brust.)
(Große Pause.)

Heilrun (sie liebkosend — begütigend, aber sie ganz durchschauend).

Und dieser Feind — in welchem Bild erscheint er?

Albheid (geheimnisvoll, angstvoll, gequält und doch mit leise schauern-
dem Entzücken).

Bald ist's der Sturmgott, der im Eichwald rauscht,
Bald ist's in roter Pracht der Feuergott,
Jedoch zumeist, (mit gesteigerter Furcht) — oh säh' ich nimmer
ihn! —
Der töblich mir Verhaßte —: ha! da ist er!

(grell aufschreiend, sie erblickt über den Grenzwall hinweg Sigo, der plötzlich
vortretend auch dem Publikum jetzt erst überraschend sichtbar wird: — er trägt
statt des Helmes einen Jagdhut).

————

Zweite Scene.
Vorige. Sigo.

Albheid (ergreift den kurzen Wurfspeer, den einer der beiden Knechte
ihr nachgetragen und an die Coulisse gelehnt hatte: sie zielt weit zurücktretend
und mächtig ausholend. — Gruppe: Heilrun in der Mitte hebt beschwichtigend
die Hand — Albheid ganz vorn links — Sigo dicht am Grenzwall sich
hinüberneigend).

Fort, Trugbild! — Oder, atmest du, so stirb!

(Eilt mit geschwungenem Speer an den Wall auf die Rasenstufe, nach Sigo
stoßend: — dieser entwindet ihr den Speer und lehnt ihn auf seiner Seite an
den Wall.)

Sigo (heiter). Laß mich noch leben, wilde Jägerin.

Albheid (hat sich gefaßt). Was suchst du hier?

Sigo (warm). Wenn ich nun sagte — dich!

(Pause: Beide betrachten sich stumm.)

Heilrun (für sich). In Haß und Liebe suchen beide sich.

Sigo (zornig über sie und sich). Doch nein! — Die böse junge
Bärin such' ich,
Die dicht an meiner Mark ihr schlimmes Wesen
Unbändig treibt und Hirsch mir raubt und Elch.
Der heil'ge Grenzgott schirmt sie — klüglich hält sie
Sich jenseit stets: — doch bald beginnt die Fehde!

(drohend)

Mit lautem Hornruf such' ich sie dann drüben!
Und greif' ich sie, — auf diesen Armen trag' ich
Die Zappelnde, wie scharf sie kratzen mag,
In mein Gehöst, das Liebchen mir zu zähmen.

Albheid (in verhaltnem tiefem Ingrimm, ebenso drohend, beide Arme
erhebend).

In ihren Armen wird sie dich erdrücken.

Sigo (hell. leidenschaftlich ausbrechend). Ha, selig wär's, in
ihren Armen sterben!

An ihrer Brust — in heißer Lust — (Pause) des Hasses!

(Albheid verbirgt sich vor seinem flammenden Blick schämig hinter Heilrun.)

Sigo (für sich, in höchster Erregung, die Hand an die Brust pressend).

Still, still, mein Herz! Was tobst du? — Unertragbar
Ist dieser Schönheit herber Reiz! Wie schlank! Wie
knospend!

Ist sie ein Kind noch! Können Kinder zaubern?
Ihr Blick verbrennt mein Blut. — Und dieser Mund,
So streng gepreßt von Stolz, von edelm Zorn, —
Oh einmal nur in wildem heißem Kuß
Den Trotz darauf zu sel'ger Lust zerschmelzen!

Albheid (zitternd). O Muhme, hilf — mir schwimmt es
vor den Augen.

Es schwindelt mir vor Haß — vor Graun! Es rieselt
Mir kalt und heiß erschauernd durch die Adern.

Heilrun (zögernd). So laß uns gehn!

Albheid (sich rasch losmachend). Oh nein! nicht fort von ihm:
Ich kann nicht fort — mein Fuß, (zärtlich) ach nein, mein Blick
Ist hier gebannt! — (verbessert sich) Der Stolze soll nicht
wähnen

Wir fürchten uns vor ihm. (ihn mit den Augen verschlingend, weich.
schmelzend) Tief will sein Bild
Vom Lockenhaupt zum Fuß ich in mich saugen,

Daß ich die Augen nur zu schließen brauche,
Um ihn zu schau'n! (verbessert sich. heftig) Die dummen, blinden
Mädchen
Sie loben seine Schönheit: — — häßlich ist er!
Beweisen will ich's all den Schwätzerinnen: —
Deshalb muß ich ihn mustern Zug für Zug,
(für sich)
Ach unersättlich hängt an ihm mein Auge!
(laut)
Könnt ich ihn töten — langsam — mit dem Blick!
   Sigo (für sich). Sie ewig anschau'n — das ist Seligkeit.
(Pause)
   Heilrun (für sich). Auf diese Liebe, die für Haß sich hält,
Bau' ich die ganze Hoffnung unsres Volks.
Mit leiser, weiser Hand leit' ich die Glut,
Daß sie zu früh nicht, nicht verderblich auflohe:
Denn schrecklich, wie das Feuer, könnte sie
Sich selbst zerstören: — und uns alle mit. —
Ihr Götter, laßt mir diesen Wunsch geschehn!
Für mich zu bitten bin ich lang entwöhnt:
Dem holden Wunsch, den ich an dieser Stätte
So oft geflüstert, hab' ich voll entsagt.
Doch, Himmel, laß den Traum der eignen Jugend
In dieser Kinder Glück mir auferstehn,
Dem ganzen Volk zum Heil und zur Versöhnung. —
(Große Pause. Laut.)
Wie anders habt ihr trotz'gen Herzen einst
Euch doch vertragen: — grade dieser Quell
Hat oft gespiegelt euer kindlich Spiel. —
(zu Sigo) Die blauen Blumen brach Albheid für dich
Und schlang sie um die gelben Locken dir.
(zu Albheid) Doch Sigo war kein Nest zu hoch im Baum, —
Er klomm hinauf, die Zwitscherer dir zu holen.

Albheid (ganz erweicht; kindlich naiv plaudernd, Sigo erzählend; sie treten einander allmählich näher an den Pfahlzaun).

In meiner Kammer hüpft ein Vöglein noch,
Das du mir einst geschenkt.

Sigo (ebenso harmlos, kindlich). Ein braunes! Nicht?
Das nicht bei Tag nur, auch zur Nacht dir singt?

Albheid (nickt bejahend). Berauschend tönt sein sehnsucht=
heißes Lied:
Es schmettert oft, als wollt' die Brust ihm springen.
Und singt es nachts —: von Sigo muß ich träumen.

Sigo (zieht aus dem Wamms eine becherartige Muschel).
Schau' her: — die Muschel trag ich stets bei mir
Auf meiner Brust, die du mir gabst.

Albheid (nickt, sich erinnernd). Zur Sunnwend!

Sigo. Du schöpftest mir damit aus diesem Quell!
Verzaubert, glaub' ich, ist der Nornenbrunnen:
Denn nie hat in der Kön'ge Hallen mir
Aus goldnem Becher Römerwein gemundet
Wie jener Trunk! — (sehr weich, gewinnend bittend) O komm,
laß uns vergessen
Für heute nur, — für diese Wald=Rast=Stunde —
Wie würzig wallt uns Tannenduft ums Haupt
Und horch! die Amsel ruft im Hagedorn —:
Den jahrelangen Groll, den unsre Sippen
Uns eingeträuft: und wieder, wie dem Knaben,
Schöpf aus dem Quell, Albheid, zu trinken mir.

Albheid (nimmt die Muschel, schöpft und reicht ihm über den Zaun.
Ihre Hände berühren sich: beider Arme liegen auf dem Zaun. — Bild: Albheid
sieht, auf den einen Ellbogen gelehnt, zu, wie er langsam trinkt — greift dann
wie ein Kind hinüber).
Gieb mir die Neige. —

Sigo. Dürstet dich denn auch so?

Albheid (ganz ernst). Ach sehr! Schon lang! — Und nicht
die Lippen nur:

(Die Hände aufs Herz legend.)

Ich glaube gar, es ist mein Herz, das dürstet. —

(Giebt ihm die Muschel zurück. Gruppe.)

Heilrun (betrachtet gerührt das Paar).

Wie rührst du mich, oh Einfalt heil'ger Jugend! (Pause)
Du reines kühles Naß des Nornenquells,
Oh spüle fort aus diesen jungen Herzen
Den Staub des Streites und den Brand des Grolls!

Dritte Scene.

Vorige. — Wulf tritt hastig suchend auf (als er das Paar erblickt, wütend, grell, schreiend).

Wulf. Ha, Mord und Brand! — Sieh, welch ein
Stelldichein!

Im Wald! am Quell! Geleitet von der Muhme,
Hier Hand in Hand — fast Mund an Mund — ein
Pärchen!

(Albheid und Sigo fahren erschreckt und zornig auseinander.)

Albheid. Oh deckte mich der Schoß der ew'gen Nacht!

(zieht Heilruns Mantel über sich)

Verbirg mich, Muhme.

Sigo (wütend). Rasch heraus mein Schwert! —
Mach diesen Spötter stumm!

Heilrun (leise). Nun droht das Ärgste!
Die scheue Liebe schlägt zurück in Haß,
Von Spott vergiftet!

Wulf (höhnisch). Also ist es wahr,
Was lang schon zischelnd höhnt der Mägde Mund.

Was laut die Männer lachen schon im Saal? —
Durchbrechend beider Sippen Recht und Haß
Und von der frommen Priesterin beschirmt
Trifft, wie ein gurrend Taubenpärchen, sich
Schön Albheid heimlich mit dem Nachbarssohn!
Jedoch der Klumpfuß hinkte witternd nach.
Deshalb die Weigrung, mir als Weib zu folgen!
Fürst Brinno hei, die Botschaft wird dich freu'n.

  Sigo (zieht). Dein Blut, Verleumder!

  Wulf (zieht).   Oder deins, Verführer!

(Sie prallen, die Klingen kreuzend, auf dem Grenzwall zusammen. Heilrun trennt
sie, dazwischentretend.)

  Albheid (schreit auf). Ha! welch' ein Wort! Nicht weiß
              ich seinen Sinn!
Doch weiß ich: giftig ist es, wie ein Wurm.
Wer sagte da, daß ich den Sigo liebe? (zieht)
Oh könnte doch mein Stahl in seinem Herzen
Dir zeigen, wie ich diesen Sigo liebe!
Ihr Götter hört's und lacht! Verhaßt ist mir
Der Männer Werbung all, zumal die deine:
Doch mehr als dich haß' ich den Übermüt'gen,
Des Vaters Todfeind, unsrer Sippe Höhner,
Der sich berühmt hat —: just bevor du kamst —
Danach kannst du das Stelldichein bemessen! —
Wie eine junge Bärin will er mich
Auf seinen Armen fort als Beute schleppen!

  Heilrun. Vergiß das Wort! (zu Sigo) Und du — nimm
            es zurück!

  Sigo. Ich nähm es gern zurück — jedoch du siehst ja:
In Wildheit tobt sie wieder — wie zuvor.

  Wulf. Vergieb, wenn ich geirrt. — Die Eifersucht
Verwirrt den Blick —: ich seh's, du hassest ihn:

Ich glaube deines Auges Zorngefunkel:
Er aber — ha mit heißer Freude seh' ich's!
Das ist des Mannes tiefste Schmach und Qual —
Er brennt in Glut nach dir, — die ihn verschmäht.

Sigo. Ich! Und sie lieben! Die da zeigen möchte,
Den Stahl in meiner Brust, wie sie mich haßt!
Die sich zu gut für Mannesliebe hält,
Die nicht wie sitt'ge Mädchen sittig lebt, —

Albheid. Hört ihr's, ihr Götter?

Heilrun. Sigo, schweig! Du lästerst!

Sigo (fortfahrend). Die Frauenzucht nicht kennt, die durch
die Wälder
— Jawohl, der jungen Bärin ähnlich! — schweift,
Nicht Mann, nicht Weib, ein unnatürlich Unding,
Von welchem Freia nicht noch Frigga weiß!

Albheid (grimm verhalten). Das büßest du!

Sigo (laut lachend). Ich und um Albheid werben!

Wulf. Du wagst es nicht! Der Honig hängt zu hoch
Für deinen Sprung! Der Sippe Speere scheust du,
Die, als ein undurchbrechbar dichter Zaun,
Vor deinem Nah'n sie schirmt.

Sigo (außer sich). Ich und euch fürchten!

Heilrun (für sich). Oh weh, nun ward das schlimmste Wort
gesagt!
Vorwurf der Furcht jagt Helden in den Tod.

Sigo (wütend). Gebt acht, ich zeig'es euch, wie ich euch fürchte!
Ihr Götter, die das freche Wort vernahmt,
Hört auch die Antwort: vor der ganzen Sippe,
Wann sie mit allen Speeren steht geschart, —
Aus Liebe nicht — denn grimmig haß ich sie! —
Aus Haß schließ' ich Albheid in meine Arme
Und auf den Mund drück' ich ihr meinen Kuß!

Albheid (in starrem Grimm). Dann fließt dein Blut!

Sigo (von Liebe berauscht).   Sei's drum! Mit Wonne
Geb' ich mein Leben hin für diesen Kuß.

Albheid (steigernd). Dann fließt dein Blut —: und meins.

Sigo.   So recht! Laß uns
Vereint in Einem Kuß des Hasses sterben.
Von Liebe weiß ich nicht, wie man sie trägt
Und Lust der Liebe hab' ich nie genossen: —
Doch kaum kann ich des Hasses Sehnsucht tragen:
Des Hasses Wollust will ich voll genießen.

(Springt drohend auf den Wall. Die beiden Frauen weichen zurück nach links.
Wulf deckt ihren Rückzug.)

Sigo (hoch vom Wall herab — ruft den Abgehenden zu). Auf Wiedersehn in deines Vaters Haus —
Vor allen deinen Rächern küß' ich dich!

Gruppe.

Vorhang fällt rasch.

———

III. Aufzug.

Hofraum vor Brinnos Halle. — Diese erhebt sich hinten im
Mittelgrund: starker dunkelbrauner Holzbau: die Oberbalken laufen
in zwei gegeneinandergekehrte Pferdeköpfe aus: mehrere Stufen
führen zu der Stirnseite des Hauses: hier auf dem Raum vor
dem Eingang ein Holztisch, von drei Bänken umgeben (hinten, rechts
und links): Becher, Hörner, Krüge auf dem Tisch: grünes Laubge-
winde schmückt die Pfeiler der Halle. Der Hof wird durch einen
Holzzaun gebildet: links hinten ein breites, offenes Thor, rechts
vorn eine schmale, geschlossene Pforte: links hinter der Scene froher
Hörnerschall.

————

Erste Scene.

Heilrun (festlich geschmückt, in weißem Gewand, einen Eichkranz auf dem
Haupt, schreitet aus dem Hause und die Stufen herab).

Hoch rauscht das Fest! — Die lauten Hörner rufen:
Die alten Pfeiler schmückt das junge Grün
Und um die Linde schwebt der Reigentanz. — (Pause)
Der Frühlingsgöttin Sieg wird heut' gefeiert,
Frau Freude hielt den Einzug in den Hof,
Jedweder Scherz der Jugend ist verstattet
Und Übermut verlarvter Gäste neckt.
(Pause. Lärm hinten links.)
Horch, wie sie lachen, wie sie jauchzen dort! —
Ach! In dies Herz zieht Freude nicht mehr ein!
Mein Frühling starb und meine Sonne sank. (Pause)
Und dennoch reut mich meiner Schmerzen nicht:
Ich trage sie um heil'ge Pflicht: — um ihn,
Der wie ein Gott aus Menschen ragt an Größe. — (Pause)
Nicht reiner auf dem Herd der Göttin loht
Das heil'ge Feuer, als in meinem Busen
Die Liebe, welche längst dem Wunsch entsagt. (Pause)

Wohl zuckt das Herz noch manchmal, seh ich traulich
Ein Weib des Volks den Eheherrn begrüßen,
Der von der Jagd, vom Kampfe wiederkehrt:
Wie sie das Kind dem Vater hält entgegen
Das streckt die Ärmchen beide nach ihm aus ... —
Oh süßer Traum! Oh warmes Glück des Herdes! (Pause)
Jedoch das höchste Gut — und das ward mein —
Ist nicht, geliebt zu werden — nein: — zu lieben! (Pause)
Den hehrsten Mann, den edelsten, — ich fand ihn:
Und seinen vollen Wert, ich faßt' ihn ganz. (sehr weich)
Ich durfte um ihn leiden — darf ihn lieben,
Um Liebe leiden: — schönstes Weibeslos! (Pause: kräftig)
Das Eine nur, ihr Götter, fleh' ich noch:
Laßt seinen höchsten Wunsch gescheh'n: des Volkes
Vereinung und des Römerjoches Fall!
Mir aber gönnet, ohne daß er's ahne,
Dies Volk versöhnend seinen Wunsch zu krönen. (kleine Pause)
Dann, wann er in der Freude Mittag strahlt,
Laßt mich entschweben, wie ein weiß Gewölk
Von seines Sieges Sonnenglanz vergoldet.
(Die Arme nach oben betend ausbreitend.)

    - - .

Zweite Scene.
Heilrun. Brinno (von links).

Brinno. Dich such' ich, Schwester, Schutzgeist meines
                    Hauses!
Laß deine kühle, weiße Hand mich fassen
Und auf die heiße Stirn mir legen! — So! —
Das kühlt! — Heiß brennt mein Hirn in Haß — und Zweifel.

Heilrun (zärtlich, schwesterlich). Dem Donnergott, des roten
                          Bart du trägst,
Mein ungestümer Bruder, bist du gleich:

Wild, jäh im Grimm: — doch gütig, hat der Jähzorn
Sich ausgetobt.

Brinno (warm). Du aber, schöne Schwester,
Dem holden Regenbogen bist du gleich,
Der hinter meinem Zorngepolter leise
Und lieblich hergeht, Segen niederträufend. (Pause)

Heilrun (eindringlich, die Hand auf seine Schulter legend)
Der Regenbogen ist die Brücke, Bruder,
Die guten Göttern niedersteigen hilft: —
Laß mich der Friedensgöttin Brücke sein.

Brinno. Ich weiß, gut rätst du stets. — — O Samo,
Samo!
Wie hab' ich diesen Feind geliebt! Im Traum
Leb' ich manchmal die Zeit der Jugend wieder:
Auf Einem Rosse sprengen wir zur Jagd,
Auf Einer Wildschur schlafen wir zusammen,
Aus Einem Becher trinken wir: und traulich
Um seinen Hals schlingt wieder sich mein Arm. —
Dann wach' ich auf — und grell durchzuckt's mein Hirn:
"Nein, Wulf hat Recht! Nur Trug ist seine Milde,
Mein König will er werden und mein Herr!"

Heilrun (ernst). Schon allzuviel hast du auf Wulf gehört.

Brinno. Mag sein — in letzter Zeit! — Er schürte
stets! —
Nicht wär' es gut, blieb ihm mein Ohr allein:
Und doch muß ich dir künden, was vielleicht
Für immer dich, mein guter Stern, entführt:
Der Goten mächt'ger König freit um dich:
Du schlugst der Hermunduren und der Marsen,
Der Chatten Fürsten aus: — jetzt wirbt ein König.

Heilrun (bedeutsam, an Samo denkend). Die Königskrone ward
noch nicht gewölbt,
Die mich gewinnen würde! — Sage: Nein.

Brinno (reicht ihr die Hand). Dank, liebe Schwester, daß
                du bei mir bleibst!
Könnt' ich doch dir auch einen Wunsch erfüllen.
Sprich, hast du keine Bitte?

    Heilrun.   Bald vielleicht
Hab' ich zu bitten, was dir freilich Ehre
Und Klugheit selber zu gewähren raten: (zögernd)
Ein ungelab'ner Festgast könnte nah'n:
Den Schutz des Gastrechts ruf' ich an für ihn.

    Brinno (edel). In keiner Halle wird das Gastrecht heil'ger
Gehalten, als bei Donars Enkelsohn. —
Horch! in den Hof schon strömt das Volk: es sinkt
Der Tag: zu Ende gingen Spiel und Tanz.

(Steigt die Stufen hinauf, nimmt in der Mitte der Tafel Platz: neben ihm
Heilrun.)

———

Dritte Scene.

Vorige. — Lärmend und jauchzend strömt durch das offne Thor links hinten
das Volk: Krieger, Frauen, Mädchen, darunter Priesterinnen, auch Kinder:
Wulf und die vornehmeren, älteren Krieger nehmen grüßend und begrüßt neben
Brinno auf den Bänken Platz: die jüngeren Krieger und das Volk füllen die
linke Seite des Hofes: einige von Brinnos Jünglingen gehen verlarvt, das
heißt in Wildschuren, deren Köpfe mit Geweih, Gehörn, Eberzahn über Haupt
und Gesicht gezogen sind: sie necken die Mädchen und machen groteske Sprünge
(Ballettänzer): unter diesen Vermummten bewegen sich anfangs auch Sigo und
Ratgar mit Bären- und Wolfsrachen: erst allmählich trennen sie sich von den
andern Verlarvten und stehen dann allein rechts vorn: alle Krieger sind bewaffnet,
viel Speere. — Bevor Albheid, festlich gekleidet, in langem frauenhaftem Gewand auf einem mit Kranzgewinden umflochtenen Thron von Jungfrauen hereingetragen wird, erneutes Jauchzen an dem Eingang

    Ein Mädchen (vor dem Throne einher schreitend, sich gegen Alb-
        heid umwendend).
Heil dir, gekoren von der Jungfraun Schar,
Heil dir, Albheid, du Frühlingskönigin!

    Ein Jüngling. Heil dir, Albheid, du Siegerin im Pfeil-
        schuß.

Ein zweiter. Heil dir, Albheid, du Siegerin im
Wettlauf!
(Albheid steigt herab, tritt in die Mitte vor.)

Sigo (laut, mit verstellter Stimme rufend). Und Heil Albheid, der
Siegerin an Schönheit!

Brinno (zu Heilrun). 's ist wahr, so schön sah ich das
Kind noch nie.

Heilrun. Weil sie der Strahl des Sieges schmückt und hebt.

Wulf (für sich). Sie glüht! (Pause) Für wen?

Sigo (zu Ratgar). Ach, sie verbrennt mein Herz!
Mein heißer Tod wird noch dies Kind.

Ratgar. Halt an dich!

Albheid (hat drei dichte Eichkränze in den Händen).
Hier, Kranz um Kranz! Und jeder ist ein Sieg!
Wem soll ich doch die freud'gen alle schenken?
Dir einen, Vater, und dir, Muhme, zwei.
(Geht die Stufen hinauf und hängt die drei Kränze über den Sitzen von Brinno
und Heilrun auf.)

Heilrun. Für dich behältst du nichts?

Albheid (herzgewinnend). Nichts — als die Freude,
Euch zu erfreu'n — das ist die höchste Lust.
Heut' ist mein Ehrentag! — Habt ihr's gesehn,
Wie alles mir so mühelos gelang?
Der Götter Gunst fühl' heut' ich auf mir ruh'n.
(zu Heilrun) Viel hundert Augen haben's angesehn —
Ich aber, Heilrun, dachte nur — an ihn.

Heilrun (leise). An Sigo.

Albheid (erstaunt). Gründlich kennst du meinen Haß.

Heilrun. Ja, deinen Haß.

Albheid. Wenn Er doch nur, der Stolze,
Der mich geschmäht, der mich verachtet hat,

4*

Wenn er mich doch als Siegerin gesehn.
Wie das ihn kränken müßte und — beschämen.

Sigo (zu Ratgar). Kaum halt' ich länger mich: — das
Herz verwirrt mir
Der Blick, der Stimme süßer Ton.

Wulf (für sich). Ha, keinem
Als mir soll werden soviel Reiz.

Sigo. Ein Gott
Streut täglich neuen Liebreiz auf sie aus!
Halb Knospe noch und halb schon duft'ge Blüte:
Des Kindes Lächeln spielt um diesen Mund,
Doch Jungfrau'n-Hoheit thront auf dieser Stirn.
Sie zwingt heran und scheucht zugleich zurück! —
Aus Übermut, aus Trotz kam ich hieher,
Mein Wort zu lösen in vermeintem Haß:
Doch nun! — Ganz andrer Wunsch füllt mir die Seele: —
Und ob ich's zornig niederkämpfen möchte: — (klagend)
Ich möchte weinen drum: — ich muß sie lieben! —
Nicht will ich sie durch kecken Mutwill kränken, —
Komm, Ratgar, laß uns scheiden unerkannt.

Ratgar. Komm! — Vor dem Hof harrt die Gefolg-
schaft. — Ungern
Nur folgt' ich dir zu dieser kecken Gastfahrt:
Doch nicht zu halten warst du: und allein
Durft' ich den Freund nicht lassen.

Sigo. Einen Blick
Nur laß mich trinken noch — dann folg' ich dir.
(Schreitet ganz dicht neben Albheid und Wulf an die Stufen hin.)

Albheid (erkennt ihn). Weh' mir, er ist's!

Wulf (für sich). Dies Flammenauge kenn' ich:
Bei Hell! Er hat sich wirklich hergewagt!
So soll ihn denn sein Übermut verderben. (laut)

Albheid, wie strahlst du in der Schönheit Glanz!
O wenn doch jener prahlerische Knabe,
Der freche Sigo, jetzt dich könnte schau'n!
Wie schalt er dich? „Unsittig und unweiblich!"
Und doch, ich sah's, wie Glut um dich ihn brannte.
Er wollte ja in deines Vaters Halle,
In deiner Sippe dichtsten Speere Zaun
Sich wagen —: laut vor allen Göttern schwur er's —:
Dies wäre ganz die Stunde — hier der Ort.
Ich frag' euch nun, ihr Götter: — wo ist Sigo?

  Sigo (schlägt die Kapuze zurück, springt auf die höchste Stufe).
Hier ist er, Neiding! Mitten unter euch.
    (Alle fahren auf — große Bewegung.)

  Ratgar. Weh' uns!

  Heilrun.   Ich dacht' es!
   (Wendet sich beschwörend an Brinno.)

  Wulf und Volk (ziehen die Schwerter, erheben die Speere.)
       Nieder mit dem Feind!

(zugleich.)

  Brinno (von Heilrun gemahnt).
Halt, Wulf! — Ihr alle, halt! — Und senkt die Waffen!
Ihn schützt der Göttin heil'ger Friede heut'.

  Heilrun (leise zu ihm). Ja, diesen Wunsch nun sollst du
         mir erfüllen:
Laß unversehrt den kühnen Fremdling scheiden!

  Brinno (da Wulf und die Krieger noch trotzen).
Steckt ein die Schwerter —: ihn beschirmt das Gastrecht.

  Wulf (steckt ein; für sich). Das Gastrecht? Ja —: bis daß
         er selbst es bricht.

  Brinno. In wen'gen Tagen hebt uns an die Fehde:
Dann schreit' ich dir entgegen mit dem Speer,
Doch heut' als Gast heiß' ich willkommen dich
Und Friede trink' ich dir.
   (Er trinkt ihm aus dem Horn zu, das Sigo dann ergreift.
   Alle schreiten die Stufen herunter nach vorn.)

54

Albheid (zu Heilrun). Weshalb nur kam er?
Er blickt so trotzig nicht, wie da wir schieden.

Heilrun. Sanft ruht sein Blick auf dir — wie bittend,
Kind!
Sprich, wogt dir's nicht im Herzen ihm entgegen?
Er fleht —: er wirbt —: das ist kein Blick des Trotzes.
Oh Kind, die Göttin selbst hat ihn gesendet,
Die Liebesgöttin, heut' zu ihrem Fest:
In dieser Stunde seh' ich glücklich aufblüh'n,
Was lang' ich knospen sah.

Albheid. Mir wallt mein Herz
In Scheu und Scham und Sehnsucht hin und wieder!
Oh Freundin, Mutter, sprich), was ist die Kraft,
Die mich berauscht? Oh hilf mir!

Sigo (das Horn erhebend, ruft). Wahrlich, gleich
Dem Untier wär' ich, dessen Fell ich trage,
Wenn guter Rede gütlich nicht ich dankte.
Heil, Brinno, dir und deinem Herd und Haus.

(Trinkt, giebt das Horn ab.)

Wulf (grimmig für sich). Das läuft ja wunderglatt und
friedlich alles!
Sie grüßen sich mit Augen wie die Täublein.
Wart', ich verderb' euch diesen Girreton. (laut, tritt vor)
Erschienen ist denn wirklich der Held Sigo,
Wie er gedroht, in unsrer Speere Kreis.
Doch das fürwahr! ist kein groß Heldenstück:
Im Doppelschutz der Göttin und des Gastrechts,
Bewillkommt von dem Hofherrn wie ein Eidam,
Mit uns das Trinkhorn leeren! Ei wie mutig!

Heilrun. Wulf, Wulf, laß ab!

Albheid. Nein, Muhme, laß ihn reden!
Ist Sigo wirklich, wie du rühmst, verwandelt,

Hat ihn nicht böser Trotz zu mir geführt,
Wird er des freßlen Drohworts nicht mehr denken.

Sigo (kämpft heftig seinen Zorn nieder). Wie er mich reizt, der
gift'ge Zischelwurm!
Komm, Ratgar, laß uns gehn. Ich will sie nicht
Verletzen; — lieber trag' ich diesen Spott.

(Beide wenden sich zur Thür rechts.)

Wulf (erschrocken). Er geht? Weh' mir! So soll, so darf's
nicht enden! (laut)
Nun gute Nacht, Herr Sigo! Schlaft geruhsam!
So habt, ihr Götter, denn es auch vergessen,
Was er vergaß; — das kühne stolze Wort,
Das Drohgelübde! —

Heilrun. Schweige, Wulf! Laß ab.

Wulf (fortfahrend, lauter). Wie war es doch? „Vor allen
deinen Rächern
Küss' ich, Albheid, dich auf den Mund!"

Brinno (wütend). Beim Strahl!
Wie? Was? Und deshalb kam der Freche her?

Wulf (mit höchstem Hohn). Er kam wohl deshalb: — aber,
Vater Brinno,
Sei unbesorgt —: es hat ihn klug gereut.
Er kam gar kühn: — doch fand er allzudicht
Der Speere Zaun: — so schleicht der Fuchs vom Stall,
Weil er vom Hund gehütet sieht das Lamm.

Sigo (nach heftigem Kampf).
Ich hab's gelobt: — ich muß.

Albheid (ergreift Heilruns Hand und will ängstlich sie fortzieh'n, nach
links ins Haus).
Fort! Laß uns fort!

Wulf (hält sie). Ha, fürchtest du dich? Zitterst du, Walküre?
Versteckst dich hinterm Rock der Muhme, wie

Ein schreiend Jüngferchen vor bösen Buben?
Wir und du selbst — sind wir nicht Schutz genug?

(ihr scharf ins Auge sehend)

Wie? oder fürchtest du dein eigen Herz?

Albheid (in Trotz und Scham).

Ich fürchte weder ihn —: noch mich —: ich bleibe!

(Ratgar hat den widerstrebenden, innerlich kämpfenden Sigo wieder bis an die
Thür rechts gezogen.)

Wulf (geht ihm nach). Er geht! Ha hier, in Brinnos Hof,
am Boden,

In Scherben liegt Held Sigos Wort gebrochen!
So singt man in den Hallen der Germanen
Fortan ein lustig Lied von jedem Feigling:
„Er prahlt —, so singt man und die Hörer lachen: —
Er prahlt wie Sigo von Albheidens Kuß."

Sigo (reißt sich von Ratgar los).

Ich muß — und ob sie stirbt in meinen Armen.
Ha, wie sie Angst und Scham und Zorn verschönt!

Albheid (birgt sich hinter dem dichtesten Kreis vorgestreckter Speere).

Sigo, zurück — es wird dein Tod!

Sigo.   Ich muß!

Und stürb' ich zehnmal drum: — mein sollst du werden.
Doch nicht zum Spaß und Spott: aus tiefstem Ernst, —
Auf Tod und Leben, Albheid, küss' ich dich.

(Durchdringt, ohne das Schwert zu ziehen, den Kreis der Speere, umfaßt Albheid.
führt sie vor und küßt sie. Gruppe: dies Paar deutlich sichtbar allein).

Wulf (springt von hinten zu, zieht den Dolch und stößt ihn Sigo in
den Rücken).

Da, nimm!

Sigo (läßt Albheid los, taumelt mehrere Schritte nach rechts, stürzt.
stützt sich auf den rechten Arm).

Vergieb — Albheid: — ich hab' dich — sehr geliebt!

Albheid (beugt sich über ihn, küßt ihn, reißt seinen Dolch heraus).

Ich aber dich, o Sigo, — noch viel mehr!

(Stößt sich den Dolch in die Brust, sinkt auf Sigos Brust.)
(Heilrun, die sofort zur Thür rechts abeilt, mit bedeutungsvoller Handbewegung nach oben, winkt Priesterinnen, das Paar aufzuheben. Ratgar hat zur Thür hinaus gewinkt, er stürzt nun mit dem Schwert gegen Wulf und Brinno. Gefolge Sigos und Ratgars von links: während Heilrun hinausgeht und der Kampf beginnt, fällt rasch der Vorhang.)

IV. Aufzug.

Samos Halle. Ein Vorhang in der Mittelthür, die ins Freie führt, eine Thür rechts, die in das Innere führt. — Links ein offenes Fenster (ohne Glas), das fast bis an den Boden reicht: dessen Verschluß, ein Vorhang, zurückgeschlagen. An den Wänden Waffen und Jagdtrophäen. — Rechts vorn eine Bank.

Erste Scene.

Samo (ohne Waffen, im Hauswams, ohne Mantel). Thiotfrid (den Köcher mit Pfeilen auf dem Rücken). Thiotfrid kniet am Boden vor dem niedern Fenster links und zielt mit dem Langbogen zum Fenster hinaus nach einer (unsichtbaren) Scheibe. Samo lehnt sich über ihn —: Gruppe; — nach kurzem Zielen drückt Thiotfrid ab, der Pfeil fliegt zum Fenster hinaus.

Samo (hält die Hand vor die Augen, blickt nach, klopft Thiotfrid, der aufspringt, auf die Schulter).

Das traf schon gar nicht übel, Fridilo! —
Nur noch zu hoch gezielt: — — hoch zielt die Jugend!
Zu schnell auch abgedrückt: — schnell zielt die Jugend
Und in die Hand tritt hastig ihr das Herz:
Doch weise Mannheit prüft besonnen lang:
Gern nochmal überdenkt sie das Bedachte:
Und früher nicht die Sehne läßt der Finger,
Bis schärfer Zusehn nicht das Auge trägt. —

So lang dein Pfeil noch auf der Sehne liegt, —
Das höchste Ziel der Erde magst du treffen: —
Entflog er dir um einen Atemzug
Zu früh, um eines Haares Breite nur daneben: —
Nicht aller Helden Schnelligkeit auf Erden,
Holt dir den kleinsten Fehler wieder ein! (Pause)

    Thiotfrid. Gern hör' ich dich, mein väterlicher Bruder! —
In kleinstes Werk verlegst du große Weisheit:
Und oft aus deinem Rat für Knabenspiel
Trag' ich mir Lehren fort für Mannesthat.
Wie wardst du nur so weise, noch so jung?
Kein graues Haar an Scheitel oder Kinn:
Und doch viel weiser scheinst du mir zu sprechen
Als unsrer weißen Bärte matte Sprüche.

    Samo. Mein Brüderlein, ich mußte früh für dich
Und unsern höchst unweisen Liebling Sigo
Und tausend ungebärdige Semnonen, —
Ich mußte für euch alle weise sein!
Und doch wie oft riß mich die Thorheit hin.

    Thiotfrid. Ich weiß von dir nur Eine Thorheit, Bruder.

    Samo. Die ist?

    Thiotfrid (an seiner Brust). Zu große Milde gegen alle!
                           (Pause)

    Samo. Bewußte Stärke darf auch milde sein.

    Thiotfrid. Jüngst sang ein Skalde hier der Milde Lob:
„Milde, so mein' ich,   Keine kenn ich
Mag am meisten   Von klugen Künsten,
   Krönen den König   Die mehr als Milde
Und weise Werke: —   Königtum künde."
Sprich, was ist Milde?

    Samo.   Schwäche nicht, mein Bruder!
Die höchste Kraft soll höchste Milde zeigen:
Großherzig gern sich selber überwinden,

Verzeih'n und helfen, eignen Wunsch vergessen
Und liebevoll gedenken erst der andern.

Thiotfrid. Doch welcher andern? Aller? Auch der
Römer?

Samo. Der Römer ist der Todfeind deines Volks.

Thiotfrid. So muß ich stets erst meines Volkes denken?

Samo. Des Mannes Höchstes ist sein Volk!

Thiotfrid. Nicht seine Götter?

Samo. Dem Volke dienen heißt den Göttern dienen:
Die Götter sind die Väter deines Volks.

Thiotfrid. Und meiner Sippe. — Wenn die Sippe nun
In Streit geriet mit meines Volkes Heil?

Samo. Dem Ganzen weicht der Teil: — dem Volk
die Sippe.

Thiotfrid. Jedoch —: wer seines Volkes König
wäre?
Der ginge doch dem Volke vor, nicht wahr? (rasch)
Wie sang so ungeschickt der Sänger dann,
Wenn Milde heißt, sich selbst den andern opfern,
Die Milde sei des Königs höchster Ruhm?
Ei König sein, — das dacht ich stets mir lustig:
Befehlen und für mich die andern müh'n:

Samo (streng). Das hast sehr kindisch=thöricht du gedacht!
Kind —: König sein! — Doch: das verstehst du noch nicht!

Thiotfrid. Ich will's verstehn! — Ich fragte mich
schon oft:
Bei andern Völkern herrschen Könige: —
Du bist nur Fürst — was heißt nun Königtum?
(Große Pause.)

Samo. Kind, Königtum ist höchstes Opfertum!
Von Göttern gelten Könige entstammt:
Drum soll'n sie mehr als andre Menschen — — tragen.

Bei uns ward noch kein Mann so hoch gewertet,
Dies höchste Heldenamt ihm zu vertrau'n.
Nicht nur im Keil der Schlachtordnung geziemt
Der Vorderplatz dem König, wo zumeist
Ihn für sein Volk der Feinde Speerwurf trifft, — —
Ihm ziemt im Frieden auch der schwerste Kampf:
Sich selbst vergessen, Sippe, Sohn und Bruder,
Den eignen Wunsch in Liebe wie in Haß,
Das eigne Herzblut opfern für sein Volk:
Das, lieber Bruder, das heißt Königtum.   (Pause)

   Thiotfrid (nachdenklich, seufzt).
Das ist wohl schwer. — Will nicht mehr König werden!

   Samo. Ein jeder Mann soll also denken, daß,
Braucht ihn sein Volk, er König werden kann.

   Thiotfrid (heiter). Doch ich vergaß — ich bin ja
                                      König schon:
Zum Frühlingskönig koren mich die Knaben:
Wir jagen heut' den Winter in den Wald:
Drum rasch hinaus! Und, wie du mich gelehrt;
— Denn auch dem Winterkönig folgt sein Troß —
An Keiles Spitze führ' ich meine Schar.
Hallo! hinaus! der König muß voran!
                (rasch ab nach rechts).

———

Zweite Scene.

   Samo (allein; sieht ihm nach: Pause).
Stets weihevoll sind Knaben mir zu schau'n!
Auf diesen weichumlockten Scheiteln ruht
All' unsrer Bauten Zukunft und Bestand.
Was hilft's, was wir mit Alters Klugheit schaffen,
Wirft unsrer Erben Wahn und Schuld es um? —

Doch ist mir oft, mehr als von uns die **Kinder**,
Von Kindesweisheit hätten wir zu lernen!

———

Dritte Scene.

Samo. — Durch die Mitte herein stürzt **Ratgar**, schon vor der Scene schreiend: „Mord! Rache!", ohne Helm, wirres Haar, das Gesicht mit Blut bedeckt, der zersetzte weiße Mantel mit großen Blutflecken schleift nach, den halb zerbaunen Schild in der Linken, einen zerbrochenen Speer in der Rechten.

Ratgar (verwundet, schreit in höchster Erregung, er taumelt).
Mord! Rache! Samo, Samo, zu den Waffen!

Samo (fährt entsetzt zurück). Entsetzlich Bild! Was ist? Wo
                                                kommst du her?

Ratgar. Von deines Bruders Mord! Von Sigos Leiche!

Samo. Tot, Sigo? Nein, das kann, das darf nicht sein!

Ratgar. Es ist! Das hier, (auf dem Mantel die Blutflecken zeigend)
                              das ist sein Blut und mein's!

Samo. Erschlagen? In der Schlacht? Wo? Wie?
                                          Von Wem?

Ratgar. Erschlagen nicht, — ermordet sag' ich dir.
In Brinnos Haus, von Wulf erstochen meuchlings!

Samo (furchtbar: verhalten). Ermordet? Sigo? — — Furcht-
                                    bar will ich's rächen!

Ratgar. Mit mir und der Gefolgschaft war verlarvt
Als Gast zu Brinno fröhlich er gezogen . . . —

Samo. Welch tollbreist Thun. — Ja, ja, das ist sein
                                          Sinn: — (Pause)
Oh Himmel, muß ich sagen: „war sein Sinn?"

Ratgar. Von Brinno friedlich aufgenommen, will er
Schon friedlich wieder gehn: doch Wulf, der Giftwurm,
Reizt ihn so lang mit Schmähung unerhört,
Bis er den Scherz, um den er kam, vollführt.

Samo. Ein Scherz?

Ratgar. Nun ja, im Wald jüngst traf er Albheib:
Sie neckten sich: und Sigo drohte laut,
Er küsse sie vor ihrer ganzen Sippe!

Samo. Welch' Unrecht!

Ratgar. Ei was Unrecht! Freia selbst, —
Sie hätte Sigos Kuß mit Lust empfangen!
Und nicht aus Trotz zuletzt — aus heißer Liebe: —
Längst hatt' ich sie erkannt (Samo nickt) nahm er den
Kuß: —
Und wie er nun die Zitternde umfängt,
— Kein Schwert war noch gezückt, kein Kampf begonnen —
Stößt Wulf ihm in den Rücken seinen Dolch.

Samo. Ah! in den Rücken! Schändlich hingemordet!
Mein Sigo, in der Jugendblüte Glanz!
Oh so stirbt Baldur, aller Götter schönster,
Durch Meuchelmord.

Ratgar. Ja, gut paßt der Vergleich!
Denn gleichwie Baldurs Gattin tötet sich
Auch Albheib selbst, da sie ihn fallen sieht.
(Bewegung Samos)
Doch nein! Schlecht paßt das Gleichnis! Denn du weißt,
Wie furchtbar Baldurs Brüder ihn gerächt,
An jenem Loge, der den Mord geplant.
Doch ungerächt liegt Sigo bei den Feinden.
Sein Bruder aber — klagt nur! Samo, Samo!
Hast du kein Schwert, nur Thränen für den Bruder?

Samo. Geduld! Wer lebt noch von den Mördern?
sprich!

Ratgar. Sie alle leben.

Samo (furchtbar ernst). Wie? Und du lebst auch?
Du sahst ihn morden und erschlugst sie nicht?

Ratgar. Was konnten wir im Land, im Hof der
Feinde! —
Wohl schrie ich auf vor Schmerz und stürmte vor, —
Herbei rief ich die harrende Gefolgschaft —:
Doch hundertfach erschlug uns Übermacht.
Sie mähten jauchzend unter Sigos Freunden,
Sie alle, alle, deines Gaues Blüte,

(Samo zuckt)

Die Edelschar erles'ner Jünglinge,
Sie fielen Haupt für Haupt: — (Samo ringt die Hände) nur
ich entrann.
Schwer, — schwer getroffen trug mein rasches Roß
Mich noch hierher, das Mordblut dir zu künden.
Ich kann nicht mehr — oh Rache, Samo — Rache!

(bricht zusammen auf der Bank rechts vorn).

Samo (rüttelt ihn auf). Nein, stirb nicht, Ratgar, noch darfst
du nicht sterben! —
Du mußt die fürchterliche Rache schau'n,
Die an den Mördern all' ich nehmen will.
Mein Sigo tot —: geschlachtet wie ein Opfer!
Beim Götterfest, im Schutz des höchsten Friedens!
Mein Sigo tot —: und dennoch scheint die Sonne
Als wäre nichts gescheh'n, — als lebt' er noch!
Und von den Göttern allen, die ihn liebten,
Ihn lieben mußten, schützte keiner ihn. —
Und alle seine Freunde mit erschlagen! — —
Ach vor der Pforte Walhalls steht ein Zug,
Ein langer, langer Zug von Jünglingen, —
Bleich, blutig, schweigend: — — doch verschlossen ihnen
Bleibt Walhalls Thüre gleich wie schnöden Bettlern: —
Denn ungerächt und ungesühnt noch liegen
Sie dort in Feindesland: — und Sigo frägt:
„Wie lang noch läßt mein Bruder hier mich harren?"

Pfui über mich und jedes müß'ge Wort.

(ruft zur Thüre rechts: Thiolfrid und Krieger)

Herbei, ihr Krieger, waffnet euch, herbei!
Auf, meine Boten, fliegt zu allen Völkern,
So weit mein Name drang: — ruft sie herbei!
Ruft mir Armin vor allen, den Cherusker,
Und kündet überall mit Heroldruf:
„Jung Sigo liegt von Mörderhand erschlagen.

(Entsetzen der Krieger und Thiolfrids.)

Es gilt den schönsten Jüngling der Germanen,
Den herrlichsten, an Mordgezücht zu rächen.“
Heraus, mein Schwert — nun trink' dich satt an Blut

(Alle stürmisch ab nach rechts. Pause.)

Die Bühne bleibt einige Zeit leer: man hört von rechts die Hornrufe der sich
rüstenden Scharen Samos.

Vierte Scene.

Samo mit Helm, Mantel, Schwert und Speer von rechts, eilt gegen die Mitte,
will hinaus: wie er den Vorhang zurückschlägt steht hoch aufgerichtet auf der
Schwelle Heilrun, den erhobenen Arm und die Hand warnend emporgereckt —
statuengleich: Gruppe.

Samo (tritt tief erschüttert weit zurück — Heilrun tritt herein).
Du hier — Heilrun? — Was suchst du hier?

Heilrun (erhaben). Den Freund.

Samo (bitter). Der harrte jahrelang umsonst auf dich!
Dein Freund? — Der starb mit Sigo! Und dein Todfeind
Steht vor dir: — bist du Brinnos Schwester nicht?
Was hindert mich, in Ketten dich zu schlagen?
Blutrache trag' ich gegen dein Geschlecht!
Du stammst aus jenem Mordhaus, wo erschlagen
Mein Bruder liegt.

Heilrun (mahnend). Bei Brinnos toter Tochter.

Samo. Sie schlug sich selbst zur Sühne! Ha, sie wies uns,
Was uns geziemt —! (vordringend) Vertritt mir nicht den
Weg:
Fort, Priesterin der Friedensgöttin, hemme
Die größre Göttin, die der Rache, nicht! —

Heilrun. Du kommst noch früh genug. — Du triffst
nicht Einen
Der Gegner, die du suchst. — Sofort zerstreuten
Sie alle sich ins Land, das Volk zu waffnen.
Leer steht die Halle — nein: nicht völlig leer:
Die armen, raschen Kinder, die im Scheiden
Erst ihre Liebe fanden, ruhen dort.
Ich überwies sie meinen Priesterinnen,
Zu schmücken ihren Leib: — denn ich enteilte,
Wie ich sie sinken sah, sofort hieher (sie wankt)
Durch Kampf der Männer, — Schwerter und Geschosse.

(Sie droht zu sinken.)

Samo (fängt sie auf, erschrocken).
Du blutest!

Heilrun. Wenig nur — ein Pfeil, der streifte!

Samo. Rasch, Hilfe! (Will nach rechts ab.)

Heilrun (hält ihn). Laß! Der Schmerz ist klein:
Doch als das Roß mich Ratgars überholte,
Der racheschreiend flog an mir vorbei, —
Das schmerzte!

Samo (er windet einen Gürtel von rotem Tuch, den er trug, um ihren Arm).
So! gestillt nun ist das Blut! (Pause, für sich)
Vergießen wollt' ich dieses Hauses Blut,
Nicht stillen — doch: das Weib — die Priesterin!
(laut) Kein Mensch auf Erden sonst als du, Heilrun,
Vermochte meinen Schritt zu hemmen jetzt.

Was willst du? sprich! Schon fliegen meine Boten,
Ein Heer von Rächern um dein Haus zu scharen!

Heilrun (fest, streng). Doch werden, die so eilig du entbotest,
Die Völker all', noch vierzehn Nächte warten.

Samo. Was? Vierzehn Nächte?

Heilrun.   Ja: nicht allen Fürsten
Benahm, wie dir, der Jähzorn die Besinnung: (Pause)
Armin, den ich — wie du — als Freund mir rühme,
Vergißt gewiß des Götterfriedens nicht,
Der vierzehn Nächte unser Haus noch schützt.

Samo (heftig). Ihr bracht den Frieden selbst.

Heilrun (ruhig, streng, überlegen).   Nein! Sigo brach ihn.

Samo (heftig). Du schmähst den Toten?

Heilrun (wie oben).   Nein! die Wahrheit zeug' ich!
Er hat zuerst, — (weicher) wie gern ich ihm verzeihe! —
Nachdem er Friede trank mit meinem Bruder,
Gewalt gebraucht, der Speere Zaun durchbrochen,
Damit den Frieden auch — und mit Gewalt
Den Kuß geraubt, der beiden tödlich ward. (Pause)
Wie tief ich Wulfs verruchte That verwerfe, —
Doch einen Friedebrecher traf sie.

Samo (grimm).   Wohl!
So ist er denn gebrochen doch, der Friede:
Blut ist vergossen: — mehr will ich vergießen.

Heilrun. Soll Frevel folgen, weil Ein Frevel kam?
Das sprach nicht Samo!

Samo (wild).   Welche Macht soll's wehren?

Heilrun. Die Macht, die dir das Höchste galt: — das
                                        Recht! —
Fluchs brich ins Land, die Halle brenne nieder,
Der Göttin heilig Bildnis triffst du dort: —

Sie ist seit gestern unsres Hauses Gast:
Dann kannst du gleich den Wagen und die Rosse,
Die Göttin selbst mit uns zumal verbrennen.

    Samo (bebt zurück).   Fern sei der Greuel! — Doch, indes
                                      ich säume
Entrinnen mir die Mörder.

    Heilrun.   Kennst du nicht
Den Trotz der Nachbarn besser? — Feigheit ist
Ihr Fehler nicht — sie flüchten nicht vor dir. — (Pause)
Auch ich sandt' einen Boten zu Armin,
Daß er mir helfe dieser vierzehn Nächte
Geweihten Frieden schützen.

    Samo.   Gegen jeden?

    Heilrun (nicht, groß). Auch gegen dich!

    Samo (bewundernd).   Kühn bist du, Priesterin.

    Heilrun. Wenn ich Thusnelbens Gatten je gekannt,
Steht er mir bei.

    Samo (stellt den Speer weg, nimmt Helm und Mantel ab).
                 Gewiß: — für vierzehn Nächte!
Dann aber hemmt kein Gott mehr meinen Arm,
Dann ziehn mit mir die Götter — und Armin.   (Pause)
Wahr sprachst du, Priesterin! Ich weiche dir:
Dein weises Wort hat nicht vor Thorheit nur,
Vor Unrecht mich behütet. — Habe Dank!

    Heilrun (für sich). Ihr Götter wißt, wie tief mein Herz
                                euch dankt!
Besinnung bringt der Aufschub — ihm: — uns allen,
Zu retten, — was uns noch zu retten blieb. (laut)
Du kannst dann gleich vom Brandschutt unsrer Halle
— Denn du wirst siegen ohne Zweifel, Freund! —
Zum Kampfe ziehen gegen die Legionen.
Bis dann ist des Cheruskers Plan gereift

Und alle Stämme der Germanen brechen
Und das Verderben über Varus ein. — (Pause)
Von uns Semnonen freilich nur die Hälfte: (Pause)
Zwei Gaue sind hinweggetilgt: — durch dich.

    Samo (zögernd, unwillig). Die Schuld'gen treff' ich nur,
                                         nicht alles Volk.

    Heilrun. So schlecht kennt Samo seines Volkes Art?
Wenn diesem Unheil Rache folgt statt Sühne ... —

    Samo (wild). Was sagst du? Sühne? Soll vielleicht
                                  als Buße
Ich Roß und Rind für diesen Bruder nehmen?
Soll Sigos Haupt mir feil für Silber sein?
Nicht alle Schätze Roms vergüten mir
Nur einen Tropfen seines Bluts.

    Heilrun.   Gewiß!
Unwägbar, unersetzlichen Verlust
Kann man vergelten nicht.

    Samo.   Du siehst es ein?

    Heilrun. Mit Golde nicht — (Pause) doch auch mit
                            Blute nicht. (Pause)
Wann du nun Wulf erschlagen, Wulfs Geschlecht
Und meinen Bruder und sein ganzes Haus, — —
Sprich, wirst du dann Ersatz für Sigo haben?

    Samo. Ersatz! — Nicht doch! — Mein Haß nur
                            kommt zu Ruh'.

    Heilrun. Er kommt zu Ruhe nie, so lang noch Einer
Aus unsern Gauen haßt: das heißt: noch lebt! —
        (Pause; grauenvoll ausmalend, auf ihn eindringend)
Hast du vergessen jenes Schreckgespenst
Das unsrer Völker bestes Mark verzehrt, (auf ihn zuschreitend)
Blutrache —: jenes Scheusal, das sich nährt
Vom eignen Gift und wächst bis in die Wolken? — (Pause)
Wenn diesem Unheil Rache folgt statt Sühne,

Veröbet sie die Gaue der Semnonen!
Forterbend von Geschlecht sich zu Geschlecht
Zeugt deine Rache Rachethat der Unsern,
Das Weib sogar, es greift zu Gift und Dolch,
Das erste Wort, das man die Knaben lehrt,
Heißt „Rache!" Denn der Mord gebiert den Mord!
Der Drache schlingt den Kreis, den töblichen.
Um alles Volt.

    Samo (schaudernd). Halt inne, Priesterin!

    Heilrun (fortfahrend). Nicht ruht, bis er sich selbst ver-
zehrt, der Brand. —
Mit Schaudern sehn's die Nachbarn: doch der Römer
Frohlockt, wie sich zerfleischen die Barbaren! — (Pause)
Im ausgestorbnen Öbland, da wo einst
Die Höfe des Semnonenvolks gestanden,
Baut Rom den Zwingturm an der Elbe Strand
Und höhnt: „das dank' ich Samos Rachethat."

    Samo. Entsetzliche Weissagerin — halt ein!
Nicht mich, die Feinde trifft die Schuld.

(Thiotfrid tritt unbemerkt von beiden, durch die streitenden Stimmen aufge-
stört, mit leiser Bewegung der Besorgnis auf, von rechts.)

    Heilrun.   Oh nein!
Sie folgten wahllos ihrer Dumpfheit: — dir
Hat Maß, hat klaren Blick ein Gott geschenkt.
Du hast der Rache ganze Scheußlichkeit
Vor allem Volk mit lautem Wort gebrandmarkt:
Du hast — erinnre dich! — für immerdar
Statt Rache Sühne nur als Recht verlangt.
Wenn nun Gesetz ward, was du selbst gefordert,
Brächst du aus Zorn das Recht, das du gesetzt?

    Samo. Jedoch sie haben's ja verschmäht, die Thoren!
Sie wollten Fehde! Nun, sie soll'n sie haben!
Mich hemmt kein Recht!

Heilrun. Die eigne Einsicht hemmt dich!
Wie? Was du rieteſt, iſt's nun nicht mehr ratſam?
Nicht gut für's Volk, das Ganze, dem wir dienen?
Nur Brinno ſoll ſtatt Rache Sühne nehmen,
Du aber, wenn dein Herz, dein Recht gekränkt ward,
Du willſt der Rache Wolluſt nicht entſagen?
Wenn du nur deinen Haß geſtillt, dann mag
Dein Volk drum untergeh'n?

Thiotfrid (tritt, beide überraſchend, plötzlich vor).
Wie unrecht ſprichſt du,
So gütig ſonſt, von meinem Bruder doch!

Heilrun (eifrig fortfahrend). Oh wäre doch der König ſchon
gekoren,
Den du als Retter wünſchteſt deinem Volk!
Ein weiſer und gerechter Richter, den
Anrufen jeder dürfte, jeder müßte,
Der aus dem Wirrſal hier von Recht und Unrecht,
Von Schuld und Thorheit, beide Teile löſte,
Der, frei von Wut und Haß, klar wie die Sterne,
Die hoch hinwandeln ob der Menſchen Wahn,
Das Recht uns wieſe, ſelbſt lebend'ges Recht.
Oh wo iſt ſolch ein König!

Thiotfrid (ernſt). Prieſterin!
Was rufſt du noch nach einem ſolchen Mann?
Hier ſteht er vor dir!

Samo. Knabe, was weißt du
Von Königtum!

Thiotfrid (ernſt, eifrig). Was du mich ſelbſt gelehrt.
Horch, ob ich's weiß: „Ein jeder Mann ſoll alſo denken, daß,
Braucht ihn ſein Volk, er König werden kann.
Sich ſelbſt vergeſſen, Sippe, Sohn und Bruder,
Den eignen Wunſch in Liebe wie in Haß,
Das eigne Herzblut opfern für ſein Volk,

Das, lieber Bruder, (auf Samos Arm die Hand legend) das
heißt Königtum."
(Samo verhüllt das Haupt im Mantel.)

Heilrun (legt, tief ergriffen, die Hand auf seine Schulter).
Aus Kindesmund schlägt eigne Weisheit dich!
(Pause)

Samo (zu Thiotfrid). Verlaß uns, Kind! — (für sich) Er soll
nicht sehn mein Ringen.

Thiotfrid. Mir ward so bang bei eurem Streit, ihr
beiden!
Oh streitet nicht — versöhnt euch: — denn man rühmt
Die Besten euch im Volke der Semnonen.
Reicht euch die Hände — (fügt beider Hände zusammen) So! —
Nun will ich gehn
Und junges Laub und Waldesblumen brechen,
Zum letzten Kranz für meines Sigo Haupt! (Ab nach rechts.)

Samo (weich, erschüttert). Oh Priesterin, was hast du mir
gethan!
Verzaubert hast du mir das Herz im Busen,
Den lauten Haß in stille Wehmut lösend.
Es wankt mein Sinn! — Ich will das Rechte thun,
Noch weiß ich's nicht zu finden. —

Heilrun. Oh hab' Dank!
Wenn du es suchst, — du mußt das Rechte finden!
Nicht wag' ich mehr zu reden noch zu raten:
Das Eine nur, das hatt' ich klar erkannt:
Nicht Rache, nicht gering'res Blut für Sigos
Ist hier das Rechte — sieh': ich wußt' es wohl:
Das mußtest du, fandst erst du selbst dich, einsehn:
Doch welche Sühne hier die wahre sei, —
Nicht ich, das Weib, kann dir die Lösung bringen! —
Nicht Wergeld, nicht alltägliche Versöhnung, —

Nein: etwas Hohes, niemals noch Erhörtes
An Großheit, muß die Sühne Sigos sein! —
Das kann ein Mann, ein hehrer Mann nur, finden,
Der hoch wie keiner denkt und königlich: —
Wie du — denn unter allen Männern, Samo,
Glich keiner je in meinen Augen dir! (Sie wankt.)

Samo. Du bebst, du wankst: das Blut bricht aus der
Wunde!

Heilrun. Laß nur: nicht acht' ich sie.

Samo (bewundernd). Wie eine Heldin
Drangst du durch Kampf und trägst du deine Wunde.

Heilrun. So that ich nur, was ich von dir gelernt:
Vergessen hab' ich keines deiner Worte
Und nicht dein Vorbild aus der Jugendzeit.
Du lehrtest: „alles, alles für dein Volk:"
Tief hat dies Wort sich mir ins Herz geprägt.

Samo. Das ich, der Mann, vergaß: — bis du mich
mahntest. (Pause)
Oh wenn du wirklich groß von mir gedacht, —
Warum hast du vor Jahren —?

Heilrun. Sprich's nur aus!
Ein Herz, das nicht mehr hofft, kann alles hören.

Samo. Warum hast du vor Jahren — mich ver-
schmäht? —
Ich warb um dich so treu —: zur Zwiesprach' hatt' ich
Zum Nornenbrunnen nächtig dich entboten,
Denn leise hattest Hoffnung du gewährt. —
Ich harrte schmerzlich durch die Sommernacht: —
Laut schlug die Nachtigall: — und in den Lüften
Zog, sehnsuchtsingend, hin der wilde Schwan: —
Ich harrte schmerzlich durch die ganze Nacht: —
Noch heute, rauscht der Quell mir in das Ohr,
Weckt er des heißen Harrens altes Weh —:

Du kamest nicht —: kamst nie mehr in mein Haus —:
Viel Jahre floh'n — tief ernst ist diese Stunde —
Du kannst nun alles sagen, oh warum
Verschmähtest du mein Werben damals? Sprich! (Pause)

Heilrun. Du ahnst es nicht?

Samo (traurig). Man sprach: du würd'st das Weib
Des Schattenfürsten.

Heilrun (ruhig, ernst). Bin ich es geworden? — (Pause)
So ahnst du nicht, weshalb mit tiefstem Weh
Mit Todesschmerz ich selbst in jener Nacht: —
Auch ich vernahm den Ruf der Nachtigall
Und in den Lüften hoch den wilden Schwan —
Dich einsam harren ließ? Du ahnst es nicht? (sie wankt)

Samo. Du wankst — die Wunde —!

Heilrun (schmerzlich lächelnd). Heut' ward nur der Arm
Geritzt: doch damals floß mein tiefstes Herzblut,
Denn meine Liebe gab' ich für mein Volk.

Samo. Heilrun! Was hör' ich!

Heilrun. O mein Jugendfreund!
Ich liebte dich sehr tief — von ganzer Seele:
Doch wußt' ich: nie giebt dir mein Bruder mich!
Und folgt' ich dem Entführer, — unauslöschlich
Entbrannte grimme Fehde zwischen euch.
Die nur mit eurem Untergang erlosch.

Samo (tief ernst, getroffen). Wie jetzt sie droht!

Heilrun. Da sprach ich laut dein eignes Wort mir vor:
„Das Höchste gilt das Volk! Ihm alles widmen
Ist edler Frauen Pflicht — wie echten Manns". (Pause)
In jener Nacht hab' ich mein Herz geopfert,
Gehorsam deinen Worten —, meinem Volk. — (Wendet
sich ab.)

Samo. Heilrun! Wie tief du mich ergreifst, beschämst!
Dein Herz hast du dahin gegeben? Nun, —

Nicht kleiner bin ich als ein Weib, — nicht schwächer
Lieb' ich mein Volk —: Ja, wie du deine Liebe, —
So opfre meinem Volk ich: — meinen Haß!

    Heilrun. Ein echter König!

    Samo.   Danke mir noch nicht!
Noch weiß ich nicht, wie ich's vollenden soll:
Denn Sigo darf Walhall nicht sein versperrt.

    Heilrun. Nicht nur gerächten, — auch gesühnten Helden
Erschließt sich Walhalls Thor.

    Samo.   Drum will ich suchen,
Bis ich für Sigo würd'ge Sühne fand,
So hohe, wie noch keinem Helden ward. —
Dann klagen beide wir an seinem Hügel,
Der jede Lust des Lebens mir verschlang.
Doch: teurer als die Lust ist heil'ger Schmerz
Und — gönne mir, dies Scheidewort zu sagen! —
Mit meinem Herzen stirbt die Liebe nur
Die ich für dich, Heilrun, bewundernd trage!

(Rasch ab nach rechts.)

(Vorhang fällt.)

V. Aufzug.

Wald vor dem Heiligtum der Nerthus in Brinnos Gau: dieses,
ein gewölbter Holzbau mit Doppelthür, erhebt sich auf einigen
Stufen im Mittelgrund: vor diesen Stufen nur Eine (oder zwei)
Waldcoulissen, d. h. vor den Stufen kurzes Theater.

Erste Scene.

Heilrun tritt aus der Thür des Heiligtums. — Brinno, ganz gerüstet, tritt
auf, gefolgt von nur wenigen Kriegern.

Brinno. Seh' ich dich endlich wieder, teure Schwester!
Seit jener Schreckensstunde hab' ich nicht mehr
Dein segenbringend Angesicht geschaut.

Heilrun. Du stürmtest fort ins Land, das Volk zu waffnen.
Verbündete zu werben. — Ich einstweilen
Versuchte Samos Rachezorn zu hemmen.
Soweit gelang's, daß er die vierzehn Nächte,
Der Göttin heil'gen Frieden, ehrte —: gestern
Verstrich die Frist: — erst heute fällt Entscheidung.

Brinno. Entscheidung? Ach! sie ist bereits gefallen!
Du hast es gut gemeint mit jenem Aufschub:
Doch meiner Sache nur hat er geschadet:
Wenn Samo brach der Göttin Friede, — dann
Zur Abwehr hätte jedes Schwert geblitzt
In unsern beiden Gau'n: und mancher Nachbar
Auch hätte dann dem Friedebruch gewehrt:
So war mir zugesagt. — Doch, als bekannt ward.
— Rings trugen's seine Boten durch die Lande —
Daß seine Mäßigung in höchstem Zorn
Den Frieden wahre, — — da verließ mich alles! — —
Die Nachbarn mahnen rings, ihn zu versöhnen:
Im eignen Gau verweigern viele Hundert

Mir, sowie Wulf, in diesem Streit zu kämpfen:
Und undurchdringbar zog ein eisern Netz
Von Völkern Samo rings um uns zusammen,
Denn Sigo war der Liebling aller Stämme!
Im Osten schließen uns die Naharvalen,
Die Hermunduren uns vom Süden ein,
Vom Norden drohn die Langobarden und
Im Westen schließt Armin mit den Cheruskern
Furchtbar den Kreis —: Kein Ausweg blieb mir mehr!
Denn nie wähl' ich den Pfad, den scheußlichen,
Des Volksverrats, den Wulf erkor: empört
Wies seinen Rat ich ab, den Rat der Schande! —

    Heilrun. Ich ahne! Wohin wandte sich der Mörder?
    Brinno. Die Römer hat er in sein Land gerufen,
Dem Schutz des Cäsars unterwarf er sich! —
Ich aber, — hoffnungslos ist Widerstand —
Ich rufe nicht des Siegers Samo Gnade, —
Mein eigen Schwert ruf' ich um Rettung an. —
Von dir, Heilrun, wollt' ich noch Abschied nehmen:
Sanft war dein Wort und stark dein Herz, du Edle!
Leb wohl, o Schwester! Hätt' ich dir gefolgt, —
Nie kam's so weit! — Den letzten Dienst, mein Schwert!
           (will, die Hand am Schwert, abgehen)
Nicht lebend fall' ich in des Rächers Hand!
           (Hörner hinter der Scene rechts)
Da sind sie schon! Horch! der Cherusker Horn! —
    Heilrun (in die Coulisse rechts blickend). Mit weißem Stab, als
              Herold, naht Armin.

Zweite Scene.

Vorige. Armin (ganz gerüstet) von rechts vorn, gleich darauf **Samo, Katgar** und Krieger der Semnonen und Cherusker.

Armin. Als Bote Samos, Fürst, steh' ich vor dir:
Bevor die Schlacht entscheidet zwischen euch,
Geneigt Gehör zu Zwiesprach ihm erbittend.

Heilrun (leise zu Brinno). Germaniens größten Helden
        schickt er dir
Als Boten —: und um Zwiesprach bittet er.

Brinno. Was ich nicht weigern kann, das sei gewährt.
      (Armin winkt in die Coulisse.)

Samo (tritt auf mit Katgar und den Kriegern).
Fürst Brinno, eh' die Fehde nun entbrennt,
Die du zuerst hast angesagt auf heute,
— Gedenkst du noch? Um jenen Jagd= und Grenzstreit! —
Und um das blut'ge Ende meines Bruders —

Brinno. Auch meine Tochter starb.

Samo (fortfahrend).   Vernimm den Vorschlag,
Den statt der Fehde ich als Sühne biete.

Brinno. Wie, Samo? Du wählst Sühne statt der Rache?
Der Übermächt'ge —, du?

Samo (groß).   Ich will den Frieden.

Brinno. Umsonst! Der Krieg ist nicht zu meiden mehr!
Ich warne dich, — Wulf zwingt den Kampf herbei:
Die Römer rief er an.

Samo.   Wulf lebt nicht mehr.
      (Staunen von Heilrun und Brinno.)
Er fiel von diesem Schwert.

Armin.   Samt zwei Kohorten,
Die Varus ihm gesandt, liegt er erschlagen.
Nicht Samo hat sein Blut gesucht: Wulf selbst,
Der Hilfe Roms vertrauend, griff ihn an.

Katgar. Vom Drachen selbst, den du erschlugst, sprich
      Wahrheit!

Fest stand der Klumpfuß, wo er einmal stand:
Von Tagesgrau'n bis Mittag kämpften wir
Und mit der achten Wunde fiel er erst.

Brinno. Sein Recht ward dem Verräter!

Sams. Und dein Recht
Soll dir auch werden, der du Rom verwarfst!
Wie stolz und treu du hast verschmäht Verrat,
Als dich Verrat allein zu retten schien,
Wie lieber dem Germanen du erliegen,
Als durch den Römer siegen wolltest, — all' das,
Wir wissen's, Brinno: — und zum Lohn dafür —
Zu hoher That entbieten wir dein Schwert:
Beschlossen ist des Varus Untergang:
Germania wirft das Joch des Cäsars ab:
Hier, dieser Liebling Wodans, Fürst Armin,
Rief alle Stämme zu geheimem Bund:
In wen'gen Tagen bricht das Wetter los,
Das die Legionen fürchterlich begräbt:
Willst du an uns'rer Seite kämpfen? sprich!

Brinno (freudig). Gewiß! (Pause: zögernd) Doch unser Streit?

Sams. Ich biete Bußgeld
Für jenen Jagdstreit, d'rum du Fehde drohtest.
Was forderst du dafür?

Brinno (sehr warm). Nur dein Vergessen,
Daß ich so thöricht Fehde bot! — Jedoch —:
Was forderst du für Sigos Blut als Sühne
Und die Gefolgschaft, die mein Schwert erschlug?

Sams. Auch der Gefolgschaft Sippen haben mir
Für alles Blut, das hier vergossen ward,
Die Sühne zu verlangen, überlassen.

Brinno. Nichts kann ich weigern: denn — du sollst es
wissen

Bevor du forderst, — wehrlos steh' ich vor dir:
Das Schwert nur, mich zu töten, blieb mir noch. (Pause:)

    Samo (feierlich). Unschätzbar ist mit irb'schem Gut, was ich
Im Bruder, in der Tochter du verloren:
So laß' ein Denkmal uns des teuren Pars
— Und dieses ist die Sühne, die ich heische, —
In unsres Volkes ew'gem Dank errichten:
Für immer laß' im Stamm uns der Semnonen
Durch Volksbeschluß verbieten alle Fehde:
Blutrache sei verflucht für immerdar
Zu heil'gem Angedenken dieser Toten:
Weil ich für Sigos Blut nicht Rache nahm.

    Prinno (erschüttert). Das, Samo, das ist mehr als mensch-
                                lich groß:
Das gab die Friedensgöttin selbst dir ein.

    Samo (Heilruns Hand fassend). Durch ihrer Priest'rin Mund.

    Prinno (sehr warm).   Es beugt sich tief
Vor solcher Hoheit Haupt mir und Gedanke:
Der Richter aber, der den Streit fortan
Entscheidet, nicht durch Fehde, nein, durch Weisheit —
Der Richter kann allein ein König sein:
Ich huld'ge dir, Herr König der Semnonen
                (Reicht ihm die Hand.)

    Ratgar und die Semnonen. Wir huld'gen dir, Herr
                             König der Semnonen.

    Samo (überrascht, bestürzt). Das wollt' ich nicht! Die Götter
                             wissen's!

    Heilrun.   Ja!
Du wolltest's nicht: jedoch die Götter wollten's:
Die Götter, welche schwer die Herzen prüfen,
Doch auch den Lohn nicht weigern höchstem Wert. — (Pause)
Ein Denkmal habt den beiden ihr gesetzt
Im ew'gen Danke des Semnonen-Volks.

Jedoch dies Paar zählt auch zu unf'rem Volk.
Es dankt in Walhall euch zuerst: wie sie zuerst
Als Liebe den vermeinten Haß erkannt.

Brinno. Oh Schwester, dir, dir danken wir das alles.

Heilrun. Ich webte Friede, — wie der Frauen Pflicht.

Armin. Ja, Friede eint nun eure beiden Sippen.
Nicht heimlich mehr, wie einst, zu nächt'ger Zwiesprach'
Im Wald, muß Samo die Geliebte laden: —

(zu Brinno)

Im Licht der Sonne, laut vor allem Volk,
Werb' ich für Samo um der Schwester Hand.

Brinno (führt beide zusammen). Dem König darf die Königin
nicht fehlen.

Armin. Beschleunigt mir die Hochzeitfeier. Denn
In wen'gen Tagen ruf' ich euch zur Schlacht:
Sowie er hört von der Kohorten Fall, —
Zur Rache bricht vom Rhein her Varus auf!

Brinno. An meines Freundes Seite blitzt mein Schwert.

Samo (zu Armin). Geeint führ' ich mein ganzes Volk dir zu.
Wo schlagen wir? Hast du den Ort gewählt?

(Kriegerische Hornsignale hinter der Scene.)

Armin. Die fernsten Enkel soll'n den Namen nennen —:
Lebt wohl — ich zähl' auf euch — trefft pünktlich ein:
Auf Wiedersehn — im Teutoburger Wald!

(Gruppe: Armin wendet sich zum Gehn.)

(Der Vorhang fällt.)

Markgraf Rüdeger
von Bechelaren.

Ein Trauerspiel in fünf Aufzügen

von

Felix Dahn.

Erstmalig erschienen 1875.

Leipzig

Druck und Verlag von Breitkopf und Härtel

1898.

Das Recht der scenischen Aufführung sowie der Übersetzung
in fremde Sprachen vorbehalten.

Frau

Marie Dahn-Hausmann

zu eigen.

Das Recht der scenischen Aufführung sowie der Übersetzung
in fremde Sprachen vorbehalten.

Frau

Marie Dahn-Hausmann

zu eigen.

Digitized by Google

Personen.

Etzel, König des Heunenreiches.

Krimhild, Siegfrieds von Niederland Witwe, Etzels Gattin.

Ortlib, beider Kind; sechs Jahre alt.

Bleda, Etzels Bruder, Herzog der Bulgaren

Hornbog, Etzels Waffenträger

Rüdeger von Bechelaren, Markgraf König ⎫ Mannen Etzels.
Etzels an der Donau

Gotelind, Rüdegers Gattin.

Dietlind, beider Tochter.

Dietrich von Bern, König der Ostgoten, Etzels Gast.

Hildebrand, sein Waffenträger.

Gunther, König der Burgunden ⎫
Gerenot, ⎬ Krimhilds Brüder.
Giselher, ⎭

Hagen von Tronje, ⎫ Gunthers Mannen.
Volker von Alzei, ⎭

Meister Konrad, Mönch im Donaukloster, Dietlinds Lehrer.

Heunen. Burgunden. Reisige, Knechte und Mägde
des Markgrafen.

Zeit der Handlung: im siebenten Jahre von Etzels und Krimhilds Ehe. Der letzte
Aufzug spielt vier Tage nach dem vorletzten. — Ort der Handlung: I.—III. Aufzug: Schloßgarten von Burg Bechelaren. IV.—V. Aufzug: Etzels Burg.

Rüdeger darf nicht älter sein als 42 Jahre; Volker 40, Dietrich 44, Etzel 50, Dietlind 16, Giselher 18 Jahre; seine Rolle ist nie von einer Dame zu spielen.

I. Aufzug.

Schloßgarten der Burg Bechelaren: diese erhebt sich, von Epheu, Wein und Wildrosen umkleidet, mit Türmen und Zinnen im Hintergrund in der Mitte; ein breites zweiflügeliges Thor führt in der Mitte, zwei schmale Pforten führen rechts und links von diesem durch die Garten und Burg trennende Mauer in die Burg. In der zweiten Coulisse rechts (rechts und links stets von der Bühne aus gedacht) führt ein Thor, „das Heunenthor", nach Osten, weiter ins Innere des Heunenlandes: in der ersten Coulisse links führt ein Thor, das „Donauthor", nach Westen, nach der Donau und der Grenze von Etzels Reich. Von diesem Donauthor bis an die Quermauer der Burg im Mittelgrund läuft eine niedere Halbmauer, über welche hinweg man in der Ferne links hinten die Donau und ihre bewaldeten Uferhügel erblickt: an dieser Mauer ragt in der letzten Coulisse links ein erkerartiger erhöhter Vorsprung in die Coulisse hinaus. Von der Donau her glänzt das Abendrot der allmählich untergehenden Sonne leuchtend und lachend über die Halbmauer in den Garten: freundlichste Sommerabendstimmung. In der Nähe des Donauthores ein breiter und hoher Baum. Die rechte Hälfte des Gartens ist dicht mit blühenden Rosenbüschen und anderen Hecken besetzt. Unter diesem Gebüsch an der ersten Coulisse rechts eine steinerne Halbrundbank, davor ein niederer Tisch mit einem Weinkrug und zwei Pokalen.

Erste Scene.

Rüdeger und Gotelind auf der Bank sitzend. Zwei Knechte und zwei Mägde sind beschäftigt, die drei Mittelthore und das Donauthor mit Kränzen und Laubgewinden zu schmücken: sie vollenden die Arbeit und entfernen sich durch das Mittelhauptthor während der ersten Worte Rüdegers.

Rüdeger (die rechte Hand an dem Pokal, der vor ihm auf dem Tische steht, mit dem linken Arm seine neben ihm sitzende Gattin umschlingend, über die Mauer in den Abendglanz hinausblickend; das Paar und ihr Ruhesitz in warmer Beleuchtung).

Wie schön die Sonne, sieh, zu Rüste geht,
Vergoldend unser Land und unser Haus!
Sie grüßt uns warm, und jeder Strahl ist Segen.

Heilo, Frau Sonne! (den Pokal erhebend) Dank! ich trink' dir zu:
Wie diese letzten — nochmal zwanzig Jahre!

Gotelind. Du bist wie sie — dein Blick ist hell und warm
Und wo er hintrifft, blüht Gedeihen auf:
Du Herz von Gold, du Herz der weichsten Güte!
Vor zwanzig Jahren wußt' ich's nicht wie heut',
Daß ich des besten, treusten Mannes würde.

Rüdeger. Wir brauchen nicht den Hochzeittag besonders
Zu feiern: nicht wahr? uns ist jeder Tag
Erneuerung der Liebe: ganz geheim,
Nur zwischen dir und mir, sei dieser Weihe
Des heut'gen Tags gedacht. (Er trinkt ihr zu.) Ja, liebes Weib,
Viel reicher ist und reifer heut mein Glück
Als dazumal: mit Ruhe schau ich vorwärts
Und rückwärts: — — nun, nicht ohne freud'gen Stolz.

Gotelind. Wenn je ein Mann auf segensreiche Pfade,
Zufrieden mit sich selbst und seinen Sternen,
Zurückgeschaut — darf's Markgraf Rüdeger!
An König Etzels Thron stehst du zunächst,
Mehr als des Königs Bruder selbst geehrt:
Vertraut ist deiner Treu die Donaumark,
Die reichste an Gewinn — und an Gefahr.

Rüdeger. Nun, die Gefahren, denk' ich, sind begraben.
Geschlagen nicht nur, unterworfen sind
Rings Etzels Feinde —

Gotelind.   Durch dein tapfres Schwert.

Rüdeger. Das hängt schon lang am Pfeiler! Und ich will
Nicht murren, wenn es nie mehr Blut befleckt.
Genug hab' ich der Kämpfe —

Gotelind.   Und des Ruhms.

Rüdeger. Fortan will ich den Ruhm des Friedens pflegen!
Wie reich gedeiht das Land, wie blüht es auf,
Seit ich vom König mir zum Dank erbat, —

Gotelind. Für den Sarmatensieg!

Rüdeger. — daß nur die Hälfte
Der frühren Schatzung zahlt mein Donauvolk!
Der vor'ge Herbst! und dies Jahr! reich und reicher!
Hoch häuft sich Korn und Wein und Gold im Haus:
Wie voll du spendest an die Armen, Mutter,
Das nimmt nicht ab.

Gotelind (scherzhaft drohend). Mehr als Gotlind den Armen,
Giebst du den Sängern, die gar viel bedürfen,
Zumal des Weins!

Rüdeger (lächelnd). Nun ja, das ist ihr Laster,
Wie mein's das Lied! — Ich kann es nicht entbehren,
Seit ich zu Worms am Hofe der Burgunden
Gelauscht dem Sang Herrn Volkers von Alzei! —

Gotelind. Oh dieser Fiedelmann — wie du ihn liebst!
Nie um ein Weib hatt' ich mit dir zu grollen,
Doch um Herrn Volker trag' ich Eifersucht!
Weich wird dein Blick, dein Ton, nennst du ihn nur!

Rüdeger. Sein Herz ist eitel Gold, wie sein Gesang!
Ach! Volker und der Rhein sind meine Jugend!
Dort wuchs ich auf an der Burgunden Hof,
Gesandt vom Vater, Heldenschaft zu lernen.
Freundschaft, die mit dem ersten Flaum gesproßt,
Füllt warm und weich, wie spätre nie, die Brust.
Wie freu' ich mich: bald reitet er als Gast
In meine Burg mit allen den Burgunden.

Gotelind. Ich kann nur schwer mich freu'n! — Uns
soll'n entführen
Das Kleinod unsres Lebens diese Gäste,
Ach unser Kind Dietlind. Wie soll ich leben,
Kann ich ihr nicht des Morgens und des Abends
Aufs liebe Goldhaupt legen Hand und Kuß!

Rüdeger. Sieh nur den Knaben erst, den Giselher,
Den reinen, der der Maiensonne gleicht!
So dachten Baldur sich, den Gott des Frühlings,
Die Ahnen! — — Als ich diesen Gastbesuch
Erbat im vor'gen Jahr zu Worms und er,
In seiner süßen Jugend lichter Schönheit,
Mit frohem Willkommruf trat in den Saal,
Umwogt vom goldnen Schimmer des Gelocks, —
Geblendet stand ich wie von Sonnenglanz
Und plötzlich — unsres Kindes mußt' ich denken!

Gotelind. Dank trag' ich dir, mein Rüdeger, so tief,
Daß du, dem harten Recht der Zeit entgegen,
Als König Gunther, König Etzel selbst
Von dir verlangten diesen Ehebund
Für Giselher zwei stolze Kön'ge warben,
Doch nicht dein Kind vergabst, dir ausbedangst,
Sie selber sollt' ihn wählen, oder — meiden:
Und auch die Mutter sollt' ihn prüfend schau'n.
Das war so recht dein Herz, mein Rüdeger.

(Sie greift nach seiner Hand.)

Rüdeger (den Arm um ihren Nacken schwingend).
Lieb' ich euch beide mehr doch als mein Leben.
Frei soll sie wählen unter Mutter Auge.

Gotelind. Nichts ahnt der Knabe?

Rüdeger. Das bedang ich mit!
So wenig als das Kind! auch Er soll wählen.

Gotelind. Das Kind hat nur den Namen lieb gewonnen.

Rüdeger. Nennt es ihn oft?

Gotelind. Sie nennt ihn niemals eben.
Doch hat der Wohlklang dieses Namens und
Wohl auch dein Lob des Trägers sie berückt,
Daß sie ihn gerne nennen hört — von andern.

Rüdeger. Mir ist nicht bang! sie seh'n sich und sie lieben.

Gotelind. So ist's dein warmer Wunsch, daß sie ihn
wähle?

Rüdeger. Mein Herzenswunsch! Da wir das Kind nicht
konnten

Verzaubern, daß es ewig Kind nur bliebe
Und aus der Mutter Korb an Vaters Hand
Die weißen Tauben füttre von Bechlaren,
Da Mannesminne doch ihr werden muß,
Heil, daß uns dieser Sonnenjüngling lebt!

Gotelind. Und Etzel selbst und König Gunther wollen's?

Rüdeger. Dem Bleda, der mit mir nach Worms gesandt
ward,

Trug Etzel diese Botschaft auf an Gunther,
Der eifrig zugriff nach so starkem Pfand
Der Eintracht: sieh, hinweggesonnt in Helle
Wird durch dies Bündnis auch die letzte Wolke,
Die fernher drohend noch auf Etzels Reich
Warf leisen Schatten: denn glaub' mir, Gotlind:
Es leben nirgend Helden denen gleich,
Die dort zu Worms hoch unter Helmen gehn.

Gotelind. Selbst Dietrich nicht von Bern?

Rüdeger. Der zwingt uns alle!
Doch der war Etzel nie ein Feind . . . —

Gotelind. Bisher! er ist sehr klug!

Rüdeger. Ja, niemand kennt ihn ganz. —
Die Wormser aber hielt und meinen Herrn
— Ich fühlt' es leise — Mißtraun auseinander —

Gotelind. Und Kön'gin Krimhild webte wohl nicht Frieden!

Rüdeger. Nun aber ist der Groll erstickt —

Gotelind. So glaubst du?
Ich bange stets!

Rüdeger. Ja ahnungsschwer, zu schwer,
Schuf Gott dein Herz, wie meines frohvertrausam.
Gotelind. Mein Ahnen hat schon oftmals sich erfüllt.
Rüdeger. Doch öfter noch mein freudiges Vertraun!
Und hier nun gar! Was soll hier drohn? sie schickte,
Sie selber mich zum Gastgebot gen Worms,
Gern kommen die Burgunden und der Bund
Wird neu geknüpft.
Gotelind. Und Siegfried wird vergessen?
Rüdeger (rasch einfallend). Um Gott, lieb Weib, nenn' diesen
Namen nicht,
Ruf' nicht den blut'gen Schatten aus der Ruh!
(Es wird merklich dunkler.)
Gotelind. Er ruhet nicht: — denn er ist nicht gerächt.
Rüdeger. Und doch ward Krimhild Etzels Eheweib.
Gotelind. Das faß' ich nie: — hier schläft ein schwarz
Geheimnis! —
Schon daß er warb! — der Witwer der Frau Helke,
Der hehrsten Kön'gin, die er so beklagte,
Als wollt' er nach in ihren Hügel bringen,
Den Thron der Welt verschmähend, ihr zu folgen.
Rüdeger. Nach einem Sohn und Erben seiner Macht
Verlangte laut des Etzel ganzes Reich,
Zumal die blonden Völker unsrer Zunge:
Denn ohne Kinder starb die Kön'gin Helke
Und Etzels Bruder lieben nur — die Heunen.
Gotelind. Und mußt' er wieder frei'n, — wo Etzel warb,
Kein König und kein Kaiser weigerte,
Zugleich geschmeichelt und geschreckt, sein Kind!
Warum die Witwe just, an die sich blutig
Ein böser Schatte grausen Unheils hängt?
Rüdeger. Als endlich Etzel nachgab seinen Völkern,
Da rief er hundert Heunen-Priester ein,

Die zauberkundig spähen in die Zukunft.
Sie forschten in den Sternen, in den Kräutern,
Im Blut der Opfer . . . —
    Gotelind (schaudernd).   Wohl nicht bloß der Rosse! —
    Rüdeger. Ja, grausam blut'gen Zauber trieben sie,
Aus allen Fürstinnen das Weib zu finden,
Das sich vor allen Etzel sollte küren: —
    Gotelind.   Nun und?
    Rüdeger. Auf ihren Namen, sämtlich, auf Krimhild,
Verwiesen Opfer, Sterne und Orakel.
    Gotelind. Und welcher Segen ward daraus verheißen?
    Rüdeger. Das weiß nur Etzel! denn sobald vollendet
Die Zukunftspähe seiner Zaubrer war,
Ließ er sie töten, alle! — Aber mich
Sandt' er nach Worms, um Frau Krimhild zu frei'n.
    Gotelind. Und sie, die Witwe Siegfrieds, nahm den
                                   Heunen!
    Rüdeger.   Schon war zum Heimritt ich betrübt ent-
                                   schlossen, —
Denn keine Antwort, nur ein Blick des Zorns
War mein Bescheid gewesen: und als Gunther,
Sein Recht als Vormund auch der Witwe Hand
Frei zu vergaben, leise nur erwähnte,
Riß lachend Siegfrieds Dolch sie aus dem Gurt: —
Doch Tags darauf — vom Roß — ließ sie mich rufen
Und sagte flugs auf meine Bürgschaft zu.
    Gotelind (angstvoll). Bürgschaft? wofür? nie sprachst du
                                 mir davon!
Den Bürgen, warnt ein Sprichwort, wird man würgen.
    Rüdeger. Du magst nun wissen drum, — ja, 's ist
                                 wohl gut,
Eh' uns're Gäste kommen, daß du alles,
Was Worms betrifft und mich und Krimhild, wissest.

Ich sollte bürgen, daß ihr Etzel werde
Den ersten Wunsch erfüll'n, den nach der Brautnacht, —
Den als sein Weib sie von ihm heischen werde. —
Ich that die Bürgschaft und sie ward sein Weib.

  Gotelind. Und jenen Brautwunsch — Etzel sagt' ihn zu?

  Rüdeger. Er hat's geschworen bei Frau Helkes Schatten:
So sagten beide mir. Und gut gedieh
Die Heirat: einen Sohn gebar ihm Krimhild
Im ersten Jahr, den heißbegehrten Erben:
Seitdem mit mindrem Ansehn kaum als Etzel
Herrscht sie in seinem ungeheuren Reich:
Getröstet hat ihr Witwenleid — die Macht.

  Gotelind. Das glaub' ich nie, niemals! Du sahst es nicht:
— Du schlugest damals den Jazygen-Chan —
Ich aber sah's, wie hier in Bechelaren,
Bei ihrem Eintritt in sein Heunenreich,
Die Braut zum erstenmal den Bräut'gam schaute:
Durch diese Pforte (auf das Donauthor deutend) trat sie zögernd ein:
Hier, hier am Baum (deutend) schritt Etzel ihr entgegen,
Hob ihren Witwenschleier — Aug' in Auge —
Und auf die weiße Stirne küßt' er sie: —
Da, laut aufschreiend, wie ich schreien nie
Von Mensch gehört noch Tier, stieß sie ihn von sich,
Schlug beide Hände mörd'risch vor die Stirn
Und schaudernd, zitternd, zuckend, brach sie nieder.
Ich sprang hinzu, — hinweg winkt' ich die Männer —
Lang lag sie todesstarr auf meinem Schoß,
Dann sprang sie plötzlich auf, sah wild um sich
Und sprach, die Arme in den nächt'gen Himmel
Hoch reckend: „Siegfried! Siegfried! hör's! ich schwöre!"
Dann folgte sie ins Haus mir willenlos: —
Und niemals wieder hörte man sie klagen.

———

Zweite Scene.

Vorige. Dietlind und Meister Konrad aus den Gebüschen rechts aus der Coulisse: Dietlind trägt ein Kranzgewinde über dem Arm: sie gehen im eifrigen Gespräch an den Eltern, ohne sie zu bemerken, vorbei, an das Donauthor, wo Dietlind, den Eltern den Rücken zugewendet, sich beschäftigt, unter den ersten Reden ihren Kranz über der Thürwölbung aufzuhängen, so daß er an den Seitenpfeilern herabhangt.

Dietlind (unter der Arbeit eifrig forschend).
Drei Fürsten also sind es der Burgunden,
Nicht? Gunther, Gernot und —

    Meister Konrad.   Giselher.
Des Jüngsten Namen kannst du nie behalten.

    Dietlind. Und ihre Mutter ist die Kön'gin Ute?
Und meines lieben Vaters Herzensfreund,
Herr Volker von Alzei, ihr erster Held?

    Meister Konrad. Ihr stärkster ist —

    Dietlind (schaudernd).   O, nennt nicht jenen Namen!
Mich friert's dabei im Herzen stets! — Und Brunhild,
Sie stürzte selber sich in Siegfrieds Schwert?
Das kann ich fassen — aber nicht Frau Krimhild! —
Wie oft schon hast du, mein geduld'ger Meister,
Mir diese Mären müssen wiederholen.
Man hört's nie aus!

    Meister Konrad (halb für sich).
    Wer auch das Ende wüßte! —
(laut) Du merkst dir alle Namen trefflich, Kind,
Nur Einen —

    Dietlind (einfallend).
    So! nun, denk' ich, hält der Kranz!
(grüßend gegen das Thor)
Eia, nun seid willkommen, liebe Gäste!

    Rüdeger (zu Gotelind). Sie denkt es nicht, für wen, für
        welches Fest
Sie ihren Kranz gewunden.

Gotelind. Armes Kind!
So wandeln wir auf Erden ahnungslos:
Schon mancher Festkranz ward ein Brautkranz so,
Schon mancher Brautkranz so ein Totenkranz!

Rüdeger (ist leise Gotelind von rückwärts genaht, ihr die Augen verhaltend).
Wer ist's?

Dietlind. Die weiche Stimme kann sich nicht
Verbergen und die liebe Hand: — mein Vater.

Rüdeger (ihr Haar streichelnd). So eifrig harrt die junge
Markgräfin
Der Gäste, daß sie nicht mehr sieht die Eltern!

Meister Konrad. Ich bitt' Euch, gebt mir Urlaub, hoher
Markgraf:
Ihr habt das Haus voll hoher Gäste morgen.

Rüdeger. Und doch nur Einen werteren als Euch:
Den ersten Sänger: — Euch rühm' ich den zweiten.

Meister Konrad. Vordem vielleicht, Herr Markgraf,
lang vordem!
Seit ich im Donaukloster Mönch geworden,
Fehlt zum Gesang die Lust mir und der Stoff.

Rüdeger. Doch stets noch Meister nennt man dich, nicht
Bruder.
Wann warbst du Mönch?

Meister Konrad. Als Siegfried ward ermordet.

Rüdeger. Zum zweitenmal schon heute dieser Name!

Meister Konrad. Nie hört die Welt sich dieses Namens
satt.

Gotelind. Wart Ihr sein Freund, daß Euch sein Tod so
schmerzte?

Meister Konrad. Ich sah ihn einmal nur: ich sang ein
Lied,
Als er vom Sachsenkriege siegreich heimkam.
Das Lied gefiel ihm: auf die Schulter legte

Er mir die Hand: er bot mir keine Gabe.
Doch leuchtend sah ins Antlitz mir sein Auge.
Von diesem Blicke zehrte meine Seele.

Gotelind. Und als er — starb?

Meister Konrad. Da ging ich aus der Welt,
Die Glanz und Wohllaut bei dem Mord verlor:
Ein schrill verstümmelt abgerissen Lied
Ist alles.

Gotelind. Welcher Abschluß fehlt dem Lied?

Meister Konrad. Wenn diese Bluttat ungestraft froh-
locft,
Wenn ungerächt wehklagt der edle Schatte,
Lebt in der Welt kein Recht, kein Gott im Himmel.

(Ferner Hornruf von der Donau her.)

Dietlind. Das Horn vom Donauturm, den Gastruf
bläst es!

Dritte Scene.

Vorige. Ein Reisiger; gleich darauf Volker.

Reisiger (aus dem Donauthor, meldend).
Ein Bote der Burgunden.

Rüdeger. Führt ihn her!

(Reisiger ab: Volker aus dem Donauthor, im braunen Reitermantel, einen Schlapphut tief in die Stirn gedrückt, bleibt ehrerbietig an dem Thore stehen, mit verstellter Stimme, als Bote meldend.)

Volker. Herr Markgraf, die Burgunden halten schon
Vor Eurem Schlosse bald: nur Einer fehlt:
Nur Volker von Alzei ist nicht bei ihnen.

Rüdeger (schmerzlich, auffahrend). Dann laß die andern alle
wieder wenden!
Wie? Volker nicht bei ihnen? sprich, warum?

Volker (Hut und Mantel abwerfend, an seiner Brust).
Weil er schon hier ist, hier an deinem Herzen!

Rüdeger. Mein Freund! mein Freund!

Gotelind. Ein echter Fiedlerstreich!

Volker. Zu überraschen Euch um einen Tag
Beschlossen Sie ... —

Rüdeger. Wer gab so argen Rat?

Volker. Ei, der sonst selten rät zu Kurzweil — Hagen.
Doch ich beschloß, den Willkomm wenigstens
Mir wegzufangen ganz allein, daß ich
Den ersten Blick nicht muß mit andern teilen.
Frau Markgräfin — Ihr braucht sie nicht zu nennen —:
Da steht Ihr nochmal, zwanzig Jahre jünger.

Rüdeger (den Arm um Gotelind schlingend, zu Dietlind).
Glaub's nicht, die Sänger schmeicheln stets der Jüngsten:
Viel schöner, tausendmal, war deine Mutter.

Dietlind (ihrer Mutter Hand fassend). Sie ist es noch und wird
es immer bleiben.

Volker. Ihr Lieben, gebt mir einen Becher Wein,
Scharf war der Ritt ... —

Dietlind. Und durstig sind die Sänger! — —
Sagt meine Mutter! — Nehmt! des Vaters Becher!
(Kredenzt Volker den Becher, aus welchem Rüdeger getrunken hat.)

Rüdeger. Nicht den! für Volker nur vom besten, Kind.

Volker (ergreift den Becher). Den besten Trunk für Volkers
Mund gewährt
Der Becher, daraus Rüdeger getrunken,
Kredenzt von Rüdegers holdsel'gem Kind. (trinkt)
Auf gute Freundschaft, junge Markgräfin;
Ich hab Euch auch was Schönes mitgebracht.

Dietlind. Ei, was? gewiß ein rheinisch Vögelein?

Volker. 's ist so was! Auf zwei Beinen zierlich hüpft es:
Doch hört es lieber singen, als es singt.
(auf Konrad weisend)
Und wer ist dieser fromme Mann?

Dietlind. Mein Lehrer!
Und auch ein wackrer Sänger, will er's zeigen.

Meister Konrad. Er wird nicht leicht vermißt: Burg
Bechelaren
Wird selten leer an liederkund'gen Gästen.

Volker. Ja, das muß wahr sein, gute Herberg findet,
Wer singen kann, dahier: es zieht kein Klimprer
Aus Osterland gen Worms, der ihn nicht rühme,
Den milden Markgraf mit der Spendehand,
Der gastlich Hof hält an der freud'gen Donau,
Wo Reben duften, Nachtigallen schlagen
Und Rosen blühn und wunderholde Frau'n:
„Die gute Bechelar'n", „die frohe Burg"
Heißt dieses Haus im Lied.

Meister Konrad. Und bei den Armen!
Gehabt euch wohl. (Ab durch das Donauthor.)

(Näherer Hornruf.)

Rüdeger. Sie sind's! Der Wächterruf zeigt an: man sieht
Sie auf die Straße aus dem Walde biegen.

Volker. Frau Markgräfin, wie steht's mit Küch' und Keller?
Ihr werdet überfallen noch zur Nacht.

Gotelind. Die Burgfrau müßt' ich schelten, die nicht schon
Am Tag zuvor bereit für ihre Gäste.

(Näherer Hornruf.)

Rüdeger. Sie nahen schon dem großen Mittelthor:
Entgegen ihnen!

Gotelind. Schmücke dich, mein Kind!

Dietlind. Oh Mutter, laß mich bleiben wie ich bin!
Ich — war mein Lebtag nicht so neugierig.

Gotelind. So bleibe wie du bist . . . — —

Volker (leise zu Gotelind). Doch nicht mehr lang.

7*

Gotelind. Nur eine junge Rose steck' ins Haar!
(Hornruf.)

Rüdeger (treibt durch stumme Bewegung zum Aufbruch, Gotelind und Voller an der Hand faffend; alle ab durch die Mittelpforte).

Vierte Scene.

Die Bühne bleibt geraume Zeit leer: es ist mittlerweile ganz dunkel, Nacht, geworden. Man hört von der Donau her den Hornruf der Türmer: die Burgunden antworten mit Trompetenrufen, welche, kriegerisch und ernst, näher und näher schallen. Endlich hört man, nachdem es ganz still geworden ist, einen Schlüffel knarrend in dem Heunenthor sich drehen: die Thür wird aufgeriffen: herein stürmt in leidenschaftlichster Bewegung Krimhild, in ganz schwarzem Schleier, Mantel und Gewand, nur das feuerblonde Haar zeigt andere Farbe als schwarz an ihr: sie hat den Mantel halb über das Haupt geschlagen. Dietrich von Bern vermag ihr kaum zu folgen; sie stürmt bis in die Mitte der Bühne und erhebt drohend beide Arme hoch in die Lüfte, gegen das Haus im Hintergrund sich wendend.

Krimhild. Verflucht das Haus vom Grundstein bis zum
First,
Das gastlich sie beschirmt mit Thor und Dach!

Dietrich von Bern (ihr folgend, er trägt weder Schutz- noch Trutzwaffen).
Frau Kön'gin faßt Euch! soll ein Augenblick
Verderben was Ihr plantet sieben Jahre?

(Die ganze Scene wird von beiden mit halbverhaltener Stimme gesprochen: sie trachten, sich den im Schloß Befindlichen nicht durch laute Rede zu verraten.)

Krimhild (kaum auf ihn achtend, auf das Donauthor zeigend).
Hier war es! dies Thor sah das Gräßliche!
Hier wurde Siegfrieds Weib geküßt von Etzel. (schaudernd)
Ein Meer von Blut wäscht diesen Greul nicht ab.

Dietrich von Bern. Faßt Euch! wie's feiner Witwe
ziemt! Beherrscht Euch!
Ihr habt's gelobt, als ich verhieß, zu teilen
Den allzukühnen Ritt aus Etzels Hof.
Noch immer weiß ich nicht, weshalb Ihr kamt.

Krimhild. Weshalb? Weshalb? weil ich die armen Augen,
Die nicht mehr weinen konnten jahrelang,

Weil ich sie endlich letzen will und laben:
Ich will es sehn, daß sie gekommen sind!

    Dietrich von Bern. Sie sind gekommen.

    Krimhild.   In mein Land, mein Reich!
In meine Macht! in diese Grenzburg, die
Mein Eigentum.

    Dietrich (rasch). Nicht Rüdegers?

    Krimhild.   Er trägt hier Lehn von mir.

    Dietrich von Bern. Von Etzel, meint Ihr?

    Krimhild.   Nein, als Morgengabe
Bedang ich mir von Etzel diese Burg
Hier an der Donau, die das Heunenreich
Schließt oder aufthut. (den Burgschlüssel hoch emporhaltend)
               Heiße Thränen fielen
Auf diesen Schlüssel — unter meinem Kissen
Liegt er seit Jahren — heut' holt' ich ihn vor:
Das Heunenthor der Donauburg erschließt er!
Urlaub erbat ich mir von König Etzel
Und ritt hieher durch Wald und finstre Wege:
Ich muß es sehn, wie sie hier Einritt halten
In dieses Burgthor und in ihr Verderben.

    (Hornruf und Trompete ganz nahe.)

(Krimhild stürmt auf den Erkervorsprung und späht in das Abenddunkel — roter
Fackelschein, von unten herauf leuchtend.)

Ein langer Zug! ein Heer fast! jauchze, Herz!
Es stopft die Straße sich: — sie halten: — Fackeln!
Da bäumt ein Roß: — es scheut — es will nicht vorwärts
Nicht auf die Zugbrück' — das ist Gunthers Rotscheck!
Ja, König, klopf' ihm tröstend nur den Hals: —
Das Roß ist klug: — nie trägt es dich zurück! —
Wer folgt auf weißem Zelter dort? — es fliegt
Im Winde frei sein goldgelocktes Haar —
Weh'! ich erkenn' dich: — Bruder Giselher!

Was hielt dich Mutter Ute, ihren Liebling,
Ach meinen Liebling! nicht zurück!

    Dietrich.   Auch ihn?.
Bedenk': er war ein Kind!

    Krimhild.   Ich hab's geschworen!
Kein Gast Krimhildens aus Burgundenland
Bleibt leben! Ward auf Erden je ein Eid
Genau erfüllt, wird's Krimhilds Brautnacht=Schwur.
Ha dort, auf schwarzem Hengst, ein Ungethüm,
Schwarz wie die Nacht, (aufschreiend) nein, blutrot wie der Mord!
(aufjauchzend) Ja, Hagen ist's! er selbst! der Rasende!
Er — er mein Gast! — sie springen von den Rossen,
Jetzt Hagen auch — dumpf fiel das Erzthor zu —
(vom Erker herab mit ausgebreiteten Armen bis an das Proscenium vorstürmend)
Und alle, alle, — alle sind sie mein!

               (Vorhang fällt sehr rasch.)

II. Aufzug.

Die gleiche Scenerie.

Erste Scene.

Gunther und Hagen aus dem Mittelthor.

Gunther. Was zogst du mich am Mantel? Sprich: was
willst du?

Hagen. Dich nochmal warnen: Utes Sohn, — kehr' um!

Gunther. Das alte Lied!

Hagen.   Ja freilich! oft schon warnt' ich!
Ich warnte, den Herrn Siegfried aufzunehmen,

Ich warnte, deine Schwester ihm zu geben,
Ich warnte, die Walküre dir zu frei'n,
Ich warnte, meistern ihn dein Weib zu lassen . . . —

    Gunther. Sprich, warntest du auch, Siegfried zu er-
                              morden?

    Hagen. Von allem, was ich jemals riet und that,
War dies der beste Rat, die beste That.

    Gunther. Und Brunhild stieß sich Siegfrieds Schwert
                             ins Herz!

    Hagen. Auch das war wohlgethan: — sie liebte ihn.

    Gunther. Ich aber liebte sie!

    Hagen.   Sie war kein Weib
Für dich und keine Königin für Worms.
Ich warnte, Krimhild Etzel zu vermählen,
Die Rächerin dem größten Waffenherrn,
Ich warnte, diesem Gastgebot zu folgen —
Du hast mich nicht gehört: — nun sind wir hier!
Mir war, da gestern Abend von den Rossen
Wir stiegen, als ob hoch auf uns hernieder
Aus Lüften lache eine Teufelin.

    Gunther. Wenn du dich fürchtest, Hagen, wende du.

    Hagen. Ich habe den zu morden nicht gefürchtet,
Den ihr scheel anzublicken nie gewagt.

    Gunther. Die Reue, das Gewissen spricht aus dir.

    Hagen. Die Reue ist der Narr'n. Und das Gewissen —?
Dich sollt' es strafen, undankbarer Mann.
Für dich lud ich auf mich den Haß der Welt —
Und du — du haffest mit seit jenem Tag.

    Gunther. Dein Rat, dein Speer hat der Burgunden
                             Namen
Zum Abscheu alles Heldentums gemacht.
Die Schwester und das Weib an einem Tag
Mit Siegfried nahmst du mir: — soll ich dich lieben?

Hagen. Der Schwager und die Schwester reu'n dich wenig:
Dich reut das schöne Weib nur, das — ihn liebte!
Ich that für deine Ehre, was zu thun
Du selbst zu schwach warst, was notwendig war.
Viel besser weiß ich, was dir frommt, als du:
Drum sag' ich nochmal: Altes Sohn — kehr' um.

Gunther. Daß jedes Heunenweib uns Memmen schilt
Und zwar mit Recht? — Kehr' du um, ward dir bang.

Hagen. Nicht laß' ich meinen König in Gefahr,
Ob er mich liebt, ob haßt: — doch dies Beharr'n
Verrät, daß deinen Plan ich recht erkannt.

Gunther. Was Plan! ich habe keinen Plan!

Hagen.   Dein Plan
Ist gut, ist er auch riesenkühn: vielleicht auch
Ist's schon das letzte Mittel, uns zu retten.
Muß doch gefochten sein mit tausend Toden,
So sei der Kampfpreis auch: — der Thron der Welt.

Gunther. Den hat nun Etzel!

Hagen.   Mord' ihn beim Gelag,
Zerbrich das Heunenjoch, und alle Völker,
Die er beherrscht hat, huld'gen dem Befreier.

Gunther. Entsetzlicher! willst du den zweiten Gatten
Krimhildens morden, wie den ersten?

Hagen.   Ei,
Er folg' auch darin dem Herrn Siegfried nach!
Und wenn zum dritten Mann Herrn Christus selber
Sich Krimhild kürte und er wäre sterblich: —
Mit diesem Speere müßt' ich ihn erstechen.

Gunther (entsetzt). Mich wundert nur, daß du nicht Krim-
                                   hild selber
Schon hast gemordet.

Hagen.   Das hätt' ich gethan,
Eh' ihres Gatten Blut am Speer mir kalt ward:

— „Die Rächer schlage tot", mahnt klug ein Merkwort —
Jedoch sie trägt zwei Schilde, die sie schützen.

Gunther. Die dem Herrn Christus fehlen?

Hagen.   Allerdings!
Sie ist ein Weib und König Gunthers Schwester!

(Gunther schickt sich an, wieder in die Burg zu gehn.)

Hagen *(hält Gunther am Mantel).*

So hätt' ich wirklich dich für mutiger,
Für klüger auch genommen, als du bist?
Du zogst nicht her ins Heunenland, um was
Allein du's wagen durftest, was ich endlich
Durch meine Warnung dir entlocken wollte,
Du kamst nicht her um Etzels Thron und Leben?

Gunther *(reißt sich los und geht durch das Mittelthor).* Schweig,
Mörder!

Hagen *(ihm nachblickend).* Den Einen nicht, den Heunen, willst
du opfern? *(Pause)*
Das kostet aller deiner Freunde Blut.

(Ab. Gunther folgend.)

Zweite Scene.

Der Reisige. Dietrich von Bern. Hildebrand. Die Bühne bleibt einige
Zeit nach Hagens Abgang leer. Dann bläst und pocht es vor und an dem Heunenthor. Der Reisige aus der Thorpforte rechts geht an das Heunenthor und
frägt von innen.

Reisige. Wer fordert Einlaß?

Dietrich *(von außen).*   Dietrich, Vogt von Bern,
In König Etzels und der Kön'gin Namen.

(Reisiger öffnet; Dietrich und Hildebrand treten ein.)

Dietrich *(ohne Waffen, im Eintreten).* Meld' uns, wir folgen
gleich.

(Reisiger ab durch die Mittelpforte.)

So schweren Gang
That ich noch nie.

Hildebrand. Ihr wart um zehn Jahr älter,
Als Ihr zurückkamt mit der Königin
An unsern Roßversteck im Eibenwald.

Dietrich. Rasch wie die schwarze Wetterwolke flog
Sie her, drang ein und rascher noch und leiser
Zurück aus dieser Thür, (auf das Heunenthor deutend) die ihren
                     Schlüssel
Der allerschlimmsten Feindin hat vertraut.

Hildebrand. Sie schwang im Wald sich auf ein frisches Roß
Und stob hinweg in Nacht mit ihren Heunen.
Was sie Euch zurief: — finster-dunkel war's.

Dietrich. Ein Weltenbrand wird bald die Fackel zünden:
Mein Auftrag ist, sie in dies Haus zu schleudern.

(Beide ab durch die Mittelpforte. — Große Pause.)

———

Dritte Scene.

Dietlind, ihr rasch folgend Giselher aus der linken Pforte des Mittelgrundes.
Später Volker, Rüdeger und Gotelind.

Dietlind (bis ganz vor unter die Rosengebüsche flüchtend).
Er eilt mir nach! Oh bergt mich, liebe Rosen!
Er folgt! Mich schreckt und freut's zugleich.

Giselher (erblickt sie).   Gefunden!
Nein, nein, Jung Markgräfin! es hilft Euch nicht:
Ihr müßt mich hören! Viel hab' ich zu sagen.

Dietlind (abgewandt, ernst, nicht schelmisch).
Was Ihr mir sagen wollt, das, bitt' ich, geht,
Dem Markgraf, meinem Vater, nur zu sagen.

Giselher (halb zornig fast). Nein! dreimal laß ich mich nicht
                    irrverschicken!
Ihr kennt das Spiel, scheint's, gut in Bechelaren:
Weh dem, den's trifft: — man nennt es Irregang.

Dietlind (erschrocken). Oh, zürnet nicht! nichts weiß ich
von dem Spiel!

Giselher (gutmütig, heiter: seine Liebe fast absichtslos und jedenfalls
ohne alle Sentimentalität verratend).

Nun, dann verzeiht! ganz wie im Spiel erging mir's!
Da gestern Abend ich, nachdem ich Euch
Erblickt, nichts, gar nichts mehr vor Augen sah
Als Euch, die vögleinfrüh zur Kemnat schlüpfte,
Da sprach ich: „Hört, Herr Markgraf, auf ein Wort.“ — —
Der lächelte gar böslich in den Bart,
Ganz wie ein arg=verschmitzter Bösewicht:
— Ich hätt' ihn gleich vor Zorn umarmen mögen! —
Und sprach: „Was Ihr mir sagen wollt, das geht
Nur meiner Frau, der Markgräfin, zu sagen.“
Als ich nun heut in roter Morgenfrühe
Frau Gotelind, sowie sie nur die Schwelle
Des Schlafgemaches überschritt, erhaschte
Und anrief: „Hört, Frau Markgräfin, ein Wort!
Der Markgraf schickt mich, Euch statt ihm es sagen“ . . . . —
Da gab sie mir den ersten Backenstreich,
Den ich im Leben außer von Frau Ute
Noch je empfing, — Ihr wißt, so heißt hie Mutter? —
(Dietlind nickt ernsthaft)
Und sprach: „Was Ihr mir sagen wollt, das geht
Nur, meiner Tochter Dietlind selbst zu sagen.“
Ich warte, bis Ihr aus dem Saal Euch stehlt,
Zwar leis und schlau, — doch seh' ich's scharf und folge
Und find' Euch glücklich auch in Euren Rosen: —
Und Ihr wollt mich zurück zum Vater schicken?
Das nähm' kein Ende so!

Dietlind (lächelnd). Ihr seid ein Schelm!

Giselher. 　　　　　　　Das meint wohl auch Frau Ute!

Ihr aber müßt nun hören auf mein Wort:
Denn zu Euch schicken Vater mich und Mutter.

Dietlind (ernst, nicht schalkhaft). Den Eltern hab ich immer
noch gehorcht.

Giselher (rasch). Um Gott, nicht so! so hab' ich's nicht
gemeint!
Nichts von Gehorsam, weisem Rat der Eltern
Und Kindespflicht und Wohlfahrt beider Reiche.

(Volker steckt vorsichtig den Kopf aus der Pforte, aus welcher beide kamen, giebt
dann den hinter ihm stehenden Rüdeger und Gotelind einen Wink und leise
schleichen alle drei näher unter die Büsche, das Paar zu belauschen.)

So hätt' ich etwa Gunther werben lassen
Bei Etzel — doch ich spreche ja zu dir! —
Ich hab' dich lieb — so arg — und doch so zaghaft —
Kaum weiß ich, was ich will — doch will ich immer
Dein Lächeln um mich haben: — Gott! — wie sag' ich?
Sprich, willst du nicht am Rhein die Königin
Der Rosen und der Wonne werden und
Frau Utes Tochter und — und mein Gemahl?

Dietlind (das Gesicht mit den Händen deckend für sich).
Ich kann nicht Ja!, vor lauter Scheu nicht, sagen,
Und noch viel wen'ger Nein! vor lauter Freude,
Oh könnt ich sterben jetzt! wie selig wär's.

Volker (zu den Eltern halblaut). Erbarmen wir uns — denn
das wird nicht fertig!
Das ist zu jung — das kann noch nicht recht sprechen.

(Streicht einmal über die Fiedel — halb singend)
„Sah ein Knab' ein Röslein stehn."

Giselher (ans Schwert greifend). Du, Volker, du! — Kein
andrer blieb' am Leben,
Der hier gelauscht.

Rüdeger (vortretend). Laß uns doch auch noch leben.

Dietlind (rasch auf die Mutter zueilend). Oh Mutter, deinen
Mantel! deck' mich zu!

Gotelind (ihr Haupt halb mit dem Mantel verhüllend).
Glück ist wie Unglück: will gern heimlich sein!

Giselher. Herr Markgraf — nein —: mein Vater
Rüdeger!
Oh laßt fortan Euch nur noch Vater nennen.
Früh starb Herr Dankwart, eh' ich sprechen konnte:
Nie sprach ich noch das Wort: „mein lieber Vater".

Rüdeger. Mein lieber Sohn! nie sprach ich noch das Wort:
Nur immer: „liebe Tochter". Dank dir, Tochter,
Daß ich nun „lieber Sohn" auch sagen kann.

Volker. So glatt sah ich noch niemals junger Liebe
Den Weg gebahnt: das giebt nicht Lied noch Sage!
Kein böser Vater und kein Nebenbuhler,
Nicht mal ein König, den man fliehen muß.
Ihr gebt dem besten Sänger nichts zu singen.

Giselher. Wann ist die Hochzeit? morgen? übermorgen?

Volker. Mich wundert nur, mein Königssohn, daß Ihr
Nicht gestern Abend gleich vom Gaul herunter
Bei ihrem Anblick rieft: „wann ist die Hochzeit?"

Gotelind. Laßt sie nur erst vom Schrecken sich erholen,
Daß sie nun Braut heißt und nicht länger: „Kind".

Rüdeger (prüfend). Doch — König Gunther? Wenn er
nun verschmäht
Das schlichte Grafenkind für seinen Bruder?
Wenn eine Königstochter er verlangt?

(Dietlind blickt ängstlich auf.)

Giselher (leidenschaftlich). Dann heb' ich auf mein Roß zu
mir mein Lieb
Und reite mit ihr in die weite Welt,
Und Gunther, Worms, die Mutter sieht mich nimmer!

Volker (einen Bogenstrich machend). So hör' ich's gern! Wie
geht die alte Weise?
„Ich habe mein Liebchen viel lieber
Als Vater und Mutter und Thron."
Rüdeger. So recht, mein Sohn! doch, hoff' ich, wird's
nicht nötig,
Daß in den Wald du flüchtest mit der Braut.
Hier kommt der König!

Vierte Scene.

Vorige. Gunther. Gerenot. Hagen.

Volker. Heia! König Gunther!
Ich heische Botenlohn für frohe Kunde!
Hier giebt es Hochzeit. (Auf das Paar deutend.)

Rüdeger. Was wir all gewünscht,
Hat sich am schönsten sonder unser Zuthun
Von selbst erfüllt, frei und notwendig doch.

Volker. Wie Rosen blühn und Vöglein Nester baun.

Gunther (küßt Dietlind auf die Stirn). Der erste Sonnenstrahl
seit langer Zeit,
Der wieder einkehrt bei den Nibelungen:
Willkommen, holde Schwägrin, lichtes Pfand
Von lichtrer Zukunft.

Hagen (halblaut zu Gerenot und Volker).
Sagt, wo steckt der Berner?

Gerenot. Ich sah ihn prüfen Zugbrück, Wall und Thor.
Er liebt das Kriegswerk, scheint's, doch geht er ohne
Gewaffen, nur im Festgewand des Gasts.

Volker. Man sagt, er würgte ohne Waffen einst
Zu Rom 'nen Löwen.

Hagen. Seit ich das erfuhr,
Seh' ich ihn nur, — würgt's immer mich am Hals.

Gerenot. Wo hat er nur die Amalungenwaffen?

Volker. Mit ihnen, singt man, zwang er Siegfried selbst.

Hagen. Ich habe große Lust, ihn drum zu fragen.

Gerenot (auf das Paar deutend). Sie mahnen mich an Sieg=
fried und Krimhild.

Volker. Zwar nicht so her, doch auch so jung und glücklich.

Hagen. Schlimm der Vergleich! das Glück war kurz
von Atem.

(zu Rüdeger) Herr Markgraf, nun verschwägert und versippt
Seid Ihr des Königs Schild im Heunenlande.
In seinen eignen klaffend brach ein Riß.

Gunther (schwermütig halblaut). Als Siegfried starb.

Gerenot (erklärend halblaut zu Rüdeger). Der Sterbende warf ihn
Nach Hagen: und er brach auf spitzem Fels.

Rüdeger (beschwichtigend). Ich denke, was den König hier
bedroht,
In seiner Schwester Reich, dem mag ich wehren.

Volker (sich ins Gespräch mischend). Jedoch der beste Eisen=
schild der Welt,
Ist in der Nähe deiner Burg zu finden,
Lügt nicht die Märe.

Rüdeger. Nein, sie lügt nicht; doch
Der Schild ist leider feil nur um das Leben!

Hagen (aufmerkend). Wo ist der Schild? (für sich) Wir können
Schilde brauchen.

Rüdeger. Ganz in der Nähe hier, im Donautann, (auf
das Donauthor deutend)
Haust Ellak, der Avaren Chan und Etzels
Getreuer Mann: der hat den besten Schild,
Den undurchdringlich kluge Zwerge schufen:
Jedoch der Riese mißt der Ellen drei
Und zahllos wimmeln um ihn die Avaren.

Hagen (für sich, einige Schritte nach der Pforte gehend).
Dies Thor führt also nach der Donau. — Merk's.

Giselher. Was schwatzt ihr da von Riesen und von
Schilden!
Ich frage nochmal: Wann ist Hochzeit, Vater?
Als Morgengabe schenk' ich ihr zu Worms
Den Rosengarten, der mein duftig Erbe.

Rüdeger. Als Mitgift geb' ich meinem lieben Kind
Den ganzen Traungau, Tuln, die reiche Stadt . . . —

Gunther. Den Zoll am Rhein als Brautgut schenk'
ich ihr.

Hagen (für sich). Vielleicht thät ihr zumeist ein Wittum not.

———

Fünfte Scene.

Vorige. Dietrich und Hildebrand (aus der Mittelpforte).

Dietrich (erschrocken von der Schwelle aus rufend).
Was geht hier vor? Herr Markgraf haltet ein!

Giselher. Hier wird gefreit, gestrenger Vogt von Bern,
Wenn's euch gefällt!

Hagen.   Und wenn's euch mißfällt: — auch.
Seid ihr nun fertig mit der Burgbeschau?
Ist für ein Hochzeitschloß sie stark genug?

Dietrich. Wer ist der Bräut'gam?

Giselher.   Ich!

Dietrich.   Und wer die Braut?

Rüdeger. Mein Kind.

Dietrich.   Ich warn' euch, Donaumarkgraf! Ohne
Des Königs Willen! — fragt die Kön'gin erst.

Giselher (zu Dietlind tretend). Ich will ja nicht des Etzel
Eidam werden.

Rüdeger. Mein Wort bleibt stehn. Verlobt sind unver-
brüchlich
Jung Giselher und Dietlind, meine Tochter.
(Legt ihre Hände zusammen.)

Giselher (zieht einen Ring vom Finger und steckt ihn Dietlind an).
Nimm diesen Ring — vom Nibelungenhort —
Siegfried gab mir ihn einst — er bindet uns
Auf Tod und Leben.

Gotelind.   Halt, du schauderst, Kind?

Dietlind (sich fassend). Vom Nibelungenhort, seltsam! sonst ist
All' Gold doch kalt — und dies brennt heiß wie Glut.

Giselher. Ein eigner Segen liegt auf Niblung-Gold.

Hagen (für sich). Ein eigner Segen! ja: naß, heiß und rot.

(Hornrufe.)

———

Sechste Scene.
Vorige. Reisiger aus der Mittelpforte.

Reisiger. Ein großer Zug von Etzels besten Mannen,
— Sie reichen fast von hier bis an die Donau, —
Geführt von Herzog Bleda, naht der Burg,
Geschenke von der Königin zu bringen
Und ehrenvoll die Gäste zu geleiten.

Hagen (schaut über die niedre Mauer). Das ist ein Heer.

Volker (desgleichen).   Sie wimmeln wie die Ratten.

Hagen. Und tausend Ratten fressen einen Bären.

Gunther. Entgegen laßt uns gehn dem Bruder Etzels.
(Alle wenden sich zum Gehn.)

Giselher (zu Dietlind). Sieh, Brautgeschenk und Braut-
geleit im voraus
Schickt Schwester Krimhild.

Volker (im Abgehen zu Hagen). Wie gefällt's Euch, Hagen,
Auf Bechelaren?

Hagen. Schlecht gefällt's mir, schlecht!
Der Markgraf Rübeger ist mir zu weich.

Volker (verletzt). Der grimme Hagen ist der Welt zu hart.

Hagen. Schlimm für die Welt und Markgraf Rübeger.

Volker. Weshalb?

Hagen. Wann sie zusammenstoßen einst!
Der Eisentopf zerstößt den irdnen stets.

Beide als die letzten ab. Als auch Rübeger folgen will, legt ihm Dietrich die
Hand auf die Schulter.)

Dietrich. Herr Markgraf bleibt — ich hab' Euch was
zu sagen.

––––––

Siebente Scene.

Rübeger. Dietrich.

Rübeger (in Dietrichs Auge blickend, entsetzt).
Bei Gott dem Herrn! das Unheil spricht aus Euch!

Dietrich. Das Schicksal und die Königin Krimhild!
In ihrem Namen sprech' ich.

Rübeger. Saht Ihr sie?

Dietrich. Heut' Nacht bei diesem Baum stand sie mit mir.

Rübeger. Geheim? in meiner Burg?

Dietrich. In ihrer, ja.

Rübeger. Ihr wißt?

Dietrich. Ich weiß, Ihr seid Krimhilds Vasall.

Rübeger. Was that sie hier?

Dietrich (er deutet auf Rübegers Schwert).
Schwört auf dies Schwert, — die Königin befiehlt's —
Zu schweigen gegen Mann und Weib und Kind,
Zu schweigen gegen Stern und Stein und Strauch
Von eurer Herrin Auftrag und Geheimniß.

Rübeger (legt die Hand auf das Kreuz seines Schwertknopfs).
Was that sie hier?

Dietrich. Sie zählte.

Rüdeger. Was zählte sie? mich schaudert.

Dietrich. Ihre Opfer.

Denn kurz und klar: sie schwur bei Siegfrieds Herzblut,
All' ihre Gäste aus Burgund zu töten.

Rüdeger (entsetzt, will in die Burg stürzen).

Dietrich (hält ihn). Sie mahnt Euch jetzt, daß nur auf
Euer Wort
Den Witwenschleier sie mit Etzels Brautring
Vertauscht: Ihr habt in Worms um sie geworben,
Und nur auf Euren feierlichen Eid,
Daß Etzel und Ihr selbst erfüllen wolltet
Den Wunsch, den in der Brautnacht sie ihm flüstre,
Auf diesen Euren Eid nur ward sie Etzels.
Ist's also?

Rüdeger. Also ist's! ich dacht' an alles,
Was Weibern einfällt —, nicht an Brudermord!
Oh Gott der Gnaden! Und Ihr helft dazu?

Dietrich. Soweit ich will: ich bin hier Gast und frei.

Rüdeger. Doch ich!

Dietrich. Ihr thut was Eure Herrin heischt.
Ich warte noch.

Rüdeger. Was plant Ihr, Mann des Schweigens?

Dietrich. Ich räche Siegfried.

Rüdeger. War er Euer Freund?
Ihr rangt mit ihm — man sagt, nur Ihr bezwangt ihn.

Dietrich. Er, nie ein andrer, hat mir heiß gemacht: —
Vor meinem Feuerhauch, als ich ergrimmte,
Schmolz ihm die Hornhaut endlich: — er erlag.
Ich liebt' ihn sehr — Er war der Lenz der Welt.

Rüdeger. Ihr wollt ihn rächen?

Dietrich. Siegfried wird gerächt.

Rüdeger. An Hagen, — Gunther?

8*

Dietrich. Siegfried wird gerächt.

Rüdeger. Und Giselher und Volker!

Dietrich. Alle sterben! (kurze Pause, plötzlich seine Hand fassend).
Wenn Ihr nicht abhelft!

Rüdeger. Ich? wie kann ich helfen,
Dem Pflicht und Pflicht die Rechte und die Linke
Zerr'n auseinander und das Herz zerreißen!
Den weisesten der Männer rühmt man Euch
Und auch den besten, wie den stärksten, sprecht!
Giebt's keinen Ausweg?

Dietrich. Einen Ausweg giebt's,
Der Euch zugleich zum höchsten Ruhme führt:
(großartig) Helft Siegfried rächen und die Welt befrein!

Rüdeger (staunend). Was wollt Ihr thun?

Dietrich (groß). Die Gottes-Geißel brechen.

Rüdeger. Ihr sinnet Hohes!

Dietrich. Ja, das Höchste: Freiheit!
Schwer lastet längst der Heunen schnödes Joch
Auf edlern Stämmen: — auch auf Eurem Volk.
Euch ehrt der treue Dienst, den Ihr geerbt,
Doch höher wird Euch die Befreiung ehren.
Ich kann allein mit meinen Goten nicht
Die Übermacht des Heunen zwingen, wenn
Sein ganzes Heer noch ungebrochen steht
Und Ihr dabei: wir beide zwingen ihn.
Gebunden liefr' ich Hagen-Tronje aus
Der Königin.

Rüdeger. Wer bindet Hagen Tronje?

Dietrich. Ich! und den König Gunther.

Rüdeger. Meine Gäste!

Dietrich. Ich fordre sie zum offnen Kampf vor Krimhild
In Etzels Burg, mehr als den Mördern zukömmt!

Dafür verlang ich freien Abzug für
Die unbefleckten Gäste aus Burgund.

Rüdeger. Ach Volker! Giselher! und weigert sie's? —

Dietrich. Der König Etzel, denk' ich, scheut den Kampf,
Sieht er den Vogt von Bern und Markgraf Rüb'ger
Zu hoher That vereint beisammenstehn.
Zurück in ihre Steppen mit den Heunen!
Frei muß er geben alles Abendland:
Gerächt wird Siegfried und die Welt wird frei!

Rüdeger. Ein großes Werk! — — Ich kann dabei nicht
helfen.
Der Ruhm des Markgraf Rüb'ger heißt die Treue,
Und zwiefach knüpft an Etzel mich die Ehre.

Dietrich. Kann man — verzeiht — auch zwiefach sein
ein Knecht?

Rüdeger. Mein Vater hat sich wider ihn empört:
Er ward gefangen: Etzel gab ihn frei,
Gab ihm auf's neu die Leh'n, nach seinem Tod
Dem mitgefangnen Sohne, mir, dazu
Mit allem Land des Vaters diese Burg:
„Sei du mein Thorwart," sprach er, „an der Donau,
In deinem Schos liegt Etzels Haupt — behüte
Du seinen Schlummer." Edler Vogt von Bern,
Befreit die Welt, ich muß dem Heunen dienen.

Dietrich. Nicht kann ich widersprechen solcher Pflicht
Noch lösen deine Hand, die Ehre festhält.
Doch wehe drum! wir beide, fest verbunden,
Wir hätten großes Unheil abgewehrt:
Viel Blut muß fließen nun, viel schuldlos Blut,
Und andre Wege muß ich mühsam suchen,
Die schwer und spät ans große Ziel mich führen.

Rüdeger. Ja, Ihr seid nicht nur klug, Ihr seid auch gut:
Ich hab's erprobt in meiner schwersten Stunde.

Dietrich. Ich meint' es gut mit dir: — dich warnen
wollt' ich,
Dein Kind den Tod-Verfallnen zu verbinden,
Du hörtest nicht! Nun wollt' ich deinen Eidam,
Den Unbefleckten, retten durch dich selbst:
Du kannst es nicht: — so trage dein Verhängnis. —
Rüdeger. Ich werd' es tragen, bis es mich erdrückt.

Achte Scene.

Vorige. Bleda mit einer starken Schar Heunen aus dem Mittelthor und
beiden Seitenthoren.

Bleda. Weiß er's?
Dietrich. Dir zeigt sein Jammer, daß er's weiß.
(für sich) Das ist der rechte Heune! Meinen Fuß
Zieht's stets, wenn ich ihn schauen muß, empor,
Wie häßliches Gewürm ihn zu zertreten. (laut zu Rüdeger)
Mein Auftrag ist erfüllt: — lebt wohl, Herr Markgraf;
Der Kön'gin meld' ich: treu erfand ich Euch.

(Ab durch das Heunenthor.)

Neunte Scene.

Vorige, ohne Dietrich.

Bleda (für sich). Ha, diese hochmutkranken Flachshaar-Riesen
Mit blauen Kinder-Augen! heben stets
Den Fuß beim Schreiten hoch, als wollten sie
Etwas zertreten. Hui! wie ich sie hasse!
Fällt aus des müden Etzel Hand die Geißel,
Wie will ich sie auf ihrem Rücken schwingen!
Das hält zusammen — alles — gegen uns! —
Da weint der starke Markgraf wie ein Weib

Um fremdes Weh! — das soll ein Heune faſſen!

(laut) Ihr, Krimhilds Dienſtmann, Thorwart dieſer Burg,
Ihr kennt — ſo hör' ich — ganz der Kön'gin Willen?

Rüdeger. Ich kenn' ihn ganz!

Pleda (leiſe). Nicht Einer! hört Ihr wohl, bei Eurer Ehre!
Auf Eure Treu' baut Etzel, läßt er ſagen.
Hier bleibt Ihr — zieht nicht mit nach Etzelburg,
Ihr hütet hier den Ausgang aus dem Reich,
Auffangend, was vom Hof etwa entrinnt.

(lauter) Ihr Heunen, leiſe, aber ſchnell, beſetzt mir
Sogleich die Pforten alle dieſer Burg.
Du Hornbog, Etzels Schildknapp', hältſt die Wacht
Dort (deutend) an dem Donauthor. Und nun ſeht her:
Der Kön'gin Ring, ihr kennt ihn alle, — nicht? —

(Die Heunen kreuzen die Arme auf der Bruſt.)

In ihrem Auftrag geb' ich ihn dem Markgraf:
An Etzels und an Krimhilds Statt gebeut er.
Ihr folgt auf ſeinen Wink, als wär er Etzel:
Was er gebeut, ihr thut's, bei Etzels Bart!
Bei Tagesanbruch führ' ich fort die Gäſte
Gen Etzelburg, — der treue Markgraf hier,
Er deckt den Rücken unſres Zugs und ſchließt
Mit ſeiner Burg das Reich der Heunen ab:
Er ſteht hier Wache, auf daß ungeſtört
Die Kön'gin Krimhild den Burgundengäſten
Ihr großes Sonnwendfeſt bereiten mag.

(Ab mit einer Schar in die Mittelthür, die andern Heunen beſetzen alle Thore,
die Mauer und den Erker.)

Rüdeger. Oh Volker! oh mein Kind! oh Giſelher!

(Er ſtürzt an dem Baume nieder, die Hände vor dem Antlitz.)

(Vorhang fällt.)

III. Aufzug.

Die gleiche Scenerie. Dunkle, schwermütige Abenddämmerung.

Erste Scene.
Rüdeger. Gotelind.

Gotelind (unter dem Baume sitzend, Rüdegers Haupt im Schoß haltend).
So liegt er reglos, wie ich ihn gefunden,
Wie blitzgeschlagen. Ja, ein Strahl des Schicksals
Aus blauem Himmel traf ihn auf das Haupt:
Den grimmen Donner hört' ich fern schon grollen:
Des Tronjers Trotz, des Berners eisig Schweigen,
Der Heunen Mordblick und nun meines Gatten
Betäubung —: Kön'gin Krimhild! Alles ahn' ich.

Rüdeger (erwachend, regt sich). Du, Gotlind? — Mutter,
                        wo ist unser Kind?

Gotelind. Vom lauten Festgelage wich sie lang
In ihre stille Kemenate.

Rüdeger.   Volker?

Gotelind. Er singt und spielt: nie war er froh wie heute,
Und trinkt und scherzt mit ihm — mit Giselher.

Rüdeger (aufstehend). Laß sein! — es geht vorbei: —
                      wie alles muß.
Denn einmal, Mutter, muß ja alles enden.

Gotelind. Ja, Glück und Elend. — — —

Rüdeger.   Mutter, frage nicht!
Dein Schweigen wartet: — aber frage nicht.

Gotelind. Ich brauche nicht zu fragen: denn ich weiß.

Rüdeger. Du weißt? und lebst noch? Nein, du kannst's
                      nicht fassen.

Gotelind. Ich schweige. Soll auf dein zerschmettert Haupt
Ich noch die Bürde meiner Worte legen?

121

Ich hab' dich lieb gehabt, mein Rüdeger,
Sehr lieb! und ach! so glücklich waren wir.

    Rüdeger. Halt ein! halt ein! es stößt das Herz mir ab!

    Gotelind. Du brauchst die Kraft: — denn du mußt
                                  übrig bleiben

Bis ganz zuletzt: — du brauchst die Kraft am längsten.

    Rüdeger. Du sprichst, als wäre alles schon geschehn!

    Gotelind. Was unabwendbar, das ist wie geschehn.
Ja, als ich dich zuerst hier fand und alles
Erriet, da kam's mir wohl, mit lautem Schrei
Zu fliegen in das Festgelag, mein Kind
Und ihn und deinen Fiedler fortzureißen:
Doch plötzlich eiskalt krallte um mein Herz
Die Hand des Schicksals sich: mit schrillem Hornruf
Die Heunenwache zog die Zugbrück auf!
In dieser Burg herrscht Krimhild und der Tod,
Und dieses Thor, das rettende, zu öffnen

              (auf das Donauthor deutend)

Vermag nur Gottes, — keines Menschen Hand.

    Rüdeger (für sich, an Krimhilds Ring rührend). Hier diese Hand.

    Gotelind (fortfahrend wie im Selbstgespräch). Sie wird's nicht
                                überleben.

Denn tief hat diese Liebe sie erfüllt.
Sie ist zu jung, sie kann's nicht überwinden.
Und ich . . — — —

    (plötzlich laut aufschreiend; die Fassung, die sie sich auferlegt, solang sie Rüdeger
            hilflos hegte, verläßt sie).

                 Nein, nein, ich kann's nicht tragen! Vater,
Oh rett' uns! laß uns flieh'n! vielleicht gelingt's
Vom Wall zu springen!

              (Eilt auf den Erker.)

    Rüdeger (ihr nach). Halt! bist du von Sinnen?
Du weißt, turmhoch in spitze Felsenzacken
Springt sich's vom Wall.

Gotelind (sich losreißend). Laß mich! Mein Kind, mein Kind!
Ich kann's nicht tragen und ich will es nicht!
Mein Herz verglüht des Schicksals eis'ge Bande.
Warum, warum, gerechter Gott im Himmel,
Soll unser schuldlos Kind in seiner Blüte
Zertreten werden um die fremden Frevel?
Nein, nein! es soll nicht sein! ich will's nicht leiden!
Ich sah ein Vöglein jüngst, ein schwaches Tierlein,
Der Schlange, die ihr Junges wollte schlingen,
Grell kreischend in den offnen Rachen flattern,
Ich will mein Kind erretten, wenn den Vater
Der Wahn der hohlen Pflichten hält. Dietlind!
Horch, deine Mutter ruft! entflieht! entflieht!

(Sie will in das Haus eilen. Rüdeger hält sie zurück.)

Du hältst mich fest? du hemmst mich sie zu retten!
Ihr eigner Vater! o wie bist du grausam!

(Sie sinkt in seine Arme.)

Rüdeger. Mein Weib! — sie stirbt.
 Gotelind.   Erbarmen, guter Rüd'ger!
Rett' unser Kind, wenn du es kannst!

(Die Sinne vergehen ihr.)

 Rüdeger.   Gotlind!
Nein, nein, du sollst nicht sterben! höre mich!

(Gotelind schlägt die Augen auf.)

Ich rette unser Kind! ich kann und will's?

(Er übergiebt Gotelind den beiden Dienerinnen, die auf das Rufen ihrer Herrin in der Mittelgrundthüre links besorgt erschienen und sie nun stützend fortführen.)

 Rüdeger (gegen das Proscenium vortretend).
Mein Kind zu töten hab' ich nie geschworen!
Und er, der schuldlos ist an Siegfrieds Blut, —
Für ihn bring' ich dies Haupt der Königin:
Gelüstet sie's, Unschuldige zu morden,

Ich bin's wie Giselher: — sie morde mich:
(im höchsten Schmerz)
Und Volker kriegt sie in den Kauf geschenkt!
(Ab durch das Mittelthor.)

Zweite Scene.

Die Bühne bleibt geraume Zeit leer, es ist Nacht geworden. Mondlicht und
Sterne stehen über der Donauebene. Ahnungsvolle Nachtstimmung draußen und
über den Gebüschen des Schloßgartens.

Dietlind (aus der Mittelpforte rechts; bald darauf Giselher aus der
Mittelthür).

Mich flieht der Schlaf. Schwül war die Kemenate:
Hinaus zog mich's, in Nachtluft, zu den Sternen
Und zu den Blumen — und an diesen Ort,
In diese Büsche, wo der liebe Fremdling
Mir plötzlich eine ganze Welt geschenkt.
Ich war ein Kind — und nun, nun seine Braut!
Wie ich ihn liebe! Gute Nacht, mein Trauter!
Und träume, träume von dem Kuß, den ich
Dir ach! so sehr gegönnt und doch versagte. — — —
(Träumerisch unter den Rosen verweilend.)
    Giselher (tritt auf). Genug des Lärms! genug des Scherzes
auch!
Mich treibt es in die kühle, heil'ge Stille:
Die Sehnsucht zieht mich in die Einsamkeit,
In diesen Garten, wo mein Glück erblühte.
Dietlind, Geliebte! tief wohl träumst du schon.
Oh daß in deinen Traum (sie erblickend) — ei, wahrlich,
Liebchen,
Du bist es selbst! welch' Glück! was suchst du hier?
(Nur Händedruck, keine Umarmung.)
    Dietlind. Oh lieber Knab', — ich glaub' — ich suchte dich.
    Giselher. Du süßes, liebes, holdes, liebes Kind.
    Dietlind. Ich bitte dich um was, du Goldner, darf ich?

Dritte Scene.

Rüdeger tritt unbemerkt aus der Mittelpforte und beobachtet das Paar.

Giselher. Sprich! Alles — nur die Sterne nicht vom
Himmel!

Dietlind. Nun, so schwer, denk' ich, kommt es dich nicht an.
Du sollst was leiden, Lieber, nicht was thun.

Giselher. Was thun wär' mir doch lieber.

Dietlind. Ei, wer weiß!
Du hast zum Abschied in dem Saal heut' Abend
Vor all' den lauten Männern was begehrt ... — — —

Giselher. Was mir die junge Markgräfin versagte:
Mein gutes, offenbares Bräut'gamsrecht.

Dietlind. Drum konnt' die junge Markgräfin nicht schlafen
Und will's nun sühnen: (ihm wehrend, da er sie küssen will) nein,
nicht so, du Wildsturm!
Laß mich dir, statt des Kusses vor den Augen
Der lauten Menschen, hier vor Gottes Augen
(nach den Sternen deutend)
Auf deine edle Stirn den Kuß dir legen.
(Giselher senkt das Knie vor ihr, zu ihr aufblickend; sie küßt ihn auf die Stirn.)
Nimm all' mein Leben hin mit diesem Kuß.
Ich bebte sonst, Blut schoß mir in die Wange,
Sah unversehns ein Mann mir in das Auge:
Dich aber sucht das Auge wie die Seele:
Ich hab' dich lieb, du goldner Königssohn (ihn erhebend).

Rüdeger (für sich). Nein, Kön'gin Krimhild, diese Knospe nicht!

Giselher. Ich weiß ein Märchen, Holde — weißt du's
auch? —
Von einem wunderschönen Elbenkind,
Das durch die Lüfte, allen unsichtbar,
Ein schwangezogner Muschelwagen trägt:
Auf Erden wallt' ein Knabe sehnend hin,
Der sie im Traum gesehn, und seither sucht.

Da, als er kömmt in einen stillen Garten,
Da glänzt es plötzlich hell vor seinen Augen,
Es hält der Schwan: — ein holder Ruf ertönt
Und an der strahlenden Geliebten Seite
In eitel Glanz, ins Morgenrot hinein
Ziehn sie mit ew'gem Glück und ew'ger Liebe!

    Rüdeger (für sich). Nein, Kön'gin Krimhild, diesen Bruder
nicht!
Du dankst mir noch, so hoff' ich, den Verrat ... — —
Verrat und ich? Ja, Rüdeger! Verrat! — —

    Dietlind (scheu). Ich muß nun fort, die Mutter würd'
mich schelten.

    Giselher. Der Vater aber würd' mich schelten, glaub' ich,
Ließ' ich so leicht mein Lieb davon! das ist
Ein Mann wie klarer, edler, milder Wein!

    Dietlind. Mild-herrlich ist er, wie der Sonnenstrahl.
Doch laß mich jetzt: — 's ist spät: — viel gute Nacht!

    Giselher. „Viel gute Nacht!" getrennt von dir! oh wär' schon
Die Zeit, da uns nicht Tag mehr trennt noch Nacht.

    Dietlind. Was sprichst du da? — Laß schnell mich
nun von hinnen!

    Giselher (hält sie). Ach, bleib'! ich kann, ich kann dich jetzt
nicht lassen!
Jetzt halt' ich dich: wer weiß, wie lang's noch währt,
Bis ich dich stets in Armen halten darf!
Ach wann ist Hochzeit?

    Rüdeger (vortretend). Noch heut' Nacht, mein Sohn!

    Dietlind (bestürzt). Oh Vater, schilt nicht! — Wär' ich
bei der Mutter!

    Giselher. Du sprachst ein Wort, das man im Scherz
nicht wagt.

    Rüdeger. 's ist Ernst. Du hast gehört vom Berner, Sohn:
Nicht jedermann sieht diese Heirat gern

Am Hofe Ezels. Zogst du erst dorthin,
Mag manche Zög'rung, Hind'rung selbst euch trennen.
Dem kommt zuvor durch rasche That! schnell fort!
Leicht trägt Ein Roß euch beide aus der Burg:
Jenseit der Donau sucht im Kloster Konrad:
Er traut euch flugs: ihr bleibt bei ihm im Kloster,
Bis ich, ich selbst euch weiter Nachricht sende.
Hörst du? — Du kömmst nicht übern Strom zurück,
Bis ich dich rufe! — folge, rasch! mein Sohn.
    Giselher (sehr ernst). Hier liegt was Tiefres! — Glaubst
                              du wirklich, Vater,
Man will an Ezels Hof die Hochzeit hindern?
    Rüdeger. Das will man, wenn man kann. D'rum komm
                                zuvor.
    Giselher. Und gegen Ezels Willen?
    Rüdeger.   Fürchtest du ihn?
    Giselher (leidenschaftlich). Das ist ein Sporn zur Eile! auf,
                                Geliebte!
    Dietlind. Ich bin bestürzt von Schreck, verwirrt von
                              Scheu;
Laßt von der Mutter doch mich Abschied nehmen.
    Rüdeger (bewegt). Die Mutter! ach! — sie segnet euch
                             durch mich.
Rasch fort!
    Giselher. Mit Bräut'gams Eile.
    Rüdeger (nimmt seinen Mantel ab und giebt ihn Giselher).
                       Nimm den Mantel.
Kühl wird's um Mitternacht.

(Während Giselher beschäftigt ist, Dietlind in den Mantel zu hüllen und die
Ängstliche zu beschwichtigen, tritt Rüdeger an das Donauthor; seine Worte werden
von dem Paare nicht gehört.)
            He Wache, hier!

———

Vierte Scene.

Hagen tritt unbemerkt aus dem Mittelthor, gleich darauf aus dem Donauthor
Hornbog.

Hagen. Der Wein schmeckt all' nach Blut. — Was raunt
am Thor?
(Tritt vorsichtig vor in die Büsche.)

Hornbog (auf der Schwelle des geöffneten Thores mit Pfeil und Bogen,
Schild und Speer ganz gerüstet).
Herr?

Rüdeger. Du allein hast Wacht hier?

Hornbog. Hornbog gilt
Bei Etzel sieben Wachen, wie Ihr wißt.

Rüdeger. Rasch führe dort die beiden aus der Burg.

Hornbog. Herr Markgraf!

Rüdeger. Sieh den Ring der Königin.

Hornbog. Genug. Gleichwie der Dolch gehorcht der Heune:
Stumm fährt er in die Scheide wie ins Herz.
Doch: vor dem Burgwall lauern unsre Reiter.

Rüdeger. Geleite sie bis an den Donauwald,
Dann rasch zurück! (zu Giselher tretend) Mein Sohn, nimm diesen
Ring:
Krimhildens Ring vom Nibelungenhort:
Was du, versehn mit diesem Ring, gebeutst,
Geschieht in Etzels Reich: lebt wohl, ihr Kinder:
Wenn ihr des Vaters denkt, denkt dieser Stunde.

Giselher. Dem König Etzel bringe diesen Gruß:
Dietlind ist mein trotz ihm und allen Heunen.

Rüdeger (sieht den von Hornbog Fortgeführten eine Weile nach, dann
schwermütig vor sich hin).
Dem König Etzel bring' ich dieses Haupt!
(Langsam ab in das Mittelthor. Das Donauthor bleibt halb offen.)

Hagen (allein, ganz vortretend). (zweifelnd) Schlepp' ich den König
Gunther mit Gewalt
Durch dieses Thor? das weckt dreitausend Heunen. —

(überlegend) In dieser Zwingburg sind wir all' gefangen: —
Nicht lang' steht offen dieses Thor! — Herr Burgwart,
Merk, wenn ein schwaches Herz die Thüren aufthut,
Dann muß es tragen, wer hinausgeht!

       (Auf der Schwelle sich hoch aufrichtend, zieht das Schwert.)

                                    Frei!

         (Er eilt hinaus.)

       (Der Vorhang fällt sehr rasch.)

IV. Aufzug.

Offener Hof vor Etzels Burg, die den Hintergrund füllt: mehrere
Stufen führen zu derselben empor: drei Bogeneingänge, mit roten
Vorhängen geschlossen, führen in das Innere der Burg: vor diesen
Vorhängen auf der obersten Stufe eine breite Estrade; links im
Hintergrund sieht man weiter zurück kleine Nebengebäude und Ställe.

Erste Scene.

Hildebrand, gleich darauf Dietrich aus der ersten Coulisse links.

Hildebrand. Unheimlich grollt und rollt das hie und dort,
Wie wenn ein furchtbar schweres Ungewitter
Sich langsam aufballt hoch in schwarzen Wolken:
Es wetterleuchtet schon: hebt's an zu blitzen,
Wird Erd' und Himmel rot in Flammen stehn.
    Dietrich (tritt auf). Wo sind die Gäste? Schon hinein?
    Hildebrand (deutet auf die Vorhänge).   Noch wallen
Die Vorhänge: so weit ging König Etzel
Dem Zug entgegen: dort empfing er sie.
    Dietrich. Schon auf dem Ritt hieher von Bechelaren
Begann der Zwist der Heunen und Burgunden?

Hildebrand. Wie Öl und Wasser: — das vermischt
sich nicht.

Dietrich. Wie Feu'r und Wasser sage lieber: denn
Das haßt so lang sich, bis das Eine tot!

Hildebrand. Das Nibelungenfeuer ist sehr stark:
Aufglühen wird es manchen Wassertropfen,
Eh' es erlischt.

Dietrich. Die Heunen sind ein Meer.

Hildebrand. Und ganz zuletzt, wenn Feuer sich und Wasser
Fast aufgezehrt, da seh' ich durch den Rauchqualm
Gewaltig einen Niebezwungnen schreiten,
Austretend alles, was noch glimmt und zischt:·
Und auf dem Schutt baut er sein freudig Haus.

Dietrich. Wer klug ist, schweigt vom Besten, was er weiß.
Wo ist die Königin?

Hildebrand.   Im Waffensaal.
Auf Etzels Purpurthron harrt sie der Gäste.
Doch sieh, da naht sie selbst.

————

Zweite Scene.
Vorige. Krimhild aus dem Mittel-Vorhang herabstürmend.

Krimhild.   Wo ist der Berner?
Verrat! zum zweitenmal verraten heut'
Ist Siegfried und Krimhild.

Dietrich.   Wer hat verraten?

Krimhild. Das frag ich Euch! Helft: Hagen, Hagen fehlt.

Dietrich. Unmöglich!

Krimhild.   Ja, er fehlt! ich saß und harrte,
Der Löwin ähnlich, die, verderblich ruhig,
Zum Sprung, dem tödlichen, die Kraft versammelt.
Der Purpur Etzels glühte um mich her:
Eintreten in das Haus des Todes sah

Ich, einen nach dem andern, meine Gäste:
Ein langer Zug: ich saß und zählte sie,
Verschlingend mit den Augen Helm nach Helm:
Da kam der letzte — und mir fehlte Hagen! —

Dietrich. Das faff' ich nicht.

Krimhild. Des Mörders Hehler hab ich,
Der Mörder fehlt! beschimpft hab' ich dich, Siegfried:
Umsonst, umsonst warb ich des Heunen Weib!
Das einz'ge Naß, das diese Schmach mir sollte
Abspülen, Hagens Blut, es wird nicht fließen!
Ich bin entweiht, wie ich verraten bin:
Ich sterbe! doch noch vor mir der Verräter,
Mein Hochzeitbürge, Er, der falsche Markgraf!

Dietrich. Der Markgraf Rüb'ger, Kön'gin, dient dir treu.

Krimhild. So wähnt' auch ich! drum kor ich ihn vor allen
Zum Bürgen und zum Wächter meines Werks:
In Bechelaren war der Tronjer noch,
Ich sah ihn selbst im Hof vom Rosse springen.
Nun ist er fort: — Rüb'ger hat ihn gewarnt.

Dietrich. Das glaub' ich nicht vom Markgraf Rüdeger:
Denn wollt' er warnen, warnte er — nicht Hagen.

Krimhild. So hat er ihn entrinnen lassen doch!

Dietrich. Und wie entkam er?

Krimhild. Bleda forscht danach.
Oh dieser Markgraf! grausam soll er büßen!
Er führte meinen Ring! er hatte Heunen
Genug, um jedes Luftloch seiner Burg
Mit Waffen undurchdringlich zu verstopfen,
Er hatte Hagen und er ließ ihn fort.
Das Haupt vom Hals dem ungetreuen Mann!

Hildebrand (in die Coulisse sehend). Da kommt er selber, —
bir es darzubringen.

Dritte Scene.

Vorige. Rüdeger (aus derselben Coulisse, aus der Dietrich kam).

Krimhild (ihm entgegenfahrend). Du wagst es, vor mein Angesicht zu treten?
Er ist entwischt!

Rüdeger (kniet vor ihr). Hier, Kön'gin, nimm mein Leben.

Krimhild. Es wird dir nicht geschenkt: — verlaß dich
drauf!
Doch eh du stirbst, sollst du zur Strafe mir
Noch Dienste leisten, schlimmer als der Tod.

Rüdeger. Kaum gönnt' ich mir die Zeit, von meinem Weib,
Dem schmerzgebrochnen, und von Bechelaren
Abschied zu nehmen nach der Gäste Aufbruch:
Sie zogen lärmend vor mir her in Scharen: —
Still, einsam ritt ich nach, — der Weg war ernst: —
Ich weiß, ich reit' ihn nie zurück, — hier bin ich.

Vierte Scene.

Vorige. Bleda.

Bleda (eilig hereinstürmend aus der Coulisse rechts).
Ha, Königin, das ist der Frevel frechster!
Wie er entkam? durch deinen Ring, Frau Krimhild.

Krimhild. Hörst du das, Berner?

Bleda. Ja, der Markgraf selbst
Schloß auf das Donauthor, rief ab die Wache,
Gab ihm den Ring — ja! deinen Ring trägt Hagen.

Rüdeger. Das, mit Verlaub, Herr Bleda, ist gelogen.

Bleda. Von unsern Wachen selbst geführt entkam —
Dank deinem Ring! — aus deinem Reiche: Hagen.

9*

Rüdeger. Ich gab den Ring der Kön'gin meinem Eidam,
Dem Giselher: — nur ihn ließ ich entfliehn.
(Giselher tritt aus den Vorhängen.)
Krimhild. Sieh hin, da steht er selbst und straft dich Lügen.

Fünfte Scene.
Vorige. Giselher.

Rüdeger (entsetzt). Er hier! — umsonst denn brach ich
Treu' und Ehre!
Krimhild. Nicht ganz umsonst: du halfst ja Hagen fort.
Rüdeger (zu Giselher). Wo ist mein Kind? weshalb ver-
ließt du sie?
Warum, unsel'ger Sohn, kamst du hieher?
Giselher (langsam die Stufen herabsteigend, tiefernst, keine Spur mehr
der knabenhaften Heiterkeit).
Weil ich gehöre zu den Nibelungen:
Zu Gunther, Gerenot — und auch zu Hagen.
Rüdeger. Wie kam das, sprich? wo ist der Ring der
Kön'gin?
Giselher. An Hagens Finger.
Rüdeger. Ha, so ist es wahr?
Entflohn ist Hagen?
Giselher. Und in Sicherheit.
Rüdeger. Wie kam er zu dem Ring?
Giselher. Ich gab ihn ihm.
Krimhild (an den Dolch greifend, für sich). Mein Bruder Giselher,
das wird dein Tod.
Rüdeger. An Hagen dachte nicht mein Herz! ich hatte
Ach! anderer mit so viel Todesschmerz
Zu denken! — in dem Zug der Tausende
Von Heunen und Burgunden glaubt' ich ihn.
Krimhild (grimmig). Sprich, wo ist Hagen, Bruder Giselher?.

Giselher (noch). Jenseit der Donau längst schon, Schwester

Krimhild.

Rüdeger. Und meine Tochter? sprich, wie all das kam!

Giselher. Mein weißer Zelter trug uns rasch und leise

Durchs taubenetzte Gras der Sommernacht:

Rings alles still: — die Sterne schienen klar: —

Die Nachtigall schlug in den wilden Rosen

Des Waldwegs: — Mondlicht, Duft und Schweigen rings:

Ein Zauber wob des Glückes um uns her: —

Wir ritten selig unsrer Hochzeit zu.

Da plötzlich hör' ich Hufschlag hinter uns:

Ein Reiter stürmt — nie kannt' ich solches Reiten! —

Uns nach auf schwarzem Roß: „der wilde Jäger!"

Schrie laut Dietlind: doch ich erkannte — Hagen.

Er hielt nur kurz: „Frau Ute selber nicht,

Rief er, würd's als ein Heldenstücklein rühmen,

Daß hier ihr Jüngster in das Brautbett steigt,

Indes wir andern steigen all' ins Grab."

Nur dieses Eine Wort: — doch sagt' es alles,

Und Todesschauer jagte mir durchs Mark.

Gefahr bedräut — ich sah's — die Nibelungen:

Wenn Einen unter uns: — am meisten — Ihn:

„Hier nimm den Ring der Kön'gin, rette dich."

„Den Ring?" frug er — — „Ja gieb! ich kann ihn

brauchen",

Und nahm den Ring und riß sein Roß herum

Und schoß davon — von schwarzer Nacht verschlungen.

(Pause)

Rüdeger (das Haupt verhüllend). Dich seh' ich hier! und ich

befreite — Hagen.

Krimhild (halb für sich). Da hab' ich nun Frau Utes ganze

Brut,

Vom Königs Aar zum Nestling — und Er fehlt!

Dietrich (zu Kriemhild). Wenn ich den Hagen Tronje je
gekannt,
So ist er nicht entflohn: — er kommt dir wieder.
    Giselher. Im Donauwalde war's: — der Strom ganz
nah: —
Jedoch die Fähre, drauf wir ostwärts fuhren,
Sie lag zerhaun: dabei ein Heunenbeil, —
Ich wagte nicht, zur Nacht der Furt zu trauen
Mit meines Zelters süßer Last: — wir hielten: —
Wir stiegen ab: — wie zitterte dein Kind!
Ich trug ein Bett aus Waldgras uns zusammen,
— Auf weiches Moos legt ich ihr goldnes Haupt: —
Drauf ruhten wir: — mein nacktes Schwert dazwischen —
Und reichten manchmal schweigend uns die Hände
Hinüber ob dem kalten Eisen — traurig
Des Tronjers dunkle Schicksalsworte deutend. —
                    (Pause)
Als nun das Morgenlicht die Vöglein weckte,
— Uns brauchst' es nicht zu wecken! — ritten wir
Dem Strome zu, das Roß trug uns hinüber
Und Meister Konrad nahm im Kloster
Dein Kind in Hut. Ich aber sprang nicht ab,
Gab ihr vom Roß herab den letzten Kuß
Und rasch flog ich zurück, quer durch die Heiden,
Vorbei an deiner Burg, die Freunde suchend. — —
Ich holte sie vor diesen Thoren ein
Und Hagens Worte sagt' ich König Gunther:
Der aber sprach: „Gut, daß er endlich heimritt,
Längst riet ich's ihm: nun wich von uns der Schatte
Und fröhlich mag uns Schwester Krimhild grüßen."
Ich aber glaube Hagen zu verstehen:
Und Schwester Krimhild auch.
    Rüdeger. Und du bist hier — und Hagen ist entflohn!

Giselher. Schilt, daß ich kam, mein Vater, wenn du darfst.
Dein Herz war klug, doch klüger meine Treue.

Rüdeger (zu Krimhild). Ich schaff' dir Hagen her und deinen
Ring.
Vertrau' mir nur noch einmal: — laß mich ziehn.

Krimhild (winkt ihm, zu gehn). Es ist das Kleinste, was du
thun kannst! — Geh!

(Rüdeger ab nach rechts.)

Dietrich (folgt ihm). Er ist des Todes, will er Hagen zwingen.

————

Sechste Scene.

Lärm hinter der Scene, links im Hintergrund bei den Ställen. Eine Schar
Heunen flüchtet von dort in der Diagonale über die Bühne an Krimhild vorbei nach rechts in die Coulissen. Von dem Lärm herbeigerufen erscheinen, rasch
aus den Vorhängen tretend, Etzel, Gunther, Gerenot und mehrere Burgunden oben auf der Estrade. Volker mit bloßem Schwert jagt die fliehenden
Heunen.

Volker. Schlitzäugiges Gesindel, Pferdeschinder,
Ich will ein Lied auf eu'ren Buckeln fideln,
Daß ihr im Hupfauf hebt die krummen Beine. — —
Die tanzen rascher, als ich fideln kann!

(erblickt die Königin)

Ist das der Heunen Gastfreundschaft, Frau Kön'gin?
Ihr wollt uns wohl aus lauter Liebe gar
Nicht fort mehr lassen! — (steckt das Schwert ein) Das ist ein
Gesindel!

(Bleda mit andern Heunen von rechts.)

Etzel (majestätisch: von der Estrade herunter sprechend).
Wer lärmt in Etzel's Nähe?

Gunther. Was geschah?

Volker. In unsre Ställe stahlen sich die Heunen,
All' unsre Pferde knöchellahm zu stechen.
Die Unsern merkten's und erschlugen sie.

Bleda (hinaufrufend). Hörst du das, Etzel? deine Knechte
schlägt man
Wie Hunde tot.

Volker.   Wie böser Hunde Recht.

Etzel (zu Bleda). Schweig, Bruder, deute nicht als Vor-
bedacht
Den Zufall, das Versehn. (zu Gunther) Wir Kön'ge werden
Die Schuld'gen suchen und bestrafen — morgen.

Bleda. Wie? auch noch strafen deine Knechte, Herr?

Etzel (bedeutungsvoll). So weißt du, daß die Unsern schuldig
sind?

Giselher (geht die Stufen hinauf und stellt sich dicht zu Gunther).
Bald heißt's hier Heune oder Nibelung.

Volker (gegen die Heunen hin). Nie sah ich soviel Häßlichkeit
auf Erden,
Als in dem Reich der schönsten Königin!
Aus gelbem Krummholz dächt' ich sie geschnitzt,
Hätt' ich sie nicht so hurtig laufen sehn.

Bleda und eine Schar Heunen machen eine drohende Bewegung gegen Volker
und die Burgunden, die links an dem Fuße der Stufen beisammen stehn.

Etzel (noch oben stehend, das Scepter erhebend, großartig).
Halt, beim Zorn Etzels.

(Die Heunen stehen wie eingewurzelt.)

Volker.   Die gehorchen gut!

Etzel (herabsteigend). Drum haben sie die Welt erobert,
Sänger! — — —
Wer von den Wirten oder Gästen noch
Den Frieden meines Königshauses bricht,
Den trifft der Tod! Das merkt euch, — ihr! — —
und ihr.

(Er tritt zu Krimhild rechts in den Vordergrund.)

Krimhild (zu Etzel). Du schützest sie? gedenke deines Eides!

Etzel. Weil ich des Eides denke, schütz' ich sie.
Seit ich die Gäste sah, erkannt' ich klar,

Wir sind zu schwach, die Heunen und Bulgaren:
Wir brauchen die Avaren noch dazu,
Die schon im Anzug sind mit ihrem Chan.
Und wo bleibt er? — (laut zu Gunther) Du nanntest mir
die Helden
Von Worms, die dir gefolgt: nur Einen miss' ich:
Der Held, des' Speerwurf man vor allen rühmt:
Von Tronje Hagen: sprich, wo mag er sein?

Siebente Scene.

Vorige. Hagen aus der zweiten Coulisse links mit einem hohen langen Erzschilde.

Später Rüdeger, Dietrich und Hildebrand.

Hagen. Hier, König Etzel! merk' ihn dir genau!

Krimhild. Er kommt zurück! von selbst! der Hohn!
der Hohn!

Hildebrand. Der Tronjer hier? ich hole meinen Herrn!
(Ab durch die Coulisse, durch welche Rüdeger und Dietrich abgingen.)

Hagen (giebt Gunther den Schild). Hier, König Gunther, einen
neuen Schild
Für jenen alten, der um mich zerbarst.
Es soll der beste Schild der Erde sein,
Ihn dir zu holen ritt ich aus heut Nacht.

Etzel (entsetzt). Das ist der Schild des Chanes der Avaren.

Hagen (ruhig). Es war sein Schild: jetzt ist er König
Gunthers.

Etzel. Wo ist der Chan?

Hagen. Ich denke: — in der Hölle.
Durch Heunenwachen ward ich, dank dem Ring,
— Da, Bräut'gam, gieb ihn deiner Schwester wieder —
Geleitet bis ans Lager der Avaren:
Ich hätt' es nicht so rasch im Wald gefunden.
Sie waren unterwegs hieher.

Bleda (eifrig). Und nun?

Hagen. Soviel noch ihrer leben, kehrten um.

Bleda (entsetzt). Es war ein Heer!

Hagen. Ich hab' sie nicht gezählt.
Der Chan wollt' mir den Erzschild nicht verkaufen: —
Ich schlug ihn tot, tot, die ihn rächen wollten,
Und in die Steppe stob der Rest zurück.

Volker. Ei, da kommt Rüdeger! willkommen, Freund!

(Rüdeger, Dietrich, geführt von Hildebrand, aus der Coulisse ihres Abgangs.)

Rüdeger. Da ist er wirklich! Gott im Himmel, Dank!

Krimhild (zu Rüdeger). Nicht dein Verdienst! das zählt
dir nicht bei mir!

(zu Etzel)
Auf die Avaren kannst du nicht mehr warten:
Fang' an! zwei Völker, denk' ich, sind genug.

Etzel. Gedulde dich, du harrtest sieben Jahre.

Krimhild. Nicht sieben Stunden mehr.

Etzel. Nur Eine Stunde.

Volker (den Schild hebend). Das ist der beste Schild, den je
ich sah.

(Die Burgunden, Rüdeger, Dietrich sind mit Betrachtung des Schildes beschäftigt.)

Etzel (zu Krimhild). Soll meine Ehre nicht vor allen Völkern
Geschändet sein, — von ihnen muß das Gastrecht
Zuerst und grell, unsühnbar sein gebrochen.
Und dieser Tronjer hält's nicht eine Stunde
Mehr aus: — er lechzt nach Blut: — wie du.

Bleda (zu Etzel). Zwei Völker reichen kaum, nun Hagen
hier ist!
Schwer wird uns der Avaren-Riese fehlen.

Etzel (zu Bleda). Nicht kann ich's meinem Weib gestehn,
der Schwester,
Daß wir zu schwach: hier schlagen sie sich durch,
Wenn wir, im offnen Hof, den Streit beginnen:

Sie müssen in den Saal! — Statt der Avaren
Ruf' ich das Feuer: das ersetzt ein Volk.
(laut) Ich weiß, Herr Hagen, Euch war unbekannt,
Daß Eure blut'ge That traf meinen Freund:

(Hagen schüttelt das Haupt und will sprechen)

Ich weiß es — und ich will's nicht anders wissen! — —
Wohlauf, ihr Herrn! laßt uns im Wein ertränken
Was uns verdroß: — — das Gastrecht schützt uns alle:
Es hält an leisem Band die bösen Geister,
Die uns bedroh'n: — weh dem, der es zerrisse! —
Auf! folgt zum Mahl mir und der Königin. —

(Krimhilds Hand fassend großartig die Stufen hinaufschreitend. Alle ihm nach
und ab, außer Gunther und Hagen. Sie verschwinden hinter den Vorhängen,
die geschlossen bleiben.)

Hagen. Wir folgen gleich! ein Wort nur, König Gunther.

Achte Scene.
Gunther und Hagen.

Gunther. Willst du vielleicht noch einmal warnen, Hagen?
Hagen. Nein, König Gunther, denn jetzt ist's zu spät!
Jetzt hilft nur eins: laß rasch die Arbeit teilen.
Du hast den besten Schild, den Balmung ich:
Wir können wagen — und wir müssen's wohl! —
Was nie vor uns an Kühnheit ward gewagt:
Nimm du den Etzel, ich will auf mich nehmen
Den Berner und den Markgraf.
Gunther.   Red'st du irr?
Hagen. Du wolltest erst den einen nicht, den Heunen, — —
Jetzt mußt du noch die beiden andern opfern:
Ich sah's beim ersten Blick: — der Berner und
Der Markgraf sind im Mordbund einverstanden.
Gieb acht! es wird zuviel im engen Saal
Für offnen Kampf: Ein Mittel nur kann retten:

Urplötzlich müssen sterben alle drei,
Die Häupter: eitel Spreu nur ist die Menge.
Nicht schaden kann's, stirbt auch des Etzel Erbe,
Der Heunenminne und der Rachgier Kind.

    Gunther. Auch Kinder mordet Hagen?

    Hagen.   Wer den Wolf
Erschlägt, schlägt klüglich auch das Wölflein!
„Die Rächer töte!" 's ist ein weises Wort.
Durch die Entsetzten trägt mein Roß uns beide,
Trägt dich allein zuletzt, ward ich zu schwer.

    Gunther. An Etzels Tisch willst du die drei ermorden?

    Hagen. Hätt' ich sechs Arme, lägen sie schon tot.

    Gunther. Mir graut! Die Mordlust macht dich toll: —
                                   sie wächst
Und wächst in dir mit jeder Nacht zehn Schuh'.
Unheimlich grollt der Donner um uns her:
Auch ich vernehm' ihn jetzt: mich freut der Ton.
Seit Siegfried starb und Brunhild ihm gefolgt,
Lohnt's nicht, zu leben mehr: — ich bin es müde.
Der Sterne Gang, scheint's, rollt uns in den Abgrund:
Du aber klage nicht — es ist **dein** Werk.

                     (Ab hinter die Vorhänge.)

               Neunte Scene.

    Hagen (allein). (schreit) Halt! König Gunther! tritt nicht
                            in den Saal! — —
Zu spät! — — (Pause) Des Lebens, sagst du, bist du müde?
Ich nicht! ich rette meinen Herrn, ihm selbst
Zum Trotz.
Doch auch den Mann, den ich am meisten liebe,
Den Hagen rett' ich, meiner Mutter Sohn.
Der Sterne Gang? laß sehn, ob sie zurück nicht

Treibt dieser Arm! Doch: ob nun Tod, ob Rettung, —
Rasch komme, Schicksal, zu den Nibelungen,
Ich rufe dich, ich zwinge dich herbei!
Jetzt, Balmung, brauchst du keine Scheide mehr! — —

(Zieht das Schwert und wirft die Scheide fort, ab hinter die Vorhänge.)

Zehnte Scene.

Die Vorhänge rauschen auf: an einer langen Tafel, die dicht hinter den Vor-
hängen steht, sitzen Etzel, Krimhild, neben Etzel Ortlib: dann Gunther,
Gerenot, Giselher, Volker, Rüdeger, Dietrich. Für Hagen ist ein
Stuhl in der Mitte leer. An den Pfeilern in den Wänden stecken Pechfackeln.
Trinkhörner, in Silber gefaßt, stehen auf dem Tisch. Als Hagen Platz ge-
nommen, ergreift Volker ein Trinkhorn und reicht es ihm.

Volker. Schon manches gute Wort hast du versäumt,
Schon manchen Minnetrunk für alte Helden.
Des Vaters König Etzels ward gedacht,
Des Vaters auch der Nibelungen schon,
Und manches toten Recken beider Völker.
Der Wein versöhnt und festlich frohe Rede.
Doch sind die Hörer meiner Stimme müde:
Auf, Hagen Tronje, straf' die Leute Lügen,
Die dich den Kinderschreck, den grimmen, schelten,
Zeig', daß du schwingst die Rede wie den Speer,
Zeig' hier dem Söhnlein Krimhilds deine Kunst:
Auch du bring' einen Minnetrunk uns aus.

Hagen. Wenn er dem Erben Etzels nur gefällt.

(Legt das nackte Schwert vor sich auf den Tisch.)

Etzel. Das ist nicht Tischgebrauch im Heunenland.

Hagen. Auch nicht zu Worms: doch ich verlor die Scheide.
Wie? Minne trankt ihr hier verstorbner Helden,
Und dachtet doch des schönsten Helden nicht,
Der je beschritt die Erde? jung verstarb er.
Muß ich euch mahnen! Ich!

(Ergreift das Horn mit der Linken, steht auf.

Frau Krimhild, hört: ich, Hagen, trink' Euch zu:
Thut mir Bescheid: Herrn Siegfrieds Minne trink' ich!
(Krimhild springt auf und reißt eine Fackel aus dem Pfeiler, gegen Hagen sie erhebend.)

Krimhild. Brich aus denn, Weltenbrand, in Etzels Saal!
(Man sieht noch Hagen das Schwert gegen Etzel schwingen. Von links und rechts aus den Coulissen stürmen Heunenscharen, geführt von Bleda, gegen die Stufen. Vorhang fällt sehr rasch.)

V. Aufzug.

Nacht. Ein andrer Hof in Etzels Burg, geschlossen. Über den Hintergrund zieht sich eine hohe Mauer ohne Thüre, über welcher Türme und Zinnen ragen. Zwischen der letzten Coulisse rechts und dem Hintergrund führt eine breite Treppe empor nach dem brennenden Saal, dessen eine Flügelthüre niedergebrochen ist; manchmal, aber selten, loht Flammenschein heraus: vor dieser Thür eine balkonähnliche Estrade: gegenüber dieser Estrade, links im Hintergrund, das große Hofthor, das ins Freie führt. — Vor der ersten Coulisse links das Grab der Königin Helke, ein breiter Bau mit rings umher emporführenden Stufen, oben einen Marmorsarkophag tragend. Das Grabmal ist so breit, daß die zwischen demselben und der Seitencoulisse, dem Thore des Schlafhauses Etzels, Stehenden von den auf der Estrade Stehenden nicht gesehen werden und diese nicht sehen. An der ersten Coulisse links eine Pforte, die in Etzels Schlafhaus führt. Gerade gegenüber rechts führen zwei Öffnungen in den Schloßgarten, wie über die Pforten ragende Bäume andeuten. Auf den Stufen des Grabmals liegt auf seinem Purpurmantel mit verbundenem Haupt der verwundete Etzel. Ein Krug Wein, ein Becher, ein nacktes krummes Schwert, eine neunsträngige Geißel daneben. Krimhild, auf ein nacktes Schwert gestützt, wendet ihm den Rücken und späht, dem Publikum im Profil stehend, nach dem brennenden Saal. Im Hintergrund Dietrich und Hildebrand hart an dem Hofthor links.

Erſte Scene.

Hildebrand. Es iſt umſonſt: drei Tage ſtürmen ſie,
Ein Heer von Ezels Beſten liegt erſchlagen
Und keinen Fuß breit noch gewannen ſie.
Dietrich. Lebt Ezels Erbe noch?
Hildebrand.   Der Knabe ſtarb.
Mit Einem Balmungſtreich traf Kind und Vater
Der Tronjer: ſchwer iſt Ezels Haupt verwundet.
                    (Flammenſchein)
Da ſeht! nicht tauſendfache Übermacht,
Nicht Feuer zwingt den fürchterlichen Hagen.
Dietrich. Er hat mit Blut gelöſcht.
Hildebrand.   Mit Feuerpfeilen
Läßt Krimhild ſtets aufs neu die Flamme wecken.
Ein ſolches Morden ſah die Welt noch nie.
Mich mahnt's der Götterdämmerung der Heiden.
Erbarmt's Euch nicht? Ihr könnt ein Ende machen,
Sobald Ihr wollt: — wann werdet Ihr es wollen?
Dietrich. Geduld. Kam meine Zeit, werd' ich nicht ſäumen:
Nicht mein iſt dieſer Streit: ich bin hier Gaſt.
Hildebrand. Zeit wär's, ihr legtet dieſes Gaſtkleid ab
Wo ſind die lichten Amalungenwaffen,
In denen Ihr Herrn Siegfried ſelbſt bezwangt?
Dietrich (geheimnisvoll). Auf öder Heide, unter hohlem Stein
Hab' ich ſie, nah bei dieſer Burg, geborgen,
Als mich zum Feſte mit den Nibelungen
Frau Krimhild lud. Auf! zäume raſch mein Roß: —
Du harrſt am Thor: — ich reite auf die Heide.
                    (Beide ab durch das Hofthor.)

Zweite Scene.

Etzel und Krimhild.

Etzel (erwachend aus seiner Betäubung, um sich blickend).
So ist's kein Traum! 's ist wahr! dort brennt mein Haus!
Mein Sohn erschlagen und mein halbes Heer!
Hör's, Kön'gin Helke, tief in deinem Grab.
Oh warum starbst du mir!
(Wirft sich auf die Stufen.)

Krimhild (ohne Umsehen stets nach dem Kampfplatz spähend)
Laß, König Etzel!
Ruf' nicht die Toten: — denn sie hören nicht
Und stehn nicht auf: — glaub' mir: — ich hab's erfahren.

Etzel. Riefst du nach unserm toten Knaben?

Krimhild. Nein!
Doch jahrelang nach ihm: bei Tag und Nacht.

Etzel (schaudernd). Du bist entsetzlich wie dein ganz Geschlecht
Und nicht umsonst dein Ohm der grimme Hagen! — —
Klagst du nicht um das Kind, das du mit Schmerz
Geboren?

Krimhild (für sich). Und mit mehr Schmerz noch empfangen.
(laut) Nur Rache denk' ich: — Etzel, thu' mir's gleich.

Dritte Scene.

Vorige. Heunen und Hornbog durch das Hofthor. Gleich darauf Bleda.

Hornbog (meldend). Es ist geschehn, wie du befahlst.

Krimhild. Verbrannt?

Hornbog. In Asche liegt die Burg!

Krimhild. Fort in den Kampf,
(mit dem Schwert in die Coulisse rechts deutend)
Und schweig', wenn du ihn siehst.
(Hornbog mit Heunen ab nach dem Gartenthor, erste Coulisse rechts.)

Bleda (mit einigen Heunen, mit nackten Krummsäbeln, aus der zweiten
Coulisse rechts.)

Umsonst! umsonst!

Krimhild. Was? auch die frischen Tausend?

Bleda. Wir stürmen unabläffig! doch vergebens!

Krimhild. Schämt ihr euch nicht! Zehntausend gegen Zehn!

Bleda (grimmig). Soviele sind's nicht mehr der Übermüt'gen:

Der König, Hagen, Gifelher und Volker.

Krimhild (eifrig). Mein Bruder Gernot fiel?

Bleda. Von diesem Schwert.

Krimhild (reicht ihm die Hand). Ich schulde dir den ersten
Handschlag noch:

Da nimm ihn, Schwager.

Bleda. Aber ach! die stärksten,

Die kühnsten Fürsten Etzels liegen tot.

Iring der Däne und der Thüring Irnfrid

Und viele Tausend unsers besten Volks.

Krimhild. Sie müssen hungern bald.

Bleda. Noch reicht das Festmahl,

Das, kaum berührt, der Tronjer unterbrach.

Etzel. Drei Thüren hat der Saal: — stürmt in drei
Haufen.

Bleda (schaudernd). Er hatte drei: — er hat jetzt nur
mehr zwei.

Etzel. Das Bogenthor kann nicht verschwunden sein.

Bleda. Nein, doch vermauert ist es fürchterlich!

Etzel. Mit was?

Bleda. Mit Leichen, Etzel, deines Heers! —

In dieser Nacht hat viele Tausend Tote

Der Tronjer gräßlich sich herangeschleppt

Und einen auf den andern hoch getürmt,

So eng, so dicht, in mehr als zwanzig Reihen,

Den Stürmenden zukehrend die Gesichter,
Daß eine Mauer, unburchbringlich, schrecklich,
Haushoch die weiten Eingangbogen sperrt.

Krimhild. Am Gartenthor?

Bleda.   Dort stürmen unermüdlich
Die Unsern an: dort kämpfen drei der Gäste.

Etzel. Und dies, das Treppenthor, warum, sag' an,
Stürmt ihr nicht hier?

Bleda (hinaufdeutend: Hagen wird sichtbar auf der Estrade).
                    Du siehst es, Herr, warum.
Hier hält die Wacht der blut'ge Höllenhund.

Krimhild. Hier müßt ihr stürmen alle! insgesamt!

Bleda. Sie thun's nicht mehr. Sie weigern den Ge-
                                   horsam.
„Es ist der Todesgott!" so rufen sie:
Sie sahn, wie er das Blut trank der Erschlagnen,
Des eignen Bruders Dankwart, da er fiel.
Kein Heune kämpft dir gegen Hagen mehr.

Krimhild. Ruf' mir den Markgraf Rüdeger und geh'.
                    (Bleda ab nach rechts.)

Etzel. Schwer fehlt uns der Avaren zahllos Volk.

Krimhild. Die hat der Tronjer ganz allein versprengt!
Und daß er's konnte: — (Rüdeger kommt aus dem Garten, das Schwert
                    in der Scheide) dieser trägt die Schuld.

Fünfte Scene.
Vorige. Rüdeger.

Rüdeger. Zur Unzeit ruft ihr mich hinweg, Frau Kön'gin,
Kaum halt' ich Eure Völker ab vom Flieh'n.

Krimhild. Hört, Markgraf Rüdeger, wer warb um mich
Zu Worms für König Etzel?

Rüdeger.   Ich, Frau Kön'gin.

Krimhild. Wer schwur, daß mir mein Brautnachtwunsch
geschehe?

Rüdeger. Ich schwur es Euch: (Flammenschein, Rüdeger deutet
darauf hin) Ihr seht ja, er geschieht.

Krimhild. Wer wollte wider Treu' und Eid und Ehre
Dem Tod entziehn den jungen Giselher?

Rüdeger. Ich! wär's gelungen doch! ich bot mein Haupt.

Krimhild. Das ist zu wenig, Mann: dein Herzblut will ich!
Wer ließ den Tronjer fort, daß er, geschützt
Durch meinen Ring, den Schild für Gunther holte?

Hornbog (von rechts hereinstürmend, meldend).
Den König Gunther traf mein Pfeil soeben,
Als er den Schild hielt über Giselher:
Ich zielte rasch und traf den Hals — er wankt.

Krimhild. Gut Hornebog! dafür schenk' ich dir Wien!
Zurück zum Kampf!

(Hornbog ab in den Garten.)

Rüdeger.   Ihr seht es, Königin:
Vor vielen tausend Pfeilen schützt kein Schild.

Krimhild. Wer ließ den Tronjer fort, daß er im Walde
Zersprengte der Avaren ganzes Heer?
Wer trägt die Schuld, daß jener blutge Eber
Dies Haus, dies Heer mag ungehemmt zerfleischen?
Ihr, Markgraf Rüb'ger, und ihr sollt mir's büßen.

Rüdeger. Sprecht endlich aus mein Urteil, Königin, —
Nein — Etzel, du sprich's aus: — du bist ein Mann:
Mir graut vor diesem Weib: — mein Herzblut friert,
Wenn sie mich anblickt, mir das Urteil suchend.

Etzel. Du bist ihr Lehnsmann, nicht der meinige,
Und sie hast du verraten: — sie entscheide.

Krimhild (seine Hand fassend, leise). Du hast in Etzels Braut-
bett mich geworben: —
Glaubst du, ich kann mit dir Erbarmen haben?

10*

Rüdeger. Entsetzliche, was sinnst du? mach' ein Ende!

Krimhild. Erlassen wollt' ich dir: — so gnädig war ich: —
Weil ich dein weiches Herz und deine Liebe
Zum Fiedler kannte und zu Giselher —
Erlassen wollt' ich Anteil dir am Kampf:
Nur Bechelaren solltest du mir hüten,
Den Rückweg sperrend, weil die Heunen hier
Die blut'ge Arbeit thäten ohne dich:
Doch, weil du Treu' und Ehre brachst, Verräter: — —
Mitkämpfen sollst du jetzt mir gegen alle,
Soviel noch übrig sind der Nibelungen:
Mit deinem Volker, Mann an Mann: — ich will's!

Rüdeger. Halt ein!

Krimhild.   Erschlugst du ihn: — mit Giselher!

Rüdeger (zu Etzel). Das wollt Ihr nicht! das will kein
                          Mann, Herr Etzel.

Etzel. Ihr Lehnsmann bist du: — sie hast du ver-
                          raten: —
Ihr ganzes Recht — ihr volles, soll ihr werden.
Nur Eine Gnade für die lange Treue
Gewähr' ich dir: — du kämpfst zuletzt von allen.
Ich halte Wacht an meines Sohnes Leiche,
               (vorwurfsvoll)
Die allzu einsam seine Mutter läßt.

            (Etzel ab in sein Schlafhaus.)

Sechste Scene.

**Vorige. Gunther, gestützt auf seinen Schild und auf Hagen, erscheint auf
der Estrade, dann Volker und Giselher.**

Gunther (mit schwacher Stimme). Ist Utes Tochter, Schwester
                   Krimhild, hier?

Krimhild. Nein, aber Siegfrieds Witwe, Etzels Weib!

Gunther. Oh Schwester, laß den jungen Giselher,
Der Mutter Liebling, heil nach Hause kehren!
Sie band den Knaben auf die Seele mir!
Und laß den Sänger Volker ihn geleiten:
Sie sind ja schuldlos: — ich und Hagen hier,
Die wir allein noch übrig, wollen sterben.

Volker (hinter Gunther auftauchend). Herr König, mit Ver-
laub, ich sterbe mit!
Ich teilte keinen Becher mehr mit Hagen
Seit Siegfrieds Jagd: doch jetzt, bei dieser Jagd,
Die uns Frau Krimhild hält mit Heunenmeute,
Gehört all' rheinisch Edelwild zusammen. —
Der Bräut'gam ruft am Gartenthor! — ich komme.
(Verschwindet.)

Gunther. Erbarm' dich, Schwester, über Giselher.

Krimhild. Sag', habt ihr über Siegfried euch erbarmt?
Da, als ihm aus der Wunde brach aufs neue,
Berührt von Hagens Hand, das Blut, als ich
Um Recht, um Mordgericht an Hagen schrie,
Als eure Knie' ich all' umklammerte,
Die deinen, Gerenots, des Fiedlers: — wißt ihr,
Selbst die die That gewußt nicht noch gewollt,
Was eure Antwort war? „wir stehn zusammen!
Wir sind Ein Leib, spracht ihr, wir Nibelungen:
Der Arm ist Hagen und wir hacken nicht
Uns selbst den Arm vom Rumpf: wir stehn zusammen."
Dies Wort ergreift euch nun: wie ihr zusammen
(Giselher erscheint oben an der Estrade.)
Gestanden — fallen sollt ihr auch: zusammen.

Hagen. Recht hat sie, Recht, vor Gott und Teufel, Recht.

Giselher (Hagens Hand fassend). Ja, sie hat Recht! ich fasse
deine Hand

Zum erstenmal seit jener Blutnacht, Hagen:
Zusammen stehn und fall'n die Nibelungen.

Krimhild (zu Rüdeger). Da hörst du's! auch die jüngsten
Adler kreischen.

Hagen. Auch er hat Recht, wir alle haben Recht!
Das ist der Spaß: — und alle gehn zu Grunde.

Giselher. Laß, Vater Rüdeger, den Kampf uns meiden,
Solang es angeht.

Krimhild. Wird nicht lang mehr angehn!
(Gunther und Giselher wieder hinein.)

Hagen. Jetzt wird es Ernst: jetzt muß der Markgraf dran!
Wenn ich nur wüßte, wo der Berner steckt! — —
Horch! Volker ruft vom Gartenthor! ich komme.
Laß uns ein letztes Stück den Heunen fiedeln:
Den Kehraus: Reigenführer ist der Tod. —
(Wieder hinein.)

Siebente Scene.

Die Estrade ist leer. Vorige. Durch das Hofthor kommt Dietlind, einen
schwarzen Schleier ums Haupt, und Meister Konrad.

Dietlind (rufend am Eingang). Laßt mich nur einmal noch
den Vater sehen!

Rüdeger. Mein Kind! hieher kömmst du? was bringst
du mir?

Dietlind. Den letzten Gruß der Mutter: — sie ist tot.

Rüdeger. Gotlind! sie starb! mein Weib! Wie starb sie?
sprich!

Konrad. Sie warf sich in die Flammen . . . —

Rüdeger. Welche Flammen?

Dietlind. Ach! unsres Hauses, (an seine Brust) unsrer Bechelaren.

Rüdeger. Das hat die Königin Krimhild gethan!

Krimhild. Gut raten kann dein schuldbewußtes Herz!
Das Haus war mein, wo dein Verrat geschah:
Nicht sollt' es stehn — die Heunen brannten's nieder:
Nicht brauch' ich meine Donaufeste mehr:
Hier dieser Saal schließt meine Rache ein.

Rüdeger. Mein Weib, mein Haus verbrannt mit Reb'
und Rosen!

Konrad. Wir sah'n die Flammen steigen in die Nacht:
Bechlaren mußt' es sein — so hoch liegt sonst
Kein Schloß: ich eilte hin mit Eurer Tochter:
Da fanden sterbend wir die edle Frau:
Sie klagt' sich an, ihr Bitten hab' allein
Die That verschuldet, drum die Königin
Die Rächer sandte und die Burg verbrannt.
Vom Donauthor warf sie sich in die Flammen.

Dietlind. In unsern Armen starb sie! — oh mein Vater!

———

Achte Scene.

*Vorige. Heunen, darunter Bleda und Hornbog, flüchten aus der Garten-
coulisse.*

Ein Heune. Flieht, flieht! der Schwarze folgt uns auf
den Fersen.

Krimhild (das Schwert entgegenhaltend).
Halt! rennt nicht in den Tod aus Todesfurcht.

*(Die Heunen dringen gleichwohl flüchtend vor; Krimhild wirft das Schwert hin
und ergreift die am Heltegrab liegende Geißel Etzels und hebt sie.)*

Mehr scheut ihr diese Geißel als das Schwert!
Halt, steht! (Die Heunen stehen) — Was ist geschehn?

Bleda. Urplötzlich drangen
Der Tronjer und der Fiedler aus dem Saal:
Wie Halme mähten sie im engen Garten,

Draus kein Entrinnen war, die Scharen nieder:
Das sind die letzten! weh uns! wo ist Etzel?
(Will in das Schlafhaus.)

Krimhild (Bleda mit dem Schwert bedrohend, tritt ihm in den Weg).
Herr Schwager, in den Kampf, liebt Ihr das Leben!

Hornbog (auf die Estrade deutend). Seht dorthin, flüchtet!
neuer Ausfall droht!
Seht dort den Schwarzen in dem Treppenthor!
(Ab, Etzel zu holen, in das Haus.)

Hagen (auf der Estrade). Sind immer noch nicht alle Ratten
tot?
Doch einsam, Kön'gin Krimhild, wird's um dich:
Vier Nibelungen brechen Etzels Reich!

———

Neunte Scene.

Vorige. Hornbog führt den wankenden Etzel heraus.

Hornbog. Seht selbst, oh Herr, wie furchtbar geht's zu
Ende!

Etzel (für sich). Es konnten hundert Priester doch nicht lügen
Und Menschenopfer, Sterne und Orakel:
Nein, siegen muß Krimhild! (laut) mich hemmt die Wunde,
Sonst führt' ich selbst euch an: — auf, Bruder Bleda,
Stürm' hier den Saal: — und nimm mein halbes Reich.
(Wankt zurück ins Haus.)

Bleda. Folgt mir, ihr Heunen, sterblich sind auch sie.

Hagen (zu Volker, der die Thür schließen will).
Laß offen —: wenn sie drin sind schließen wir:
Nicht Einer kommt zurück.

Giselher (ruft heraus, ohne ganz sichtbar zu werden).
Laßt mir den Herzog.

Volker (zu Hagen). Ist er nicht zu jung?

Hagen. Der Bräut'gamszorn erseßt ihm zwanzig Jahre:
Laß ihn! du freust mich! junger Edelfalk.
<small>(Die Burgunden verschwinden und Bleda und die Heunen rücken die Treppe hinauf und gehen in den Saal.)</small>

Rüdeger. Was, Gott im Himmel, und auf Erden Ihr,
Frau Königin, hat hier dies Kind verbrochen?

Dietlind. Oh Vater, wo so furchtbar das Geschick
Reißt Helden, Heere, Häuser, Reiche nieder,
Wo ganze Wälder knickt der Sturm, da darf
Das Röslein, das gebrochen wird, nicht klagen.
Nur Ihn vermeide: — nur dies Eine nicht: —
Dies Gräßliche: — das Herz würd' mir es sprengen.

Hagen (auf der Estrade, ihm folgt Volker). Herr Markgraf Rüdeger!
nun ist's an Euch.

Volker. Erschlagen sind sie alle, samt dem Herzog.

Hagen. Den schönen Helm und auch den garstgen Kopf
Mit Einem Streich durchhieb ihm unser Kind.

Volker. Das würd' ein Held!

Hagen. Müßt' er so jung nicht sterben! — —
Jetzt haben wir die Übermacht, Frau Krimhild:
Wir sind selbdritt — euch blieb der Markgraf nur!
Denn was noch schleicht von Heunen um die Burg
Ist feiges Volk: — wer mutig war, liegt tot.

Volker. Doch nicht mit Übermacht soll Rüdger kämpfen:
Der König Gunther hat's geboten, Hagen.
Wir losen um den Vortritt, Mann für Mann.

Hagen. Der König Gunther zählt nicht — er ist wund.

Volker. So losen denn wir drei.
<small>(Sie werfen Lose in Volkers Helm und schütteln sie.)</small>

Dietlind. Oh Gott im Himmel!

Volker (tritt ganz heraus). Freund Rüdeger, den letzten
Becher Wein!
Denkst du des Willkommtrunks in Bechelaren?

Rüdeger (hat Etzels Becher gefüllt und will ihn Volker bringen).

Krimhild (entreißt Rüdeger den Becher und wirft ihn zur Erde.)
Fort in den Kampf! wer stirbt, den durstet nicht mehr.

Rüdeger. Frau Kön'gin, das vergeb' Euch Gott im Himmel!

Volker. Komm, komm, mein Rüdeger! aus zwanzig
                                                Wunden
Strömt längst mein Blut: ich mach' dir kurze Mühe.

Rüdeger (zieht hochaufseufzend und geht langsam die Stufen hinan und in
den Saal.)

———

Zehnte Scene.
Vorige ohne Rüdeger. Dann Hildebrand.

Dietlind. Nur Eins Frau Kön'gin: sagt: wenn's nun
                                              geschehn,
Wenn nun der letzte fiel auf beiden Seiten:
Sagt an, was thut Ihr dann? wollt Ihr mit Etzel
Allein dann übrig bleiben?

Krimhild.   Gut gefragt
Für deine Jahre, junge Schwägerin! —
Wo ist der Vogt von Bern? er hält sich abseit;
Ich brauch' ihn bald hier, glaub' ich.

Hildebrand (an der Schwelle des Hofthors). Er ist fort.

Krimhild (erschroden). Er fort! wohin? beim Gott der
                                                Rache, sprich!

Hildebrand. Er stieg zu Roß und läßt durch mich dir
                                                sagen:
Du wissest wohl, er sei nicht Etzels Dienstmann;
Im Festgewand, ein waffenloser Gast,
Zum Fest, nicht zu unschuld'ger Männer Mord,
Sei er geladen: darum ritt er fort.

Krimhild. Unschuld'ge Männer! Gunther und der Tronjer!

———

Elfte Scene.

Vorige. Rüdeger herabsteigend und Vollers Fiedel tragend.
(Es wird allmählich heller: Morgendämmerung durch das Hofthor.)

Rüdeger. Tot ist er — tot! noch eh das Schwert ich hob,
Brach er zusammen, mir die Harfe reichend:
„Dem Meister Konrad!" sprach er; „er soll singen
Die größte Mär, die je geschah zur Welt."
(Giebt Konrad die Harfe.)
Gelobt sei Gott! ich hab' ihn nicht erschlagen!

Dietlind. Wer ist noch übrig jetzt zum Kampf?

Rüdeger. Er und
Der Tronjer! und sie losen jetzt.

Dietlind. Oh Gott!
Welch' Los soll ich erbitten? Vater, Vater!
Ich fleh' dich an: oh kämpfe nicht mit ihm!

Giselher (auf die Estrade tretend).
Mich traf's: komm, Vater! (Dietlind erblickend) Du hier! —
oh Dietlind!

Dietlind (hält Rüdegers rechten Arm). Du darfst nicht, Vater!
nein, ich laß' dich nicht!

Krimhild (seine Linke ergreifend). Markgraf, du mußt! ganz
ehrlos bist du sonst!

Rüdeger (sich von beiden losreißend). Ich muß! — — Mein
Sohn, ich komme!

Dietlind (stürzt mit einem Aufschrei in Konrads Arme).
Ah! mein Herz! —

Giselher. Weh, weh sie starb! ich hört' es an dem Ton!
Oh laß mich, Vater, dann, wie einst im Wald,
An ihrer Seite ruhn: — ach, abermals
Ein Schwert dazwischen: bring' mich dann zu ihr.
(Hinein in den Saal, Rüdeger folgt ihm, langsam die Stufen hinaufsteigend.)

Konrad (hat Dietlind auf die Grabmal-Stufen niedergelegt).
Frau Kön'gin, so ward nie ein Mann gerächt,
Wie Siegfried Ihr von Niederland gerächt habt.

Krimhild. Dies Wort soll wahr sein, solang Herzen hassen.

Konrad (emporblickend). Da bringt er seinen Eidam auf
dem Arm.

Rüdeger (trägt den toten Giselher, der auf seinem linken Arme sitzt und
einen Arm noch um seinen Hals geschlungen hat, herunter).

Hagen (auf der Estrade). Das nenn' ich nicht sich wehren:
nur sich spießen.

Der Alte zückt das Schwert: — da rennt der Junge
Hinein mit offner Brust! Frau Krimhild, ei,
Mich wundert sehr, wenn Ihr das gelten laßt.

Rüdeger (die Leiche zärtlich neben die Dietlinds legend).
Da bring' ich dir den Bräut'gam, liebe Tochter:
Schlaft friedlich, meine Kinder. Nun, Frau Kön'gin,
Bin ich nun fertig? darf ich sterben gehn?

Krimhild (hinaufdeutend). Auf! Hagen wartet schon.

Hagen. Ja, Hagen und der Tod.
Ich sag' es Euch voraus, Herr Rüdeger,
Ich spaße nicht! ich bin noch ganz gesund,
Nicht wund, wie Volker, will auch sterben nicht,
Wie euer Eidam dort. Schon einmal sagt' ich's:
Ich bin zu hart für Euch! kommt! Ihr müßt sterben.

Rüdeger. Die erste gute That in seinem Leben
Thut Hagen Tronje jetzt: — fahrt wohl, ihr Kinder,
Leb wohl, Gotlind, und du, Burg Bechelaren!
(Langsam hinauf in den Saal.)

Krimhild. Jetzt kam die Zeit, da alles sich erfüllt.

Konrad. Und wenn der Markgraf nun erliegt, was dann?

Krimhild. Dann steigt ein Engel mit dem Flammenschwert
Vom Himmel nieder: Siegfried wird gerächt.
(Es wird immer heller vom Hofthor her: Tagesanbruch.)

———

Zwölfte Scene.

Vorige. Etzel (wankt aus dem Hause).

Etzel. Hier ward's so totenstill, — so einsam, — wie
Ein großes Grab. —

Konrad.   's ist auch kein kleines, wahrlich!

Etzel. Wo ist der Markgraf?

Krimhild (hinaufdeutend).   Dort!

Hagen (triumphierend).   Tot ist der Arme!
Er focht so grimm, als wollt' er mir ans Leben
Und nicht sich selbst. Jetzt, König Gunther, komm!

(Vor- und zurücksprechend, je nach der Worte Sinn.)

Erschlagen sind die Helden Etzels alle,
Der Weg ist frei! — — — — — —
Empor! ich stütz' Euch — muß es sein, ich trag' Euch —
Quer durch halb Etzelland bis an die Donau:
Bechlaren hat die Kön'gin ja verbrannt!
So kehren wir, trotz Sternengang und Krimhild,
Mit Sieg und Leben heim nach Worms am Rhein!
Wie trefflich hat Frau Krimhild doch gerächt
Herrn Siegfried: — alles starb, was schuldlos war: —
Nur wir: der König Gunther und der Hagen, —
Wir blieben leben; ha! das ist so lustig,
Wie ich mein Lebtag nichts zu lachen fand!
Ich komm' — ich stütz' Euch, Herr.

(Er geht hinein in den Saal.)

———

Dreizehnte Scene.

Vorige. Dietrich.

Hildebrand (das Thor öffnend; voller, heller Morgensonnenschein flutet
herein).

                Der Vogt von Bern!

(Dietrich tritt ein in strahlender, ganz weißer Silberrüstung.)

Krimhild (frohlockend zu Konrad). Siehst du den Engel mit
dem Flammenschwert?
(zu Dietrich) Herr Dietrich, laßt die Hölle nicht frohlocken!

Konrad. Vom Himmel fallen schamrot sonst die Sterne,
Die das mit ansehn müssen.
(Dietrich schweigt und bleibt im Hintergrund.)

Etzel. Vogt von Bern:
Wollt Ihr den Mörder Siegfrieds siegen lassen?
Ihr könnt ihn zwingen.

Dietrich (tritt langsam ganz vor). Ja, ich kann's und will's.
Doch, König Etzel, die Bedingung höre:
Gebrochen ist durch diesen grausen Kampf
In deiner Hand die Gottesgeißel schon,
Die lang du über edlen Völkern schwangst:
So gieb, was du nicht mehr mir weigern kannst,
Heisch' ich's durch Krieg — gieb willig mir's im Frieden,
Zum freien Lohn für meine freie That. —

Etzel. So nenne deinen Preis.

Dietrich. Den Rest der Heunen
Führ' ostwärts in die Steppen, d'raus ihr kamt:
Gieb alles Volk mit goldnem Haargelock
Und blauem Aug', das meine Zunge spricht,
Gieb alle Völker der Germanen frei.

Etzel. Was forderst du! —

Dietrich. Was ich erzwingen kann.

Hagen (erscheint oben, Gunther mit dem Erzschild stützend).
Komm, König Gunther, sieh, das Thor steht offen!
Den wunden Etzel töt' ich, treff' ich ihn:
Dann mag Frau Krimhild wieder sieben Jahre
Auf Rache sinnen. Komm!

Etzel. Hilf, Vogt von Bern!
Und nimm was du begehrst.

Hagen (erblickt den hinter dem Grabmal hervortretenden Dietrich).

Halt! König Gunther!
Der Vogt von Bern in Amalungenwaffen: —
Jetzt kömmt der Tod.

Gunther (im Zurückgehen). Er ist mir längst willkommen.

Dietrich. Bereust du, Hagen, nun Herrn Siegfrieds Mord?
Blut war die Saat: — blick' um dich: sieh die Ernte.

Hagen. Die Reue ist der Narr'n; ich thät's nochmal.

(Er geht zurück in den Saal.)

Dietrich (zieht und folgt ihm rasch die Stufen hinaufeilend).
So stirb! —

Etzel (zu Krimhild). Ruf deine Frau'n herbei, — tot sind
die Männer —
Daß sie verbrennen dieses Königshaus
Mit allen Toten —: denn wir ziehn gen Osten.

Krimhild. Sprich, König Etzel: — nie fragt' ich bisher: —
Warum dein Weib ich ward, — wir wissen's beide ... —

Etzel. Wir wissen's furchtbar klar!

Krimhild   Jedoch warum
Wardst du mein Mann? du hattest breite Wahl!
Du hatt'st mich nie gesehen, noch geliebt:
Warum erkorst du Siegfrieds Witwe grade?
Es kam die Zeit, da alles mag gesagt sein.

Etzel. Entsetzlich haben sie nun Recht behalten,
Die hundert Priester, die ich dir geopfert!
Sie prophezeiten: „Wenn du Krimhild wählst,
Im ersten Jahr den Erben bringt sie dir ... —"

Krimhild. Ich bracht' ihn dir.

Etzel (auf das Schlafhaus deutend).

Dort liegt er tot, — ermordet! —
„Und einen Kampf, so groß wie nie auf Erden
Noch einer ward gekämpft, wird sie entzünden
Und wird ihn sieghaft enden."

Krimhild.   So geschah's!

Etzel. Ja, so geschah's: — und Etzels Reich ist aus.

Dietrich (langsam herabsteigend, das Schwert in der Scheide, den Balmung in der Hand).

Gebunden sind sie beide, Königin,

An Einen Pfeiler — hier ist Hagens Schwert.

Krimhild (jauchzend den Balmung schwingend).

Willkommen, Balmung, in Krimhildens Hand!

(Sie stürmt die Treppe hinauf in den Saal: Konrad folgt ihr bis an den Eingang und späht ihr nach.)

Etzel (groß und feierlich). Ein halb Jahrtausend sank der Römer Reich,

Bis daß es fiel: — in einer kurzen Woche

Zerbrach in Brand und Blut der Heunen Macht.

Konrad (von oben). Erschlagen sind sie: König Gunther, Hagen!

Und selbst ins Schwert warf Frau Krimhilde sich.

Etzel. Mein Sohn, mein Heer, mein Reich und jetzt mein Weib!

Oh birg den müden Etzel, Helles Grab.

(wirft sich auf die Stufen)

(zu Dietrich) Auf Euren Schultern ruht fortan die Welt.

Dietrich. Ich nehm' sie auf: — — — für der Germanen Volk!

(zu Hildebrand)

Herolde laß in alle Lande ziehn

Und allen Völkern heil'gen Frühling künden:

In Blut versank der blut'gen Nibelungen

Geschlecht: der Heunen Joch und Geißel brach,

Und hoch und leuchtend hängt der Gotenkönig

Zu Bern den Heerschild starken Friedens auf,

Der Amalungen unbefleckten Schild:

Gerächt ist Siegfried und die Welt ist frei.

———— ⚔ ————

König Roderich.

Ein Trauerspiel in fünf Aufzügen

von

Felix Dahn.

Zweite, durchgesehene und veränderte Ausgabe.

Erstmalig erschienen 1876.

Leipzig
Druck und Verlag von Breitkopf und Härtel
1898.

Das Recht der scenischen Aufführung sowie der Übersetzung in fremde Sprachen vorbehalten.

Dem

Deutschen Reich.

11*

Motto:

So gebt dem Kaiser, was des Kaisers ist.

Jesus von Nazareth.

Vorwort.

Dieses Drama lag zu Ende des Jahres 1870 in einem genau ausgearbeiteten Scenar vollendet vor.

In dem V. Band meiner „Könige der Germanen", Würzburg 1870, S. 152—246 ist die ganze Reihe der hier dramatisierten Konflikte dargelegt. Vgl. den VI. Band S. 369 f., der zu Anfang des Jahres 1871 erschien. Schon während der wissenschaftlichen Durchforschung der Quellen reifte der Plan zu der dramatischen Behandlung des Stoffes.

Der Konflikt des Staates mit der Kirche in Preußen begann im Jahre 1872.

Seit 1870 ist in der Ausarbeitung des Dramas nur Eine Veränderung vorgenommen worden: die Gestalt des Rechtswarts wurde neu eingeschoben: früher hatte dessen Stelle Pelayo mit ausgefüllt.

Die Episode des Mörders Akt IV. Scene 9 war lange vor dem Kissinger Attentat wörtlich wie sie gedruckt steht niedergeschrieben und wurde auch so vor jenem Anfall hier vorgelesen.

Übrigens bedurfte es durchaus keiner starken Erfindungs= gabe hierfür: der Königsmord war bei den Westgoten so häufig, daß unter acht Königen in 70 Jahren vier, und daß vier andere Könige nacheinander in 23 Jahren er= mordet wurden. Vgl. Gregor. Turon. III. 30.

Die zwischen dem König und dem Mörder gewechselten Fragen und Antworten ergaben sich von selbst als nächstliegend aus der Situation.

Wie die innere Zerrüttung des Gotenreichs durch die Herrschaft der Bischöfe ist auch deren landesverräterisches Einverständnis mit den Mauren geschichtlich: hier wurde nur statt Oppa von Sevilla Sindred von Toledo gesetzt.

Königsberg in Ostpreußen, Dezember 1875.

Felix Dahn.

Personen.

Sindred, Erzbischof von Toledo, Primas von Spanien.

Eugenius, Bischof von Pampelona im Baskenland.

Gundemar, Bischof von Cordova, früher gotischer Heerführer.

Oppa, Bischof von Sevilla.

Petrus, der Diakon, im Dienste Sindreds.

Roderich aus dem Geschlecht der Balten, Graf von
        Granada, später König.

Pelayo, Graf von Asturien, sein Freund.

Garding, Graf von Leon.

Julian, Graf von Ceuta, gotische Stadt in Afrika.

Tulga, Graf von Tingis, gotische Stadt in Afrika.
        beide aus dem Geschlecht der Saringe.

Landfrid, der Rechtswart, der Gesetzeswächter und Recht-
        sprecher der Goten.

Walja, ein Feldhauptmann der Goten.

Theodora, Roderichs Mutter, Äbtissin des St. Leokadien-
        klosters zu Toledo.

Theodosia, Roderichs Schwester, Nonne in diesem Kloster.

Cava, Tochter des Grafen Julian, verlobt mit Graf
        Tulga.

Der Gesandte der Mauren aus Afrika.

Kalbrul, ein Baske.

Sigrich, } gotische Krieger und Fronboten.
Svanka, }

  Bischöfe und Grafen, Priester, Krieger und Volk der
    Goten. Maurische Heerführer und Krieger.

Das Stück spielt in dem Reiche der Westgoten in Spanien im Jahre 711 nach Christus; die ersten vier Akte vor und in Toledo, der Hauptstadt und Residenz der Gotenkönige; der fünfte auf dem Schlachtfeld bei Xeres de la Frontera am Guadalete. Zwischen dem ersten und zweiten Akt liegen drei Tage, zwischen dem dritten und vierten und dem vierten und fünften je zwei Wochen.

I. Akt.

Erste Scene.

Mittelgroßes Gemach in dem erzbischöflichen Palast zu Toledo: Mosaiken an den Wänden: Vorhänge schließen die drei Bogenthüren des Hintergrundes: auf einem thronartigen Sitz mit zwei Stufen rechts (rechts und links stets von der Bühne aus gedacht) im Vordergrunde sitzend Sindred: von ihm hinweg gegen die Mitte hin und ihm gegenüber Eugenius, Gundemar, Oppa und noch etwa sechs Bischöfe. — Es ist Nacht: eine von der Decke niederhängende Bronze-Ampel giebt schwache Beleuchtung.

Sindred. Ehrwürd'ge Brüder, laßt uns einig werden!
In uns'rer strengen Zucht liegt uns're Kraft:
Die Laien hadern viel-gespalten noch: —
Wir kommen rasch den Schwankenden zuvor
Mit festgeschloss'ner Einheit uns'rer Wahl.
Bevor die Palatinen sich versammelt
Berief ich euch geheim zur Vorentscheidung:
Der neue König soll die Krone uns
Verdanken: und das soll er fühlen stets.

Gundemar. Was widerstrebt Eugenius noch allein?
Erledigt ist durch König Witikas
Zu frühen Tod die Krone dieses Reichs:
Es drängt zu rascher Wahl die Not der Zeit:
Denn drohend streckt vom nahen Afrika
Der Maure längst nach Spaniens reichen Fluren
Die gier'ge Hand: und weh dem Volk der Goten,
Der Kirche Christi wehe, wenn er siegte!
Das Reich, die Kirche braucht, wie nie zuvor,
Auf diesem Throne einen Helden, der

Beschirmend unter starkem Schild uns deckt
Und sieghaft schwingt ein kampferprobtes Schwert.
Wer aber ist im ganzen Gotenvolk,
Der auf die Frage: „Wer ist euer bester,
Ist euer erster Held in Schlacht und Rat?"
Nicht freudig riefe: „Ei, Graf Roderich,
Der Basken, Franken und der Mauren Schreck,
Dem treu der Sieg wie eine zahme Taube
Noch immer nachflog, wo er zog zu Feld!"
Wie kann sich ihm doch Graf Julian vergleichen,
Den uns Eugenius zum König wünscht!
Nein, wo so klar Gott kund giebt seinen Willen
Durch seiner Gnade sichtbarliche Zeichen,
Da ziemt kein Zaudern und kein Zweifel uns,
Zu nehmen ziemt nur, was der Herr uns zeigt.
Eugenius, nicht faß' ich dein Besinnen!
Wir andern sind ja einig: stimmt nur ab
Und laßt den klugen Zweifler hinterdrein
Uns alle Gründe für sein: Nein! erzählen.

    Eugenius. Dein Ungestüm, Bischof von Cordova,
Verrät noch stets den Krieger, den Barbaren ... —

    Gundemar (auffahrend, macht mit der Rechten eine Bewegung nach der
        linken Hüfte, als wollte er an das Schwert greifen).

Herr Bruder! — —

    Sindred.   Still, Pamp'lona hat das Wort.

    Eugenius (zornig wiederholend). Den Barbaren,
Der spät das Schwert erst mit dem Krummstab tauschte.
Graf Rob'rich ist ein Held, das leugnet niemand:
Sein Schild kann unsre Kirche decken: doch
Sie auch erdrücken, allzuschwer an Wucht!
Kurz, ohne Gleichnis: dieser König meistert
Die Mauren sicher: doch ich fürchte sehr,
Er meistert auch die Kirche und ihr Recht!

Das fürcht' ich nicht vom Grafen Julian,
Der mehr durch Frömmigkeit als Kriegsruhm glänzt.

Gundemar. War Rob'rich doch zum Priester selbst bestimmt,
Ward er erzogen doch in Klosterweisheit.
Er weiß wohl mehr als — mancher Bischof weiß.

Sindred (für sich). Das eben ist's: er weiß nur allzuviel.

Oppa. Er stammt von jenem Alarich dem Balten,
Der Rom zuerst bezwang: — ein böses Omen.

Eugenius. Sehr weltlich, sagt man, denkt Graf Roderich:
Soviel das Volk der Tugenden ihm nachrühmt, —
Nie hört' ich rühmen seine Frömmigkeit!
Der rasche Mut, der Stolz, die heiße Thatkraft,
Die nie ein Hemmnis noch vom Ziel geschreckt,
Wird sie die Schranken, die wohlthätigen,
Einhalten, die die Kirche mühevoll
Um diesen Thron gebaut seit hundert Jahren?
Gestehen wir's uns: sehr eng sind diese Schranken!

Gundemar. Ich hielt es für kein Unheil, fielen sie.
Was braucht der Krummstab übers Schwert zu herrschen?
Nur Freiheit braucht die Kirche, Herrschaft nicht.

Sindred. Das sprach aus dir der Krieger, nicht der
                                                 Priester:
Nie ist die Kirche frei, wenn sie nicht herrscht.

Eugenius (fortfahrend). Schon König Witika hat d'ran ge-
                                                      rüttelt:
— Zum Glück rief Gott mit raschem Tod ihn ab. —
Wer bürgt dafür, daß uns'rer Kirche Herrschaft,
Die langsam sie in diesem Staat gewann,
Nicht jener kühne, undurchbringliche,
Gewalt'ge Mann, der nie gebändigt ward,
Ein schrecklich Ende macht? Wer bürgt dafür?

Sindred (sich erhebend, großartig). Ich, dieses Reiches Metro-
                                                      politan!

Ich darf wohl rühmen, daß der Geist der großen
Vorfahren auf dem Stuhle von Toledo,
Die dieses Königtum der Kirche beugten,
Fortlebt in mir: im Bischof von Toledo,
Hier (auf die Brust schlagend) gipfelt der hispan'schen Kirche Bau,
Gleichwie der ganzen Kirche Bau in Rom.
Ich leiste Bürgschaft: denn ich bin der Wächter,
Der eifersüchtig hart am Throne steht,
Der Kirche Freiheit, Recht und Herrschaft hütend.
Schon mancher Gotenkönig, der zu hoch
Sich hob, er ward von meinen Vorfahr'n rasch
Vom Thron ins Kloster ober — Grab gestürzt.
Wohlan, die gleiche Kraft spür' ich in mir:
Ich fühle diesem kühnen Roderich,
Dem Stern der Goten, wie das Volk ihn nennt,
Mich vollgewachsen: und dieselbe Hand,
Die ihm die Krone gab, kann sie ihm nehmen.
Ich weiß, wie man die stolzen Männer bändigt:
Ein kleiner Zügel zwingt das starke Roß. —
Wir brauchen leider in der Not der Zeit
Gewalt'gern Arm als den Graf Julians, —
Den stärksten Arm: daß er zu stark nicht werde,
Dafür bürg' ich euch, Sindred von Toledo!
(Von dem Stuhle herabsteigend, rasch des Eugenius Hand fassend, leise zu diesem
ihn nach vorn führend)

Und horch, Eugenius, doch schweig' vor diesen:
Gleich dir würd' ich den starken Grafen fürchten:
Jedoch ich weiß ein sichres, leises Mittel,
Das diesen wilden Falken kirren soll.

Eugenius (laut). Ich gebe nach; (leise zu Sindred) ich denk':
                                        im Fall der Not
Leicht reiz' ich meine Basken zur Empörung
Und rasch, wie Witika, kann Gott ihn rufen.

Sindred. Jedoch, auf daß wir sicher gehen, — denn
Auch ich mißtraue diesem Nieburchschauten —
Soll vor der Thronbesteigung einen Eid
Er schwören, der ihn ganz uns überliefert.

Eugenius (achselzuckend). Was gilt ein Eid!

Sindred. Viel für die Hörer, Bruder,
Und drum auch Ein'ges für den Schwörer selbst.
Vor allem Volk, eh' ich den König kröne,
Soll mit dem alten Kircheneid der Goten
Bestät'gen er die Privilegien
Und Rechte all' der Kirche, soll vor allem
Den Brief des heil'gen (er bekreuzt und verneigt sich und alle
Anwesenden desgleichen) Rekareb beschwören,
Der unf'rer Macht ehrwürdig Fundament.
Verloren ist er vor dem frommen Volk,
Wenn diesen Eid er leistet und ihn bricht.

Eugenius. Und wenn er's weigert, diesen Eid zu leisten?

Sindred. Rechzeitig hat er dann sich uns verraten:
Dann wählen wir den Grafen Julian.

Gundemar (für sich). Den falschen Schwächling! Nein, das
darf nicht sein!
Er hält ihn schon bereit! Er ist sein sicher!

Eugenius. Dann thut uns Eile Not! wo ist Julian?

Sindred. Hier weilt er schon, bei mir, in diesem Hause,
Wohin ich heimlich ihn entbot: er schwört,
Was ihm die Kirche vorspricht, willig nach.
Wenn Roderich zu Argwohn Anlaß giebt,
Wenn er sich sträubt, den Kircheneid zu schwören,
Führ' ich Graf Julian vor Tagesanbruch
Selbst in die Krönungskirche, Wahl und Krönung
Beeilen wir, und eh' Graf Roderich
Die Krönungskirche nur gesehen, trägt
Julian das Scepter und die Krone schon. —

Auf, Gundemar, Eugenius, sucht den Grafen:
Rings um die Thore dieser Krönungsstadt
Gelagert harrt der Goten Volk und Heer,
Zumal die Grafen und die Palatinen,
Dem nächsten Tag, der Königswahl entgegen.
Sucht ihn im Lager: bietet ihm die Krone,
Das heißt, die Stimmen aller Bischöfe,
Die schon allein der Wähler Mehrzahl bilden
Und sichern ihn vor jeglichem Rival.
Doch laßt vorher vor Zeugen ihn beschwören,
Daß er nicht eher in der Kathedrale
Aus meiner Hand die Krone nimmt, bis er
Vor allem Volk den Kircheneid geschworen.
Und weigert er's, — Eugenius, sag' es ihm —
Wird Graf Julian gewählt, der schon bereit steht.
Und sag' ihm auch, daß Sindred von Toledo
Allein der Krönungskirche Schlüssel führt
Und Kron' und Scepter dieses Reich's verwahrt. —

Eugenius und Gundemar nach links, alle andern nach rechts ab.
(Verwandlung.)

Zweite Scene.

In dem Lager der Goten vor Toledo. Rechts an der ersten Coulisse gegen die
Zuschauer geöffnet das niedere Zelt Roderich's, halb in die Coulisse gerückt. Links
gegenüber hohe Bäume. Im Hintergrunde perspektivisch das Zeltlager der Goten.
Im fernsten Hintergrunde die Türme von Toledo. Mondbeleuchtung, die gegen
Ende der Scene verschwindet und am Schluß in Sonnenaufgang übergeht. Roderich, Pelayo, Garbing (links neben dem Zelt: Pelayo und Roderich
halten sich umschlungen).

Pelayo (zu Roderich). Mein Freund, mein Stolz und bald
                 mein Herr und König!
So drück' ich wieder dich an diese Brust,
Nach manchem Jahr der Trennung und der Kämpfe,
Die alles Land mit deinem Ruhm erfüllt,

Du Basken-Schreck, du Franken-Tod, du Mauren-
Besieger, läßt du mir nichts mehr zu thun?
Nur Einem gönn' ich so viel Heldentum:
Dir! — Wenn du nun das Königsscepter führst,
Laß mich dein Schwert sein, treu, gehorsam, scharf —
Wohin du willst — gebeut: Pelayo schlägt.

Roderich (ernst und innig). Freund, Königtum ist schwerstes
                                          Heldentum:
Die höchste Würde trägt auch höchste Bürde.
Sei nicht mein Schwert nur, sei mein guter Geist:
Rein ist dein Sinn und maßvoll pocht dein Herz:
Du bist ein Stern, — ich bin ein rascher Blitz.
Du müßtest Krone tragen und nicht ich,
Wenn sie dem Besten ziemte: doch mir ist:
In dieser harten Zeit ziemt sie dem Härt'sten:
Denn Thaten, ahnt mir, sind in diesem Reich
Zu thun, die man Verbrechen nennt, wenn sie
Nicht Siege heißen — — — und ich will sie thun.

Pelayo. Wohin du zielst, — ich glaub' es zu verstehn.

Garding (der bisher, auf seine Streitaxt gestützt, zugehört).
Beim Strahl! Unmöglich ist's, das nicht verstehn!
Den Priestern gilt's! — Das arme Gotenreich!
Wie haben sie's verschoren und entmannt,
Wie haben sie's umwickelt und umstrickt
Mit listigen Beschlüssen und Konzilien!
Ein Netz von tausend Maschen, Satz an Satz,
Schnürt Volk und Königtum und Adel ein,
Daß hilflos in der Bischöfe Gewalt
Der starke Goten-Bär gebunden liegt.
Beim Strahl! wenn morgen ich die Krone trüge,
Ich packte alle Priester, bleich wie rot
Und feist wie hager, auf mein größtes Schiff

Und ließ es schwimmen und mit Tod bedroht' ich
Die Wiederkehr!
    Pelayo (vorwurfsvoll). Bist du ein Heide, Garding?
    Garding. Ich wollt' ich wär's! Ich bin's soviel ich kann.
Ich bin's, soviel mich's Doppeltaufe sein läßt.
    Pelayo. Zweimal bist du getauft, du alter Hüne?
    Garding. Wohl sechzig Jahre sind's, da lebten glücklich
Die Eltern in entlegner Bergeshalde
Der Pyrenä'n: — sie liebten's, Hand in Hand
Nach altem Gotenbrauch mit frohem Jauchzen
Den Feuersprung zu thun zur Sunwendnacht;
Als das der Bischof von Urgel erfuhr, — —
Zu Tod gepeitscht als Hexe ward die Mutter,
Der Vater, der das Schwert zog, ward erschlagen:
Mich griffen sie und tauften mich aus Vorsicht
Zum zweitenmal: doch ich entlief ins Elend,
Ward Hirt, ward Räuber, endlich Graf und Greis: —
Doch was ich wurde, trotz zwiefacher Taufe,
Ein trotz'ger Heide immer blieb mein Herz! —
    Roderich. Und solches Unheil schaffen tausendfach
Die Bischöfe im ganzen Reich der Goten!
Sprich selbst, Pelayo, ist seit hundert Jahren,
Seit Rekared's unsel'gem Privileg,
Ein Staat für Männer und von Männern das?
Die Bischöfe regieren dieses Reich!
Den König wählen und entsetzen sie,
Sie machen auf dem Reichstag die Gesetze,
Sie richten über Graf und Palatin,
Sie reden jedem Richter in sein Amt,
Sie überwachen Steuer, Schatz und Zoll,
Sie häufen Reichtum und die Krone darbt,
Leibeigen sucht der Bauer ihren Schutz,
Für Brot und Segen seine Freiheit opfernd:

— Viel hunderttausend sind's der Kirchenknechte,
Die der geschwächte Heerbann schwer vermißt: —
Sie schließen Frieden und erklären Krieg:
Und Heer und König, Graf und Palatin
Sind für der Kirche Schutz und Dienst nur da.
Ein süßlich=dumpfer Weihrauchqualm durchzieht
Betäubend und erschlaffend unser Land,
Es sinkt die alte Gotenkraft und spöttisch
„Das Volk der Küster" nennt der Nachbar uns:
Es dorrt das Heldenmark der Ahnen aus:
Mein Ahnherr Alarich, der kühne Balte,
Steigt zürnend oft aus dem Busento=Grab
Und mahnt und straft den Enkel Nachts im Traum:
Verloren ist der Goten Staat und Volk,
Währt diese Knechtschaft fort: ich breche sie
Und müßt' ich alle Kirchen Spaniens
Mit niederbrechen: sei's, ich breche sie
Und priesterfrei mach' ich mein Volk! —

    Pelayo (sehr ernst). Der schwerste Kampf ist's, Priester
                                       zu bekämpfen,
Die sich und andern gelten Göttern gleich.
Besorgt seh ich mit Ungestüm, mit Freude
Dich, wie in eine frische Reiterschlacht,
In diesen Kampf mit Geistermächten stürmen:
Mir bangt um dich!

    Roderich.   Ist denn nicht Königspflicht,
Ist denn nicht unvermeidbar dieser Kampf?
Sprich, müßtest nicht auch du, ein frommer Christ,
Sobald du Krone trügest, diesen Kampf
Aufnehmen, ganz gleich mir?

    Pelayo.   Ich müßt' es thun:
Doch wahrlich, völlig ungleich thät' ich's dir!
Ich thät's mit banger Scheu, daß ich im Streite

Mit Kirchen-Unrecht nicht zugleich mit träfe
Der Kirche Recht, zugleich das fromme Volk
In seinem Heiligsten: — nenn's Wahn, nenn's Glauben.
Das schwerste Opfer wär' mir dieser Kampf,
Den meiner Königspflicht ich bringen könnte:
Dich aber reizt, was mich erschreckt: du liebst
Die Priester nicht . . . — —

Roderich (ausbrechend). Ich hasse sie aus tiefstem Grund
der Seele!

Sie haben uns'res Hauses Grund zerstört
Sie haben schwarz der Mutter Geist umfinstert,
Sie haben auf der Schuld des Vaters Blut,
Sie haben einer süßen Schwester Herz,
Die ich, ach! zärtlich liebte, mir entfremdet,
Sie haben meine Kindheit mir gestohlen,
Sie wollten brechen Willen mir und Geist:
Nicht ihr Verdienst ist, daß ich Mann geworden.
Und, da ich ihre Ketten mit Gewalt
Zerriß, aus dumpfen Klostermauern flüchtend,
Da haben sie so lange mich gehetzt,
Bis ich, verkauft als Sklav', auf fremder Küste
Aufschreiend warf mein Haupt, verzweiflungsvoll,
Den Tod erflehend, in den Sand der Wüste.
Nicht ihr Verdienst, daß ich aus tiefster Not
Mich rang empor bis zu des Thrones Stufen,
Bis auf den Thron bald, hoff' ich, ihn zu säubern,
Von allem Spinnwebschmutz der Priesterschaft.

Pelayo. Wenn nur der Maure Zeit dir dazu läßt.

Roderich. Nicht fürcht' ich ihn, vermag ich zu versammeln,
Zu wecken neu der Goten ganze Kraft.
Ja, ich gesteh', nicht hätt' ich um die Krone
Geworben, gält's dem Mauren nur zu wehren.
Dem Grafen Julian hätt' ich den Thron

Dann gern gegönnt und als sein Feldherr
Dem Vaterlande meinen Arm geliehn:
Doch diese Priestertyrannei zerbrechen
Ist mein Beruf: kein andrer kann's gleich mir,
Der sie am besten kennt, am tiefsten haßt.

Pelayo. Vortrefflich wußtest du dein Herz zu bergen:
Sie glauben dich nicht just besonders fromm,
Doch ahnen solchen Haß und Zorn sie nicht.
Man sagt, sie stimmen alle fast für dich.

Garding. Des Laienadels Stimmen sind dir sicher:
Nur Tulga und Julian, die Saringe,
Sie werden nie den Sproß der Balten wählen.

Roderich. Seit Athaulf ihren Ahnherrn Saro schlug,
Dreihundert Jahre haßt uns dies Geschlecht,
Weil sie die zweiten stets, die ersten wir;
Graf Julian, Graf Tulga, bin ich König,
Darf unsre Grenzhut ich in Afrika
Nicht mehr vertrau'n: sie hassen mehr die Balten,
So fürcht' ich, als die Mauren.

Garding.   Doch die Priester!
Sie werden staunen, wen in dir sie wählten!
Du konntest dich verstellen, fast . . . —

Roderich. Fast wie ein Priester selber, willst du sagen!
Jawohl, mein Freund, ich habe was gelernt
Im Kloster, wo sie Priesterschaft mich lehrten.
Vergelten will ich voll nun ihre Zucht!
Mit offnem Heldensinn, mit Manneskraft
Allein ist dies Gezücht nicht zu zertreten:
Nur Königskunst schlägt Priesterkünste noch:
Wie, schlau und stark zugleich, aus ihrem Sumpf
Die Schlange reißt der Adler und im Flug,
Im reinen Element der Himmelsluft,
Wo sie erschlafft und er erstarkt, sie würgt: —

So will ich unergründlich bald Gewalt,
Bald List gebrauchen, bis sie klagen sollen,
Daß Roderich nicht Erzbischof geworden.

Garding. Gedenke Garding's, brauchst du die Gewalt.

Pelayo. Pelayo aber laß dich manchmal warnen,
Daß Wunsch und Haß nicht über Pflicht und Recht
Hinaus dich reißt in diesem Kampf! Mißtraue
Dir selbst, wo dich des Herzens heiße Lust
Berauschen will. — Es lieben starke Menschen,
All' ihres Wesens Kräfte zu entfalten,
Gleichviel, ob gut, ob bös: das freie Spiel
Gelöster Geister freut sie: — hüte dich: —
Die Edelsten erliegen diesem Reiz
Und doch im Reinsten schlummern die Dämonen.
Soviel die Pflicht gebeut, thu' unerbittlich:
Jedoch versage unerbittlich auch
Dem König Rob'rich, was den bloßen Schein
Der Selbstsucht auf ihn werfen kann: laß nicht
Die Priester zu dem Volke sprechen: „Seht,
Aus sünd'gem Trieb, wie Lucifer den Himmel,
Bekämpft die Kirche König Roderich."

Roderich. Mein Freund, ich liebe nichts mehr als mein
                                           Volk!
Ich wüßte nicht, was dieses tote Herz
Mit neuer Selbstsucht Wunsch beleben könnte.

Pelayo (für sich). Es stirbt kein Herz und keine Liebe stirbt.

Roderich. Gereift hat mich, doch ausgebrannt zugleich
Das Schicksal: der nur darf sein Volk beherrschen,
Den selbst nichts mehr beherrscht, als nur sein Volk.
                 (Sich auf Pelayos Schulter lehnend, weicher werdend)
Laß mich's gestehen: — wohl gab es eine Zeit,
Da um ein Weib ich, eines Mädchens Liebe,
Ach, um ihr Auge einmal noch zu schau'n,

Gern meiner Seele Seligkeit gegeben. — — —
In Afrika, — ich war ein armer Sklave —
Da neigte sich zu mir, wie eine Göttin,
Ein Weib, zu retten mich — und zu verschwinden.

    Pelayo. Man sagt im Volk, ein Wunder löste dich
Aus jener maurischen Gefangenschaft.

    Roderich. Es war ein Wunder! — Eine edle Gotin
Aus uns'rer Seeburg Ceuta, so vermut' ich,
— Denn nie erfuhr ich Namen und Geschlecht —
Sah oft mich, wann ich, Hand und Fuß gekettet,
Gesellt den schwarzen Sklaven meines Herrn,
Zur Tränke seine Dromedare trieb
Vor Ceutas Thor an der Cisterne Rand:
Denn nah der Stadt lag meines Herren Gut
Und Waffenstillstand war in Afrika.
Oft hielt sie an dort, in der Palmen Schatten,
Die kühl das Rund des Brunnens kränzten, Abends,
Wann sie zurückritt von der Falkenjagd. —
Erbarmen sprach ihr schönes Auge, — ach
Sprach's nicht auch Liebe für den Volksgenossen,
Den schwer sie leiden sah? — Da, einmal heischte
Sie Wasser aus dem Henkelkrug von mir:
Ich reich' ihn ihr, sie drückt die Hand mir leis,
Drückt in die Hand mir eine scharfe Feile
Und grüßt und sprengt hinweg.

    Pelayo.   Du aber?

    Roderich.   — Ich
Zerfeile noch dieselbe Nacht die Ketten
Und fliehe an die See. — Ein Gotenschiff
Führt den Geretteten nach Spanien:
Bald ward mit Ruhm im Heer genannt mein Name:
Doch Sehnsucht nur nach ihr war all mein Leben, —
Ich schrie vor Sehnsucht in die Nacht hinaus,

Umsonst: — ich sah sie niemals, niemals mehr —
Seitdem lebt nur mein Volk in meiner Brust.

(Pause.)

Dritte Scene.

Vorige, Eugenius, Gundemar von links im Hintergrunde. Es verschwindet
allmählich die Mondbeleuchtung und solcher Morgendämmer steigert sich, daß am
Schlusse dieser Scene die helle Morgensonne das im Hintergrunde sichtbare Toledo
beleuchten kann.

Gundemar. Heil dir, Graf Rod'rich — König Rod'rich
bald!

Roderich. Heil dir, Herr Bischof: — Waffenbruder einst!
Gedenkst du noch, wie wir die Basken schlugen?

Gundemar. Ob ich's gedenke! Öfter als des Psalters!
Schlimm ging mir's, sehr schlimm auf dem linken Flügel!
Die Basken wälzten Steine, kirchengroß,
Auf uns herab, die wir im Engpaß wehrlos
Dem unsichtbaren Feind erlagen: — horch,
Da scholl das got'sche Heerhorn plötzlich hoch
Ob unsern Häuptern: — adlerkühn und rasch
Hatt'st du, Graf Roderich, das Joch erflogen,
Die Basken überhöht, umstellt, gefangen
Und uns befreit! Das lohn' dir Gott im Himmel.

Roderich. Amen, Ehrwürden! Doch vorher: — auf
Erden!

Eugenius. Jetzt gilt es nicht um baskische Scharmützel!

Gundemar (halblaut zu Roderich). Den Baskenbischof ärgert
die Erinn'rung.
Sein Pampelona brannte! Doch mich freut's.

Eugenius. Es bieten dir die Bischöfe Hispaniens
Die Krone dieses Reichs durch ihre Stimmen,
Wenn morgen du durch feierlichen Eid
Vor allem Volke öffentlich beschwörst

Der Kirche Privilegien und Rechte,
Zumal den heil'gen Freibrief Rekareds,

(Verneigung beider Bischöfe)

Bevor du in der Krönungskathedrale
Aus Sindreds Hand die Gotenkrone nimmst.

Roderich. Ehrwürd'ger Bischof aller frommen Basken,
Nimm meinen Dank im Wort voraus einstweilen.
Als König hoff' ich mit der That zu danken. —
Doch — laßt mich erst den Kircheneid bedenken — —
Und wenn ich ihn nun weigre?

Eugenius (für sich). Ha, wie rasch
Verrät er sich!

Gundemar. Du darfst ihn nicht verweigern!
Du schuldest dich dem Reich! der Maure droht!
Und weigerst du den Eid, so sind sie einig —
Ich meine, wir sind einig dann — zu wählen, — —

Eugenius. Julian, der Kirche treu ergebnen Sohn.

Gundemar (in aufrichtig ängstlicher Erregung).

Ja, ja, dann wird der Saring Gotenkönig,
Eh' du die Krönungskirche nur gesehn.
Er weilt bei Sindred schon, bereit ist alles:
Das Scepter und die Krone und die Schlüssel
Der Kathedrale sind in Sindreds Hand.
Schon graut der Tag, lebendig wird's im Lager:
Wenn deine Weig'rung Sindred wir verkünden,
Ja, wenn wir nicht zurück mit Sonnenaufgang,
Versammelt er die Bischöfe, die Grafen . . . —

Eugenius (zu Gundemar). Komm! sieh', es tagt! Graf Rod'=
rich weigert sich,
Wie ich vorausgesagt! Zurück zu Sindred!

Roderich (für sich, überlegend). Ich muß zur Stelle sein, um
jeden Preis.

Pelayo (halblaut zu Roderich, deſſen Rechte faſſend).
Du darfſt den Eid nicht ſchwören und nicht brechen.

Garding (halblaut zu Roderich, deſſen Linke faſſend).
Mit Beil und Schwert erbrich die Krönungskirche
Und reiße Julian vom Haupt die Krone.

Roderich (halblaut). Und Bürgerkrieg und Maurenlandung?
(ſich von beiden losmachend) Nein!

Gundemar. Julian, der Schwächling, darf nicht König
werden!

Roderich (der ſchwer ringend, ſuchend über die Bühne gewandelt, von
einem Gedanken plötzlich durchzuckt, ſtehen bleibend).
Er ſoll es nicht! Nein, Roderich wird König!
(Bewegung der vier Anweſenden.)

Eugenius (erſtaunt). So willſt du ihn denn leiſten, dieſen
Eid? —
Wohlan, ſo ſchwöre mir vor dieſen Zeugen
Mit aufgehobner Eidhand feierlich
Daß du, bevor dich Sindred krönt, wirſt ſchwören.

Roderich (die Hand erhebend). Ich ſchwöre hier bei Gott: nicht
eher nehm' ich
Aus Sindreds Hand die Gotenkrone, bis . . . —

Pelayo. Halt ein, um Gott, was willſt du thun! bedenke . . . —

Roderich (die Hand ſenkend). Bis ich den Eid, den er verlangt, geſchworen. —

Eugenius (für ſich). Reißt ihn der Ehrgeiz hin? Halt,
höher viel
Als Eide gilt die Ehre dieſen Grafen.
(Laut)
Willſt du ſonſt ehrlos ſein im Gotenvolk?

Garding (für ſich). Beim Strahl! was wird er thun? mir
bangt, mir graut!

Roderich. Sonst will ich ehrlos sein im Gotenvolk!

(Toledo im Morgenrot.)

Sieh da, es tagt, Heil, königliche Sonne!
Auf, Garbing, auf! laß laut die Hörner schmettern,
Im Lager weckend alles Gotenheer:
Folgt nach Toledo mir! Zur Königswahl!

(Alle rasch ab nach links im Hintergrund: Hornrufe bis die Verwandlung vollzogen.)

Verwandlung.

Vierte Scene.

Die große Basilika der Apostelfürsten zu Toledo. Streng byzantinischer Basiliken-stil. An den Wänden auf Goldgrund Mosaiken in fortlaufender Darstellung: Bilder der Apostel Petrus und Paulus und andrer Heiliger. Rundbogen. Logen. In dem Hintergrund drei große praktikable Thore, von innen sichtbar mit vergoldeten Holzriegeln geschlossen. Rechts eine hohe Kanzel mit Stufenaufgang. daran eine schmale Pforte (verschließbare niedere Thürklappe), mit dem Thronsitz Sindreds: links nach hinten dicht neben dieser Kanzel ein schmaler Altar, genau so hoch wie Sindreds Kanzelbrüstung, so daß Sindred die auf des Altars (mit weißen Tüchern bedeckter) Oberfläche ruhende Krone, das Szepter und der Purpur bequem zur Hand liegen und von keinem auf dem Kirchenboden Stehenden erreicht werden können. An Kanzelthron und Altar reihen sich in einem gegen das Publikum geöffneten Halbkreis die rot ausgeschlagenen Sitze der Bischöfe und. bedeutend geringer an Zahl, die niederern blau ausgeschlagenen der weltlichen Großen, welche die Linke des Halbkreises ausmachen, während die der Bischöfe die Mitte und den rechten Flügel füllen. Das Zahlenverhältnis soll wie zwei Drittel zu ein Drittel sein, abgestuft nach dem verfügbaren Personal: also etwa 24 zu 12; vor Sindred, der unter einem von vier Priestern getragenen Baldachin schreitet, ungefähr 12 Chorknaben mit Weihrauchfässern und brennenden Wachs-lichtern: Sindred und alle Bischöfe in großem Ornat mit wallenden Scharlach-talaren und Bischofsmützen: Sindred mit einer hohen Mitra bedeckt und drei-facher reicher Goldkette um Hals und Brust. Eugenius, Gundemar. Oppa und die übrigen Bischöfe: hinter ihnen Äbte, Archidiakone und Priester in langem feierlichem Zug kommen paarweise aus der hintersten Seitencoulisse rechts und nehmen langsam ihre Sitze ein. Ist dieser Zug der Bischöfe (aus räumlichen Gründen) unmöglich, so mögen alle mit Ausnahme von Sindred und Eugenius sitzen, als der Zwischenvorhang aufgeht. Links im Vordergrund der für den König bestimmte niedere Thron.

Eugenius (zu Sindred, als beide vor ihren Sitzen angelangt sind).

Er hat's geschworen: nie hätt' ich's geglaubt!

Sindred. So ist der Grafen Art! Sie schmähen laut
Die Priesterherrschaft, wie sie's nennen, bis

Die Krone ihnen selbst der Priester beut:
Dann küssen sie die Krone und dazu
Demütig die geschmähte Priesterhand.
Mich ekelt dieser Grafen! — Und er war
Ihr Bester! — Hat er diesen Eid, wie ich
Verschärfend ihn gefaßt, geschworen, dann
Ist er gebunden, wie kein Fürst vor ihm.

Eugenius. Wie wird Julian wohl die Enttäuschung
tragen?

Sindred. Wie ich ihn schätze, fügsam, aber tückisch:
Wir halten diesen grollenden Rivalen
In Vorrat: sei's auch nur, mit ihm zu drohn:
Im Notfall — ihn zu brauchen. — Nun ans Werk:
(langsam die Stufen seines Kanzelthrons hinansteigend)
Der Ritus dieser Königswahl beginne,
Wie weislich ihn die Kirche festgestellt:
Denn mächtig zwingt des Menschen Sinn die Form. — — —

(Er nimmt Platz auf dem Thron, ergreift den Krummstab und winkt. Ein
Ostiarius tritt aus der hintersten Coulisse links, von wo später die Grafen ein-
treten, und meldet leise mit Verbeugung einem dort aufgestellten Diakonus. Der
Diakonus schreitet durch die Versammlung bis an die oberste Stufe von Sindreds
Thron, kniet nieder und küßt den Saum seines Talars.)

Sindred. Was hast du uns zu melden, Diakon?

Diakon. Ein Feldhauptmann der Goten heischt Gehör.

Sindred. Wer schickt den Feldhauptmann?

Diakon.   Der Goten Adel.

Sindred (winkt).

Der Diakon erhebt sich, verneigt sich, geht an seinen Platz zurück und giebt dem
Ostiarius Bescheid. Dieser verneigt sich und geht ab. Gleich darauf führt er
Walja den Feldhauptmann ein: dieser, ganz gerüstet, giebt sein Schwert ab
und reicht es am Eingang einem Diakon; ein andrer führt ihn bis vor Sindreds
Thron; der Feldhauptmann kniet nieder, ohne die Stufen zu betreten, und küßt
den Saum des Kanzelteppichs, der bis auf den Boden reicht.

Walja, der Feldhauptmann. Ehrwürd'ger Herr, der Adel
der Westgoten,

Die Grafen, Palatinen und Magnaten,
Harr'n in dem Vorhof der Basilika
Auf deinen Wink und bitten dich um Einlaß.

Sindred. Im Hause der Apostelfürsten was
Begehrt der Laienadel dieses Volks?

Walja, der Feldhauptmann. Demütig bitten sie um
Einlaß, hier
Mit euch, den heil'gen Bischöfen, gemeinsam
Nach eurem Vorschlag Königswahl zu halten.

Sindred. Des Himmels, nicht der Erde, ist dies Haus.

Walja, der Feldhauptmann. Der Adel weiß, er ist hier
nur geduldet:
Doch, weil der König und das Reich der Goten
Nur darin Zweck und Grund und Weihe hat,
Daß sie dem Himmel, heißt der Kirche, dienen,
So flehn sie: dulde hier die Königswahl.

Sindred. In solcher Meinung, unter Vorbehalt
All unsrer Rechte, soll's verstattet sein.
Doch in dem Haus des Himmels klirrt kein Schwert.
Die Waffen legt der Adel an der Schwelle
In unsrer Diakonen Hände ab,
Zum Zeichen, daß Gewalt und Stolz der Welt
Vor Gott und seinen Priestern machtlos ist.

Feldhauptmann erhebt und verneigt sich, dann ab durch die letzte Coulisse,
nachdem er sein Schwert wieder erhalten. Durch dieselbe Coulisse Zug der
gotischen Grafen, je drei, voran Roderich, Pelayo, Garding, dann
Julian, Tulga und noch eine beträchtliche Zahl: ohne Helme und Waffen,
viele, darunter die ersten drei, mit lang wallenden, welfen, braunen, blauen und
grünen Mänteln: sie schreiten bis vor Sindreds Thron: dort knieen sie alle auf
einmal nieder, beugen das Haupt und empfangen Sindreds stummen Segen. Er
streckt den Krummstab und den linken Arm über sie. Darauf erheben und verneigen sie sich alle zusammen vor Sindred und nehmen ihre Sitze, Sindred gegenüber, ein.

Sindred. Gewährt ist eure Bitte, treue Söhne
Der Kirche, und die Königswahl beginnt. —
Nach heil'ger Satzung dieses Reichs gebührt

Der Vorschlag uns, den Bischöfen, die betend
Und fastend sich drei Tage vorbereiten:
Der heil'ge Geist pflegt selten dann zu zögern:
Er steigt herab und äußert sein Erleuchten
Durch Einheit unsrer Stimmen; so auch diesmal:
Einstimmig fiel, nach reifer Vorberatung,
Die Wahl der Bischöfe auf Theudfribs Sohn,
Auf Roderich, den Grafen von Granada.
Ihn schlagen wir euch Palatinen vor.
Ihr wählt geheim mit schwarz und weißen Losen:
Den so Gewählten krönt der Erzbischof,
Nachdem er erst den Kircheneid ihm abnahm,
Und führt ihn vor die Pforten dieser Kirche,
Wo frommgeduldig harrt das Gotenvolk
Und jubelnd seinen König anerkennt.
Jedoch, indes ihr wählet, beten wir,
Auf daß auch euch der heil'ge Geist erleuchte
Und fromme Lieder steigen himmelan.

(Auf einen Wink Sindreds erheben sich die Bischöfe, die Hände faltend, zum
Gebet. Aus den Coulissen schallt Kirchengesang, monoton, aber feierlich.)

    Veni, qui illustras corda,
    Veni, sancte spiritus:
    Regem pium dona nobis,
    Clypeum ecclesiae:
    Regnum saeculi peribit
    Simul cum diabolo:
    Sed triumphans in aeternum
    Manet Dei civitas.

(Zwei Diakonen geben und sammeln in verdeckten Schalen die Stimmlose.)

Julian (halblaut zu Tulga). Zwar ist's umsonst, doch soll er
                             sich nicht rühmen,
Daß ihm ein Saring mit zum Thron verhalf.

Tulga (ebenso). Zur Hölle bald hoff' ich ihm zu verhelfen!
Vergebens wagten Leben wir und Ehre.

Julian (halblaut). Noch geb' ich nichts verloren: Balten-
Hochmut
Und Tollkühnheit kann rasch vom Thron ihn stürzen.

Tulga (halblaut). Dann die geheimen Freunde rufen wir
Und unser wird das meisterlose Reich.

Roderich (leise). Gott, gieb den Sieg! klar schaust du in
mein Herz:
Du weißt: es gilt mir um mein Volk allein.

(Die Diakonen haben die Stimmen gesammelt und bringen die Schale Sindred,
sie ihm knieend darreichend. Sindred schlägt die Deckel auf und zählt.)

Sindred. Gelobt sei Gott! Entschieden ist die Wahl.
Graf Roderich, ich frag' Euch feierlich:
Wollt Ihr der König sein des Gotenvolks?

Roderich (in hoher innerer Erregung, gen Himmel blickend).
Ich will's? Ich will's! mein Leben für mein Volk!
Ich schwör's!

Sindred. Halt' ein! — Viel habt Ihr noch zu schwören!
Bevor ich Euch das Scepter und die Krone
Und diesen Purpurmantel reiche, müßt
Ihr erst den Kircheneid der Gotenkön'ge
In meine Hand, den furchtbar heil'gen schwören.
Nicht eher dürft Ihr an die Krone rühren:
Deshalb hat sie die Sitte auch so hoch
Auf diesen ragenden Altar gelegt,
Daß für des kühnsten Laien Arm und Trachten
Sie unerreichbar sei und nur herab
Von diesem Thron, verliehn durch Priester Hand,
Das Haupt mag schmücken des gewählten Königs.
Hört also nun — und sprecht mir wörtlich nach —
Die Form des Schwurs: — Gott hört Euch und wir alle:
„Gehorsam schwöre ich der heil'gen Kirche" . . . —

Roderich (unterbrechend). Erzbischof, halt: eh' ich die Krone nehme,
Muß ganz vollendet sein die Wahl.

Sindred. Sie ist's.

Roderich. Ein Wähler fehlt noch.

Sindred. Wer in dieser Kirche
Hat nicht gewählt?

Roderich (zu Pelayo und Garding). Seid ihr bereit?

Beide. Wir sind's.

Roderich. Der Wähler steht vor dieser Kirche Pforten.

Sindred. Gewählt hat dich der Klerus und der Abel.

Roderich. Doch nicht gewählt noch hat der Goten Volk.
Dort harrt es vor der Thür: in dieser Kirche
Ist zu viel dumpfe Luft und Weihrauchqualm:
Auf mit den Thüren! laßt den Sonnenschein,
Laßt frische Luft, laßt ein das Volk der Goten!

(Roderich, Pelayo und Garding rasch im Hintergrund nach den drei Thüren.
Allgemeine Bewegung. Bischöfe und Grafen springen auf von ihren Sitzen.)

Eugenius. Welch' Unterfangen!

Gundemar. Kühn! mich aber freut's.

Julian. Ha! welche Neu'rung!   } Zugleich.

Tulga. Könnt' ich ihm ans Leben!

Sindred (mit überlegener Ruhe). Umsonst, ihr Thoren! fest
sind sie verriegelt.

Roderich. Hinweg die Riegel! Freiheit, ström' herein!

(Er läßt den Mantel fallen und zieht ein bisher verborgenes Schwert. Pelayo
desgleichen, Garding sein Streitbeil. Sie erheben hoch die Waffen, die Riegel
zu durchhauen. Gruppe: Roderich in der Mitte.)

Sindred (jetzt in Zorn ausbrechend). Ein Schwert entblößt vor
unserm Angesicht!

Garding (zurückrufend). Gewöhn' dich an den Anblick, Erz=
bischof!
Bald wirst du mehr von diesem Schwerte sehn.

(Krachend haben die drei Männer die Holzriegel durchhauen und die drei Flügel=
thüren aufgestoßen: man sieht auf dem freien Platz vor der Kirche, demselben,
auf dem der zweite Akt spielt, das Volksheer der Goten: nur Männer in voller
Bewaffnung, mit Helmen, Panzern, Schilden, Speeren, Schwertern, Schlacht=
beilen, amphitheatralisch aufgestellt: von der Platform der Kirche bis zu den

höchsten Stufen des Königspalastes, der im Hintergrunde sichtbar wird, sowie des erzbischöflichen Palastes zur Linken. Großartiges kriegerisches Schauspiel. Allen voran Roderich, laut hinausrufend, von dem Mittelportal aus:)

Roderich. Hieher zu mir, du Volk und Heer der Goten,
Kommt alle her zur Wahl, zur Königswahl.

(Das Volksheer zögert eine Weile in banger Scheu.)

Garding. Was zaudert ihr? Kommt! ist's nicht euer
Recht?

(Landfrid, den Rechtswart, am Arm ergreifend und halb mit Gewalt in die Kirche
ziehend)

Sprich, Rechtswart, der wie keiner kennt das Recht,
Du wandelnd' Rechtsbuch, was ist alter Brauch?
Habt ihr kein Recht hier?

Landfrid. Er spricht wahr. Folgt mir!

(Er tritt nun freiwillig in die Kirche: hinter ihm wogt, wie eine Flut, das Volksheer herein, die ganze Kirche füllend, die Reihen der Vordersten werden bis an das Proscenium gedrängt. Vorn: Garbing, Roderich, Landfrid. Pelayo bleibt an den Thüren.)

Sindred (schickt sich an, seinen Kanzelthron zu verlassen).
Hinweg! Hinaus! gelöst ist die Versammlung.

Garding (steht unbeweglich an der Aufgangsthüre zu seiner Kanzel. Er schließt sie).
Bischof, du bleibst, denn hier hält Garding Wacht.

Pelayo (an den Thüren). Herein darf jedermann, niemand
hinaus.

Roderich (in der Mitte, im Vordergrund).
Hört mich, mein Volk, ihr meine Waffenbrüder:
Auf Vorschlag dieser Bischöfe hat mich
Der Adel hier berufen auf den Thron:
Ich aber will ein König nicht allein
Der Priester und des Adels sein. Nein, Freunde,
Ich will der König sein des Gotenvolks,
Auch dem geringsten freien Mann genehm.

Stimmen. Heil Roderich! stets hielt er's mit dem Volk! —

Roderich (fortfahrend). Ganz neu erst ist der Brauch, der
ein paar Dutzend

Bischöfe läßt und Grafen nur entscheiden
Die Wahl, indes das Volk, hinausgesperrt,
Harrt vor geschloss'nen Thüren, Knechten gleich,
Wen ihm die Herrn zum Fürsten wollen gönnen.
Ihr Goten aber seid nicht Knechte, nein,
Auch nicht der Priester: ihr seid freie Männer!
    Stimmen. Ja, wir sind frei!
    Andre.   Heil, Heil, dem Sohn der Balten!
    Roderich. Ganz anders ist der wahre, alte Brauch,
Der echte, gotische, der Königswahl
Und mancher Graukopf kennt ihn unter euch,
Viel besser als wir Jungen: Sprich du, Rechtswart,
Ehrwürd'ger Held, der du kraft Amt und Weisheit
Das Recht zu weisen hast, wo's fraglich ward:
Ich heische deinen Wahrspruch: was ist Volksrecht?
    Landfrid (den Stab hoch erhebend, dann darauf ruhend).
Ich schöpfe Wahrspruch: dies ist Gotenrecht:
In seinen Waffen schart das Volksheer sich,
Das ganze Heer, nicht Priester nur und Grafen,
Und wählt mit lautem Zuruf seinen König,
Und hebt ihn jauchzend auf den breiten Schild.
    Roderich. Wohlan, das alte Volksrecht ruf ich an!
Mit List, Gewalt und manchem bösen Schlich
Wand man dem Volk das Wahlrecht aus der Hand:
Ich, Volk der Goten, geb' dir's heut zurück:
Denn nie bedecken soll mein Haupt die Krone,
Wenn ihr sie nicht durch eure Wahl mir gebt.
    Landfrid. Auf! Volk der Goten, übe denn dein Recht.
    Pelayo. Den ersten Helden eures Heers, den Balten, —
Ihr tapfern Goten, wählt den tapfersten!
    Garding. Heil König Rodrich!
    Landfrid.   Hebt ihn auf den Schild!
Alle mit Ausnahme der Bischöfe, Julians und Tulgas:

Heil Roderich, dem König der Westgoten!

(Roderich wird unter Zusammenschlagen der Waffen auf einen breiten Schild gehoben und in rascher Bewegung nach links dicht an den Altar getragen.)

Sindred (großartig, den Krummstab, wie abwehrend, entgegenstreckend).
Halt ein, bethörtes Volk! — meineid'ger Mann!
Du hast geschworen, ehrlos wollst du sein
Im Volk der Goten, wenn du trügst die Krone,
Bevor du mir den Kircheneid geschworen,
Pelayo, Garding, war's nicht so?

Roderich.   So war's!
Nur Eines
Hast du dabei vergessen: ich gelobte
Den Kircheneid zu leisten, eh' die Krone
Ich nähm' aus deiner Hand, Erzbischof Sindred.
Mir aber gab das Gotenvolk die Krone
Und sieh, mit eignen Händen nehm' ich sie.

(Er ergreift Krone und Scepter, wirft sich den Purpurmantel um, wird vom
Schild gehoben und besteigt den Königsthron; ein Herabspringen von dem Schild,
vor oder nach Ergreifung der Krone, ist unstatthaft.)

Sindred. Ha! unerhörte Falschheit und Belistung!

Roderich (königlich). Vernehmt mein erstes Königswort ihr
alle:
Durch Priestertrug ward unter schwachen Kön'gen
Der ganze Rechtsbau dieses Reichs verwandelt:
Gesetze, frommen Fürsten abgelistet,
Entzogen Volk und Krone Recht und Macht
Und gaben sie den Bischöfen, den Priestern:
Der Krummstab herrscht: doch morsch wird er zerbrechen,
Trifft ihn der uns bedroht, des Mauren Säbel.
Uns schützt allein, geführt in starker Hand,
Das Königsscepter und das Königsschwert.

Volk. Heil König Rodrich, ja du sollst uns schützen!

Roderich. Deshalb beruf' ich um mich einen Rat:
Pelayo, Bischof Gundemar, den Rechtswart

Und sieben Männer, durch die drei gekoren,
Zu prüfen alle jene Neuerungen,
Die uns die Kirche aufdrang in dem Staat:
Und was davon erlistet und erschlichen
Und was dem Reich gefährlich sich erweist,
Das soll in allgemeiner Volksversammlung
Der Goten null und nichtig sein erklärt.

Landfrid. Heil dir, der du das Recht errettest und
Das Reich!

Sindred. Hört, hört, ihr Gläub'gen! eures Hirten Stimme!

Roderich. Nein, hört ihn nicht, blast Hörner und Trompeten

(winkt:)

Trompetenfanfare.

Den Heergesang der Goten stimmet an
Und folgt mir, all mein Volk, in den Palast,
Den ersten Sieg des Königtums zu feiern.

(Indem er langsam die Stufen des Thrones herabsteigt und sich alle unter kräftig erklingender Kriegsmusik des Orchesters in Marschbewegung setzen, stimmt das Volk den gotischen Heergesang an):

Gute Goten,

Siegesgottes

Sel'ge Söhne,

Seht, es steiget

Stolz und strahlend

Euer Stern.

(Bis zur Veröffentlichung der Komposition dieses Heergesangs von Franz Lachner fällt derselbe und die Zeile: „Den Heergesang der Goten stimmet an" bei der Darstellung aus.)

(Vorhang fällt.)

––– ––– –––

II. Akt.

Erste Scene.

Das Gemach aus der ersten Scene des ersten Aktes in Sindreds Palast. Sindred. Eugenius.

Eugenius. Zu spät erkenn' ich nun die Thorheit, die
Mich, gleich den andern, blind dir folgen ließ.
Uns selbst den schlimmsten Feind zum Herrn zu machen,
Selbst den Tyrannen auf den Thron zu heben!
Ha! Welcher Wahnsinn war's! doch länger nicht
Gehorch' ich deinen Winken, Erzbischof:
Ich handle selbst fortan nach eigener Einsicht.

Sindred. Gehorsam ford'r ich, Bischof, und Geduld.

Eugenius. Geduld? bei Gott, worauf noch soll'n wir
warten?
Schon hat der Rat der Zehn, den er berufen,
Die meisten Rechte, die wir klug gewonnen,
Verworfen als erschlichen und verderblich.
Soll er's vollenden? (leiser) haben wir etwa
So lang' bei König Witika gewartet?
Er wagte nicht den zehnten Teil zu denken
Von dem was Rob'rich schon gethan — und fiel.

Sindred. Ein starker Feind ist König Roderich:
Er wird ein starker Freund und Diener werden.

Eugenius. Das wird er nie!

Sindred. Ich sage dir: er wird's.

Eugenius. Durch welchen Zauber willst du so ihn wandeln?

Sindred. Durch jenen Zauber, der die Stärksten zwingt.

Eugenius. Zu rätselhaft! Vertrau mir dein Geheimnis.

Sindred. Wär's dann Geheimnis noch? dem Erzbischof
Gehorche blind der Bischof: — ich befehl' es.

Eugenius. Ich muß gehorchen. Aber still daneben
Bereit' ich, falls dein groß Geheimnis fehlschlägt,
Den Zauber vor, der nie noch hat versagt. —
Zum letzten greif' ich erst zuletzt: doch war ich
Auch jetzt schon thätig: meine frommen Basken,
Der schlichte Hirt, der rauhe Jäger wissen
Soviel just von der Welt als wir ihm sagen.
Empört schon hatt' ich gegen Witika
Das ganze Volk: am Schwert liegt ihre Hand:
Erfahren sie, — und schon hab' ich's gemeldet! —
Daß dieser Balte nur die Krone stahl,
Daß er die heilige Kirche schwer verfolgt,
Hoch flammt empor der Aufruhr in den Bergen:
Und kehrt er lebend heim aus unsern Schluchten, —
Auch in Toledo trifft die Hand des Herrn. —

(sich zum Abschied wendend)

Mir wird's zu schwül in dieser Löwenhöhle,
Bald denk' ich in mein Baskenland zu fliehn.

(Ein Diakon leise meldend an Sindred.)

Sindred. Ein Beichtkind ruft nach Trost: — lebwohl,

Eugenius:

Der kluge Schütze braucht den Pfeil zuletzt,
Der, wenn er rückprallt, selbst den Schützen trifft.

Der Diakon geleitet Eugenius zu der Seitenthüre rechts hinaus und geht dann
auf einen Wink durch den Vorhang links in den Hintergrund, die Gemeldete
hereinzuführen.

Zweite Scene.
Sindred allein.

Sindred. Sie kömmt! Sie selbst! Wohlan! Nun muß

sich zeigen,

Ob allzukühn mein Plan: hab' ich verloren
Die Herrschaft über diese tiefe Seele,

Hat außer Sindred andern Helfer sie
Und stärkern, teuerern bereits entdeckt, —
Dann fort Geduld und List und kleine Mittel!
Dann mag das Ungeheure sich vollenden,
Was diesen zagen Bischöfen sich erst
Enthüllen darf, wenn sie's zugleich beherrscht.

Dritte Scene.

Petrus, der Diakon, führt die dichtverschleierte Cava herein und geht wieder
ab durch den Vorhang links.
Sindred. Cava.

Cava (leidenschaftlich erregt, den Schleier zurückschlagend und Sindreds
Hand fassend).

O heil'ger Bischof, Vater, rette mich!

Sindred (leise). Sie ahnet nichts und mein ist ihre Seele. —
(laut)
Mein armes Kind, was ängstigt dich? die alte,
Oft schon gestand'ne Schuld, drückt sie aufs neue?

Cava. Nein, bringender bedroht nun äuß're Not,
Verhaßter Zwang die bange Seele mir.
Aus Carcassonne, jenseits der Pyrenäen,
Aus stiller Villa, wo ich einsam träumte,
Seit mich entließ aus Afrika der Vater,
Ward plötzlich nach Toledo ich gerufen: —
Mein Vater, mein Verlobter, dem als Kind
Sie mich schon zugesagt — du weißt, ich hatte
Ihn kaum gesehen, gekannt damals als ich
In Afrika . . . —

Sindred.   Gleichviel, geliebte Tochter!
Du ludest schwerste Sünde auf dein Haupt,
Daß du, des einen Mannes Braut, den andern,
Den Fremden liebtest. Oder leugnest du?

Cava. Daß ich ihn liebte? Niemals leugn' ich das!

Sindred. Nein, daß du Sünde thatest ihn zu lieben.

Cava. O heil'ger Bischof, mart're nicht mein Herz!
Oft lehrtest du's und nie konnt' ich's begreifen!
Wie könnt' ich Unrecht diese Liebe nennen!
Sie ist mein Heiligtum!

Sindred. Nein, Sünde ist sie!
Des Grafen Tulga Braut . . . —

Cava. Ich kannt' ihn nicht:
Der Vater hat dem ungeliebten Mann . . . —

Sindred. Entbrennt in Liebe zu dem fremden Sklaven . . . —

Cava. Er war ein Gote, Sprößling meines Volks.

Sindred. Sucht selbst ihn auf . . . —

Cava. Zu lösen seine Ketten!

Sindred. Gesteht ihm ihre Liebe . . . —

Cava. Er erriet sie:
Ach wen'ge Blicke — wen'ge Worte nur —
Ein Händedruck — und nie sah ich ihn wieder.

Sindred (lauernd, ausholend). Doch stets noch lebt in deiner
Brust sein Bild.

Cava. Lebt dort auf ewig.

Sindred. In Graf Tulgas Weib!

Cava (leidenschaftlich). Nie kann ich's werden. D'rum floh
ich zu dir!
Zermart're nicht in dieser Schreckensstunde
Mit altem Vorwurf das gescheuchte Herz,
Das Zuflucht sucht bei dir, nicht neue Schmerzen.
Mein Beicht'ger, Lehrer meiner Jugend, hilf!
Früh starb die Mutter, fremd blieb stets der Vater:
Du bist mein Vater, rette mich! o hilf!

Sindred. Man drängt nun wohl zur Heirat?

Cava. Ja: mein Vater,
Graf Tulga einten sich aufs engste gegen
Den neuen König, den sie töblich hassen.

Sindred. Du weißt: er ist der Balte, Euer Erbfeind.

Cava. Ich weiß es wohl. Sie schwuren ihm Verderben:
Erst gestern traf ich in Toledo ein:
Auf morgen kündet mir der Vater streng
Die Hochzeitfeier an: umsonst beschwör' ich
Ihn auf den Knie'n: starr blieb er, unerbittlich: —
Ach, ich verzweifle — ich ertrag' es nicht!

Sindred (für sich). Zerknirscht erst ganz muß diese Seele sein,
Zerbrochen, haltlos, ganz in meiner Macht,
Eh' ich sie führen kann, wohin ich will.

(laut)

Das ist der süßen Sünde bittre Frucht.

Cava. Schweig' doch von Sünde, rette mich vom Elend!

Sindred. Die Sünde schuf das Elend. Reue nur
Erlöset dich und Buße.

Cava.   Grausamer!
Weißt du kein Mittel, diesem Ehebund
Mich zu entzieh'n?

Sindred.   Nach weltlichem Gesetz
Nicht Eines: seine Tochter zu verloben
Ist Vaters Recht und sie hat keinen Einspruch:
Graf Tulgas Recht auf dich ist nicht zu brechen.

Cava (verzweifelnd). So will ich sterben!

(Sinkt, die Hände ringend, zu seinen Füßen.)

Sindred (für sich).   Jetzt, jetzt ist sie mein!

(laut)

Die Kirche freilich und ihr Recht gewährt
Dir einen Ausweg: — doch du wählst ihn schwerlich.

Cava (aufspringend, zu ihm aufschauend, die Hände faltend).
Sprich — alles — alles, nur nicht Tulgas Weib!

Sindred. Das Recht des Himmels geht der Erde vor
Und Christi Braut ist jedem Mann entrückt.

Cava. Das Kloster! Ach ich wagt' es nicht zu hoffen!
Darf die Verlobte gegen Vaters Willen . . .? —

Sindred. Trägst du den Schleier erst, bist du geborgen:
Ich schütze dich vor Bräutigam und Vater.

Cava (überströmend). Dank, Dank, mein Vater! o vergieb,
oft schalt

Mein Herz dich streng und hart — und nun verdank' ich
Dir meine Rettung aus der höchsten Not.

Sindred (ausforschend). Jedoch die Braut des Himmels darf
nicht tragen

Noch ird'sche Liebe in der Seele Grund.

Cava. Was quälst du mich aufs neu'!

Sindred. Kannst du entsagen?

Cava. Entsagen! Ach nichts hab' ich zu verlieren:
Verschwunden spurlos ist er, den ich liebe:

(traurig)

Er ist wohl lange tot.

Sindred. Doch wenn er lebte?

Cava. Erbarme dich: was folterst du mein Herz!

Sindred (für sich). Heiß liebt sie ihn, nie wird sie von
ihm lassen

Noch er von ihr — wie ich den Mann erkannt:
Triumph, der beiden Schicksal bin nun ich!

(laut)

Wohl, liebe Tochter, laß uns davon schweigen,
Bis du gerettet bist in Kloster-Schutz.

(Er rührt an einen Silberhammer an der Wand: Petrus und zwei Diakonen.)

Geleitet diese Jungfrau allsogleich
Ins Kloster Leokadias der Heil'gen:
Die Priorin soll ihr sofort den Schleier
Verleih'n: von allen Prüfungen und Fristen
Und Vorbereitungen entbind' ich sie,
Der sie seit Jahren kennt und ihren Wert:

Denn sie ist Cava, mein geliebtes Beichtkind.
Geh', teure Tochter, bald folg' ich dir nach.
Cava. Dank für die Rettung durch lebend'gen Tod.

(Ab mit den beiden Diakonen nach links durch den Vorhang.)

Vierte Scene.
Sindred. Petrus.

Petrus. Was thut Ihr, Herr? die Tochter Graf Julians,
Des Grafen Tulga lang verlobte Braut!
Sie werden bei dem König Euch verklagen.
Sindred. Das werden sie! — Fort, melde rasch
Eugenius
Als Gruß zum Abschied: Sindreds Zauber wirkt!

(Winkt, Petrus ab nach rechts.)

Fünfte Scene.
Sindred allein.

Sindred. Jetzt, König Roderich, du starker Held,
Sträub' nur dein Haupt, — dein Herz halt' ich gebunden!
Entweder du empfängst aus Sindreds Hand,
Dich löblich unterwerfend, die Geliebte,
Wo nicht, und willst du, wie die Krone, dir
Mit eigner Hand auch deine Kön'gin nehmen,
— Und das erwart' ich von des Balten Blut —
Dann weh' dir Klosterschänder, Nonnenräuber!
Dann trifft zerschmetternd dich das Anathem
Und scheu verläßt das fromme Gotenvolk
Den Gottverfluchten, der die Krone trägt.

(Ab.)

Verwandlung.

Sechste Scene.

Großer freier Platz in Toledo. Rechts das Leokadienkloster, mit einem verschlossenen Gitter umfriedet: über der Eingangsthür in das Kloster selbst eine offene, mit einem Gitter geschlossene fensterartige Loge: gegenüber der erzbischöfliche Palast mit Stufen-Vorbau: den Mittelhintergrund füllt der königliche Palast, zu welchem zahlreiche Stufen hinaufführen: dieselbe Hintergrundsdekoration, die im ersten Akt nach Öffnung der Kirchenpforten sichtbar wurde.

Landfrid, Garding, Gundemar, Männer und Frauen des Gotenvolks, auch einzelne Krieger darunter gemischt. Gleich darauf Pelayo mit den Sajonen.

Landfrid. Erst wen'ge Tage! und welch' neues Leben.
Schon flutet durch das Volk, das Reich, das Recht.

Garding. Und durch das Heer! gemustert und gerüstet
Wird Schar um Schar. Das ist ein Kriegsgewalt'ger,
Ein Held und Feldherr sondergleichen.

Gundemar.   Ja!
Fast könnt's mich reu'n in meinen alten Tagen,
Daß ich den Speer dahin gab um den Krummstab.
Gern zög' ich nochmals unter solchem Führer
Zum Basken- oder Maurenkampf ins Feld.

Pelayo an der Spitze der Sajonen zieht aus der Schlußcoulisse links in kriegerischer Ordnung quer über die Bühne und umstellt in einem gegen das Publikum offenen Rechteck die drei Seiten der Bühne: die Schwenkungen werden hart abgebrochen, strenger Marschschritt. Die Sajonen sind alle gleichmäßig gerüstet, was bei den übrigen Kriegern nicht der Fall. Sie tragen Sturmhauben, die in drahtnetzartiger Verlängerung bis über die Schultern herabreichen: aus gleichem Stoff gefertigte Brust-, Arm- und Fußbekleidung (Drahtnetz-Tricot), den Speer über der linken Schulter, langgestielte Streitäxte in der Rechten, an breiten Wehrgehäng rechts Dolch, links Schwert, keine Schilde. Pelayo hält militärisch an der Spitze der Schar rechts vorn.

Gundemar (in die Coulisse hinausprechend, ehe der Aufmarsch der Sajonen beginnt).

Welch' neue Scharen, ganz gehüllt in Erz,
In Waffen starrend, führt Pelayo hier?

Garding (antwortet während des Aufmarsches).

Der König kor sie selbst: die treusten, kühnsten
Aus allen Kriegern: heut' will er sie mustern
Und unterweisen hier. Welch' eisern Schauspiel!

Landfrid. Ganz kennt auch hierbei niemand seinen Plan.

Gundemar. Da kommt er selbst. Heil König Roderich!

(Voll begrüßend)

Heil König Roderich!

———

Siebente Scene.

Zwei Trompetenstöße aus dem Palast. Die Mittelpforte des Palastes öffnet sich. Roderich, glänzend gerüstet, den Helm auf dem Haupte, auf dem silbernen Helm vorn in der Mitte ein deutlich sichtbarer goldener Stern, hinter ihm einige Grafen und Krieger, darunter ein Bannerträger. Zwei Trompeter.

Roderich (von der obersten Stufe herabsprechend).

Dank dir, mein Volk, und Huld. Nun, Graf Pelayo,
Vor deinen König führe deine Schar.

Pelayo zieht das Schwert, stellt sich an die Spitze seines Zuges, die beiden andern schließen sich an und Pelayo führt die Schar sechs Mann breit an dem König vorbei, vor diesem das Schwert senkend. Sie ordnen sich dann, die Mitte frei lassend, rechts und links in tiefer Aufstellung vor dem Palast.

Roderich. Halt! — Nun vernehmet eures Königs Wort.

Seit Jahren hat der Jugend stolze Kraft,
Vorab des Adels, stürmisch sich verbraust
In blut'gen Fehden, nutzlos für den Staat.
Ich liebe Kraft, auch wo sie sprudelnd tost:
Doch soll fortan die got'sche Jugend wissen:
Die höchste Ehre ist dem Staate dienen,
Nicht gegen Staat und Staatsgewalt sich bäumen.
Drum hab' ich aus demselben kühnen Adel,
Der meist bisher den Richtern Arbeit schuf,
Dann aus den Treusten, Tapfersten des Heer's
Gebildet diese auserles'ne Schar:
Ihr sollt des Königs Willensträger sein
Und rasch, wie Gotteswillen trägt der Blitz,
Unwiderstehlich, unaufhaltsam fliegend,
Sollt ihr verkünden und vollführen mir
Was König und Gesetz gebeut: leibhaftig

In euch erscheinen soll des Staates Kraft:
Drum gab ich euch das Schlachtbeil in die Hand,
Daß jeden Widerstand ihr niederschlagt:
Jedoch entledigt hab' ich euch des Schilds:
Denn euch beschirmt erhaben das Gesetz:
Wer euch will hemmen in des Königs Dienst,
Den trifft der Tod. — Nicht Reichtum hofft und Gaben:
Die Ehre nur sei eures Dienstes Lohn:
Sajonen, Königsknappen, sollt ihr heißen
Und euer Hauptmann, Graf Pelayo, soll
Der erste sein im Reich und Heer nach mir:
Ein Silberring soll schmücken euren Arm
Und in der Schlacht, — dies euer schönstes Recht! —
Sei euer stets der Sturmplatz der Gefahr. —
Auf, Graf Pelayo von Asturien,
Die Königsfahne nimm des Gotenreichs:
In beine und der Königsknappen Hand
Leg' ich die Ehre hier des Gotenvolks.

Er nimmt aus der Hand des Bannerträgers das kurze, standartenartige, viereckige, himmelblaue Banner, welches einen weißen Falken mit ausgespreiteten Flügeln zeigt, schwingt es einmal von der Linken zur Rechten und überreicht es dem knieenden Pelayo.

Pelayo (begeistert). Wir wahren sie mit unserm letzten Hauch.

Die Sajonen (die Speere erhebend:)
Heil unserm König! Treu bis in den Tod.

(Pelayo erhebt sich und giebt das Banner an einen der Sajonen.)

Roderich. Bald, denk' ich, kommt der Tag die Treu' zu
zeigen.

(zu Garding)

Ist noch der Bote nicht zurück, den ich
Entsendet, nach den Mauren auszuspäh'n?

Garding. Gemeldet ward, sein Schiff sei schon in Sicht:
Ich gehe nachzuforschen.

(Ab nach rechts im Hintergrund.)

———

Achte Scene.

Vorige. Julian und Tulga (von links im Hintergrunde).

Julian (die Stufen hinaufeilend, eine Stufe niedrer als der König das Knie beugend).

Gerechtigkeit, Gerechtigkeit, Herr König!

Roderich. Die soll dir werden, zweifle nicht daran.

Julian. Vergiß, daß ich dein Kronrival gewesen.

Roderich. Zwiefach gerecht, des denkend, will ich sein.

Julian. Vergiß, daß du ein Balte, ich ein Saring.

Roderich (groß). Ich bin der König.

Julian.   Wohl denn, König, hilf!
Entflohn, geraubt, entführt ist mir die Tochter.

Tulga. Verschwunden mir die Braut.

Julian.   Gewiß von Priestern,
Von Nonnen in ein Kloster fortgelockt.

Tulga. Ein laut Gerücht, der Diener Zeugnis weisen
Auf Sindred und das Leokadienkloster.

Julian. Zwar deine Mutter, deine teure Schwester
Sind jenes Klosters fromme Leiterinnen ... —

Roderich (für sich). Das klagt mein Herz!
(laut)
Zuviel der Worte längst! Nein, deine Tochter,
Die man vor allen Edelfräulein rühmt,
Hat wirklich Sindred gegen deinen Willen
Sie dort versteckt, soll nicht im Kloster bleiben:
Bei meinem Königswort gelob' ich dir's.

———————

Neunte Scene.

Vorige. Sindred erscheint mit Petrus und einigen Diakonen auf der obersten Stufe seines Palastes, wo er während der ganzen Scene bleibt.

Tulga (ihn erblickend). Dort kommt der Bischof selbst aus
           dem Palast.

Julian. Erzbischof Sindred, meine Tochter ist
Verschwunden: und die Diener sagen aus,
An Eurem Haus zuletzt hielt ihre Sänfte,
Ihr seid ihr Lehrer und ihr Beichtiger . . . —

Sindred. D'rum suchte Zuflucht sie bei mir vor Zwang.

Tulga (mit rascher Bewegung sich gegen den Palast wendend).
So weilt sie noch in Eurem Hause? Schnell!

Sindred. Nein, sie beschützt schon eine heil'ge Pforte,
Die Euer Ungestüm nicht sprengen wird:
Im Leokadienkloster weilt sie, dort, (darauf deutend)
Vom Schleier bald entrückt dem Drang der Welt.

Julian. Ihr hört, Herr König, hier gilt's höchste Eile:
Befehlt dem Bischof, sie zurückzuholen.

Roderich. Nein, Graf Julian.

Tulga.   Ihr gabt das Königswort! —

Julian. Wollt Ihr es brechen?

Roderich.   Rasch will ich's vollführen:
Der Bischof wird sich weigern . . . —

Sindred.   Allerdings!

Roderich. Und wirklich drängt die Zeit: auf, Königs-
                                                       knappen,
Dies finst're Haus birgt eine edle Gotin,
Die Tochter Graf Julians: (befehlend auf das Kloster zeigend)
                              Sajonen, flugs!
Holt sie heraus in eures Königs Namen.
                    (Pelayo und zehn Sajonen rücken vor das Gitter.)

Pelayo (rufend). Das Gitter auf! In des Königs Namen.
                                                       Rasch!

Theodora (erscheint, bis an den Gürtel sichtbar, oben in der Loge).
Welch' wüster Lärm von Waffen und von Männern!
Was wollt ihr an der Pforte frommer Frau'n?

Pelayo. Im Namen uns'res Königs, Frau Abtissin,
Gewährt uns gütlich Einlaß in das Kloster.

Theodora. Nur für den Himmel öffnet sich dies Haus.

(Verschwindet.)

Roderich. Und für den König, Mutter! Auf, Sajonen!

Die Sajonen sprengen mit zwei Exthieben, hoch die Beile hebend, krachend das Gitterthor: zwei besetzen es: Pelayo geht mit den andern gegen die Klosterpforte.

Sindred *(für sich).* Wie eifrig stürmt er vor in sein Ver-
berben!

Pelayo *(an der Pforte).* Thut auf die Thüre!

Theodora *(von innen).*   Nimmermehr! Gewalt!

Auf einen Wink Pelayos sprengen die Sajonen die Pforte und dringen ein.
Pelayo bleibt mit zwei Sajonen außen an der Thüre.

Sindred *(laut rufend).* Bezeug' es, Gotenvolk, das ist Gewalt!

Roderich *(antwortend, immer noch auf der obersten Stufe).*
Ja, Bischof, Staatsgewalt und Königtum!

———

Zehnte Scene.

Theodora, Theodosia und eine große Anzahl Nonnen eilen aus dem Kloster: alle Nonnen tragen schwarze Unterkleider und weiße Schleier, welche ihr Antlitz decken: nur Theodora schlägt, Roderich erblickend, den Schleier rasch zurück.

Theodora. Ha ungeratner, gottverhaßter Sohn
Sündhafter Ehe! So seh'n wir uns wieder!
Du brichst in deiner Mutter Heiligtum,
Wie du die Kirche, geistlich deine Mutter,
Verfolgst: so furchtbar rasch enthüllst bu dich,
Wahr machend, was seit Jahren Böses ich
Von dir geahnt: weh mir, die dich geboren!

Theodosia *(bleibt verschleiert).* O Mutter, mäß'ge dich! dein
Sohn! dein König!

Pelayo *(leise).* O süße Stimme! Holde Heilige!

Roderich. Schweigt beibe, bittre Mutter, süße Schwester,
Jetzt spricht der König zu der Priorin.
Wo ist die Jungfrau, Tochter Graf Julians?

Cava, ganz wie Theodosia gekleidet, tief verschleiert, wird von vier Sajonen herausgeführt, welche jedoch sie nicht berühren.

Sindred (triumphierend). Ihr kommt zu spät. Den Schleier
trägt sie schon.

Julian. Weh mir, zu spät.

Julga. Schon sprach sie das Gelübbe.

Roderich (langsam, einige Stufen herabsteigend, ritterlich).
Ist's wahr, vieledle Jungfrau, daß Ihr nahmt . . . —

Cava (erbebend). Allmächt'ger! Seine Stimme! Ja, er ist's.

Roderich. Auf Priesters Rat und wider Vaters Willen
Hier diesen Schleier? (leise an den Schleier rührend).

Cava macht, sich abwendend, eine bejahende Kopfbewegung.

Roderich. Dann gönnt, daß ich als nichtig ihn entferne:
Dem Leben giebt der König Euch zurück.

Cava (leise). Was thut er?

*Roderich hat ihr den Schleier abgenommen, erkennt sie, läßt den Schleier fallen
und wankt zurück.*

Roderich.   Träum' ich? Ist's ihr Geist? Nein. Nein.
(jubelnd ausbrechend)
Du lebst! Du lebst! Geliebte! Retterin!

(Stürzt einen Augenblick vor ihr aufs Knie, ergreift ihre Hand und küßt sie.)

Sindred. Triumph! Da liegt im Staub das Königtum.

Julian. Was thut Ihr?

Julga. Rast Ihr?

Julian. Meine Tochter!   } Zugleich.

Julga. Sprecht!

Theodosia. Mein Bruder!

Pelayo (für sich). Weh, armer Freund! Wähl' zwischen
Herz und Krone!
(rasch herantretend, an seine Schulter rührend)
Auf, König! deinem Volk gehörst du an!

Roderich (hat sich rasch gefaßt und erhoben: er darf nur einen Augen-
blick knieen).
Ihr staunt mit Recht: ich staune selbst zumeist!
Doch alles Volk der Goten soll d'rum wissen:
Es danket seinem König diesem Weib!

Als ich gefangen lag in Afrika,
Ein aufgegebner Sklav', in Kettenzwang,
Hat dieser Jungfrau holdes Mitleid sich,
Der fremden, zu dem fremden Mann geneigt
Und aus Verzweiflung mich und Tod gelöst.
(Tritt dicht an Cava, erfaßt ihre Hand und sieht ihr ins Auge — sie erwidert
innig den Blick)
(leise)
Du liebst mich noch? Ja, ewig liebst du mich!
(laut)
Als schwaches Zeichen königlichen Danks
Vor allem Volke biet' ich feierlich
Ihr Herz und Hand und meine gold'ne Krone.

Sindred. Der Rasende!

Julian. Dem Balten meine Tochter?
Nein! Niemals.

Tulga. Meine Braut!

Theodora. Des Himmels Braut!

Pelayo. Weh' König Rod'rich, das wird dein Verderben!

Roderich (leidenschaftlich zu Cava, ihre beiden Hände fassend).
Nicht bange dir! Durch Hölle, Welt und Himmel
Dringt allbesiegend echter Liebe Mut.
Komm an mein Herz! Nichts soll dich mir entreißen,
Nicht Tod noch Leben!

Cava (nach kurzem, innerm Kampf an seine Brust fliegend).
Ewig bin ich dein!
(Umarmung.)

Theodora (laut rufend). Erzbischof Sindred, Spaniens
Primas, hilf,
Hilf gegen ungeheure Frevelthat,

Sindred. Von dieser Nonne, König der Westgoten,
Laß deine Hand: sie ist des Himmels Braut.

Roderich (durchaus nicht frivol, nur kurz, zornig über die Unnatur
des Nonnenwesens).
Der Himmel ist kein Mann: — er kann nicht frei'n.

Sindred. Ich klage bei dem heil'gen Stuhl zu Rom.

Roderich. Gut! unterdessen halt' ich Hochzeit hier!

Julian. Du gabst dein Königswort.

Roderich. Das will ich halten,
Im Kloster nicht wird Donna Cava welken!

Tulga (vortretend, die Hand am Schwert). 's ist meine Braut!

Roderich (hart ihm entgegen, ebenfalls ans Schwert greifend).
Zurück, Graf Tulga! Mein ist die Gazelle,
Es weicht der Schakal, wo der Löwe wirbt!

———

Elfte Scene.

Vorige. Garding. Gleich darauf Walja, der Feldhauptmann, als Sajo gerüstet.

Garding (eilig). Dein Späher, König, kommt zurück soeben:
Gewicht'ge Kunde bringt er.

Roderich. Führt ihn her.

Walja, der Feldhauptmann (im fliegenden Mantel über der Sajonenrüstung).
Herr, schlimme Nachricht! als ich zog, zu spähn,
Auf einen maurischen Gesandten stieß ich
Im Tajo schon, der selber, was geschehen,
Dir melden soll: sehr böse Botschaft bringt er
Aus Afrika: bald ist er in Toledo
Ich flog voran, daß unbereitet nicht
Der Donnerschlag dich dieser Nachricht treffe.

Julian (zu Tulga). Zu spät für uns!

Tulga (zu Julian). Wer weiß! es kann ihn stürzen.

Roderich. Beim Stern des Gotenvolks! was ist geschehen?

Walja, der Feldhauptmann. Gefallen sind in Afrika die besten
Zwei Gotenburgen in der Mauren Hand.

Roderich. Nicht Ceuta doch und Tingis? sage nein!

Walja, der Feldhauptmann. Sie fielen und man flüstert:
durch Verrat!

Roderich (scharf und streng). Habt ihr gehört, Graf Julian
von Ceuta,

Und Tulga, Graf von Tingis? sprecht, warum
Seid ihr in Spanien, nicht in Afrika,
In euren Städten, die der Feind bedrohte?

Julian (verlegen). Mich rief die Königswahl!

Tulga (ebenso). Die Hochzeit mich!

Roderich. Und unterdessen fiel Ceuta und fiel Tingis!
Graf Garding von Leon, um Hochverrat
Sogleich verhafte diese beiden Grafen.

(Garding und Sajonen umgeben und ergreifen die beiden.)

Bring' sie in den Palast, wo ich mich rüste
Die maurische Gesandtschaft zu empfangen.

Sindred (zu Theodora von den Stufen herabrufend).

Ihr frommen Frauen, kehrt getrost zurück
In euer Kloster: ich verbürge mich,
Dem Kloster wird zu teil sein volles Recht.

Roderich. Ja, und sogleich! — Auf, meine Königsknappen,
Besetzt das Kloster dort und schließt die Thüre.
Es ist gesperrt für immer. Haus und Herd,
Sie sind des Weibes höchstes Heiligtum.
Sie sollen nicht die Ehe fromm verachten,
Sie sollen Helden für das Reich erzieh'n.
Pelayo, führ' die Frau'n in den Palast
Und birg sie in dem Bau der Königinnen.
Dort sind sie sicher vor Gewalt und List. (vortretend)
Jetzt schlägt das Schicksal an das Thor des Reichs:
Wohlan: — —
Der Widerhall sei gleich dem Schlag: (den rechten Arm erhebend)
— von Erz!

(Indem er sich wendet, Cava die Hand reichend, die Stufen hinanzusteigen, fällt
der Vorhang rasch.)

III. Akt.

Große Halle im Königspalaſt zu Toledo, in der Mitte durch drei
Rundbogen mit hohen, ganz verſchließbaren, undurchſichtigen Vorhängen durchzogen: bis nach dem Auftreten Sindreds bleibt der
Hintergrund in lang geſtreckter Perſpektive ſichtbar: er iſt leer. An
der erſten Couliſſe rechts vorn der Thron: dicht neben demſelben
ſteckt in der Erde Roderichs Speer aufrecht, angelehnt ruht daran
ſein Schild und Helm.

Erſte Scene.
Roderich. Pelayo. Garding.

Roderich (zu Garding).   Haſt du geſorgt, den mauriſchen
                                    Geſandten,
Sobald er eintraf, hierher zu geleiten?
   Garding. Wie du befahlſt. — Er kann ſo bald nicht
                                    hier ſein:
Doch Wachen harren ſein am Tajothor.
   Roderich (bedächtig). Ein Bote ſoll er ſein des neuen Führers,
Des Tarek, welchen der Kalif geſandt,
Von keinem unſrer Grafen noch geſehn.
Er ſoll ein Feldherr, Held und Staatsmann ſein.
   Garding. Den Feldherrn und den Staatsmann ſchlage
                                    du: —
Den Helden überlaß dem alten Garding.
   Pelayo. Erzbiſchof Sindred bat um Unterredung,
Hochwicht'ge, ließ er ſagen, für den Thron,
Zum zweitenmale ſchon.
   Roderich.   Ich will ihn hören,
Laß ihm das melden und bereite vor
Für dieſe Zwieſprach, was ich dir gebot.
   Pelayo. Es ſoll geſchehn.

Roderich. So darf der König denn
Die kurze Zwischenzeit, ach, nicht den Wonnen,
Den Qualen nur der Menschlichkeit vergönnen.

(zu Garding)

Wer ist die Nonne, die Gehör erbat?
Sie wollte nicht den Namen nennen?

Garding. Nein.
Erraten würd' ihn, meinte sie, dein Herz.

Roderich. Ja, ich errat' ihn! — — Meine fromme
Mutter,
Sie kommt, den Sohn zu schelten, zu bedrohn,
Den sie verabscheut, seit er aus dem Kloster
Brach mit Gewalt: — auch das dank' ich den Priestern.

(Winkt: Garding und Pelayo links ab.)

Zweite Scene.

Roderich. Theodosia, von Garding hereingeleitet, der sich wieder entfernt; gleich darauf Cava, nicht mehr in Nonnentracht. Theodosia schlägt, als
sie mit Roderich allein, den Schleier zurück.

Roderich (freudig überrascht ihr entgegen).

Du bist's, o holde Schwester, nicht die Mutter!
So fliehst du doch nicht ganz den argen Bruder?
Und kamst du auch zu schelten — immerhin!
Weil du nur kamst! (Warm ihre Hand fassend.)

Theodosia. Ich bat die Mutter, mich erst zu entsenden.

Roderich (Cava, im Hintergrund rechts, erblickend).

Und die Geliebte bringst du! — (ihr entgegen) süße Braut!

Cava. Mein Roderich, mein König und mein Glück!

(Umarmung.)

Theodosia (fern von den beiden, links vorn).

Zerspringen will das Herz mir in der Brust,
Seh' ich so selig euch und denke dann,

Ach, meiner Pflicht, Entsagung euch zu künden.
Denn scheiden müßt ihr. —

Roderich (bitter).　　　Wirklich, müssen wir?

Cava. O kränke nicht das zarteste der Herzen!
Wir wurden Schwestern in beschwingter Zeit:
Sie ist ein Kleinod.

Roderich.　　　Das die Priester stahlen.

Cava. Heiß hat sie mir die Seele schon bestürmt,
Entsagung fordernd mit so edeln Worten,
Daß Widerstreben sünd'ge Selbstsucht schien. —
Ich will dein Glück nur, du geliebter Mann,
Entsagen will ich freudig, ist's dein Heil:
Doch dein bin ich: — dir hab' ich mich ergeben
Und dir — nicht mir, — steht die Entscheidung zu.

Roderich. Du süße Demut!

Theodosia.　　　Anders nennt's die Mutter. —
Doch mich hat tief dies goldne Herz gerührt,
Das ich erkannt in seiner ganzen Schöne.
Drum führt ich selber sie zu dir, mein Bruder:
Des Abschieds bitter-süße Wonne gern
Vergönn' ich euch! doch scheiden, — scheiden müßt ihr! —
Das, wenn ich meinen Bruder je gekannt,
Dem Edelsinn stets Luft des Lebens war, —
Erkennen wird er's — — und dann ist's gethan.

Roderich. Und welchem Wahn soll ich zwei Leben opfern,
Zwei selt'ne Leben?

Theodosia.　　　Keinem Wahn, — der Pflicht.

Roderich. Und welcher Pflicht? sprich!

Theodosia.　　　Dem Gelübbe Cavas.

Roderich. Sie that's, verhaßtem Zwang sich zu entziehn, —
Sie that's, weil sie mich tot, verloren glaubte ... —

Theodosia. Gleichviel: — sie that's. —

Roderich. Den sie als Knecht geliebt, gerettet hat,

Als König hat sie wieder ihn gefunden, —
In diesen starken Armen halt ich sie, —
Wir lieben uns mit allgewalt'ger Liebe, —
Ein königliches Leben liegt vor uns
Voll Glück und Glanz, voll Liebeslust und Wonne, —
Und um ein Wort des Irrtums, der Verzweiflung
Soll all dies Glück dem Tod geopfert sein?

  Theodosia (sehr edel). Ihr liebt euch. Sei's — ist das
          nicht Glück genug?

  Roderich. O fromme Schwester, — du hast nie geliebt.

  Theodosia (näher tretend, leise). O teurer, ungestümer Bruder
         — — doch!

  Roderich (tief bewegt). Was hör' ich!

  Theodosia.   Was nur Gott weiß, außer dir!
Vernimm in dieser Scheidestunde denn,
Was ich in tiefster Seele schmerzlich barg:
Es hat verzehrt mein Leben vor der Zeit
Und einer Sterbenden acht' ich mich gleich.

  Roderich. O meine Schwester!

  Theodosia.   Innig liebt' ich ihn
Und ward geliebt, so glaub' ich. Da befiel
Todschwere Krankheit dich, des Vaters Liebling.
Es weihte, wenn die heil'ge Jungfrau dich
Errettete, die Mutter durch Gelübde
Dem Kloster mich: — du bist genesen, Bruder, — —
         (tief, ruhig)
Und ich bin Nonne! —

  Roderich.   Weh, um mich geopfert!
Du sollst's nicht sein! Sprich, lebt er, den du liebst?

  Theodosia. Für Theodosia, die den Schleier trägt,
Ist er gestorben.

  Pelayo (von links, hastig eintretend). Ja, sie ist's! sie ist's!
Nur einmal noch muß ich dies Antlitz sehn!

Theodosia (sich rasch verschleiernd, wankend, zu Cava).
O Schwester — stütze mich — hinweg, hinweg!
Mein Bruder, höre, hör' auf meine Warnung:
Entsage! du wirst sie und dich verderben:
Weissagung ist das Wort der Sterbenden:
Wir sehn uns niemals mehr! Lebt alle wohl!

(Von Cava gestützt, rechts im Hintergrund ab.)

Dritte Scene.
Vorige ohne Throdosia. Später Garding.

Roderich (Pelayos Hand fassend).
Mein Freund, mein Bruder! warum schwiegst du stets?

Pelayo. Weil Schweigen Pflicht war: — jetzt ist Reden
                        Pflicht.
Ich warne dich, mein König! laß Pelayo
Dem Flehn sich jener Heiligen verbinden;
Du mußt entsagen, ob zwei Herzen brechen.

Roderich. Auch du, ein Mann, scheust diesen Klosterspuk?

Pelayo. Anfechtbar ist, wohl weiß ich's, das Gelübde,
Nach weltlichem Gesetz, das Doña Cava
That wider Vaters Willen, — wohl, befreie
Sie aus dem Kloster, gieb sie ihrem Vater, —
Du aber darfst für dich und deine Liebe
Daraus nicht Vorteil ziehn!

Roderich.   Und weshalb nicht?

Pelayo. Gewaltig ist der Kampf, den du begonnen,
Fast über höchste Manneskraft hinaus:
Nicht schwächen darfst du dich durch bösen Schein,
Den Priestern selbst die schärfsten Waffen reichend:
Weh, wenn sie dich verleumden in dem Volk
Daß du aus Selbstsucht nur, aus Leidenschaft,
Den Kampf begannst und Recht und Sitte brachst.

Cava. Mein König, ich will nicht die Fessel sein,
Die deinen Arm in diesem Ringen hemmt:
Laß nur von fern mich schauen, wie du siegst:
Gieb mich dem Schleier: einmal will ich noch
Dir sagen: ewig dein ist meine Seele
Und dann dich lassen.

Roderich. Nein, Geliebte, nein!
Ha, Zagheit wär's, unköniglich, unmännlich,
Nur um des Kampfes Last mir zu erleichtern,
Des Herzens Wunsch und Wahrheit zu verleugnen.
Laß sie verleumden, laß sie schmäh'n und lügen!
Ich weiß mich frei von Selbstsucht und von Schuld:
Als Königspflicht gelobt' ich diesen Kampf.
Nicht der Geliebten galt er, — Freund, du weißt es: —
Er galt und gilt allein des Volkes Heil.
Wer anders spricht, der lügt! Aus Furcht vor Lüge,
Aus Feigheit opfr' ich meine Liebe nicht! — —

(Zu Cava)

Ach, wenig Rosen kann ich dir verheißen!
Steil sind die Pfade meines Königtums: ·
Haarscharf am Abgrund führen sie dahin:
Nicht Schwindel darf, nicht Grauen dich befallen,
Wenn unter dir versinkt, was sonst die Sitte
Bequem und weich legt unter Weibes Fuß:
Des Hauses Billigung, der Kirche Segen:
Auf Erden hast du keine Zuflucht mehr
Als diese Brust! o sprich, willst du, Geliebte,
Willst du's auf Tod und Leben mit mir wagen?

Cava. Auf Tod und Leben! Ewig bin ich dein.

Roderich. Komm an mein Herz! zehnfach ersetzt die Liebe,
Was mir an Kraft Verleumdung rauben kann.
Wie für mein Volk ring' ich nun für mein Weib! (Umarmung.)

Pelayo. Ich gebe mich besiegt! was so gewaltig,

So groß und stark, das trägt sein Recht in sich,
Und ob's Verderben sei: — es ist doch schön! —

Garding (von links im Hintergrund). Erzbischof Sindred fordert
dein Gehör.

Roderich. Er ist mir hoch willkommen grade jetzt!
Pelayo, ist vollführt was ich dir auftrug,
So sende mir zum Zeichen nur die Losung:
„Bereit steht alles."

Pelayo. Ganz wie du befahlst.

(Cava nach rechts, Pelayo und Garding links ab.)

Vierte Scene.
Roderich allein.

Roderich. Bezwinge, Herz, nun Liebe, Haß und Zorn!
Nicht heiße Kraft, nur kühle Vorsicht meistert
Die Schlangen und die Priester, deren Art
Kalt, glatt, geschmeidig, falsch und giftig ist. —
Ausholen muß ich, was für Schritte, was
Für Waffen er geheim bereit hält: denn
Auf alles, was da möglich und unmöglich,
Muß stets gefaßt sein wer mit Priestern kämpft. —
Und dieser Sindred ist kein kläglich Pfäfflein:
Gewaltig ist der Mann, wie seine Kirche,
Und voll gewachsen mir an Kraft sein Geist.
Wohlan, stets lieb' ich ebenbürt'gen Feind:
Es gilt mein Volk! — Erzbischof, sieh dich vor! — —

Fünfte Scene.

Roderich. Sindred.

Man sieht Sindred langsamen Schrittes durch die lange leere Hinterhalle heran-
kommen. Ein Sajo geleitet ihn. Nachdem sich Sindred tief vor dem König verneigt, giebt dieser dem Sajo einen Wink, sich zu entfernen: die großen undurch-
sichtigen Vorhänge schließen sich.

Sindred (nach einer Pause). Man warnte mich davor, dich
aufzusuchen,
Das Lamm den Leu'n, der Schwache den Gewalt'gen.
Ich aber dachte: groß, wie dieser Kampf,
Groß sollten sein die Kämpfer an Gesinnung

Roderich (stolz). Nicht klein sollst du den Gotenkönig finden.

Sindred (rasch einfallend, begütigend).
Das wußt' ich: — des gewärtig kam ich her. —
Der bösen Mittel will ich nicht mehr denken,
Gewalt und List, die dich zum Thron geführt:
Du thronest nun: — ich grüße dich als König.

Roderich. Was du nicht wenden kannst, erkennst du an.

Sindred. Gemach! du weißt, es gärt bereits im Volk.
Nicht schwierig wär's, den Frommen darzuthun,
Daß nichtig deine Thronbesteigung war.

Roderich. Gemach, du weißt: den Hochverrat trifft Tod.

Sindred. Du aber weißt, das schreckt den Priester nicht:
Er steht am höchsten — auf dem Blutgerüst!

Roderich. Ich dürste nicht nach Blut.

Sindred. Nein, nur nach Herrschaft!
Du bist ja König, sprich: was gilt's nun weiter?
Laß offen uns, wie großen Feinden ziemt,
Uns uns're Ziele zeigen: der Verstellung
Geringe Kunst verachtet kühne Kraft. —
Du wollt'st die Krone: — wollt'st sie aus des Volkes,
Nicht aus der Kirche Hand: du hast's erreicht:
Nun willst du noch das schöne Weib gewinnen,
Das ich dem Schleier gab auf heißes Bitten . . . . —

Roderich (für sich). Und weshalb that er's? — Er —
der alles wußte?

Sindred (fortfahrend). Drob mag der Vater, mag Graf
Tulga zürnen,
Dem ich die Braut entrückt auf immerdar.
Doch du, weshalb zürnst thöricht du der Kirche?
Mit Tulga nicht — denn nichts hat er zu bieten! —
Doch mit dem Gotenkönig gern vereinbart
Die Kirche, wenn er Friede macht mit ihr,
Den Preis, um den sie jene Nonne frei giebt
Und selbst als Gattin in den Arm ihm legt.

Roderich (für sich). Das also war's? ein Handel? trag'
es, Herz,
Daß dieser Priester Liebe feilscht um Ehre. —
Nichts von Pelayo? Zeit muß ich gewinnen — —
Ich muß die Natter weiter zischen lassen! — —
(laut)
Ich glaub' Euch zu verstehn, ehrwürd'ger Bischof,
Und bin nicht abgeneigt, Euch anzuhören.

Sindred (für sich). Er unterhandelt! Nun ist er verloren!
Der Schwächling! Will den Felsen Petri stürzen —
Und ist zu ködern durch ein junges Weib!

Roderich. Doch sprecht auch Ihr — Freimut habt Ihr
ja selbst
Gefordert — sprecht die letzte Wahrheit aus: —
Hie König und hie Bischof: laßt auch einmal,
Den Bischof laßt dem König einmal beichten. —
In welcher Schule hat man Euch gelehrt,
So hoch den Krummstab über Staat und Thron
Zu schwingen?

Sindred. Zu des höchsten Lehrers Füßen,
Des Papstes, saß ich manches Jahr zu Rom.

Roderich. Rom! Rom! dies Wort sagt viel.

Sindred.   Es sagt: Beherrschung.

Roderich. Ihr wart in Rom: — Ihr schöpftet an der
Quelle:
Erschließt auch mir die dort gefund'ne Weisheit:
Nicht unzugänglich bin ich kluger Rede:
Worauf begründet Ihr mit letztem Grund
Der Kirche Recht — heißt ihre Macht, — so völlig
Wie hier zu herrschen über Staat und Volk?
Doch schweigt dabei von unsrem Herrgott, bitt' ich.
Und göttlich offenbarter Einsetzung:
Ihr wißt ja, Klosterschüler bin auch ich
Und deshalb nicht zu täuschen — durch Mirakel.

    Sindred. Als Klosterschüler solltest du auch längst
Ergründet haben unsrer Herrschaft Grund.
Ist's kein Geheimnis doch, was ich verrate:
In einem Wort: der Kirche Herrschaft gründet
Auf sünd'ger Schwäche menschlicher Natur.
Schlecht ist und schwach der Mensch: erbsündig wuchert
Die Selbstsucht von Geschlecht fort zu Geschlecht:
Auf Erden sucht die Menschheit und im Himmel
Stets nur das eigne Wohl: wer dies ihr spendet,
Wer dies ihr sichert, der beherrscht sie ganz. —
Lernt nun die zage Seele, daß auf kurze,
Sehr kurze Erdenzeit das Jenseits folgt,
Mit ew'gen Wonnen oder ew'ger Qual, —
Blindlings gehorcht die bange Schar der Hand,
Die, wie sie weiß, des Himmels und der Hölle
Furchtbare Pforten aufthut oder schließt:
Denn feig, gemein und elend ist der Mensch.

    Roderich (hat bei dieser Auseinandersetzung vergebens die ideale Ent-
rüstung seiner ganzen Natur niederzukämpfen versucht: jetzt bricht er aus).

Nein, Priester! nein! laut straft mein Herz dich Lügen:
Nicht Selbstsucht nur pocht in des Mannes Brust:

Begeistert bringt er sich als Opfer dar,
Gilt es sein Höchstes: — Volk und Vaterland.

    Sindred (achselzuckend). An diese toten Götzen glaubst du noch?

    Roderich. Sie sind nicht Götzen und sie sind nicht tot.

    Sindred. Wohl, jeder schafft sich thöricht sein Idol,
Das ihm als Höchstes gilt und betet's an: — —
Und liebt und betet an doch nur — sich selbst.
Du liebst dein Volk nun, scheint's, und haßt die Kirche
Und weißt wohl kaum, was Volk, was Kirche ist
Und wie sie wirken in des Menschen Leben.

    Roderich. Hör' ob ich's weiß und ob ich ihre Wirkung
An mir erprobte. — Glücklich lebten wir,
Die Eltern, ich, die Schwester, warm uns liebend:
Geschwisterkinder waren sich die Eltern,
Entstammt dem edeln Haus der Balten beide.
Da läßt die Kirche ein Gesetz ergehn:
Verbrechen sei, Blutschande solche Ehe.
Der Mutter Ohr, der allzufrommen Mutter,
Vergiften sie mit Vorwurf Tag und Nacht
Und rasten nicht, bis, halb in Wahnsinn, sie
Verläßt den Vater und ins Kloster flieht,
Samt meiner Schwester, die in frommem Wahn
— Erst heut erfuhr ich's — sie für mich geopfert: —
Denn schwere Krankheit, welche mich befiel,
Hielt sie für Himmelsstrafe des Incests. —
Vergebens ruft der Vater sie zurück,
Vergebens ruft er Recht und König an,
Und als er nun ergrimmt und auf die Kirche
Und ihre heiligen Konzilien schilt, —
Um Gottesläst'rung wird er zur Verbannung
Verurteilt, mich entreißt man ihm, bringt mich
Ins Kloster und der Kirche fällt anheim
Des Baltenhauses altes Edel-Erbe. —

Befreien will Graf Theudfried seinen Knaben,
Mit ihm zu fliehn: jedoch die Klosterknechte
Sind wachsam und er fällt mit sieben Wunden. — —
Mir aber kneten sie den jungen Geist
Mit Beten bald, mit Büßungen und Drohung,
Bald schmeicheln sie der Wißgier und dem Ehrgeiz: —
Gehorsam fordern sie, verheißen Herrschaft
Und Macht im Volk: in Qualen, jahredurch,
Mit Glauben heiß und Zweifel rang mein Geist,
Bis endlich ihre Lehrgespinste ich
— Am Tag vor meiner Priesterweihe just —
Durchsah, durchriß, zu Füßen ihnen warf.
Wohl tobten sie und setzten mich gefangen:
Doch ich entsprang der Cella: da verfolgten
Mit Hunden sie, mit Roß und Reitern mich
Und zerrten endlich mich aus meiner Höhle
Am Meergestad und schlugen mich in Ketten:
Nah ankerte ein maurisch Sklavenschiff
Aus Afrika — da, hör' es, Bischof, hör' es,
— Du lerntest Weisheit dazumal in Rom —
Verkauften mich, den edlen Gotenjüngling,
Den Sproß der Balten, mich, Graf Theudfrids Sohn,
In Sklaverei der Heiden deine Mönche! —

(Pause.)

Sindred. Ich fasse nun, warum du hassest, König,
Die Kirche, doch . . . —

Roderich.   Vielleicht lernst du auch fassen,
Warum mein Volk ich liebe, Erzbischof! —
Ha, wenn ich nun im Glutsand Afrikas
Zusammenbrach, in knecht'scher Arbeit Schmach,
Und laut zu Gott um Recht und Hilfe schrie, — —
Taub blieb der lachend blaue Himmel, taub!
Der Himmel half mir nicht: verzweifelt wär' ich,

Verdumpft zum Tiere, gleich den schwarzen Sklaven,
Mit denen ich an Einer Kette ging,
Wenn leuchtend nicht in meines Elends Nacht
Mir blieb als letzter einz'ger Stern: — mein Volk! — —
„Ich bin ein Gote!" sprach ich laut zu mir,
Zog zu den Negern nieder mich die Not,
Und unsrer stolzen Sprache schöne Laute,
Die alten Heldenlieder unsres Volks,
Ich rief sie manchmal in die Wüstennacht.
Das gab mir Trost und Kraft wie Zaubersprüche,
Das hielt mich aufrecht, bis kein Engel, nein,
Bis meines edeln Volkes edle Tochter
Die Retterhand mir bot: nun frag' ich, weiß ich,
Was Kirche ist, was Volk, und wie sie wirkten?
Darf ich euch hassen, die mein Volk und mich
Bedroht im tiefsten Lebenskern und darf ich lieben
Dies edle, teure, stolze Gotenvolk? (Pause.)

Sindred. Und doch ist Selbstsucht diese Liebe auch,
Nur höhre, feinre, als der großen Menge:
Und niemals wird, dir ähnlich, diese Menge
Im Staat, in Volkesehre, Volkesfreiheit
Ihr Höchstes finden: nein, die Menge sucht
Das eigene Wohl im Himmel und auf Erden:
Nicht die Begeistrung für das Vaterland,
Die Furcht vor Höllenstrafe ist das Stärkste:
Und wohl der Menschheit, daß dem also ist,
Daß eine Schranke Gott auf Erden setzte,
Sonst wüchsen Übermut und Lust und Sünde
Hochfährtig durch die Wolken in den Himmel.
Drum laß vom Kampf mit uns, du kühner König,
Schon vor der Schlacht hast du den Sieg verloren:
Es wär' ein Kampf um dieses Volkes Seele
Und diese Seele — hat die Kirche ganz. —

Roderich). Nein, Erzbischof, nein, bei dem Stern der
Goten!
Das Höchste ist dem Volk des Volkes Ehre,
Und nicht der Kirche Segen oder Fluch:
Ich setze Thron und Leben dafür ein:
Ich wette und ich ringe mit dir, Priester,
Um meines Volkes Seele. —

Sindred. Es soll gelten! —
(Für sich)
Ist's Schwärmerei, ist's höchste Heuchelei?
So kindlich noch soll dieser König träumen?
Laß sehn, ob Selbstsucht ihn nicht rasch verrät.

Roderich. Zerschmolzen hat der Vorsicht dünnes Eis,
Drin ich mich bergen wollte, heiß wie Lava,
Die Liebe für mein Volk: — sei's drum, du kennst
Nun den Vulkan, der, Priester, dich bedroht.

Sindred (lauernd). Ersparen möcht' ich diesen Kampf uns
beiden,
Der nur uns beiden Wunden schlagen wird.
Du kannst dein Ziel doch nur durch mich erreichen.

Roderich. Der Kirchenherrschaft Sturz in diesem Staat?

Sindred. Das ist ja nur dein Mittel, nicht dein Ziel.
Dein Ziel ist doch die schöne Nonne, die
Dir meine Hand verweigern kann und geben.

Roderich (staunend). Wie, Priester, wie? du hast gesehn,
gehört,
Was glühend, brausend brach aus meiner Brust
Und wagst zu denken, das war Heuchelei?

Sindred (sehr kühl). Was ich hier sah, was wir hier beide
sprachen,
Nicht das entscheidet: sondern was dem Volk
Von seines Königs Thun ich sagen werde.

Roderich. Versteh' ich dich? — Ich will dich nicht verstehn!

Sindred. Und doch ist's klar: du hast sofort verloren
Des Volks Vertraun, die Stütze deines Throns,
Sobald es weiß, der süßen Nonne gilt
Der Kampf, der seine heil'ge Kirche heimsucht.

Roderich. Jedoch du weißt das Gegenteil: — du sahst es?

Sindred. Verlaß' ich als dein Gegner diesen Saal,
So weiß ganz Spanien morgen: Nonnenbuhlschaft
Setzt Staat und Kirche mörderisch in Flammen.

Roderich (für sich). Ha, Niederträchtiger! Verruchte Lüge!

Sigrich (meldend). „Bereit steht Alles", meldet Graf Pelayo (ab).

Roderich (für sich). Zu rechter Zeit! In heißer Wallung
hatt' ich
Vergessen Plan wie Vorsicht: doch jetzt warte:
Im eignen Gift sollst, Giftwurm, du verderben.

(Allmählich Sindred, der sich auch selbst zum Abschied anschickt, immermehr dem
Hintergrund, dem Mittelvorhang nähernd.)

So sprich den Friedensvorschlag deutlich aus.

Sindred (für sich). Und er ist doch ein Selbstling und ein
Schwächling!

(laut)

Steh' ab vom Kampf, den Rat der Zehn entlasse
Und selbst vermähl' ich dich mit Doña Cava.

Roderich. Ich denke, das ist Sünde und unmöglich?

Sindred. Nichts ist unmöglich oder Sünde, was
Die Kirche gutheißt: Rom erteilt und Sindred,
Dispens — und das Gelübde fällt. — Begreifst du?
Nur Rom und Sindred können Doña Cava
Zu deinem Weib aus deiner — Buhle machen.

Roderich. Und wenn ich's weigre?

Sindred. Ab fällt alles Volk
Von dem Verfluchten, der die Krone raubte
Und Staat zerriß und Kirche — um ein Nönnlein!

Roderich (laut, langsam). Du wirst doch wider besser Wissen
nicht
Das Volk verwirren?

Sindred (lächelnd). Ja, das werd' ich, Schwärmer!

Roderich. Nach dieser Unterredung?

Sindred. Bah, die hörte
Niemand als Gott.

Roderich. Da irrst du, heil'ger Bischof,
Der Goten Hof und Heer hat sie gehört.

———

Sechste Scene.

Vorige. Die Vorhänge rauschen auf: dicht an denselben und den ganzen Hintergrund füllend stehen: **Pelayo, Garbing, Gundemar, Landfrid, Julian** und **Tulga** (ohne Waffen, von Sajonen umgeben). Zahlreiche Grafen, Sajonen und bewaffnete Krieger. Sindred macht entsetzt einige Schritte nach vorn. Alle hinter den Vorhängen Versammelten gehen langsam noch vorn.

Roderich. Vor meinem Volke hab' ich kein Geheimnis
Und handle nicht mit Priestern ohne Zeugen.
(Zurückrufend)
Habt ihr's gehört? Kennt ihr jetzt Spaniens Primas?

Gundemar. Ich schäme mich, daß ich ein Bischof bin!

Pelayo. Auch dieser Priester war ein Gote einst!
Ja, König, du hast Recht: es droht Gefahr,
Daß gift'ge Fäulnis unser Volk verdirbt.

Sindred (für sich). Getäuscht nochmal und überlistet von
Dem Dämon, der zugleich ein Schwärmer ist!
Die Mischung war mir neu: drum schlug sie mich:
Jetzt kenn' ich sie — und nun werd' ich sie schlagen. —
Gefährlich ist der Mann wie Lucifer,
So stolz und schlau: zu kaufen ist er nicht: —
Wohlan, so muß er denn vernichtet sein,
Mit ihm vernichtet alles, was er stützt!
(Laut, stolz und groß sich aufrichtend)

15*

Dank, Himmel, daß ich soviel Zeugen hatte,
Als nochmals ich die Hand zum Frieden bot.
Bezeugt ihr alle, daß man ihn verwarf!
Bezeugt mir, daß ich auf des Königs Haupt
Die Folgen wälze feierlich des Kampfs,
Des schrecklichen, der mit dem Untergang
Wird enden dieses Reichs! bezeugt es alle:
Von Himmelszeichen ließ er sich nicht warnen:
So wird sich unter diesem Thron die Hölle
Aufthun und ihre Flammen werden ihn
Verschlingen. — (Großartig ab nach links) — Pause.

Roderich (feierlich). Ich erwarte sie. — Doch vorher
Soll freundlich noch die Hochzeitfackel flammen. —
Hört, Bischof Gundemar, wie dünkt euch um
Den Klostereintritt minderjähr'ger Maid,
Vollzogen ohne, wider Vaters Willen? Sprecht!

Gundemar. Nach kirchlichem Gesetz — sehr zweifelhaft!
Und eher nichtig dünkt er mir, denn gültig.

Roderich. Wohl, sprich du, Landfrid, wandelndes Gesetz!
Des alten Gotenrechts lebend'ge Sammlung,
Wie dünket dir darum nach Gotenrecht?

Landfrid (den Stab erhebend, langsam).
Wohl will ich weisen, das ich weiß, das Recht:
Kein Mädchen mag sich ohne Mundwalt binden.

Roderich. So sprech' ich nichtig das Gelübde und ... —

Julian. Halt ein, Herr König! Dies dein weises Urteil,
Wir schelten's nicht, wir loben's: doch nun lebt
Des Vaters und des Bräut'gams Anspruch auf.
Sind wir auf bloßen Argwohn auch verhaftet,
Uns blieb der Sippe, blieb des Hauses Recht.
Ich frage dich, du weiser Rechtswart, sprich,
Ist das nicht Gotenrecht?

Landfrid.   Sonnklares Recht.

Julian. Wohlan, als Mundwalt weigr' ich dir mein
Kind!
Dein ward das Reich, des Vaters blieb das Haus:
Dem Balten giebt der Saring nie sein Blut.

Culga. Mein ist das Mädchen! längst den Mundschatz
zahlt' ich,
Und schon vor Jahren gab ich ihr den Ring.

Julian. Laß sehn, ob du das Recht zu brechen wagst!
Sprich, Rechtswart, darf der König brechen Recht?

Landfrid. Der Frevler, der das Recht bricht, ist kein
König.

Roderich. Ich aber bin ein König: — zweifelt nicht!
Königsgerechtigkeit — sie soll euch werden.

Sigrich (von links meldend). Der maurische Gesandte heischt
Gehör.

Roderich (winkt Gewährung. Sigrich ab).
Die Weltgeschichte lauscht auf diese Stunde — —
Wohlan: gebt ihr was Großes zu erzählen! — —

Siebente Scene.

Vorige. Der Gesandte der Mauren (von links), eine imposante Gestalt:
ganz weiß gekleidet, quer über die Knie ein großes breites gekrümmtes Schwert
an breitem rotem Wehrgehäng in goldner Scheide.

Der Gesandte (nach kurzer Begrüßung gegen die Versammlung).
So spricht zu euch der Mauren Feldherr, Tarek,
Das Schwert des Herrn in des Kalifen Hand:
Hört mich, du Fürst und Volk von Algesiras:
Nur Ein Gott ist: Muhammed sein Prophet
Und alles Erdreich ist ihm unterthan. —
Geschrieben steht, von Ewigkeit verhängt,
Daß alle Völker ihm sich unterwerfen.
Gleichwie der Wüste Sturm, unwiderstehlich,
Warf unser Volk und uns're Lehre siegreich

Seit siebzig Jahren alles vor sich nieder:
Vom fernsten Indien und Parthien drang
Bis an die Säulen eures Herkules
Der Flug des Siegs: glaubt nicht: das schmale Meer
Wird euch beschützen: schon in uns're Hand
Fiel jener trotz'ge Doppelbrückenkopf,
Ceuta und Tingis: mühlos schlägt die Flotte
Uns bald die sichre sturmerprobte Brücke
Nach eurer Küste, die dem Auge winkt.
Es steht geschrieben: Des Propheten Fahne
Weht noch dies Jahr hier auf Toledos Zinnen.
Doch Allah will den Tod der Menschen nicht,
Noch auch, der für ihn statt hält, der Kalif.
Er kündet euch durch Tarek diese Botschaft:
Bekennet Allah, glaubt an Muhammed,
Entfernt den Bildergreu'l aus euren Tempeln,
Des Götzendienstes vielgötterischen Wust,
Verwandelt sie in heilige Moscheen,
Pflanzt d'rauf den Halbmond statt des Galgenzeichens
Und Friede sei mit euch und Bruderkuß. —
 Gundemar. Erwürgt den frechen Heiden!
 Roderich.   Bischof, still.
 Gesandter. Du bist der König hier: das zeigt ein Blick,
Ob du auch Scepter nicht und Krone trägst,
Daran man mich die Christenkönige
Hat kennen lehren, die uns Sklaven wurden.
(Für sich)

Ein Mann wie bester Damascener-Stahl:
Weh uns, wär' seinem König gleich das Volk.
 Roderich. Ich bin der König — du hast recht gesehn. —
Und lassen wir vom Väterglauben nicht,
Wollt mit dem Schwert ihr uns den rechten lehren:
Ein Drittes duldet der Prophet wohl nicht?

Gesandter. Doch, Emir, denn nicht alle Völker würdigt
In seinem Hause Gott des gleichen Rechts,
Versagt ist manchen der Erkenntnis Gnade,
Von Ewigkeit sind sie bestimmt zur Nacht:
Doch Knechte sind sie dann, den Kindern Allahs
Zugleich bestimmt zu Zins und Sklaverei:
Bleibt Bilderküsser, Diener dreier Götter
Und einer Göttin, die gebar als Jungfrau
Und betet nach wie vor zum Galgenkreuz:
Doch den Kalifen anerkennt als Herrn
Dann euer Emir, Mann und Weib und Kind
Bezahlt ein Kopfgeld und — da seine Knechte
Selbst schützet der Kalif — ihr braucht sie nicht mehr —
Gebt eure Waffen ab.

Garding (wild das Schwert zückend).

Wie kannst du, König? . . . —

Roderich. Halt, Garding von Leon! Sein Amt ist
heilig. —
Und wirklich, Maure, solche Niedertracht,
Hast du gewagt, von uns sie zu erwarten?

Gesandter. Von dir nicht, König, seit ich sah dein Antlitz.
Noch wär' mir's lieb; — ich — (rasch sich verbessernd) das heißt
Feldherr Tarek
Zieht Heldenkampf der Unterwerfung vor:
Doch mußt' ich künden, welche Wahl ihr habt.

Roderich. So schändlich denkt im Gotenvolk kein Schurke,
Daß er um diesen Preis den Frieden kaufte.
(Cava mit zwei Frauen wird rechts neben Roderich sichtbar.)

Gesandter Doch, Emir, doch! den Frieden — und die
Krone.
Das hat mit Ekel über all' dein Volk
Erfüllt den Feldherrn und mit Sieggewißheit.

Roderich. Um solchen Preis die Gotenkrone kaufen,
Ein Fürst von Knechten, selbst des Mauren Knecht —
Kein got'scher Dieb kauft sich damit vom Galgen!

Gesandter. Zwei got'sche Grafen boten selbst sich an.
Wir schlugen's aus: denn wir mißtrau'n Verrätern:
Da gaben sie kostbare Pfänder uns.

Roderich (aufflammend, rasch Julian und Tulga ergreifend und vor den Mauren stoßend).

Das sind die beiden hier und uns're Städte
Ceuta und Tingis gaben sie zum Pfand:
Hier diese — lüge nicht! — dich frägt ein König!

Gesandter (ganz ruhig). Der Maure lügt nicht. — Wir
haben jene Städte,
Wir hassen die Verräter: ja, sie sind es.

Julian und Tulga (zu Boden stürzend).
Erbarmen! Gnade! — (Stummes Spiel Cavas.)

Roderich. Seht, sie warf zu Boden
Die ungeheure Schande solcher That!
Verschachert um die Krone Reich und Ehre!
O Volk der Goten, spei' sie aus von dir.
(Verhüllt sein Haupt im Mantel.)
(Pause.)

Gesandter. Dich ehrt dein Schmerz: — dein Volk jedoch
ist reif:
Wir sind die Schnitter Allahs, die es mäh'n.

Roderich (hat sich hoch aufgerichtet). Gesandter, geh! Dem Feld-
herrn Tarek melde:
Verräter leben zwei im Gotenvolk;
Doch was die andern Goten sind, entscheidet
Das blut'ge Gottesurteil bald der Schlacht:
Dort, wo das schmale Meer zwei Welten trennt,
Erwarte ich den Ansturm Afrikas:
(den linken Arm erhebend)
Den Schild Europas trägt das Gotenvolk.

Gesandter. Zerschellen werden König, Heer und Volk
Vor Muhammed: denn also stehts geschrieben.

(Ab nach links).

Achte Scene.
Vorige ohne den Gesandten.

Roderich. Austilgen laßt uns, eh' wir Atem schöpfen,
Aus Volk und Land die Giftpest des Verrat's!
Sofort, nach altem Recht der Gotenkön'ge,
Halt' ich hier Heergericht um Hochverrat,
Hier, unter Königsschild an Königsspeer.

(Er hängt seinen Schild an den in die Erde gestoßenen Speer bei dem Königsthron; neben diesem steht nun Cava.)

Heraus die Schwerter (alle ziehen die Schwerter, sie auf den Boden
stemmend), das Gericht beginnt:
Geständig sind die beiden Grafen hier
Und überführt — ihr habt's gehört, gesehn, —
Daß sie dem Feind die besten Gotenstädte
In Afrika verpfändet für die Krone,
Die Graf Julian, ein Knecht, uns alle knechtend,
Als Lehen wollte nehmen vom Kalifen;
Sein Eidam sollte sein und Erbe Tulga:
Dich frag' ich, Landfrid, frag' euch, Goten, alle:
Was ist das Gotenrecht für solche That?

Landfrid. Der Tod.
Alle. Der Tod.
Roderich (fortfahrend). Zum Tod verurteilt sind die beiden
Männer,
Gestoßen aus der Goten Recht und Frieden.
Ich frage weiter, Rechtswart, um das Recht:
Was wird aus väterlicher Vormundschaft?
Was aus Verlöbnisrecht des Bräutigams?

Landfrid. Erloschen ist wie Mundschaft so Verlöbnis.

Roderich. In weßen Mundschaft steht das Mädchen nun?

Landfrid. Jedwede Waise, die des Vormunds darbt,
Steht in des Königs Schutz und Vormundschaft.

Roderich. Und wer verfügt nun über ihre Hand?

Landfrid. Der König, der ihr Mundwalt: — das ist klar.

Roderich. Wohlan, so geb' ich, dieser Jungfrau Mundwalt,
Nachdem wir nichtig sprachen ihr Gelübbe,
Mit ihrem Willen selbst mir ihre Hand.

Cava. O Gnade — Gnade fleh' ich für den Vater.

Roderich (fortfahrend). Und Kraft des schönsten Rechts der
Königskrone
Verwandle ich in ewige Verbannung
Die Todesstrafe der Verurteilten.
Sajonen, auf! führt an die Grenze sie.

(Julian und Tulga werden abgeführt nach links.)

Neunte Scene.
Vorige ohne Julian und Tulga.

Roderich (an Cava herantretend, sie in die Mitte vorführend).
Mit diesem Ring, nach altem Recht der Goten,
Vermähl' ich mir, im Angesicht des Volksheers
Und unter Königsschild an Königsspeer,
Hier diese Jungfrau als mein ehlich Weib
(steckt ihr den Ring an)
Und frage jedermann, frag', Rechtswart, dich:
Ist sie mein Ehweib nun nach Gotenrecht?

Landfrid. Ja, nach der Goten Recht ist sie dein Weib.

Roderich. So mag die Kirche denn sich's überlegen,
Ob hinterher den Bund sie segnen will.

Garding (halblaut zu Roderich). Gar sehr gelegen kam dir
der Verrat. —

Roderich (halblaut). Längst hatt' ich diese Reibinge durchschaut.

Garding (ebenso). Und meisterhaft weißt du das Recht
zu brauchen.

Roderich (ebenso). Das Recht ist wie das Schwert: greif'
rasch das Heft
Und in die Brust die Spitze stich dem Feind.

Zehnte Scene.

Vorige. Walja als Gaso, Haupt und Arm verbunden, eilig von links.

Walja. Auf, König Roderich, auf, hilf und strafe!

Roderich. Was ist geschehn? wir hatten dich entsendet,
Den Basken uns're Thronbesteigung zu
Verkünden und sie huldigen zu lassen. —

Walja. Auszog ich mit zwei andern Königsknappen
Gen Baskenland, zu künden deine Botschaft.
Doch an der Grenze ihres Berglands schon
In hellem Aufruhr trafen wir die Basken:
Bischof Eugenius, heimlich aus Toledo
Entwichen, ruft in allen Felsenthälern
Die Hirten zu den Waffen gegen dich.
Nicht König, ein Tyrann, ein Dämon sei'st du,
Dein Name Lucifer, der Nacht entstiegen.
Die Kirche Gottes auszuthun auf Erden
Und wer dir huld'ge, huldige der Hölle.
Vergebens mahnen wir: und als wir droh'n,
Aus Priesterhand fliegt da ein Stein, bald regnen
Geschosse, meine zwei Genossen fallen
Und blutend, nur mit Not, entkam ich selbst.

Garding. Auf, König, räche deine treuen Boten!
In Strömen Bluts ersäufe die Empörer,
Du darfst's nicht dulden!

Die Sajonen (wild).   Rache, König, Rache!

Roderich.   Schweigt, Rache ist kein Königswort — nur
Strafe!
Und schnell und schneidig soll — des seid gewiß! —
Des Staates Majestät sich offenbaren:
Doch nicht den armen Hirten, den bethörten,
Nein, den Verführern soll sie schrecklich nah'n. —
Wenn alte Feldherrnkunst mir nicht versagt,
Hoff' ich die Basken ohne Schlacht zu meistern:
Denn wohl vertraut sind ihre Pässe mir,
Die meine ersten Waffenthaten sah'n.
Dann: allen Kriegern, die sich beugen, Gnade: —
Doch jeden Priester, den ihr greift in Waffen,
Sei's Diakon, sei's Abt, sei's Bischof, stracks,
Sajonen, hängt ihn an den nächsten Baum:
Sie sollen's lernen was des Königs ist! —
Auf, Königin der Goten, deine Hand!
Laß heute noch uns Hochzeitsfeier halten:
Denn morgen schon zieht dein Gemahl ins Feld,
Der Rebellion die Königsstirn zu zeigen.

(Er erfaßt Cavas Hand, sie hinwegzuführen; kriegerische und festliche Musik fällt
marschmäßig ein; als der Zug sich in Bewegung setzt, fällt rasch der Vorhang.)

IV. Akt.

Das Gemach im Palaste Sindreds; außer seinem Thron Stühle
für etwa zwölf Bischöfe; gegenüber dem Thron links ein Tisch mit
langen Pergamentrollen, an welchen Siegel hangen, bedeckt. — Es
ist Nacht: die Bronze-Ampel giebt nur sehr schwache Beleuchtung.

Sindred allein; eine kleine Rolle in der Hand.

Erste Scene.

Sindred. So ist's beschlossen. Mehr: — es ist gescheh'n. —
Besiegelt hält in diesem Pergament
Hier meine Hand des Gotenreiches Fall. —
Kein klein'res Mittel blieb mir, diesen König
Zu bändigen: — er ließ mir nur die Wahl:
Reich oder Kirche: — falle denn das Reich. — —
Er ringt, sagt er, mit mir um dieses Volk!
Zur rechten Zeit, am Tage der Entscheidung,
Wird er erkennen, nur der Leib gehört
Dem Staat, der Kirche ganz des Volkes Seele.

(Pause.)

Groß ist das Wagniß, die Verantwortung:
Doch stark genug mein Geist, um sie zu tragen:
Denn leidlicher ist uns des Mauren Duldung,
Als dieses Königs Druck und Tyrannei.
Gesichert hab' ich weislich durch Vertrag
Der Kirche Rechte und der Bischöfe
Ehrwürd'ge Stellung: (die Rolle erhebend) hier den Plan Toledos,
Und Cordovas, Sevillas, Meridas,
Und sieben andrer Gotenfestungen, —
Die Stärk' und Schwäche aller Heerbann-Scharen: —
Um solchen Preis wohl durfte Tarek geben,

Was ich verlangt: er schwur bei Muhammed,
Solang in Spanien Christenpriester leben,
Zu lassen ihnen alle jetz'gen Rechte. —
So sind wir frei, und was verschlägts der Kirche,
Ob von des Schlosses von Toledo Zinnen
Der Gotenkön'ge stolzes Falkenbanner,
Ob des Kalifen grüne Fahne weht:
Vergänglich sind der Erdenvölker Staaten
Und ewig währt nur mein Reich: Gottes Reich. —

———

Zweite Scene.
Sindred. Petrus.

Sindred. Was bringst du mir für Nachricht von den
                                                    Frau'n —
Vom Leokadienkloster?

Petrus.   Theodosia,
Die Schwester, wankt dem Grabe täglich näher:
Gram um den Bruder, sagt man.

Sindred.   Und die Mutter?
Verbleibt sie fest?

Petrus.   Sie wird Euch nicht versagen.
Den Sohn verabscheut sie, den Feind der Kirche:
Sie thut, was Ihr gebietet. Zählt auf sie.

Sindred. Hast du die Bischöfe hierher geladen,
Zu wichtiger Beratung, diese Nacht?

Petrus. Um Mitternacht laß' ich sie heimlich ein.

Sindred. Vom König keine Kunde?

Petrus.   Ganz unmöglich
War's, auch das Kleinste von ihm zu erfragen.
Gesperrt sind alle Straßen, die von hier
Geh'n in das Land der Basken: von Sajonen

Befeßt find alle Thore von Toledo:
Ein Vogel nur vermöchte durchzubringen.

    Sindred (halb für sich). Nicht auch ein Maulwurf? (laut) —
                         Sieg und Niederlage
Will er verschleiern. — Bald ist Mitternacht:
Halt Wacht am Thor und laß die Brüder ein

               (Petrus ab nach links.)

Dritte Scene.

    Sindred. Gleich darauf der Gesandte der Mauren.

    Sindred (verschließt sorgfältig hinter Petrus die Thür).
Nun, Erbe, thu' dich auf, hinabzuschlingen
Den König Rod'rich und das Gotenreich.

    (Er hebt einen großen viereckigen Quaderstein, der zum Teil von dem Teppich seines Thrones verhüllt war, auf: aus der Versenkung steigt regungslos aufrecht in brauner Mönchskutte über seinem weißen Unterkleid der maurische Gesandte: die Versenkung bleibt offen, der Gesandte bleibt auf der zweiten Stufe der Versenkung stehen.)

    Sindred. Der Feldherr Tarek, traun, ist gut bedient.
Gut kor er seinen Boten und gut fandest
Du deinen dunkeln, stundenlangen Weg;
Klug bist du, Maure, treu und todeskühn.
Mögst du gleich sicher auch den Rückweg finden
Durch Grau'n und Nacht: weißt du genau Bescheid?
Jenseit des Tajo mündet, vor der Stadt,
Im hohlen Baum des Waldes erst der Gang.

    Gesandter. Ich weiß: — gieb mir die Listen und die
                       Pläne.

    Sindred (zögernd). Weißt du auch, wo die Maurenflotte liegt.

    Gesandter. Nicht Tarek weiß es besser: gieb die Rolle.

    Sindred. Nicht einmal deinen Namen nanntest du.

    Gesandter. Ich gab dir Tarek's eig'nen Siegelring.

Sindred. Ich kann dir nicht mißtrau'n — du wagst
dein Leben.

Gesandter. Nur aus dem gleichen Grunde trau'n wir dir.
Nicht glauben würd' ich, daß ein Priester Allahs
Ein Heer zum Abfall vom Kalifen brächte.
Doch anders steht's, ich weiß, bei Christenpriestern.

Sindred. Noch mündlich melde: Graf Julian, Graf Tulga,
Wir steh'n in eifrigem Verkehr mit ihnen: —
Zu rechter Zeit erscheinen sie zur Hülfe.

Gesandter. Klein sind sie beide.

Sindred.   Aber groß ihr Haß.

Gesandter. Tarek mißtraut noch Einem deiner Worte:
Beträgt der Goten ganzer Heerbann wirklich
Nur sechzigtausend Mann? Das Land so fruchtbar,
So zahlreich Euer Volk: — nicht faßt das Tarek.

Sindred. Die Kirche zählt viel hunderttausend Knechte
Und alle sind vom Waffendienste frei.

Gesandter. Dann steht geschrieben dieses Reiches Fall.
(Nimmt rasch die Rolle. — sie entreißend, aus Sindreds Hand.)

Sindred. Und wann und wo wird Eure Flotte landen?

Gesandter. Das weiß nur Gott und Tarek.
(Verschwindet urplötzlich in der Versenkung.)

———

Vierte Scene.
Sindred allein.

Sindred.   Warte noch! — —
Verschwunden ist er in der Nacht der Erde.
Nun, Schicksal Spaniens, rolle deinen Weg!
(Es pocht. Sindred öffnet.)

———

Fünfte Scene.

Petrus führt Oppa und noch etwa zehn Bischöfe herein: sie nehmen auf den
Stühlen im Halbkreis Platz.

Sindred. Versammelt hab' ich euch, ehrwürd'ge Brüder,
Im Schutz der Nacht: bei Tag umlauern uns
Die Späher des Tyrannen. Wir beschlossen
Bereits, in dieser höchsten Not der Kirche
Die letzten Mittel auch, die äußersten,
Zu brauchen: dort (auf den Marmortisch weisend) hab' ich die alten,
Hochheil'gen Privilegien unsrer Kirche,
Zumal den großen Freibrief Rekareds (alle Bischöfe verneigen sich
bei diesem Namen),
Aufs neu' durchforscht und dies ist mein Ergebnis:
In feierlichem Akt verhängen wir
Den großen Kirchenbann, das Anathem,
Wie über den Tyrannen über alle,
Die noch zu ihm steh'n.

Oppa. Wird das Volk uns folgen?
Es hängt an diesem Baltenhelden sehr.

Sindred. Doch mehr an seiner Seelen Seligkeit!
Seit er in Buhlschaft lebt mit jener Nonne,
Kehrt sich der Menge frommer Sinn von ihm,
Empört durch solches Ärgernis. Wir legen,
Solang er Krone trägt, das Interdict
Auf ganz Hispanien, wir entbinden ferner
Die Unterthanen von dem Eid der Treue:
Für abgesetzt erklären wir den Balten,
Erledigt künden wir den Thron der Goten
Und rufen auf das Volk zu neuer Wahl.

Oppa. Kühn bist du, Sindred: —

Sindred. Wie dem Hirten ziemt,
Der seine Herde mit dem Leben deckt,
Gilt es, dem Wolf zu wehren. Wer von euch.

Dem feigen Mietling ähnlich, wählt die Flucht
Anstatt der Palme des Martyriums?

Oppa. Nicht Einer unter uns: nur Gundemar,
Der ihm sogar zum Baskenkrieg gefolgt ist,
Hält noch zu diesem Balten: doch bedenke:
Sofort, wie wir so kühnen Schritt gewagt,
Wirft in's Gefängnis uns der Wütrich, rasch
Erstickt er jeden Funken dieses Blitzes.

Sindred. Drum muß der Blitz ihn treffen, wann er fern!
Vollmacht heisch' ich von euch, daß ich allein
Darf Zeit und Ort bestimmen, wann und wo
Ich Bann und Fluch und Absetzung verkünde.

Oppa. Wer könnte besser das, als du, der stark
Und klug zugleich die Kirche Spaniens steuert.
Im Namen Aller — Vollmacht geb' ich dir.

(Leise)

Was sinnest du? mir darfst du ganz vertrau'n.

(Beide gehen in den Vordergrund.)

Sindred (ebenso leise). Bald, denk' ich, wird der Mauren
                               Kriegsheer landen:
Dann, wann der Goten ganze Macht ins Feld
Dem Feind entgegen führte der Tyrann,
Dann trifft von hier aus, in den Rücken, ihn
Mit sich'rem Todesstoße Fluch und Bann.

Oppa. Doch dieser Streich kann nicht den Balten nur,
Kann Heer und Reich verderben und die Mauren ... —

Sindred. Die Mauren sind der Kirche Feinde nicht!
In Asien blüht die Kirche unter ihnen:
Sie lassen überall den Gottesdienst,
Ja, auch der Bischöfe Gewalt besteh'n,
Wenn nur das Volk zahlt Kopfgeld dem Kalifen.

Oppa. Du gehst sehr kühnen Weg: — jedoch ich folge.

Sindred (laut, sich nach rückwärts wendend).

Ob des Tyrannen Nacken schwebt das Beil: —
Zu rechter Zeit läßt diese Hand es fallen.

Oppa. Vielleicht hat uns ein Baskenpfeil bereits
Den Kampf erspart: verschollen ist der Balte,
Seitdem er auszog: keine Siegesnachricht,
Noch keine Schlacht ward, kein Gefecht gemeldet:
Vielleicht erlag er mit dem ganzen Heer
Den Schrecknissen der baskischen Nevaden.

Garding (vor der Thür links lärmend). Auf! in des Königs
Namen! Aufgethan!

Sonst sprengt mein Beil die Thür.

> (Alle Bischöfe außer Sindred fahren entsetzt empor.)

Weh' uns, der König!

Sindred. Bleibt! Keine Furcht gezeigt! Uns ist verheißen,
Der Hölle Pforten soll'n uns nicht bewält'gen.

———

Sechste Scene.

Vorige. Garding und ein Zug Sajonen mit Fackeln reißen die Thür auf,
dringen ein und besetzen sofort alle Ausgänge: alle die Helme eichenbekränzt; es
wird heuer.

Sindred. Was sucht ihr hier zur Nacht, Hausfriedens-
brecher?

Garding. Wir suchten, was wir richtig fanden — euch!
Ihr habt gewiß, in nächtlichem Gebet
Vereint, siegreiche Rückkehr hier erfleht
Für euren König! Freut euch denn, erhört
Ist euer Beten: ohne Blutvergießen
Gewann den Sieg der Feldherr ohne Gleichen.

Oppa (halblaut). Hat denn der Himmel keine Blitze, hat
Der Baske keine Stein' und Pfeile mehr?

Garding. In klugen, raschen, kühnen Märschen hat
Die Basken er so meisterhaft umstellt,
Daß ohne Kampf sich alle zwanzigtausend
Gefangen geben mußten bei Segunt.
Eugenius war leider nicht darunter,
Er soll entfloh'n sein zu Julian und Tulga.
Des Siegers Großmut hat die Basken ganz
Gewonnen: — unsern allzu dünnen Heerbann
Verstärken sie; beim Strahl, wir können's brauchen! —
Er folgt mir auf dem Fuß und trug mir auf,
In Sindred's Haus sofort die Bischöfe,
Die in Toledo weilen, zu versammeln:
Hochwicht'ges hat mit euch er zu verhandeln. —
Ihr habt euch selbst vorher versammelt, seh' ich,
Die Mühe löblich mir zu sparen.

Walja (hereinstürzend).   **Mord!**
Der König ist ermordet!

   Alle.   Wie? ermordet?

   Garding. Sprich, wann und wo?

   Walja.   Soeben, als er einritt
Durch's Fallthor von Toledo!

Siebente Scene.

Gundemar, gleich darauf Roderich mit einem Zug Sajonen.

Gundemar (eichenbekränzten Helm, Kriegsmantel, Harnisch, Schwert).
                      Nicht ermordet!
Nur leicht verwundet! Dank sei Gott dem Herrn!

   Sindred. Wo blieb der Thäter?

   Gundemar.   Man verfolgt ihn noch.

   Garding. Da ist der König: grimmig sieht er drein.

Roderich (innerlich hoch erregt, gerüstet, ohne Helm, wirres Haar, den Mantel über der Rüstung, um den linken Arm ein Tuch gewunden, ohne Schild. Er spricht hastig und abgerissen. — Noch mehr Fackeln. Im Eintreten zu einem Saſo nach rückwärts).

Geht, ſagt der Königin: ganz wenig blutet
Der Arm nur: rüſtet ihre Sänfte,
Wir zieh'n vielleicht heut' Nacht ins Feld ſchon wieder:
Die Königin begleitet mich ins Lager.
Den Mörder führt hierher, wann er gegriffen.

(Saſo ab.)

Ihr habt mich wohl ſo raſch nicht und ſo heil
Zurück erwartet, fromme Herrn, nicht wahr?
Ja, Gott beſchützte mich im Baskenland
Und hier vor böſerer Gefahr: der Mörder,
Er harrte mein im Thore von Toledo,
Falls ich aus Baskenland lebendig kam.
Der Wurfſpeer fuhr mir dicht am Ohr vorbei: —
Sein Ziſchen dünkte mir ſo geiſtlich: nun,
Das kommt wohl bald zu Tag. Jetzt aber,
Jetzt hab' ich Größ'res mit euch zu verhandeln,
Das nicht dem König, das dem Reiche gilt.
Vertrauensvoll an eure Gotenherzen
Um raſche, reiche Hülfe wend' ich mich.

    Sindred. Was bittet König Rob'rich von der Kirche,
Die er verfolgt?

    Roderich (auffahrend). Nichts bittet König Rob'rich! — —

(faßt ſich)

Doch ja, es ſei: ſelbſt bitten will ich euch,
Wenn Bitten raſcher hilft, als Fordern. Gilt
Es doch nicht mir, es gilt des Reiches Rettung!
Doch laßt mich lang nicht bitten — ſag' ich euch —
Denn ſchlecht verſteh' ich's — ſchlechter als — — das
Andre.

Gundemar (zu Garding). So heiß erregt, so unheimlich, so
drohend
Sah ich ihn nie. Gewitterschwüle brütet
Und Wetterleuchten zuckt auf seiner Stirn. —
Garding. Erdbeben geht solch dumpf Gegroll vorher:
Ich wollt', es blitzte schon und donnerte.
Gundemar. Mir bangt! mich schreckt die tief verhalt'ne
Lava.
Sieh', wie sein Auge rollt — er greift zum Dolch.
Garding. Das thut er nur, wenn er sehr zornig ist.
Gundemar. Der Baskenkrieg hat ihn berauscht mit
Kraft, —
Der Mordanfall, der Wunde Schmerz mit Zorn. —
Garding. Und heiß brennt ihn die Sorge um den Heer-
bann.
Gundemar. Rausch, Zorn und Sorge: — eine böse Drei,
Sie reißen ihn dahin. Er fiebert! Sieh!
Wo ist sein guter Geist? wo ist Pelayo?
Garding. Auf Kundschaft von den Mauren.
Gundemar.   Wär' er doch hier!
Roderich (hat vergebens seine große Erregung niederzukämpfen gesucht,
er spricht haftig).
Nach zuverläff'gen Boten schwimmt die Flotte
Der Mauren schon ganz nah' an unsern Küsten
Und alles, was die weite Asia,
Was Afrika an Turbanträgern birgt,
Ein unermeßlich Heer, trägt sie heran.
Der Goten Heerbann aber ist sehr schwach:
Er zählt nicht sechzigtausend: ganz unmöglich
Ist mir's, damit das offne Feld zu halten.
Sindred (für sich). Verzagst du, kühner Balte, wankt dein
Thron?
Roderich. Doch in Toledo hier mich einzuschließen,

Das widerstrebt mir: auch ist's zu gefährlich:
Denn hier — wir sah'n es — wühlt Verrat und Mord.
(Zu einem Sajo)
Habt ihr den Mörder noch nicht? schafft ihn bei!
(Sajo ab.)
Mir fehlen mindestens noch vierzigtausend
Gewaffnete — auch Geld brauch' ich und Rosse:
Denn arg verfallen unter frommen Fürsten
Ist unser Heer — und König Witika,
Der's bessern wollte, starb zu früh dahin.

Sindred. Der Himmel würde frommem König wohl
Zu Hilfe zehn Legionen Engel senden.

Roderich (zornig). Ich bin nun einmal leider nicht so
fromm,
Daß mir Mirakel Feldherrntum ersparen
Und Engel mir die Schlacht-Kohorten füllen.
Drum muß ich selbst mir helfen, wie ich kann.
Nun aber ist die Kirche hier in Spanien
Ganz überschwenglich reich — das weiß die Welt: —
Viel reicher, als die Krone, die sich arm
Geschenkt durch Gaben an die Heiligen.

Sindred. So willst der heil'gen Kirche du entreißen,
Was deine Vorfahr'n ihr geschenkt?

Roderich. Das sei mir fern! Behaltet eure Beute!
Nur eine Steuer, wie sie alle Güter
Im Lande tragen, fordr' ich von der Kirche:
Das bringt mir reichlich, was ich brauche, ein.

Sindred. Du weißt, nach uralt' heil'gen Privilegien,
Nach Rekarebs, des Heil'gen, großem Freibrief
(alle Bischöfe verneigen sich)
Ist jeder Steuerpflicht die Kirche frei.

Roderich. Ich weiß! ich weiß! drum eben bitt' ich euch —

Hört ihr, ich bitte, — daß ihr einmal nur,
Für diesmal nur auf euer Recht verzichtet!

Sindred. Unmöglich!

Roderich. Zahlt die Hälfte, zahlt ein Drittel!

Sindred. Wir können nicht, es wäre Kirchenraub.

Roderich. Sei's, Bischof! Nicht nach Gold geizt meine
Hand.

Doch Männer, Krieger, Reiter muß ich haben:
Heißhungrig lechzt mein Feldherrnherz darnach.
Ich kann die dünnen, leeren Reih'n nicht dulden.
Nur deshalb ward der Heerbann klein und schwach,
Weil seit Jahrhunderten schon unablässig
Viel Tausend freie Männer selbst aus Armut,
Aus frommem Wahn, in Knechtschaft freiwillig
Den Kirchen und den Klöstern sich ergaben:
Wehrfäh'ge Männer mehr als sechzigtausend
Sind Kirchenknechte und dem Heer entzogen:
Denn frei der Heerbannpflicht sind eure Knechte.

Sindred. Sie bau'n den Acker für die Kirche Gottes
Und für die frommen Kön'ge beten sie.

Roderich (wild). Sie soll'n nicht beten, fechten sollen sie! —
Vergebt mir — ich vergaß: — ich muß ja bitten.
So bitt' ich denn in unsres Volkes Namen, —
Um unserer Ehre willen bitt' ich euch.
Gebt von den sechzigtausend mir nur vierzig,
Gebt dreißigtausend mir — für diesmal nur!

Sindred. Der Kirche Knechte führen nicht das Schwert.

Gundemar. Gebt nach, Herr Erzbischof, ihr könnt und
sollt.

Sindred. Du selbst, ein Bischof, führst das Schwert:
kennst bu
So schlecht die Canones?

Gundemar. Bestrafe mich,

Doch fleh' ich, gieb dem König, was er fordert:
Glaub' mir, er spricht die Wahrheit: leicht gewiß
Nicht beugt sein Stolz sich zu so heißer Bitte.

Roderich. Für Eine Schlacht nur, nur für eine Feldschlacht,
Gieb dreißigtausend deiner Knechte mir! —
Ich harr' auf Antwort.

———

Achte Scene.
Vorige. Der Gajo Svanka.

Svanka.   Herr, es ist unmöglich!
Roderich (heftig). Was ist unmöglich wieder?
Svanka.   Daß den Mörder
Wir greifen! Hart verfolgt von uns entkam er
In die Basilika Sankt Aemilians: —
Das ist Asyl: — (Pause) — doch, deinem wiederholten
Befehl gehorchend, drang ich mit Gewalt
Bis zum Altar: — da riß der Flüchtling plötzlich
Das heilige Gerippp des Märtyrers
Aus seinem off'nen Sarg — hielt mir's entgegen ... —
Roderich.   Nun und?
Svanka. Der Arm erstarrte mir; — es war ein Wunder,
War Strafe, weil ich das Asyl verletzt:
Der Heil'ge zürnt mir — noch sträubt sich mein Haar: —
Ich kann den Flüchtling vom Altar nicht reißen!
Roderich (streng). Nehmt ihm den Ring des gotischen
Sajonen!
Der kann nicht Bote sein des Königtums,
Der zag vor morschen Knochen inne hält.
Rasch, Garding, schaff' den Mörder her.
                    (Garding mit Sajonen ab.)
Sindred. Ha, Tempelschändung!

Roderich. Antwort will ich, Priester
Giebst du die Krieger mir?

Gundemar. O gieb sie, Sindred.

Sindred. Nicht einen Heller dir, nicht einen Mann.
Soll ich das Heer des Lucifer verstärken?

Roderich. Bist du ein Gote? sprich, bist du ein Mann?

Sindred. Ich bin ein Priester und ich bin ein Christ.

Roderich. Hast du kein Herz für deines Volkes Ehre?

Sindred. Des Christen Ehre ist nur Christi Kreuz.

Roderich. Hast du kein Herz für Vaterland und Heimat?

Sindred. Des Christen Heimat ist im Himmel nur.

Neunte Scene.

Garding und Sajonen bringen Jaldrul gebunden; dieser ist nackt an Armen und Beinen bis ans Knie: er trägt ein schwarzes Schafvließ als einzige Bekleidung, die Brust halb nackt, ganz kurz geschornes, schwarzes Haar, ohne Bart.

Garding. Hier, König, ist er! mir erstarrte nicht
Der Arm: der Heil'ge hält mich, scheint's, für unwert
Des Wunderthuns! und hätt's doch gern geseh'n.

Roderich. Du bist kein Gote, bist ein Baske, nicht?

Jaldrul. Ja, Herr! Erbarmen! Alles will ich sagen.

Roderich. Was that ich dir, daß du mich morden wolltest?

Jaldrul. Nichts, Herr! man sagt, ihr seid der Kirche
Feind.

Roderich. Das sagte dir dein Bischof, nicht, Eugenius?

Jaldrul. Ja, Herr!

Roderich. Und hat dir Lossprechung verheißen
Von diesem Mord?

Jaldrul. Und noch von einem ältern,
Wenn ich, käm't heil ihr aus dem Baskenkrieg
Zurück, euch träf' im Thore von Toledo.

Roderich (winkt). Löst ihm die Ketten: — hier, nimm
diesen Schild,

Du haſt geſeh'n: mir half Gott, nicht dem Biſchof,
Und kein Aſyl beſchützt vor Recht und Staat —
Beſchirme fortan, die du treffen wollteſt,
Des Königs Bruſt: in meinem Heerbann kämpfe.

(Talbrul ſtürzt nieder, küßt des Königs Füße: ab.)

Roderich. Sajonen, an den Galgen,
Wo ihr ihn greift, den Biſchof von Pamp'lona! —
Zum letztenmal, Erzbiſchof von Toledo,
Bitt' ich dich, gieb mir zwanzigtauſend nur.

Sindred. Nicht einen Heller dir, nicht einen Mann.

Roderich. Bedenke, Pfaff', es gilt das Gotenreich!

Sindred. Bedenk', Tyrann, es gilt das Himmelreich!
Ha! nicht ein Staubkorn von der Kirche Macht
Geb' ich um König, Volk und Vaterland.

Roderich (furchtbar). Habt ihr's gehört? Halt ein! das
Maß iſt voll!

Dreimal gebeten hab ich dieſen Prieſter,
Der König für ſein Volk: — mit frechem Hohn
Wies er mich ab — wohlan: — nun hört den König
Befehlen, was er beſſer kann, als bitten.
In Kraft der Vollgewalt des Königtums,
Zu retten in der höchſten Not den Staat,
Dem alles Recht der Einzeln weichen muß,
Für frei erklär' ich alle Kirchenknechte,
Deshalb für waffenpflichtig und befehle,
Daß ihrer fünfzigtauſend zieh'n ins Feld.
Garding, du hebſt ſie aus und rüſteſt ſie.

Sindred. Das darfſt du nicht. Raub, Plünd'rung und
Gewalt!

Roderich (fortfahrend). Und weiter: da der Schatz der
Krone leer,
Erſchöpft iſt durch Verſchwendung an die Kirche . . . . —

Gundemar. Halt ein, o König, folge nicht dem Zorn:
Du nahmst genug.

Roderich. Jetzt schweigen alle Priester,
Jetzt spricht allein der schwergereizte Staat!
Die Steuer, die der Laien Äcker tragen,
Trägt fortan jedes Kirchengrundstück — doppelt.

Gundemar. Halt ein, mein König, halt, o laß dich warnen!
Denk', meine Stimme sei Pelayos Ruf.

Roderich. Die Hälfte aller Goldgefäße endlich
Der Kirche, nur zu leerem Prunk bestimmt,
Sie wandern in die königliche Münze,
Des Gotenvolkes Kriegsschatz d'raus zu prägen!

Gundemar. Verderben bringt dir dies geweih'te Gold!

Roderich. Ist's besser, wenn die Mauren ihre Rosse
Aus euren heiligen Gefäßen tränken?

Sindred. Das darfst du nicht! Null sind die drei Gesetze!
Einspruch erheb' ich kraft der Privilegien
Der Kirche, kraft zumal des großen Freibriefs
Von Rekared, dem heil'gen Gotenkönig.

(Verneigung der Bischöfe.)

Roderich. Wo ist er, dieser Freibrief? Ist er echt?
Kopien sah ich, doch die Urschrift nie!

Sindred (nimmt von dem Marmortisch ein langes und zwei Fuß breites
Pergament mit großem anhängendem Siegel und entrollt es feierlich).

Hier ist das dreimal heil'ge Privileg,
Das König Rekared, der katholische,
Der Kirche Spaniens gab: — hier steht der Fluch,

(mit dem Finger darauf deutend)

Der furchtbar jeden König treffen soll,
Der zu bestreiten, zu verletzen wagt
Auch nur ein Jota seines Inhalts. — Balte,
Was kannst du gegen dieses Heiligtum?
Sieh, das ist stärker als dein Königsschwert!

Roderich. Laß seh'n, ob dieses Schwert nicht stärker ist.

(Er zieht rasch das Schwert und durchhaut das Pergament in zwei Stücke. Sindred läßt es entsetzt fallen, Roderich setzt den gepanzerten Fuß auf das eine Stück.)

Alle Bischöfe. Weh uns! O Greu'l!

Sindred.   Verschlingt ihn nicht die Hölle?

Gundemar. O, König Rob'rich, welche Frevelthat!

Roderich (außer sich). So tret' ich nieder unter meine Füße
Als nicht'ge Fetzen alles, was dem Reich
Der Goten schädlich ist. Weh' euch, ihr Priester,
Nun lernet zittern vor dem Königsschwert!

Sindred. Fluch und Verderben schlage dich, du Wüt'rich!
Verfallen ist dein Thron, dein Haupt, dein Leben!
Und jeden, der dich mordet, lohnt der Himmel.

Oppa und alle Bischöfe (außer Gundemar).
Wir alle teilen Sindreds Fluch und Aufruf.

Roderich. Hört ihr's, sie rufen laut zum Königsmord!

———

Zehnte Scene.

Vorige. Pelayo mit Kriegern hereinstürmend.

Pelayo. Auf, König Rob'rich! laß die Hörner schmettern!
Zu Pferd', ins Feld, die Mauren sind gelandet!

Sindred. Gerichte Gottes, schnell brecht ihr herein.

Pelayo. Bei Gades zahllos stiegen sie ans Land:
Heuschrecken-Schwärmen gleich, unübersehbar,
Ganz unermeßlich zahllos ist ihr Heer.

Roderich. Zerschellen sollen sie gleichwie die Wogen,
Die zahllos auch die Flut wirft an den Fels.

Sindred. Die Rächer nah'n. In Blut wirst du versinken:
Ein ungeheures Blutmeer überschwemmt
Dich, deinen Thron, dein Reich, und einsam schwimmt,
Allein gerettet, nur die Arche Gottes,
Die Kirche, siegreich durch die Sintflut hin.

Roderich. Zu früh verrietet ihr des Herzens Wunsch!
Sajonen, auf, ergreifet und verhaftet,
In Ketten legt mir die Empörer alle:
Die Bischöfe des Reichs um Hochverrat.
(Es geschieht, je zwei Sajonen faffen links und rechts die Schulter je eines Bischofs.
Nur Gundemar laßt frei.

Gundemar.   Nein, mein Herr König,
Ich forb're dieser Ketten auch mein Teil:
Denn laut ins Antlitz ruf' ich dir: dein Schwerthieb,
Er war Thrannenthat!

Roderich.   Verhaftet auch
Den Bischof Gundemar von Merida,
Doch diese gold'ne Kette legt ihm an.
(Löft sich eine goldene Halskette ab, welche die Sajonen um Gundemars rechte
Hand winden.)

Sindred. Ja, wirf uns in den Kerker: niemals freier
Und stärker als in Ketten ist der Priester.

Roderich. Allzugefährlich wär's in unserm Rücken,
In unsrer Hauptstadt solchen Feind zu lassen:
Gefangen führ' ich euch mit mir ins Lager. —
Nun, Garbing und Pelayo, meine Helden,
Wohlauf, der schönste Tag der Goten tagt.
Flieg' weißer Falke, spanne weit die Schwingen!
Schwank in der Hand des Glückes liegt der Kranz,
Doch fest liegt in des Mannes Hand das Schwert:
Folgt mir, — nicht kann ich sicher euch den Sieg,
Doch sicher höchsten Heldenruhm verheißen.
(Als sie sich zum Abgang wenden, fällt im Orchester die Musik ein: der Schluß
der Egmont-Ouverture vom F-dur Bierviertel Takt an.)

(Vorhang fällt.)

V. Akt.

Das Schlachtfeld von Xeres de la Frontera am Guadelete: rechts
und links hohe Bäume: im Hintergrund sieht man den Fluß einen
schmalen Streifen durch die Landschaft ziehn, im fernsten Hintergrund verschwindend jenseit des Flusses die kleinen weißen Zelte
der Mauren. An der hintersten Coulisse links ein Rasenhügel mit
breitem Rücken: den Mittelgrund durchzieht eine hohe Terrainwelle,
über welche hinweg man den Fluß sieht. An der vordersten Coulisse rechts niedre kleine Rasenbank unter dichtem Gebüsch. —
Morgendämmerung, welche bald dem hellen Tage weicht.

Erste Scene.

Sindred in braunem, einfachem Überwurf, Eugenius, Tulga, Julian, jener
in brauner Mönchskutte, diese als gemeine Krieger gekleidet: sie stehen im Gebüsch versteckt, mit Kapuze, Mantel, Bärten ꝛc. unkenntlich gemacht. Oppa.

Sindred. Hinweg! — nicht länger dürft ihr weilen —
                                 seht, es tagt
Und nur die Nacht hat euch beschützt im Lager
Für diese kurze, letzte Unterredung.
Die Rollen sind verteilt: — an's Werk! an's Werk!
Eugenius, du eilst nach dem linken Flügel:
Die Kirchenknechte, die nur widerstrebend
Den Pflug vertauschten und die Sicherheit
Mit Schwert und Freiheit, werden dort erwartet,
Trifft Garbing nicht zu spät mit ihnen ein.
Im rechten Augenblick, doch nicht zu früh,
Wirf dieses Mönchskleid ab, den Bischof plötzlich
Zeig' unsern frommen Knechten und verlies
Hier diese Rolle: — auf dem rechten Flügel
Thust du desgleichen, Oppa: aber ich
Will hier dem Höllenkönig selbst begegnen.
                       (Zu Julian und Tulga)

Euch beide muß ich wohl so wenig wie
Eugenius zur Rache spornen noch. — —

Julian. Die eigne Tochter, die da ehrvergessen
In Buhlschaft mit dem Balten das Geschlecht
Der Saringe entehrt, mit diesen Händen
Möcht' ich sie würgen.

Tulga.   Wir sind tote Männer,
Wenn er am Leben bleibt: ich hab's geschworen:
Er soll die Sonne nicht mehr sinken sehn,
Die blutig aufsteigt, kündend blut'gen Tag.

Eugenius. Hast du dich Tareks nochmals fest versichert?
Oppa. Wird er sein Wort auch halten?
Sindred.   Sorget nicht!
Er schwur bei Muhammed: das bricht kein Maure.
Nach der Entscheidung treffen wir zusammen
Sofort bei Tarek, so befahl er selbst.
Hinweg! ans Werk! —

(Alle ab bis auf Sindred: Eugenius nach rechts, Oppa nach links, Julian und
Tulga in den Hintergrund.)

Zweite Scene.
Sindred allein.

Sindred. Nun, König Roderich! Es drängt zum Ende.
Du wolltest mit mir wetten, Übermüt'ger,
Um deines Volkes Seele — sie ist mein:
Hier halt' ich sie. (Eine Rolle emporhebend.) Entrüstet hat das
                                        Volk.
Die lange Reihe deiner Frevelthaten
Vom Thronraub bis zur Haft der Bischöfe.
Der Thor! für frei erklärt er unsre Knechte: —
Laß seh'n, ob dieser Machtspruch denn auch wirklich
Urplötzlich freie Männer machen kann

Aus Seelen, unf'rer Zucht gewöhnt und Herrschaft.
Blind macht ihn Priesterhaß und blind die Liebe
Zu diesem Volk, das er für Stahl und Gold hält:
So werden Haß und Liebe ihn verderben
Und jeder wird gleich diesem König fallen,
Der mit der Kirche ringet um ein Volk:
Denn Staat und Thron und Ehre bau'n sich nur
Auf Stolz und Kraft der menschlichen Natur:
Wir aber auf der Sünde Frucht, die Furcht,
Und auf die Seelenfeßlerin, die Hoffnung.
Wer Höll' und Himmel zu vergeben hat,
Sollt' er die Erde nicht und ihren Staat
Bezwingen? König Rod'rich! fahre hin!
Lang' werd' ich herrschen in der Kirche Spaniens,
Wenn jener Fluß dich und dein Reich verschlang. —

(Ab nach rechts.)

Dritte Scene.

Roderich gerüstet, mit dem Speer, ohne Helm und Schild; Pelayo behelmt und ganz gerüstet; hinter Pelayo Gundemar.

Pelayo. Nicht alles kann ich loben, König, was du
Gethan in jener Nacht des Zorns: doch bessern
Mag's jetzt nur mehr das Schwert, nicht müff'ge Klage.

Roderich. Das Beste und das Schlimmste, was wir thu'n,
Notwendig bricht's aus unf'rer Brust hervor.
Schilt nicht das Feuer, daß es brennt wie leuchtet,
Nur brennen kann's und leuchten: nicht bereu'n.

Pelayo. Ein Rod'rich kann selbst Unrecht nicht bereu'n —
Und diesen da (auf Gundemar deutend) reut, daß er recht gethan.

(Gundemar trägt noch die Goldkette um die rechte Hand geschlungen.)

Gundemar. Mein König! nimm das Band mir wieder ab,
Wie du der Andern wahre Ketten löstest:

Dahn, Werke. IX.   17

In leichter Haft nur hältst du sie im Lager —
Ich bitte dich, es brennt wie glühend Gold.
Vergieb dem Alten: sieh, ich war ergrimmt,
Daß du das heil'ge Pergament zerhiebst:
Auch war's nicht recht: und weise war es gar nicht. —
Doch meinethalb zerhaue alle Schriften,
Die je ein Heil'ger oder Sünder schrieb:
Nur laß dein Auge wieder auf mich leuchten
Und laß mich heut statt Ketten — Waffen tragen.

(Roderich lächelnd, löst ihm die Goldkette, giebt ihm seinen Speer.)

Roderich. Hier, Graukopf! Schwing' den Speer für den
Tyrannen!
Kein Mann ist heut' zu viel: der Tag wird schwer.
Doch, wenn zur rechten Zeit die Freierklärten
Uns Garbing zuführt, unsern linken Flügel
Zu decken, denk' ich, unser ist der Sieg.

Gundemar. Die Übermacht ist furchtbar.

Roderich.   Und ein Feldherr,
Nicht nur ein Wüsten-Emir, dieser Tarek.
Laß sehn denn, wer der größ're Feldherr ist.

Gundemar. Noch keinem that'st du deinen Schlachtplan
kund.

(Hornruf rechts.)

Pelayo. Staub wirbelt auf der Straße von
Toledo.

Gundemar. Ein Reiter sprengt heran! —
er hält.

Pelayo.   's ist Garbing.

Roderich. Zur rechten Zeit: er bringt des Tags Entscheidung.

In die
Coulisse
sprechend.

———

Vierte Scene.

Vorige. Garding mit Gefolge von rechts.

Garding. Heil dir, mein König: diesmal galt es reiten
Der Weg war weit und schlecht, und doch: da bin ich.

Roderich. Dank, du bist pünktlich.

Garding. Herr, ich bin dein Schüler
Ich lehrte dich, den Knaben, einst das Schwert,
Du lehrtest später mich die Heere führen.

Roderich. Du bringst die Freierklärten?

Garding. Ja, jedoch
Ich wünschte sehr, was Bess'res brächt' ich dir.
Ich habe ausgehoben und bewaffnet,
Gerüstet und geübt in diesen Tagen —
Mehr als mein Lebtag sonst: doch widerwillig
Und unverlässig ist mein frommes Heer:
Sie möchten lieber beten, als sich schlagen.

Roderich. Die Luft des Lagers und die Zucht des Kriegs,
Bald bessert sie's. Was Neues von der Hauptstadt?

Garding. Dicht vor dem Lager überholten uns
Verhüllte Sänften: deine Mutter, sagt man. —

Roderich (freudig). Und meine Schwester?

Garding. Nein, mein König: nimm
Es auf mit Kraft: — noch in Toledo hört' ich,
Daß deine edle Schwester . . —

Pelayo (für sich). Mir sagt das Herz, daß sie gestorben ist.

Garding. Ein Gram, sagt man. Sie starb. Sie litt
schon lang.

Roderich. Ja, man sagt recht: sie litt schon lang und
starb —
Aus Gram. — Pelayo, ach mein Freund, mein Bruder,
Wir haben diese Schwester sehr geliebt.

Nein, weine nur, nicht schäme dich der Thränen.
Um diese Tote dürfen Helden weinen.

(Umarmung.)

Garding. Nach Bischof Sindred fragte deine Mutter.

Roderich (bitter). Mit meinen Müttern hab' ich wenig
Glück:
Die leibliche hält's mit der geistlichen!
Mir bleibt der Staat, mein Vater. — (Hornruf links.) Horch!
· er ruft!

(Hornruf rechts und vom Hintergrund.)

Die Morgenwachen zieh'n im Lager auf:
Hört nun, ihr meine Feldherrn, meinen Plan. —
Die Mauren wollen, ihre Übermacht
Gebrauchend, uns're Flanken überflügeln:
Tarek kennt uns're Schwäche sehr genau
Und trefflich muß sein Späherdienst bestellt sein.
Der erste Angriff gilt, Pelayo, dir
Auf uns'rem rechten Flügel, an der Brücke:
Mir ist nicht bang um dich, Graf von Asturien:
Du hältst die Brücke: sie ist fest und schmal.

Pelayo. Ich halte sie: — sie kommen nicht herüber,
Und ob sie stürmen sieben Tage lang.

Gundemar. Weshalb brichst du nicht ab die Brücke,
König?

Roderich. Gedulde dich, du wirst's alsbald begreifen.
Schwach ist der Feinde Mitteltreffen, weil
Sie durch den Fluß hier ganz gedeckt sich wähnen,
Der, wie sie glauben, überall gleich tief
Und undurchdringbar strömt! ich aber kenne
Die Wasser meines Gotenlandes doch
Noch besser, als der kluge Maure Tarek:

(leise)

Durch eine alte Furt, die ich heut Nacht

Noch seichter dämmen ließ, brech' ich urplötzlich,
— Sie ahnen nicht, daß wir den Angriff wagen! —
Mit meinen Reitern mitten in ihr Herz,
Aufrollend linkshin ihre ganze Stellung.

Gundemar. Du bist ein Schlachtenmeister!

Pelayo. Ohne Gleichen!

Garding. Wir sind nur Krieger! du bist Woban gleich,
Der zauberkundig Siegesrunen wirft.

Roderich (zu Pelayo). Sowie du jenseit mich des Stroms
gewahrst,
Brichst du zum Angriff über deine Brücke.
Wir fassen in die Mitte ihre Linke
Und zangengleich zerknirschen wir den Feind.

Pelayo. Sie sollen staunen, wie die zähe Kraft
Der Abwehr plötzlich brausend vorwärts stürmt.

Roderich (zu Garding). Nun aber, Garding, alter Waffen-
meister,
Auf deine starken Schultern leg' ich heut
Des Gotenreiches Schicksal: — wanke nicht! —

Garding (halb vorwurfsvoll). Ich pflege nicht zu wanken,
Roderich.

Roderich. Ich weiß: — und wenn du jemals fest ge-
standen —
Steh' heute fest! Den linken Flügel füllst du
Mit den befreiten Kirchenknechten aus.
Das kleine Städtlein Xeres schließt dort fest,
Gleichwie ein Thor, die einz'ge Angriffsstraße.
Leicht ist's zu halten: drum teil' ich den Knechten
Die sich're Stellung hinter Wall und Graben,
Das leicht'ste Stück der Tagesarbeit, zu.
Der Mauren rechter Flügel freilich wird sich —
Er ist ihr stärkster — übermächtig auf
Dich werfen —: aber bald bekömmst du Luft,

Sowie den Strom durchschwommen meine Reiter.
Sprich, Garding, alter Hüne, willst du mir
Solange ausharr'n und die Stadt mir halten?
Verloren sind wir, bricht der Feind dort durch,
Umfaßt im Rücken bin ich und Pelayo:
Verloren ist die Schlacht, vielleicht das Heer.
O Garding, Garding, halte mir die Stadt!

Garding (ruhig). Wenn nicht auf Flügeln übers Thor
                        sie fliegen,
Halt' ich die Stadt: ich weiß es: sie ist fest.
Doch nicht so fest sind meine frommen Knechte.

Roderich. Wohl hab' ich das bedacht: sieh', darum geb' ich,
Als ehern Band für deine lockern Haufen
Die Blüte meines Heeres dir dazu:
Nimm meiner Königsknappen ganze Schar: —

Garding. Dank, König, Dank! Die Jungen mag ich
                     leiden.

Pelayo. Die Treu'sten, Besten, sendest du von dir: —
Sprich: wer beschützet dann des Königs Leben?

Roderich. Der König selbst, Freund — und der Goten
                    Stern! — —
Laßt mich noch Einen süßen Abschied nehmen: —
Er macht mich stark, nicht weich.

(Hornruf links.)

Pelayo. Der Ruf gilt mir, leb' wohl, mein König! Bald
Auf siegreich Wiederseh'n im Maurenlager!

(Ab nach links.)

Gundemar. Laß' Schild an Schild
Mit Garding heut' mich fechten: wir zwei Alten,
Thorwärter woll'n wir heut von Xeres sein.

(Hornruf rechts.)

Garding. Leb' wohl, mein König — hoch ehrst du mich
                    heute:

(leise, dicht an ihn herantretend)

Zum Abschied eine Frage noch: lang brennt sie
Mir auf der Seele: — sag' mir insgeheim,
— Wer weiß, ob ich dich morgen noch kann fragen —
Du glaubst, ich weiß, nicht an die Christenheil'gen, —
Nicht wahr, du glaubst, so ganz in tiefster Brust,
An Wodan noch und Donar, gleich den Ahnen?

Roderich (lächelnd). Ich glaube an des Gotenvolkes Stern!
Du aber, Garding, alter Heide, glaube, —
Glaub', was du willst, nur halte mir die Stadt.

(Garding und Gundemar ab nach rechts.)

———

Fünfte Scene.

Roderich. Cava mit Frauen und einem Zug Gewaffneter: sie trägt die mit
Rosen und Eichen bekränzte Königsfahne, Helm und Schild des Königs bekränzt.

Roderich (ihr entgegen). O schöne Königin der Goten, Dank!
Du kömmst zu schmücken mich, zum Abschied kömmst du.

Cava. Geliebter! keinen Abschied kennt die Liebe:
Wir bleiben eins in Leben, Sieg und Tod.
Bekränzt hab' ich dir Helm und Schild und Fahne,
Bekränzt dein milchweiß' Schlachtroß Oriel:
Denn dieser Tag, du siegest oder fallest,
Er wird dein höchster Ehrentag, mein Held,
Und kommende Geschlechter werden noch,
Die Sänger werden in Jahrhunderten
Von Rob'rich künden und der Maurenschlacht.

Roderich. Und Doña Cavas unerreichter Liebe.

Cava. Ach, Schmuck war ich dir nur, wie meine Blumen,
Nicht Hilfe: — ja, ich fürchte Fessel fast.

Roderich. Wem dankt das Volk der Goten seinen König?
Wem dankt der Gotenkönig auf dem harten
Weg seines Königstums die einz'gen Rosen?
Das Zelt des Kriegers, holde Königin,

Es war dein Brautgemach und blieb dein Haus:
Den Vater um den Gatten mußt'st du opfern
Und deine Kirche, deinen Glauben. —

Cava.   Cavas Glaube
Ist Cavas Liebe.

Roderich.   Rauh war all dein Loos.

Cava. Mein Loos ist selig, denn ich bin dein Weib.

(Umarmung.)

Sechste Scene.

Hörnerruf in der Mitte; Landfrid mit einer starken Schar von Kriegern, darunter Kalbrul, der Baske.

Landfrid. Auf! schon begann der Kampf auf beiden
                                     Flügeln,

Roderich (die Fahne ergreifend). Leb' wohl, Geliebte! folgt
                                     mir, meine Goten!

Siebente Scene.

Sindred in vollem Ornat, noch reicher als bei der Königswahl, eine Rolle in der Hand, ihm zur Seite Theodora, hinter ihm Petrus und einige Priester, erscheinen auf dem Rasenhügel rechts, den Abziehenwollenden den Weg vertretend; über Sindreds Haupt hält Petrus eine hohe Kreuzstange.

Sindred. Halt! gottverfluchter Balte! Steht, ihr Krieger!
Nicht einen Schritt! ihr schreitet ins Verderben.
Vernehmt, was euer Erzbischof verkündet:
Die Kirche Gottes spricht das Anathem,
Den großen Bannfluch über Roderich,
Der durch Gewalt und List die Krone nahm,
Der alle Rechte uns'rer Kirche kränkte,
Die Klöster brach und schloß, mit einer Nonne
In off'ner Buhlschaft lebt, Altar-Asyl
Durchbrach, dreifach die Kirche Spaniens

Beraubte, frech mit Füßen trat,
Das er zerhieb, das heil'ge Pergament,
Die Bischöfe des Reichs in Ketten warf
Und mit sich schleppte: — Fluch ihm und Verderben! —
Fluch trifft jedweden, der nicht von ihm läßt: —
Mit Judas, dem Ischariot, dem Verräter,
Brennt' Leib und Seel' ihm ewig in der Hölle.
Entbunden seid ihr all des Eids der Treue,
Entsetzt ist der Tyrann, der Thron ist leer,
Und Waffenstillstand mit den Mauren schloß
Die heil'ge Kirche: freien Gottesdienst
Und Haus und Habe sichert Tarek euch.
Nicht Tarek mehr ist euer Feind: nein, dieser,
Dem selbst die Mutter flucht, die ihn gebar.

    Theodora. Zwei Mütter fluchen dem verstoß'nen Sohn:
Fluch Roderich und jedem, der ihm dient.
Es fuhr der Antichrist in seine Seele:
Ein Dämon führt euch: — er ist nicht mein Sohn!
                    (Die Krieger zögern.)

    Sindred. Zum drittenmal verfluch' ich Roderich!
Verflucht in Ewigkeit, wer zu ihm hält!
            (Die Krieger zögern und schwanken.)

    Roderich. Zu Ende ganz ließ ich den Priester fluchen
Und auch die arme Mutter. Wählt, ihr Goten,
Hier liegt mein Schwert: (er zieht und wirft die Klinge von sich) Auf!
                    bindet den Verfluchten,
Führt ihn den Mauren zu: dann ist der Krieg
Zu Ende, nicht zu fechten braucht ihr:
Es fließt kein Blut, als mein's, und ihr behaltet —
Er täuscht euch nicht — die Kirchen und die Häuser.
Ein Reich der Goten freilich giebt's nicht mehr
Und diese Fahne tritt der Feind in Staub.
            (Hornruf in der Mitte.)

Landfrid (springt vor, hebt das Schwert auf und giebt es Roderich).
Auf, König Rob'rich! führ' uns in den Feind!
Wir folgen dir zum Himmel und zur Hölle.
Die Pfaffen nieder! hoch das Reich der Goten!
(Die Krieger, voran Talbrul, in stürmischer Bewegung nach dem Feind.)
Die Krieger. Hoch König Rob'rich! hoch das Reich der
Goten!
Landfrid. Laß mich den Neiding töten, den Verräter!
Roderich. Erst nach der Schlacht! Verloren hast du,
Priester!
Mein ist dies Volk, ganz mein ist seine Seele.
Nun, weißer Falke, fliege! folgt mir nach!
Roderich, Landfrid, Krieger ab nach der letzten Coulisse links; Theodora und die
Priester ab nach rechts im Hintergrund.)

Achte Scene.
Sindred. Cava, deren Frauen, zwei Wachen.

Cava. Entsetzlicher! hinweg aus meinen Augen!
So maßlos böse konnte sein der Priester,
Den ich wie einen Heiligen verehrt.
Sindred. Frohlocke nicht zu früh, du Königsbuhle!
Hier war der Dämon selbst, den wir bekämpfen,
Leibhaft zugegen und zu stark sein Zauber.
Laß seh'n, ob auch der Kirche fromme Knechte,
Wenn sie vernehmen diesen grausen Fluch,
Nicht auf den Ruf mehr hören ihrer Mutter.
(Ab, Theodora folgend.)

Neunte Scene.
Cava allein.

Cava. Gerechter Gott der Schlachten, höre mich!
Laß nicht den Priester siegen, der dich schändet.

Wer soll noch an dich glauben, triumphiert er? —

(sie eilt auf den Hügel)

Von hier kann ich das Flußthal überschau'n.
Dort seh' ich den Geliebten: — weit voran
Auf seinem weißen Roß jagt er den Reitern:
Sie sind am Fluß — sie setzen kühn hinein —
Sie schwimmen, waten — sieh, am andern Ufer
Die Feinde stutzen — Schreck scheint sie zu fassen —
Sie wenden sich — sie flieh'n nach ihrem Lager.
Die Unsern setzen nach! Sieg! Sieg!

Zehnte Scene.

Cava. Gundemar verwundet, ohne Helm und Schild, stützt sich auf den Speer,
schwarzes Tuch um den Kopf.

Gundemar (noch hinter der Scene).   Wo ist der König?
Wo ist der König? ruft ihn schnell zurück!
Verloren ist die Schlacht. Was noch zu retten,
Kann er nur retten.

Cava.   Sprich! welch Unheil bringst du?
Hier floh der Feind.

Gundemar.   Bei Xeres brach er durch!
Die Kirchenknechte haben uns verraten.
Der Kampf begann: wir hielten wacker Stand:
Brandpfeile steckten zwar das Thor in Flammen:
Doch in die Lücke sprang der alte Garding
Und hielt mit breitem Schild, ein lebend Thor,
Der Feinde Anprall unerschüttert ab.
Da warf zu seinen Häupten auf dem Walle
Ein Mönch sein Mönchskleid ab: Eugenius
Von Pampelona zeigte sich im Scharlach,
Im vollen Bischofsschmuck den Kirchenknechten:
Und einen ungeheuren Bannfluch las er

Auf Roberich und alles, was ihm folge.
Die Waffen hieß das Heer er niederlegen:
Denn Waffenstillstand sei schon mit den Mauren
Im Mitteltreffen: Garbing heißt ihn greifen:
Die Kirchenknechte zögern: — da befiehlt
Den Königsknappen Garbing, ihn zu töten.
Doch, als ihm die Sajonen nah'n, umringen
Den Bischof schützend dicht die Kirchenleute.
Scharf hauen die Sajonen ein: das reizt
Der Knechte Zorn: sie wehren sich: es kämpft
Der Gote mit dem Goten auf dem Wall!
Und Garbing stürzt, vom Wall herab getroffen,
Im Thor ins Knie: wild jauchzen da die Mauren
Und rennen an: noch knieend hemmt sie Garbing
Mit Schild und Speer, bis er zusammenbricht,
Und über ihn ins Thor nun strömen wild,
Wie nach durchbroch'nem Deich das Meer, die Mauren.
Die Kirchenknechte strecken ihre Waffen:
Doch, bis der letzte Mann erschlagen ist,
Fort kämpft der Königsknappen Edelschar.
Ich floh verwundet, bald folgt mir der Feind, —
Wo ist der König?

——————

Elfte Scene.

Vorige. Landfrid, gleich darauf Roberich und Krieger.

Landfrid.　　　Mord! zum Tod verwundet
Von Mörderhand ist König Roberich.
Cava. Tot ist er? tot?
Landfrid.　　　　Ach! sterbend bringt man ihn.
Im Strome traf ein Pfeil sein weißes Roß:
Es bäumt, er bändigt's kaum: da in die Zügel,
Wie helfend, fallen ihm zwei Männer: doch

Ich sehe Dolche blitzen, spring' herzu:
Der König sinkt vom Roß. Den einen Mörder
Schlug er noch selbst: Graf Tulga war's. Den zweiten,
Graf Julian, durchstach Xalbrul, der Baske.
Wo ist Pelayo? ihn befahl der König
Herbeizurufen. Rasch hol' ich Pelayo.

(Roderich wird von Kriegern, darunter Xalbrul, hereingeführt; er stützt sich auf den Schild, hinter ihm wird Kronhelm und Fahne getragen, er wird auf den niedern Rasensitz vorn rechts geführt.)

Gundemar. O König! Weh uns! Alles ist verloren.

Cava. Verloren nicht ist Liebe, Ruhm und Treue.

Roderich. Nichts ist verloren als ein einz'ger Mann!
Nichts ist verloren, hält sich Garding nur.

Gundemar. Erschlagen liegt er in dem Thor von Xeres,
(schmerzliche Bewegung Roderichs)
Erschlagen mit den Königsknappen allen.
Die Mauren brachen in die Stadt: verraten,
Mein König, haben dich die Kirchenknechte.
Sie blieben Knechte: das ward dein Verderben.

Roderich. Ja, du sprichst wahr, und Einbred hat gesiegt!
Geknechtet hat die Kirche ihre Seelen,
Und diese kann kein Königswort befrei'n.
Nun ist der König nicht nur, auch die Schlacht
Verloren —: auch vielleicht das Heer: — wo ist Pelayo?

Gundemar. Ach Herr, in dir ist Reich und Volk verloren!

Roderich. Nein, Bischof, nein! so darf kein Gote sprechen!
Nie darf verloren sein das Gotenvolk.

———

Zwölfte Scene.
Pelayo. Landfrid. Pelayos Krieger von links.

Pelayo. Mein König! o welch' Wiederseh'n!

Roderich. Jetzt ist nicht Zeit zu klagen um den König,

Jetzt gilt's das Volk, das Reich zu retten, Freund.
Steht noch dein Flügel?

Pelayo.   Unerſchüttert ſteht er.

Roderich. Du hältſt die Brücke noch?

Pelayo.   Feſt halt' ich ſie.

Roderich. Gott ſegne dich dafür! Das deckt den Rückzug,
Das rettet euch die Trümmer dieſes Heeres, —
Damit des Gotenvolkes Zukunft. Nimm,
Pelayo, nimm den Kronhelm und die Fahne:
Sei du mein Rächer und mein Erbe: — Gotenkönig
Und Gotenhoffnung. Richte deinen Rückzug ... — —

    (ſtockend vor Schmerz, Cava ſteht ihm bei.)

Pelayo. Wohin? O ſprich noch! Nach Toledo?

Roderich.   Nein!

Nicht nach Toledo! in den engen Straßen
Erdrückt Verrat euch oder Übermacht.
Nach Norden! nach Aſturien! in die Berge!
Deckt euch mit Firne, Fels und Gletſchereis
Und ſchützt den Reſt des Gotenvolks in Schluchten,
Wohin kein Wüſtenroß der Mauren bringt.
Ergebt euch nie! beugt niemals dieſe Fahne
Dem Feinde — 's iſt mein letztes Königswort
Und mein Vermächtnis: — ſchwört mir's, meine Goten!

Pelayo *(knieend).* Wir ſchwören dir, daß wir uns nie
              ergeben.

      (Die Fahne faſſend)

Nie ſenkt ſich vor dem Halbmond dies Panier.

Roderich. Nun mag der Gotenkönig ruhig ſterben,
Fort lebt der Goten Reich. O arme Cava!
Welch' Los wird dein?

Cava.   Das Los der Witwe nicht!
Die Winde, die ſich um den Eichbaum rankte,
Nicht überlebt ſie ihres Helden Fall.

Voran flieg' ich! folg' mir, du weißer Falke
Ins blaue Himmelsfeld.

(Ersticht sich mit Roderichs Dolch.)

Roderich. Ich folge dir! fahrt wohl, ihr treuen Freunde!
Nur ich verlösche, nicht dein Stern, mein Volk!

(Stirbt.)

Sandfrid. Der König Rob'rich starb. (Reicht Pelayo den
Kronhelm) König Pelayo,
Heil dir! Gebeut, was soll geschehn!

Pelayo (setzt den Kronhelm auf). Erhebt
Die Leichen, nehmt sie in die Mitte,
Tragt sie mit fort, als eurer Freiheit Denkmal.
Gefällt die Speere! rückwärts Schritt vor Schritt,
Dem Feind das Antlitz trotzig zugelehrt!
Der Maure soll auf einen Rückzug stoßen,
Daß die Verfolgung bald ihm leidig wird.
Auf! nach Asturien! in die Felsgebirge!
So war des großen Feldherrn groß Vermächtniß:
Einst kommt die Zeit, da von den Bergen wieder
Dein Volk, o Rob'rich, sieghaft niedersteigt.

(Sie nehmen die beiden Leichen auf Tragbahren in die Mitte und ziehen langsam
nach der ersten Coulisse links ab: die letzten sechs langsam rückwärts schreitend,
die Gesichter gegen den Feind gekehrt: die Speere gefällt. Talbrul, den Schild
über der Leiche Roderichs haltend: Pelayo mit Schwert und hochgehaltner Fahne.)

Dreizehnte Scene.

Der Gesandte der Mauren mit vielen Mauren, alle weiß gekleidet, krumme
Säbel, Pfeil und Bogen, kurze Wurfspeere, Turbane, weiße, flatternde Mäntel.
Während bisher die Terrainwelle im Hintergrund von den Goten nicht betreten
war, ergießen sich jetzt die Mauren, aus dem Fond aufsteigend, über dieselbe; die
ganze Bühne muß von diesen weißmantlichen Gestalten angefüllt sein, um den
Eindruck übermächtiger Überflutung des Landes herbeizuführen. Zuerst wird eine
kolossale fliegende Fahne sichtbar, welche ein riesiger Maure dem Gesandten vor-
anträgt.

Gesandter (mit gezücktem Säbel zu einem Heerführer).
Sprich, ist es sicher, daß der König fiel?

Heerführer. Er fiel.

Gesandter (steckt den Säbel ein). Gelobt sei Allah! Jetzt hab'
ich gesiegt.

Heerführer (in die Coulisse spähend). Dort zieht ein Häuflein ab:
— des Königs Leiche
Umstarrt von Speeren — sollen wir verfolgen?

Gesandter. Verfolgt sie nicht! Dankt Allah auf den Knieen,
Daß dieser König eine Leiche. Ehrt ihn,
Ihr Wüstensöhne, gleich dem toten Löwen:
Nie sah ich seinesgleichen einen Mann.

Ein Maure (meldend). Die Christenbischöfe, die wir befreit!
(Gesandter winkt.)

Letzte Scene.

Vorige. Sindred, Eugenius, Oppa, im großen Ornat, und alle ge-
fangenen Bischöfe werden hereingeführt.

Sindred. Befreit hast du die Bischöfe von Spanien,
Die der Tyrann — — was seh' ich? — du bist Tarek?
Der Abgesandte!

Tarek. Sein eig'ner Bote war und Späher Tarek.

Sindred. So weißt du um so besser, was du uns
Gelobt hast und verdankst: Du hast durch uns
Gesiegt: vergiß Das nie!

Tarek. Nie werd' ich es vergessen.

Sindred. Wir fordern unsern Lohn.

Tarek. Er soll euch werden.
Ergreift sie alle und führt sie zum Tod.
(Sie werden wild von den Mauren ergriffen.)
Ihr habt an uns das eig'ne Volk verraten,
Wie könnte euch der Maure trau'n? Ich schwur euch,
So lang' in Spanien Christenpriester leben,
Euch eure Macht zu lassen: aber mir

Schwur ich bei Muhammed — und werd' es halten: —
Die Christenpriester müssen alle sterben!
Hört ihr's, ihr Mauren, alle Priester tötet,
Die ihr erreicht: und diese hier zuerst.

(Ergreift die grüne Fahne.)

Auf, unser ist nach dieser Schlacht das Flachland!
Der Sturm der Wüste weht darüber hin,
Ob je die Berge, ob das Volk wir zwingen,
Das ist die Sorge kommender Geschlechter:
Das Jetzt ist mein: — die Zukunft kennt nur Allah!
Auf! Nach Toledo! Also steht's geschrieben.

(Hebt hoch die grüne Fahne auf und wendet sich zum Abgang nach rechts.
Vorhang fällt.)

Schlußwort für Regie und Darsteller.

Die nachfolgenden Bemerkungen wollen einer einsichtigen, durch
Erfahrung überlegenen Regie und den Künstlern durchaus nicht
unbescheiden in das Amt greifen.

Sie sollen nur über die Absichten des Verfassers Winke geben,
die je nach den Personal- und Raumverhältnissen jeder Bühne,
nach ihren scenischen Mitteln und Einrichtungen selbstverständlich
wechselnd zu befolgen sind.

Der Verfasser hat der Bühnenanforderung der Kürze und der
knappgefaßten Wirksamkeit nicht ohne Kampf die schmuckreiche lyrisch
bewegte Sprache zum Opfer gebracht, zu welcher der Stoff lebhaft
einlud und welche bei Behandlung desselben Themas in der
Ballade (Romanzen von Don Rodrigo und Doña Cava, Gedichte
II. Sammlung 1. Abteilung S. 55, J. G. Cotta'sche Buchhandlung.
Stuttgart 1872) versucht werden mußte.

Deshalb trat z. B. die lyrische Rolle Cavas fast in die Be-
deutung einer Episode zurück.

Die Architektur der Zeit ist die byzantinische, wie sie in den
gleichzeitigen und wenig älteren Basiliken und Mausoleen zu
Ravenna aus dem VI. und VII. Jahrhundert erhalten ist: Kuppel-
gewölbe, Goldgrund, Mosaiken, viel Stufen- und Terassenbau.
Von mittelalterlicher Bauweise, zumal sogenannter „Gothik", darf
keine Spur begegnen.

Auch die Kostüme sind byzantinisch-romantisch, die der Priester
und Frauen durchaus; bei den gotischen Kriegern darf durch das
sogenannte „Nibelungenkostüm" der Phantasie nachgeholfen werden,
obzwar dieses nicht geschichtlich ist. Die Romanisierung war in
Spanien auch hierin stark. Keinesfalls dürfen die Goten die Ritter-
kostüme und Rüstungen des Mittelalters tragen. Der Fund von
Guarraza (enthaltend Weihkronen und Gerät der Gotenkönige),
mit prächtigen Abbildungen veröffentlicht von Lasteyrie, Paris 1860,
gewährt Anhaltspunkte.

Der Ornat der Bischöfe in Akt I und Akt V ist hellroter
Scharlach; auch die Mitra von gleichem Stoff: reiche Goldverbrämung
und weiße Seidenbehänge.

Die Nonnen tragen schwarze Unterkleider, weiße Oberkleider
und ganz dichte, undurchsichtige Schleier.

Cava trägt als weltliche Tracht nur Weiß mit Gold; griechisch-
römisch, nicht mittelalterlich-deutsch.

Die Mauren (sie sind Araber, keine Neger) tragen nur Weiß:
flatternde, dünne, weiße Mäntel, Turbane, Burnusse, krumme Säbel;
der Roßschweif, der türkisch ist, darf nicht begegnen; über der langen
grünen, unsern heutigen Fahnen ähnlichen Fahne in der letzten
Scene ein großer Halbmond.

Das Gotenbanner dagegen ist ein kleines steifes, nicht flatterndes
Viereck, himmelblau mit fliegendem, weißem Falken: es läuft in
eine Speerspitze, nicht in ein Kreuz, aus.

Roderich trägt auf dem Mittelblatt des Helmes grad ober der
Stirn einen goldnen Stern; auf seinem Schild drei goldne Sterne;
die Krone auf dem Kronhelm muß sich deutlich in Zacken von dem
Helm abheben.

Der Baske ist klein und hager, nackt an Hals, Brust, Armen und Beinen, um diese schwarze Riemen geschnürt; er trägt ein Wams von schwarzem Schafvließ als einzige Bekleidung: ganz kurz geschornes, schwarzes Haar, ohne Bart: keine Kopfbedeckung.

———

Was die Sprache anlangt, so mußte, wollte man nicht pedantisch scheinen und unverständlich sein, die damals übliche lateinische und zum Teil ganz abweichende Schreibung und Benennung (Tagus, Toletum, Hispalis [Sevilla], Illiberis [Granada], Legio [Leon], Municipium Caesaris [Xeres de la Frontera]) der mittelalterlichen und modernen angepaßt werden. Die Sage von Roderich und Cava ist ohnehin erst im Mittelalter entstanden. Daß Roderich nur mit seinem Namen der Geschichte angehört und nur etwa von seinem Vorgänger Witika vermutet werden darf, daß er die Kirchenherrschaft zu brechen suchte, ist in dem V. und VI. Band meiner „Könige der Germanen" dargestellt, auf welche ich Leser, sowie Regie und Schauspieler, die sich über die geschichtlichen Grundlagen und den gesamten Hintergrund des Dramas unterrichten wollen, freundlich verweise. Das Ganze ist freie Erfindung auf Grund der Quellen.

———

Sindred, Mann von 45—50 Jahren, noch kein Grau in dem glänzend schwarzen, kurzgeschornen Haar; typischer Bischofskopf mit scharf geschnittener Nase, Mund und Kinn; gelber Teint; stark gebaut, kaum kleiner als Roderich.

Eugenius, rothaarig, klein, hager, etwa 40 Jahre.

Gundemar, grau, breitschultrig; noch immer mehr Soldat als Priester; etwa 55 Jahre.

Roderich, Mann von 32—35 Jahren; braunen jugendlichen krausen Vollbart; braune, kurz und dicht gelockte Haare; nicht Liebhaber, sondern Held mit starker Annäherung an das Charakterfach, so daß unter Umständen der Charakter-Darsteller statt des ersten Helden, unter keinen Umständen der Liebhaber, die Rolle spielen kann. Das Dämonische sagen ihm die Feinde nicht mit Unrecht nach.

Pelayo, 32 Jahre, blond, lang auf die Schultern wogende Locken, kleiner blonder Bart; aber ein Mann, kein Jüngling.

Garbing, etwa 65 Jahre, kurzes graues Haar und mächtiger bis über den Gürtel herabwallender, nach unten ganz zugespitzter Bart.

Julian etwa 50 und Tulga etwa 28 Jahre.

Landfrid, der Rechtswart, etwa 55 Jahre, ein den Goten frembes, dem friesischen Asega und dem nordischen Lagsagumadhr nach erfundenes Amt; kurze breite Statur, silberweißes Haar und breiter silberweißer Bart, sehr schlichte, braune Kleidung; ein weißer Stab mit einer goldnen Kugel oben und zwei andern tiefer unten: wenn er sich anschickt, das Recht zu weisen, erhebt er den Stab hoch und feierlich, dann stützt er sich auf den Stab und ruht beide Hände im Sprechen auf den beiden untersten Kugeln.

Theodora, 55 Jahre, groß, hager, schwarz und weiß gemischte Haare.

Theodosia, etwa 25 Jahre alt; blaß, leidend, schwarze Haare.

Cava, etwa 22 Jahre; trägt das offene Haar frei über den Rücken flatternd; nur im V. Akt ein goldnes Diadem.

Tarek. Durchaus keine Nebenrolle, neben Sindbred Roderichs ebenbürtiger Gegner; bei großen Bühnen von dem ersten Episodenschauspieler oder dem zweiten Charakterdarsteller zu spielen; Mann von 35 bis 45 Jahren, bronzefarbenes Gesicht, idealster Typus der arabischen Race, groß, hager, gebogene Adlernase, arabischer, glänzend schwarzer Kinnbart bis auf die Mitte der Brust, rasiertes schwarzes Haar, ohne Backenbart (alle Mauren bronzefarben, rasiertes Haar, bartlos oder Brustbart); von fatalistischer Unerschütterlichkeit und Ruhe.

Skalden-Kunst.

Schauspiel in drei Aufzügen

von

Felix Dahn.

Erstmalig erschienen 1881.

Leipzig
Druck und Verlag von Breitkopf und Härtel
1898.

Alle Rechte, insbesondere das der Übersetzung, vorbehalten.

Frau Anna Berger,

gebornen Rückert,

zu eigen.

Man rügt an meinen Dramen wohl zuweilen
Das Allzuviel der Handlung: ei wohlan,
Vielleicht gefällt ein Bild, das fast zu wenig
An Handlung zeigt.
                Das Böse liegt, die Schuld,
Wie außerhalb des Rahmens: wackre Herzen,
Durch fremde List entzweit, versöhnen sich
Mit Hilfe reiner, edler Menschlichkeit,
Wie sie im Weib soll und im Sänger walten.

Der Sänger aber selbst, der sich für immer
In reifster Selbstbeherrschung sicher wähnte,
Erfährt, daß solcher Stolz gefährlich täuscht
Und daß auch eh'rnen Willen schmilzt — die Liebe.

Ein Bild von hellster Färbung, schattenlos
Beinah: die Welt gespiegelt, wie sie in
Der Jungfrau Zartheit und des Dichters Klarheit,
Der leib- und kampf-errungenen, sich zeigt. —

Man wird wohl spotten, daß die Dichtung nur
Durch allzugroße Thatenlosigkeit
An Tasso mahnt und Iphigenie.

Dein großer Vater aber hätte, mein' ich,
Dies Spiel gelobt: mit dem gewalt'gen Haupt,
Dem Ehrfurcht heischenden, hätt' er mir, schweigend,
Ernst, zugenickt, wie er wohl häufig pflag.

Nicht seinem goldnen Adlerauge kann
Ich's zeigen mehr: wohlan, so schenk' ich's dir:
Dir, seinem Kinde. — Denn seit ich zuerst
Dein Auge sah — noch immer „leuchtet's wie
Der Morgenstern!" — hab' alles Sinnigste
Und Zarteste ich dir vertraut gefunden:
Gefällt es dir, — so muß es edel sein.

Neuseß bei Koburg, 1. September 1881.

Personen.

König Ring von Thule. (Sechzig Jahre.)
Ringbert, sein Sohn. (Vierundzwanzig Jahre.)
Bathild, seine Tochter. (Einundzwanzig Jahre.)
Swan, ein Skalde.*) (Vierzig Jahre.)
Ein Jarl von Seeland, als Bote.

Krieger von Thule und von Seeland.   Dienerinnen Bathildens.

Ort der Handlung: Thule.   Zeit: ca. 400 nach Christus.

---

*) Diese Rolle ist nie dem jugendlichen Liebhaber, vielmehr dem Charakter-
darsteller, nur im Notfall dem Heldendarsteller zu übertragen.

Google

I. Aufzug.

Wald. — Im fernsten Hintergrund hohe, von Eis und Schnee bedeckte Gebirge. In der letzten Coulisse zieht, von Schilf umsäumt, ein Fluß quer über die Bühne, von rechts nach links strömend (rechts und links stets von der Bühne aus gedacht). Ganz vorn links König Rings geschlossenes Zelt. Weit hinter demselben auf einem Hügel halten zwei Krieger Wacht, die sich zurückziehen, nachdem sie sich von den friedlichen Worten Swans gegen Bathild überzeugt. — Swan tritt auf: er stößt, dem Fluß entgegen, vom Meere her kommend, ein Boot mit dem Ruder vorwärts und landet hinter dem Schilf. Auf dem Schiff Swans sind vorn eine hochragende Harfe und seine Waffen: Helm, Schild, Brünne, Schwert, mehrere Speere: malerisch, wie eine Trophä, aufgestellt: schönes Bild des Anfahrenden. Dann steigt er aus dem Boot und schreitet, sich umschauend, die Heimat wieder begrüßend, nach vorn. Er trägt einen breitkrämpigen Schlapphut, dunkelblauen Mantel, Speer in der Hand, Schwert an der Seite. An der Rechten eine netzartige Reisetasche: ein falscher, langer, wirrer, grauer Vollbart bedeckt seinen echten kürzeren, braunen Bart: Ähnlichkeit mit der Gestalt Odhin-Wodans.

·

Erster Auftritt.

Swan (in immer mehr gesteigerter Ergriffenheit, zuletzt lebhaft bewegt, nach vorn schreitend, beide Arme ausbreitend und erhebend).

Schau' ich dich wieder, heil'ge Heimat-Erde!
Ihr Berge, Bäume, Felsen: seid gegrüßt! — (Pause.)
Sechs Jahre fern! — O lange Zeit des Heimwehs! (Pause.)
Wie reiche Wunder mir die Fremde wies,
Die Welt des Südens, durch Natur und Kunst
Gleich zauberschön, das Auge schimmerblendend, —

·

Stets sehnte sich aus all der Pracht mein Herz
In diesen rauhen, armen Nord zurück:
Nach dieser kargen Föhren ernstem Rauschen,
Nach dieser weißen Dünen tiefem Schweigen,
Nach jenem Fels=Gezack voll Eis und Schnee. (Pause.)
In Sturm und Kampf und vielgestalt'gem Leid
Hat nie dies starke Herz gebebt: doch nun, —
Da all die lange Sehnsucht sich, erfüllt
Vom Wiedersehn der trauten Heimat, löst, —
Jetzt faßt mich überwältigend Gefühl
Und weinen möcht' ich, weinen, wie ein Knabe! — — —
(Große Pause.)
Jedoch der Thränen nicht, — der weisen Umsicht,
Des klugen Rats, vielleicht der kühnen That
Bedarf mein unglückselig Land — —: und ich. (Pause.)
Ein Krieg, den Göttern leid, von Sohn und Vater
Um Thron und Erbrecht mörderisch geführt,
Zerfleischt die Gaue: — soviel weiß ich nur: —
Nicht mehr: — nicht wie, weshalb der Streit entbrannte,
Wer Recht, wer Unrecht hat, für wen ich selbst,
Weil er im Recht, erheben muß den Arm. — (Pause.)
Wohl war ich Beiden wert, bevor ich schied:
Und wohl auch dir, du bleiches Königskind,
Des Bild mich nie in diesen langen Jahren
Verließ: — — ihr, fürcht' ich, galt mein Heimweh meist! — —
(Kleine Pause.)
Mein Herz blieb treu: es ist ein Sängerherz! — —
Jedoch ein König und zwei Königskinder,
(Ein Mädchen gar —: wer darf auf deren Stäte,
Kehrt er nach langer Irrfahrt wieder, bau'n? — (Kleine Pause.)
Ein Fremder kömmt er ihnen aus der Fremde! —
So will ich denn als Frembling, unerkannt,
Erforschen, wie dies Alles ward: und ob

Auch gegen mich der Fürsten Sinn verwandelt. —

(Kleine Pause.)

Verzeiht den Trug, wahrhaft'ge Götter ihr:
Ihr wißt: mein Kleid nur täuscht, nicht meine Seele. —

(Pause.)

Wer naht? — Sie selbst! — Nun bänd'ge dich, mein Herz!

(Er richtet sich hoch auf, im Profil gegen Bathild gerichtet, den Speer in der Rechten.)

Zweiter Auftritt.

Swan. — Bathild (kömmt von links her über den Hügel herab, gefolgt von zwei Dienerinnen; nach den ersten Worten Swans zu Bathild ziehen sich die Wachen und die Dienerinnen, die sämtlich auf dem Hügel im Hintergrund geblieben, aus der Scene völlig zurück).

Bathild (macht auf dem Hügel Halt und betrachtet staunend den Fremden: dann spricht sie, langsam herabschreitend):

Wer Ihr auch seid —, schont eines Königs Rast
Und eines Greises: — in dem Zelte dort

(mit der Hand deutend)

Schläft König Ring.

Swan (für sich, in ihren Anblick versunken).

O Jungfrau'n-Herrlichkeit! —

Wie reich bist aus der Knospe du erblüht.

Bathild (immer mehr ergriffen, während sie ihn staunend betrachtet).

Ihr schweigt! — Mit Recht: — denn Euer Antlitz redet
Zu mir in Sprachen, hehr und wunderbar:
Wie vor der Götter hoheitvoller Nähe
Ergreift mich Ehrfurcht: ja, ein süßer Schauer
Durchrieselt mich bei Eurem Anschau'n: denn,
Ob nie gesehn, scheint Ihr mir altbekannt. —
Wie einen Gott, den nie wir sah'n mit Augen,
Wir oft uns ausgemalt und ahnend kennen, —
So kenn' ich nicht Euch und doch kenn' ich Euch. (Kleine Pause.)

Das ist mir nie vor Fremdem noch geschehn!
(Pause: sie stockt verwirrt.)

Mir graut! — Du bist kein Sterblicher gleich uns — —:
Nein! — Ich errate, hehrer Wandrer, dich — —: (Kleine Pause.)
Odhin von Asgard! — Hoher! — Schone mein! —
(Sie will ins Knie sinken.)

Swan (hemmt sie, ohne sie jedoch zu berühren, durch rasche Armbewegung).
Ein Schüler Odhins bin ich, nicht er selbst.
Kein Gott, ein Mensch, ein Gastrecht Suchender. —
(Lehnt jetzt den Speer an einen Baum, streckt beide Hände bittend nach ihr aus.)
Nimm, Königsjungfrau, mich in deinen Schutz.
Ich bin ein Skalde: Vandrab ist mein Name.

Bathild (hat sich nun wieder ganz gefaßt).
Der Sänger ist des Hauses liebster Gast. — (Kleine Pause.)
Ein Skalde bist du? — — Sprich: — (man sagt, es kennen
Sich meist die Skalden:) hast auf deinen Fahrten
Du nichts von einem Skalden Swan gehört?
Du mahnst mich selbst an ihn: nur hochgewalt'ger
Noch scheinst du mir: sprich, weist du nichts von Swan?

Swan (zögernd, prüfend).
Der Skalde Swan? — Wohl kannt' ich ihn. — Jedoch —

Bathild (rasch einfallend). Du kanntest ihn? — So kennst
du ihn nicht mehr?

Swan (wie oben). Man kennt nur die da leben, Königskind.

Bathild (tief erschrocken) So wäre Swan —?

Swan.   Er starb in meinen Armen.

Bathild (leise in Thränen ausbrechend, das Haupt in ihrem Schleier verhüllend).
So starb für mich des Lebens Reiz und Wert!

Swan (für sich: er hat ihre Worte nicht gehört, nur ihre Thränen gesehn).
Ha Seligkeit strömt mir in diesen Thränen.

Hinweg, Verstellung, vor so schöner Wahrheit!

(Nimmt den falschen Bart ab, steckt ihn in die Netztasche.)

Erkenne mich, du heilig Herz. — Ich lebe.

Mathild. O Swan! — — Wozu der grausam bittre
Trug?

Doch zürnen nicht, nicht fragen will ich: nein:

Mich freuen nur: — du lebst — du kamst uns wieder

Und mit dir kehrt das Heil zu uns zurück —

O wärst du niemals aus dem Land gezogen!

Nie kam es dann so weit —: zu all dem Frevel.

O warum schiedst du? —

Swan (tief ernst). Weil ich mußte, Fürstin. — — —

(Pause)

Jetzt aber laß den Augenblick uns nützen,

Den uns der Wunschgott selbst gewährt: erkläre

Den Ursprung dieses Streits von Sohn und Vater,

Die sich dereinst so zärtlich liebten, mir. —

Ein Greis, so herrlich wie kein Fürst im Nordland,

Ein Jüngling, wie kein Held im Nordland freudig:

Treu, offen, edel beide. (kleine Pause): — — freilich auch

Gleich ungestüm in Liebe wie in Haß,

Der Alte wie der Junge, allzurasch.

Was hat die Flammen dieser Feuerseelen,

Die einst in einer Lohe sich vereint,

Geschürt, sich tödlich züngelnd zu bekämpfen? —

Mathild. Leicht ist die Frage: doch die Antwort schwer. —

Du weißt: zäh hält die Krone König Ring,

Heiß liebt sein Erbrecht auf die Krone Ringbert.

Swan. Gewiß. Doch hat der Sohn dem Vater stets

Das Reich gegönnt, solang der Vater lebe.

Und keinem als dem Sohne hat der Vater

Nach seinem Tode zugedacht das Reich.

Mathild. So dachten alle, welche beide kannten.

Und wer ein Muster schönster Sohnesliebe
Und Vaterliebe nennen wollt' im Norden,
Der sprach von König Ring und seinem Sohn. —
Urplötzlich aber, aus geringstem Anlaß,
In Argwohn und in Haß, in blut'gen Streit
Schlug dieses Lieben um.

  Swan.   Aus welchem Anlaß?

  Fathild. Du wirst so leicht ihn wägen wie ich selbst.
Bei einem Kampfspiel hatten sich mein Bruder
Und eines Nachbarkönigs Sohn
Gleich stark bewährt; da gab den Siegespreis
— Es war ein Kronreif! — nicht dem Sohn mein Vater,
Nein, jenem Gast.

  Swan.   Wie feine Sitte vorschrieb.

  Fathild. Mein Bruder aber glaubte von der Stunde,
Der Vater wolle jenem Fremdling einst
Das Reich zuwenden, nicht dem eignen Sohn.
Er floh in Zorn von uns und rief die Jugend
Des Eilands auf, der Jugend Recht zu schützen.
Mein Vater aber wähnt den Sohn gewillt,
Die Krone schon dem Lebenden zu rauben.
Und so zerreißt der Vater und der Sohn
Die Sippen all', geteilt je nach dem Alter:
„Hie König Ring!" so rufen die Erprobten,
Die wetterharten Helden alter Kriege,
Und jeder Graubart, jeder Ohm und Vater
Schirmt in des greisen Vaters Recht — das eigne!
„Hie König Ringbert", jauchzt die rasche Jugend,
Die, noch im Flaumbart, künft'ge Siege hofft
Und von dem jungen König jungen Lohn. —
So kehrt der Streit des Königshauses wieder,
Verfeindend Sohn und Vater, Ohm und Neffe
In jedem Edelhof und jeder Hütte.

So schüren selbst zwei Vettern unsres Hauses
Den Brand noch heißer.

Swan (überlegt nachdenkend, dann rasch einfallend).
Orm und Ormstein! Nicht?

Bathild (nicht bejahend). Der Vater, Orm, facht stets des
Vaters Zorn,
Ormstein, der Sohn, den Zorn des Bruders an.
Und eher nicht wird dieser Fluchkrieg enden,
Bis aller Väter, aller Söhne Blut
Die Flamme löschte und das ganze Volk
Verdarb. — — (Kleine Pause.) Das fügte wohl der Götter
Neid. —

Swan. Die Götter sind nicht neidisch, Königstochter:
Nur arge Menschen. — (Pause, nachdenklich) Orm und Orm-
stein, sagst du?
Der junge Ormstein, ach, war niemals jung,
Der alte Orm lernt niemals, alt zu werden!
Falsch sind die beide und — (kleine Pause, nachdenklich) — Nicht
wahr, Bathild,
Starb erblos Ring und Ringbert, fällt die Krone
Nach Thules altem Recht an Orm und Ormstein?

Bathild. So ist's.

Swan (für sich). So ahn' ich recht. — (laut) Jedoch gewiß
Hast du, hat weiser Männer Rat getrachtet,
Den eiteln Argwohn sieghaft zu zerstreu'n?

Bathild. Ich that der Tochter und der Schwester Pflicht:
(mit leisem Vorwurf)
Fern war ja Swan, der Edle, der so leicht
Im Anfang gleich den Streit beschwichtet hätte:
Umsonst sandt' ich die Boten nach ihm aus. — (kleine Pause.)
Da bat und flehte ich und schmeichelte
Solang dem harten Vater, trotz'gen Bruder,
Bis sie — schon war zu Meer und Land gefochten —

Zur Zwiesprach sich auf einer Brücke trafen.
Denn zärtlich liebten sich noch, trotz der Schlachten,
Sich damals und ich hoffte, Aug' in Auge
Zerschmelzen werde Mißtrau'n bald und Groll.

    Swan (bedeutungsvoll, näher tretend, eindringlich).
Und glaubst du, heut' ist ihre Liebe tot?

    Pathild (seufzend). Ich weiß es nicht! — Nicht wag' ich
                          mehr, zu bitten,
Nachdem mein erst Bemühen, ach! so schrecklich
Zu noch viel heiß'rem Brand den Streit entfacht hat.
Kaum auf der Brücke waren angelangt
Der Sohn und Vater, als von rechts und links
Sich Krieger beider auf die Fürsten warfen,
Zu töten sie.

    Swan (rasch). Wer führte diese Mörder?

    Pathild. Die eine Orm, Ormstein die andre Schar.

    Swan (nickt: er hat das erraten).

    Pathild. Vom Speer versehrt der Sohn, vom Pfeil der
                          Vater
Entkamen lebend kaum: und jeder glaubt:
Der andre hat den Mordanfall geplant,
Den ihm die Seinigen nur abgewehrt.

    Swan. Und Orm und Ormstein schwören: „Also war's!"

    Pathild (nickt, staunend). Dein Geist errät, was niemand
                          dir verkündet. —
Seitdem hab ich verzagend aufgegeben,
Des Friedewebens weiblich Pflichtgeschäft
Und ratlos schau' ich dem Verderben zu.

    Swan (nachdenklich, langsam). Sie haben niemals sich seitdem
                          geseh'n?

    Pathild (erschrocken). Zum Himmel fleh' ich, daß es nicht
                          geschehe!
Denn beider Tod erwüchse nur daraus.

Swan (für sich). Wer weiß!

Hathild (warm, bewegt). Nun aber du zurückgekehrt, —
O nun wird alles gut! — Die matte Hoffnung
Erhebt den fast geknickten Flügel neu:
Kühn zu den Sternen schwingt sie sich empor
Und unerreichbar scheint kein schönster Wunsch!

Swan (schlicht). Wodurch soll ich, ein Skalde nur, das
wirken!

Hathild. Ein Skalde nur? — Das Höchste wirkt der
Sänger,
Der Götter Liebling, Odhins Freund und Wahlsohn,
Ein Sänger — groß wie du! — — — Wir wissen's längst: •
Der Götterkönig lehrt euch seine Weisheit
Und stärksten Zauber nennt man: „Skaldenkunst".

Swan (lächelnd). Wir armen Zaubrer! — Wir sind selbst
bezaubert!
(mit einem bedeutungsvollen Blick auf Hathild, warm)
Die Schönheit ist der Bann, der uns entzückt
Und zwingend uns den Sinn gefangen nimmt. —
(Faßt sich, ruhiger)
Die Schönheit nicht im Weibe nur: — o nein!
Vom Sonnenball bis zu dem Tau im Grase!
Die Schönheit in den menschlichen Geschicken,
Der Liebe scheu verhaltner Atemzug,
Des Mitleids Regung, die im Busen bebt,
Selbst, furchtbar schön, der Helden Untergang, —
Der Götter Hoheit wie des Kindes Lächeln,
Des Schlachthorns Ruf, der Amsel Abendlied: —
Dies ganze All des Schönen ist der Hain,
Den als verzückte Priester wir verehren!

Hathild. Vor andrer pries ich stets des Sängers Los:
Nur mit dem Heiligen ist sein Verkehr:
Nicht reicht Gemeines an die Sohlen ihm:

Mit Sternen und mit Wolken flüstert er
Und was da häßlich ist, — er weiß es nicht.

Swan. O Königskind, — du malst dein eigen Bild,
Der zarten Jungfrau, die die Welt nicht kennt,
Und die man ängstlich vor der Wahrheit hütet:
Kein Hauch des Bösen, ja des Rauhen nur
Wagt durch den weißen Schleier dir zu nah'n.
Der Sänger aber — einer, der es ist —
Er muß ein Held im Kampf des Lebens sein!
Wie Leidenschaft und Thorheit, Schuld und Wahn
Im Menschenherzen wühlen, muß er wissen:
Und ach! das lehrt ihn nur das eigne Herz.
Am ganzen Weh der Menschheit nimmt er teil:
Der frühe Tod des Holden und des Zarten,
Schuldloses Leid und unbestrafter Frevel
Weckt ihm den Zweifel an den Göttern selbst,
Bis er in schlummerloser Nächte Qual
Mit Welt und Göttern und dem eignen Selbst
Versöhnung sucht: nicht jeder findet sie:
Und doch wird höchste Kunst und Schöne nur
Dem reif versöhnten, maßvoll weisen Geist,
Der ganz das wilde Weh der Welt erprobte
Und höchsten Frieden — im Entsagen fand. —

(Hält erschüttert inne.) (Pause.)

Bathild (tritt tief bewegt näher). Noch bebt in deinem weis=
heit=starken Wort
Der Klang der Schmerzen nach, die sie erkauften. — —
Das Leid hat dir in diesen Wanderjahren
— Ich seh' es jetzt — die Stirne tief gefurcht,
Gedämpft des Auges einst so frohen Glanz. —
Jedoch erhöht hat die Verwandlung dich:
Mit Ehrfurcht schau' ich scheu zu dir empor:
Und wohl begreif' ich nun, daß ich in dir,

Dem Altbekannten und doch Unerkannten,
Dem wunderbar durch Weh Vergrößerten,
Den hehren Götterkönig selbst erblickte! —
Du littest viel! — —

Swan.   Ja, weil ein weich Gemüt
Natur mir gab und ein vertrausam Herz,
Das alles beste nur von Menschen glaubte.
Wie grausam war die Schule der Erfahrung! —
Der Fürsten Wankelmut, der Skalden Neid,
Der Frau'n oft allzurasche Gunst, dann Feindschaft,
Die feige Vorsicht kluger, kühler Freunde,
Der dumpfe Sinn der Menge, selbst bei bessern
Als stärkster Sporn die Eitelkeit: — o Jungfrau!
Nicht, was die Menschen mir zu leibe thaten,
Hat mich dabei geschmerzt — o nein! Doch daß
Sie mir das schöne Bild des Menschentums,
Das ich im Busen trug, zertrümmerten, —
Das hat mit bittrem Weh mich heimgesucht!

Mathild. So hassest du, verachtest du die Menschen?

Swan. Der ist kein Sänger, der die Menschen haßt!
Wer sie verachtet, hat das fremde Gift
Ins eigne Lied und Leben eingesogen:
Er krankt selbst und was er singt, — vergiftet.
Nein, weil sie schwach und dumpf und siech und thöricht, —
In heilig Mitleid wandle deine Liebe:
Und, steigt die Schuld der Menschen gegen dich, —
Stets eine Stufe höher steige du
Mit deiner Menschen-Liebe und -Vergebung. —
Dein Lohn ist in der Brust ein selig Glüh'n,
Das mir dem Glück der Götter ähnlich deucht.

Mathild (ernst, bedeutungsvoll). Ist das für Menschenkräfte
                              nicht zu schwer?

Swan. O nein, für schmerzgereifte Kräfte nicht!

Mir ist: des Mannes Seele sollte gleichen
Dem ruhigen Spiegel eines tiefen Sees:
Still auf dem Grund, da liegen goldne Kronen,
Schlachtschwerter, Spangen, Harfen und Geschmeid
Und vom geträumten Himmelreich ein Schlüssel. —
Kein Blick als jenes Weibes, das ihn liebt,
Soll bringen zum geheimnisreichen Grund.
Kein innrer Sturm stört mehr die klare Flut:
Die Welt zuweilen nur wirft in die Fläche
Noch einen Stein: der sinkt gar rasch zu Boden:
Zwar leise Ringe kreiseln zitternd nach:
Doch bald hat wieder sich die Flut beschwichtet,
Der dauernd nichts den heil'gen Frieden stört
Und alle Sterne spiegeln segnend drin. — (Pause.)

    Mathild. Hast du bereits dies hohe Ziel erreicht?
Du glaubst es wohl: — und staunend glaub' ich's selbst.
Doch heitrer, glücklicher, uns andern näher
Erschienest du — und deshalb wünsch' ich's fast! —
Wenn dich das eigne Herz noch widerlegte,
Dich überwältigend zu holder Thorheit.

    Swan (ernst). Wer ganz entsagt hat, den bethört kein
                       Wunsch mehr.

    Mathild (eindringlich). Doch: Kann ein Herz denn wirk-
                    lich ganz entsagen?

    Swan. Die Zukunft soll darauf dir Antwort geben.

    Mathild. Noch vom Vergangnen sprachst du mir zu
                    wenig.
Wohin trug dich die Irrfahrt, Wanderer?
Wo, fast verschollen, weiltest du so lang?

    Swan. Auf Seeland dient' ich lang dem König Arn,
Dem vielbedrängten, söhnelosen Greis.

    Mathild (mit freudigem Stolz, rasch).
Mit Rat- und Schwertschlag mehr als Harfenschlag!

Du haſt die grimmen Wikinger vernichtet,
Norwegens Riesen, welche jahrelang
Ganz Seeland heimgeſucht mit Mord und Brand.
Davon vernahm ich: und man ſagte, hoher
Lohn warte dein dortſelbſt. — — Wo warſt du ſonſt?

Swan. In Romaburg und in Byzanz. — Ich ſah
Viel Herrliches und viel Entſetzliches. —

(Pauſe: langſam, in Erinnerung verſunken)

Dort wächſt ein dunkles, immergrünes Blatt,
Mit dem der Sieger Stirnen ſie bekränzen,
Der Sieger im Geſang wie in der Schlacht:
An dieſem Blatte klebt ein Götterfluch:
Wer es erkannt, — kann nimmer ſein entbehren:
Wer es erringt, dem koſtet's halb das Leben,
Wer's nicht erringt — — den zehrt die Sehnſucht auf!

(Pauſe.)

Mathild (zögernd, forſchend). Ein Kaufmann trug uns einſt
von dir die Sage,
Du ſeieſt einer Kaiſ'rin Bräutigam? —

Swan (langſam). Ein ſchönes, falſches Weib lebt in Byzanz,
Das an dem Frembling Wohlgefallen fand.

Mathild (ſchmerzlich erſchrocken). So iſt es wahr?

Swan (ruhig fortfahrend). Sie bot ihm Hand und Thron. —

(Innig)

Er aber dachte eines Rätſelliedes,
Das einem blonden Königskind daheim
Er vor dem Abſchied zu erraten gab: — —
Damals fand ſie noch nicht das Rätſelwort: — (Pauſe.)
Er wollte warten, — bis ſie es gefunden.

Mathild. Noch einmal frag' ich: warum ſchiebeſt du?

Swan. Vielleicht erfährſt du's noch. — — Einſt-
weilen hilf,
Daß ich den Vater und den Sohn verſöhne.

Mathild. Die Götter müssen helfen, Freund.

Swan. Gewiß.

Doch helfen sie nur dem, der selbst sich hilft.

Mathild (nach einer Pause). Das klingt wie Zweifel — —
Glaubst du nicht an sie?

Swan. Es denkt kein Mensch, der nicht an Götter glaubt
Und ohne Götter singt der Sänger nicht!
Der nennt sie Odhin, jener Jupiter,
Der Schicksal, der das ew'ge Weltgesetz:
Doch jeder ahnt, hoch über Menschenwitz,
Ehrwürdig, heilig, unausdenkbar groß,
Ein Etwas walten, dem er fromm sich beugt:
Nicht Trotz, nicht Neugier, Zweifel nicht noch Grübeln, —
Nur Demut ziemt uns gegen diese Macht:
Nur Demut und Ergebung macht uns glücklich
Und faßt am nächsten noch, wenn nicht den Gott,
Den Ewigunerfaßlichen, den Saum
Doch seines Mantels, der durchs All,
Gestickt mit hunderttausend Sternen, wallt! —

Mathild. Hat das des Südlands Weisheit dich gelehrt?

Swan. Das hat in tausend Schmerzen mich das Leben,
In heil'gen Schauern mich mein Herz gelehrt.
Ich glaub' an Odhin, der aus Eichenwipfeln
Geheimnisvoll zu mir hernieder rauscht,
Der in des Kampfs Begeist'rung wie des Sanges
Mich sieghaft fortreißt in den Heldentod,
Der mich gelehrt durch sein erhaben Vorbild,
Zu leben und zu sterben nicht für mich,
Nein: für mein Volk, wie Odhin für die Götter. —

(Kleine Pause.)

So laß uns denken, Jungfrau, so uns handeln:
Der Sieg ruht in der Zukunft dunklem Schoß:
Doch in uns selbst das Heldentum: wohlan,

Laß uns mit Kraft und Weisheit denn versuchen,
Mit Herzensweisheit, die die Mächtigste,
Ob wir in diesem Streit uns nicht erkämpfen
Den schönsten Kranz: den Frieden der Versöhnung! —

(Pause.) Sie stehen nun dicht neben dem Zelt: aus dem Zelt dringt die Stimme:

Rings (gedämpft: er spricht im Schlaf). Mein Sohn! Mein Sohn!

Bathild (an dem Zelt horchend, rasch). Der Vater sprach! —
Er redet oft im Schlaf.

Swan. Rasch! Führe mich zu ihm und laß mich lauschen.
Was trotzig uns der Wachende verbirgt,
Soll uns das Selbstgespräch des Traums verraten! —

Dritter Auftritt.

Vorige. — Bathild schlägt behutsam den Vorhang des Zeltes zurück, dessen Inneres sichtbar wird: König Ring, eine ehrwürdige Königs- und Greisengestalt mit langem, ganz weißem Haar und Bart, schläft, auf ein Bärenfell hingestreckt: seine Waffen (Kronhelm) neben ihm. — Bathild und Swan treten lauschend an seine Seite.

Ring (im Schlaf sprechend). Laßt meinen Sohn, ihr Krieger! —
—Schont sein Leben! — —
Du grimmer Orm, hinweg mit deinem Speer
Von seiner Brust! — — Zu spät! — Da strömt sein Blut! —
Hierher, mein Ringbert! — Laß vom Roß dich heben! —
Hier bist du sicher — hier — an meiner Brust!

Swan (für sich). Verstellung ist sein Haß! — Er liebt ihn
noch! — — (Pause.)
Jedoch der Sohn? — Die goldne Krone gilt
Wohl mehr ihm als des Vaters Silberhaar!

Ring (erwacht). Es war ein Traum! (zu Bathild) Die Schlacht
umtobte mich:
Mein war der Sieg: doch Ringbert — (erblickt Swan) Wie!
Wen seh' ich?

Du Swan, zurückgekehrt? — O edler Sänger,
Wie findest du das Heimatland verwandelt!

Swan (nach ehrfurchtvoller Begrüßung). Doch unverwandelt find'
ich dich, o Herr:

Nur hehrer noch: — durch Alter——: und durch Schmerz! —
Ich grüße dich in Ehrfurcht, o mein König!

Ring (heftig, bitter). Dein König! Hast dies Wort du
wohl bedacht?

Die Jugend von ganz Thule nennt nicht mich, —
Den Knaben Ringbert nennt sie ihren König.

Swan. Ich aber bin kein Knabe, bin ein Mann:
Vermittelnd steht mein Alter zwischen euch.

Ring (er hat, wie sein Sohn, die Gewöhnung, wenn er, wie er so oft
thut, in Zorn auflodert, die linke Hand mit geballter Faust rasch bis über das
Haupt zu erheben, so jetzt, heftig aufbrausend).

Nichts von Vermittlung! — Skalbe, hüte dich!
Vermeide dieses Wort vor meinem Ohr!
Vermittlung zwischen Recht und Unrecht? — Nie!

(Geht zornig auf und nieder. Bittende, besänftigende Bewegung Bathildens.)

Swan (nach einer Pause). Den „König Heißherz" nennt
man dich mit Recht

Mit sechzig noch wie einst mit dreißig Jahren. —
Du, soviel älter, soviel weiser als
Ich selbst: — hast du noch immer nicht gelernt,
Daß niemals fast bei Streitenden sich Recht
Und Unrecht gegenüber stehn, wie Tag
Und Nacht? — Wenn vollends Sohn und Vater streiten, —
Im Unrecht sind sie beide. —

Ring (heftig).   Schweige, Swan!
Denn allzu jugendlich noch redest du.
Wärst selbst du Vater, würdest du empfinden,
Daß stets im Unrecht gegen dich der Sohn. — (Kleine Pause.)
Dein Herz — wie deine Jahre — ziehen dich

Zu Ringbert: — geh —: Verlaß auch du den Alten:
Dort drüben, bei der Jugend, winkt die Zukunft! —
    Swan (ganz ruhig). Das hab' ich nicht verdient.
    Mathild.   O Vater, kränke
Den edeln Sänger nicht, der Götter Liebling,
Den sie zum Trost dir und zur Freude sandten.
    Ring (rasch besänftigt, warm, reicht Swan die Hand).
Vergieb! Der Schmerz macht ungerecht und düster.
Zu lang schon fehlt mir Sonnenglanz und -Wärme.
    Mathild (auf Swan deutend). In ihm grüßt dich der erste
                        Sonnenblick! — (zu Swan)
Schwer klagend, hat der Vater dich vermißt.
    Ring (auf Swans Schulter gelehnt). Ja, alle Fürsten sollen
                        darum wissen:
Der Sänger mag des Königs wohl entbehren,
Der König nicht des Sängers! — Vieles hat
Die Harfe neben Königsruhm zu preisen:
Der Götter Hoheit, des Geschickes Walten,
Des Lenzes Licht, den holden Reiz der Frau'n:
Dem König aber wehe, dessen Thaten
Im Liede nicht der Sänger widertönen:
Es deckt ihn Schweigen und Vergessen bald.
    Swan. Am liebsten aber singt der Sänger doch
Von seines Volkes Herrlichkeit, die sich
In seines Königs Heldenruhm erwahrt,
Gleichwie der Eiche Kraft sich herrlich krönt
In ihrem Wipfel, Götterhauch-umschwebt.
    Ring (nach großer Pause, weich, in seinen Gram versunken).
An diesem Wipfel nagt der Wurm des Grams! — — (Pause.)
Wie kann sich Kindesliebe so verwandeln!
Denn zärtlich, heiß, hat einst er mich geliebt. —
Die früh entschlafne Mutter hab' ich beiden,
Den Kindern, zu ersetzen treu getrachtet:

Nicht Königsamt, nicht rauhes Kriegswerk hat
Mir Herz und Hand verhärtet: und die Kinder, —
Sie fühlten's wohl und haben warm vergolten! — (Kleine Pause.)
Als einst ich schwertwund lag, — wie hat der Knabe,
Wetteifernd mit der zarten Schwester mich
Gepflegt, gleich einer Wärterin: — — des Spiels,
Der Jagd vergaß er und am Lager
Des Vaters hielt er Wache mit Bathild!

(Hält gerührt inne, auf seinen langen Königsstab gelehnt.)
(Ferner kriegerischer Hornruf von rechts: Ring fährt wild auf: Armbewegung.)

Ha, hört ihr des Empörers Hornruf dort? —
In seinem Lager geht's wohl fröhlich her.
Die Buben trinken auf des Alten Tod!
Mit Rutenstreichen geb' ich Antwort drauf.

(Pause: dann zu Bathild)

Du meinst, die Götter sandten mir ihn? (auf Swan deutend) Ja,
Zu rechter Zeit! — Dein Schwert, Swan, ist berühmt,
Du Wikingtöter, Seelands Retter du.
So ficht für König Ring denn und sein Recht. —
Der Waffenstillstand endet heute Nacht,
Den die erschöpften Heere beide brauchten:
Bei Tagesgrau'n beginnt die fürchterliche,
Die Mordschlacht zwischen Sohn und Vater, die
Den grauenhaften Krieg entscheiden soll.
Denn unsre letzten Kräfte boten wir
Aus jeder Hütte dieses Eilands auf:
Der Knabe, der noch kaum die Schildlast trägt,
Der Greis, der kaum den Speer noch heben mag,
Vom ew'gen Eis bis in das Fischerdorf,
Für Ring und Ringbert eilten sie herbei,
Im letzten Kampf sich morgen zu zerfleischen.

Swan und Bathild (zusammen, tief bewegt). Das mögen güt'ge
Götter uns ersparen!

Ring. Da müßten sie ein großes Wunder thun.

Mathild. Dazu vielleicht den Sänger sandten sie

Swan (warm, dringend).

Laß mich als deinen Herold gehn zu Ringbert!

(Kleine Pause.)

Er war mir gut: schwer wog mein Rat bei ihm. —
Du wirst nicht dürsten nach des Sohnes Blut.

Ring (mit verhaltnem Weh).

Doch Er hat nach des Vaters Blut gedürstet! (langsam, weich).
Auf jener Brücke brach er Treu' und Frieden
Mit mörderischem Anfall! —

Swan (bedeutungsvoll). So sagt — — Orm!

Ring (wieder ganz heftig, stampft mit dem Fuß).

Swan, sieh dich vor! Versuche nicht, Verwegner,
Den treusten meiner Treuen zu verdächt'gen,
Der heißer als ich selbst mein Recht versicht,
Der heißer als ich selbst haßt den Empörer,
Ja, der den eignen Sohn mit Wut bekämpft,
Weil er dem Frevler folgt.

Swan. Geduld! Viel lehrt die Zeit! — — —

(Kleine Pause.)

Wenn du des Sohnes Blut nicht willst, was forderst
Und bietest als den Preis des Friedens du?

Ring (langsam, überlegend). Auf daß ich selber sicher sei,
muß er
Das Land für immer räumen (sich im Zorn steigernd, rascher) und
zur Strafe,
Weil er, da ich noch lebte, sie begehrt — —,
Auch nicht nach meinem Tod wird ihm die Krone!

Swan. So strenge Forb'rung überbring' ich nicht.

Mathild. Hart ist dies Wort! Vergieb des Bruders Jugend!

(Swan und Mathild.)

Ring. Mild ift dies Wort! Das Alter lern' er ehren!

Swan. Er war gereizt.

Mathild.   Und feurig fließt fein Blut.

Swan (nachdrücklich).

Und diefes Blut — (mit dem Finger auf ihn deutend) hat er von dir geerbt!

(bringen bittend immer mehr auf ihn ein.)

Mathild. Vergieb ihm, Vater, um der Mutter willen!

Ring (freundlich, ihr Haupt streichelnd). Du felbft, der Mutter holdes Ebenbild,

Du wirft nicht müde, für den Undankbaren
Zu bitten.

Mathild. Solches ift der Schwefter Pflicht.
Ich lege zwifchen Stahl und Stein die Hand.

Ring. Gieb acht! Du wirft verletzt von beiden Seiten.

Mathild. Gleichviel: — verhüt' ich nur, daß Funken
fprühn.

Swan (entzückt, für fich). Sie ift fo edel als fie lieblich ift!

Ring (fie liebkofend an fich fchmiegend; fie fchaut zu ihm auf; fchönes Bild).
Du wirft mich noch bethören, Zauberin!

Mathild (immer wärmer werdend). O wär' doch wirklich weißer
Zauber mein!

Der Schwarze fchafft das Böfe, finftre Mächte
Zum Dienft der Menfchen zwingend: doch der weiße
Ruft guter Lichtgewalten Hilfe bei
Und zwingt den Haß durch Übermacht der Liebe.
Ich kann nicht zwingen: ach, ich kann nur eins:
Zu Menfchen bitten und zu Göttern beten! — —
    (ernft, tief überzeugt, mit einem Blick auf Swan, der prüfend ferne fteht)
Doch Skalden, fagt man, kennen Zauberkunft.

Ring (zu Mathild, tief überzeugt, feierlich, nicht).
Da fagt man recht — durch Runen und Gefänge, —

Bathild. Durch hehre Zeichen — unter alten
Sprüchen, —

Ring. In heilger Bäume Rinde leis geritzt, —

Bathild. Bezwingen sie in segenvollem Zauber —

Ring. Der Menschen Sinn: — — Das lernten
sie von Odhin.

Bathild. Ganz in der Nähe, — nicht? — im Zauberwalde —?

Ring (antwortend, topfnickend). Ragt Odhins Esche, die
gewaltige.

Bathild. Die sieben Männer kaum umklaftern: —
dort —

Ring. Im höchsten Wipfel horstet Odhins Adler —

Bathild. Und trägt den Wunsch der Sterblichen
empor —

Ring. Und wer die Runen dort, die rechten, ritzt, —

Bathild. Und wer die zwingenden Gesänge kennt, —

Ring. Der kann durch mächt'gen Zauber Menschen
zwingen —

Bathild. Zu Lieb' und Haß, zu Hoffnung und
Verzagen.

(ohne auf Swan zu achten in fast bangem, ehrfürchtigem Zwiegespräch: sie ganz an ihn geschmiegt).

Ring und Bathild (nun nach rechts und links vorn auseinandertretend,
zugleich zu Swan, der sich jetzt langsam genähert hat).
Ist's nicht so, Swan?

Swan (hat während des Zwiegesprächs der beiden, weit von ihnen rechts
hinten stehend, im Profil, mit größter Aufmerksamkeit zugehört: er wendet sich
allmählich gegen das Publikum und giebt durch stummes Spiel, langsam unwill-
kürlich vorschreitend, zu erkennen, daß ihm der Gedanke kömmt, auf jenen Glauben
seinen Plan zu bauen. — Er geht nun, fertig mit seinem Plan, langsam auf
beide von rückwärts zu. Stellung: Ring — Swan — Bathild: Swan antwortet
bedeutungsvoll).
So ist es: — — — ungefähr!
(Pause: dann feierlich)
Und was von dieser Skalden-Kunst ich weiß,
Stell' ich in deinen Dienst, o König Ring. —

Wenn meine Botschaft bei jung Ringbert scheitert,
— Und wenig Hoffnung des Gelingens wag' ich! —
Erwart' ich dich heut' Nacht im Zauberwalde
Bei Odhins Esche, links von ihrem Stamm.
Bei Odhins Esche, wann die Sterne bleichen.
Das ist die Zeit, — wann leis der Morgen steigt, —
Wann Nacht und Tag in Dämmergrau verschmelzen,
Das ist für weißen Zauber beste Zeit!
Dann ringen noch die Mächte des Verderbens,
Der Finsterniß mit letzter Kraft: doch schon
Erliegt das Dunkel vor dem heil'gen Licht:
Und wie am Himmel steigt der junge Tag,
Wirft einen Siegesspeer mit jedem Strahl
Er in das Herz der Nacht: die Götter aber
Schau'n segnend dann von Asgardhs Thoren
                                      nieder,
Wie Harfenton klingt's durch das Morgenrot
Und mit dem Licht zugleich siegt Edelthat!

(Antlitz u. Hände begeistert gen Himmel gerichtet, hält er verzückt (allmählich in verzückte Begeisterung sich steigernd) inne)

(Ring und Balhild betrachten ihn staunend.)

Balhild. Wie schön Begeist'rung dir vom Auge blitzt!

Ring. Wie Walhalls Heerhorn schmettert hell dein Wort!

Balhild. Dein Antlitz strahlt!

Ring.   Und höher ragt dein Haupt!

Balhild. Siegvater gab dir dieses Siegvertraun.

Swan. Ja, das Vertraun auf Sieg des Edelsinns! —
Ob fürchterlich gefährlich auch die That!

Ring. Es spricht ein Gott aus dir: — — ich folge dir!

Swan. Doch ganz allein mußt an den Baum du treten,
Und schweigend harren deß, was dort geschieht. — (Pause.)
O Jungfrau du, den Göttern nah' an Reine,
Dich bitt ich': als Gehilfin folge mir
Zu Bruder Ringbert auf dem Botengang:
Und in den Wald — als weiße Zauberin! —

Doch vorher laßt uns Antlitz, Herz und Hand
In frommem Flehn hoch zu dem Himmel heben,
Aus unsrer Brust uns jeden Schatten tilgen,
Daß sie der Götter würd'ge Wohnung sei:

(faßt beider Hände: Gruppe)

Der reine Sinn, der abwarf das Gemeine,
Der ganz entsagte jedem niedern Wunsch,
Er ist's, der uns der Götter Gunst gewinnt
Und selbst das unbezwingliche Geschick
In einer Größe trägt, die mit dem Kranz
Des Sieges krönt sogar den Untergang!

(Vorhang fällt langsam.)

II. Aufzug.

Andre Waldgegend, — Fern rechts im Hintergrund Zelte von dem Lager Ringberts.

Erster Auftritt.

Ringbert, gefolgt von einigen Kriegern (Jünglingen) tritt rasch auf (von rechts). (Große Ähnlichkeit mit Rings Wesen, nur eben stets viel jugendlich rascher; sie haben beide die Gewohnheit, wenn sie zornig werden, rasch mit der linken geballten Faust über das Haupt empor zu fahren.)

Hierher beschieden haben mich zur Zwiesprach
Zwei ungenannte Boten meines Vaters. —
Bleibt in der Nähe, (in die Coulisse rechts zurückdeutend) dort auf
                              jenem Hügel,
Und droht Verrat, so springt mir bei, Genossen!
Wer einmal Treue brach, der bricht sie wieder!

(Krieger ab nach rechts.) (Pause.)

20*

Und doch! — — Wie widerstrebt das Sohnesherz,
An jenes hohen Mannes Schuld zu glauben! — (Kleine Pause.)
Es waren böse Hetzer sicher, die
Von Anfang mir sein Herz entfremdeten
Und auch zu jenem Mordplan ihn verführten. —

(Pause: er geht auf und nieder: dann, stehen bleibend)

Wie hat er doch so zärtlich mich geliebt!
Wie hat er doch die früh entrißne Mutter,
Der Mann, der Held, der König mir ersetzt!
Wie hat er mich gepflegt, als einst vom Fels,
Nach Nestern suchend, ich gefallen war,
Mit weiblicher Bemühung, Tag und Nacht
An meinem Lager wachend! — (lebhaft, innig) Nie vergeß'
ich's! — (Pause.)
Ach, wenn ich kleinen Sieg erfocht in diesem
Unsel'gen Krieg —: rasch trieb mich stets das Herz,
Die frohe Kunde dem zu hinterbringen,
Zu dem ich jede Freude pflag zu tragen,
Deß Lob mein höchster Ruhm war —: meinem Vater! —
Dem Feinde nun, den ich bekämpft, besiegt!
So gegen Sternenlauf — nein: besser, heißer
Gesagt: — so gegen Blut und Herzschlag
Ist dieser götterhaßgetroffne Streit!

(Pause: sich scheu umblickend: dann leiser)

Drum hat mich tief erfreut, im Grund der Seele,
Die Meldung, daß Gesandte Friede bieten! — (Pause.)
Wer aber sind die „ungenannten Boten"?
Sieh —: auf dem Waldpfad schreiten sie heran: —
Ein Weib, verhüllt —: und ein mir fremder Mann. —

(wieder heiß und rasch)

Nun panzre dich, mein Herz, mit Stolz und Trost.

———

Zweiter Auftritt.

Ringbert. — Bathild und Swan (von links).

Ringbert (zu der tief Verschleierten, rauh).

Seit wann in Kriegswerk mischen sich die Weiber?

Bathild (indem sie sich entschleiert). Seitdem die Nornen Sieg
und Unsieg weben, —

Seit die Walküren die Gefallnen tragen

(jetzt entschleiert, auf ihn zu tretend, ihm die Hand reichend)

Und seit die Schwester um den Bruder bangt.

Ringbert (freudig überrascht, warm ihre Hand fassend).

O holde Schwester! — Seit der Kindheit Tagen

Hast du mir alles liebliche bedeutet,

In meines Lebens Eichenkranz die Rose! — (Pause.)

Wer ist der Fremdling, den du führst zu mir?

Bathild. Kein Fremdling!

Ringbert. Du hast Recht! Ich muß ihn kennen:

Mir sagt's die Liebe, die mich bannt zu ihm,

Die Wärme, welche dies gewalt'ge Antlitz

Ins Herz mir jagt: das Höchste, was ich fühlte,

Das Edelste, was ich gedacht, gehört,

Von goldner Saiten Wohlgetön beflügelt,

Von diesem Manne flog es auf mich zu: —

Und das ist — ja — das ist der Skalde Swan!

(immer wärmer, inniger, herzgewinnend)

Swan (der bisher, beobachtend, mehrere Schritte hinter Bathild gestanden
und den Schlapphut tief in das Gesicht gezogen hatte, tritt vor, den Hut ab-
nehmend und auf eine Rasenbank legend: er trägt eine kleine dreieckige Harfe,
die er nun auch ablegt).

Es ist beschämend, so erkannt zu werden!

Ringbert (ihn umarmend).

O Swan, an deine Brust! Mein Freund — — mein
Bruder!

Ich habe Bruderliebe nie genossen:

Doch köstlich wähn' ich sie: — aus Einem Stamm

Zwei Zweige, nachbarlich und kernverwandt,

Und jeder doch ein ander Bild der Eltern,
Ein teureres für jeden, weil ein andres,
Weil das entfaltend, was ihm selbst gebricht! — —
O Skalde — Bruder! — warum schiedest du?
Nie wär' in deiner friedeweisen Nähe
Die freve Thorheit dieses Streits entbrannt!

 Swan. Der Streit ist aus, wenn du ihn Frevel nennst.

 Pathild. Und Thorheit, Bruder! — Es verzeiht der
            Vater —

 Ringbert (zornig einfallend. Bewegung der linken Hand).
Verzeiht er? So? Verzeiht dem Recht das Unrecht?
Nichts von Verzeihung, von Versöhnung nichts! —
Ich will mein Recht — das Erbrecht dieses Eilands!

 Swan (leise, ironisch). Bevor du erbst, muß doch die Erb-
             schaft da sein:
Laß nur dem Vater Zeit, zu sterben, Freund.

 Ringbert (plötzlich tief erschrocken, eilt auf ihn zu, legt beide Hände auf
         seine Brust).
Wie? ist er krank?

 Swan (sich leise losmachend).

     Nein: aber sechzig Winter
Belasten ihn, die er gelebt — für dich.

 Pathild. Und morgen zielen alle deine Krieger —

 Swan. Auf jenes Haupt, dem Fremdling selber
            heilig, —

 Pathild. Das eine Doppelkrone trägt: von Gold
            die Eine, —

 Swan. Die andre, ehrfurchtwürdige: von Silber!

 (reden auf Ringbert einbringend)

 Ringbert (weicht zurück). All' meine Krieger haben strengsten
            Auftrag,
Zu meiden König Ring.

 Swan (für sich).   Er liebt ihn noch! —

 Ringbert. Obzwar er meinen Tod gesucht: — ich will

Das Blut des Vaters nicht! — Er weiche nur
Aus diesem Reich, auf daß ich sicher sei:
Und, weil er nach dem Tod sie mir mißgönnte —:
Im Leben schon abtret' er mir die Krone.

  Swan (lächelnd zu Bathild). Zweimal hast du denselben Mann,
               Bathild:
Als Vater und als Bruder, spiegelähnlich! (zu Ringbert)
Auf andere Bedingung hörst du nicht? —

    (Ringbert geht, wild kopfschüttelnd, auf und nieder. Pause.)
So ist gescheitert jede Friedens-Hoffnung:
Die Waffen müssen schrecklich denn entscheiden: —
Leb wohl! (Wendet sich zu gehen, winkt Bathild, ihm zu folgen.)

  Ringbert (hält ihn am Mantel). O Freund! Verlaß mich nicht
              so rasch! —
Die guten Götter bringst du und entführst du.
Ich ehre nichts so hoch als Skalden-Kunst,
Die nicht das Ohr nur lezt, den Sinn erfreut, —
Die zu den Sternen, zu den Göttern selbst
Das Herz emporschwingt: in der Harfe wohnen
Gewaltiger und leiser Geister viel:
In goldnen Zauberzungen reden sie
Geheimnisvoll: — o bleibe bei mir, Swan,
Und rate, wie ich all dies Unheil wende.

  Swan. Bezwinge deinen Troz und Heil ist dein.

  Ringbert (wieder zornig). Mein Recht behaupt' ich! Das
              gebeut die Ehre!

  Swan. Die höchste Ehre ist —: die Pflicht zu thun! —
Und Recht? — O Fürst: es giebt kein ewig Recht! —
Die Völker und die Zeiten wechseln bunt
Das Bild des Rechts, wie Sprache, Sitte, Glaube.
Bald Wahl des Volks, bald Anrecht des Geblüts,
Bestimmt der Herrscher Folge. — Wiegt dein Recht
Des Vaters Herz, des Landes Wohl bir auf?

Ringbert. Jung Ormstein sagt: er wollte mich ermorden.

Swan. Das sagt von dir sein Vater König Ring.

Ringbert (heftig). So soll das Schwert die Wahrheit denn
erweisen:
Die Götter gönnen Sieg der Lüge nicht.

Swan (bedeutungsvoll). So hoff' auch ich. —

Ringbert.   Beweget doch den Vater,
Zu weichen, der dem Grabe näher steht.
Der Jugend nur gehört die Zukunft an.

Swan (tiefernst, verweisend). Der Jugend Zukunft, Ringbert,
ist —: das Alter! —
Der Jugend Weh, die nicht das Alter ehrt!
Sie erntet, was ihr Beispiel hat gesät. —

Ringbert (Pause: erschüttert). Wer mäße sich an Weisheit
mit dem Sänger,
Dem Odhins Raben raunen in das Ohr! —
O wenn doch deine Sprüche, deine Kunst
Wie mich, des Vaters Herz bezaubern könnten!
(Große Pause.)

Bathild (feierlich den Arm auf Ringberts Schulter legend).
Er will's versuchen, Ringbert: — wenn du folgst.

Ringbert. Was hör' ich?

Swan (herantretend).   Ja: den grausen Kampf zu enden,
Will ich versuchen meiner Runen Kunst.

Bathild. Ganz nah, im Walde dort, ragt Odhins Eiche: —

Ringbert (nicht einfallend). Wo jeder gute Zauber leicht gelingt

Swan. Dorthin heut Nacht, bevor die Sterne bleichen,
Entbiet' ich dich.

Ringbert (eifrig). Ich komme!

Swan.   Ganz allein
Tritt an des mächt'gen Stammes rechte Seite
Und stumm erwarte meiner Sprüche Wirkung. —
Wenn reiner Wille böse Kräfte bändigt, —

Bathild. Wenn fromm Gebet der Götter Hilfe bringt, —
Swan. So zweifle nicht am Sieg des Edelsinns.
(Hornruf von rechts.)

Ringbert. Hört ihr das Horn? — Die Meinen rufen mich:
Ich muß zurück ins Lager. — O lebt wohl:
Ich dank' euch jetzt schon, wie wenn ich gesiegt!
Es kann die Sache nicht verloren sein,
Der (zu Bathild) soviel Güte, (zu Swan) soviel Weisheit helfen. —
Mir ist, es weicht von mir wie Nachtgewölk
Und gute Götter fühl' ich mir genaht.
(Pause: er betrachtet mit langem Blick das Paar, dann langsam)

Des Herzens Reinheit und des Geistes Macht, —
Die Schönheit der Gestalt und des Gesanges, —
Die edle Jungfrau und der edle Sänger, — — —:
Auf Erden stimmt nichts andres so zusammen. (kleine Pause.)
O, möchte doch der Wohlklang dauernd tönen,
Der von euch ausstrahlt, schaut man euch vereint!
(Rasch ab, nach rechts.)

Dritter Auftritt.
Swan, Bathild.

Swan (schon früher in Bathildens Anblick ganz versunken, verrät bei diesen Worten Ringberts seine mächtige Erregung; für sich: leidenschaftlich).
Er spricht es aus! — Der Bruder selbst! — — Das Wort,
Den Wunsch, womit so schwer, so heiß ich ringe!
Ich darf, ich darf dem Königskind nicht nah'n!
O hilf jetzt, Manneskraft und Zucht der Pflicht!
(Tritt rechts vor — von Bathild hinweg: diese folgt langsam.)

Bathild (ernst. langsam).
Hast du des Bruders Wort gehört?
Swan absichtlich mißverstehend). Gewiß!
Er kömmt: wie wir gewünscht.

Bathild.   Das mein' ich nicht:
Das Andre mein' ich: — seinen Wunsch für uns.
 Swan. Gar mancher Wunsch bleibt Traum nur.
 Bathild (erschrocken, schmerzlich).   Also wirklich!
Es ist so, wie ich fürchtete! — Du willst
Nie wieder heimisch werden hier bei uns! — (Pause.)
Was haben wir dem Sänger auch zu bieten,
Des hoher Geist nach Glanz begehrt und Farbe,
Nach Schönheit, wie vom Süden man sie lobt. —
Ein armes Land wir —: und ein schweigsam Volk:
Der Himmel rauh: die Herzen aber scheu:
Ihr best' Gefühl ja nie zu offenbaren,
Nein: — tief in sich zu bergen nur bemüht!
Nicht tadeln darf man dich, treibt dich das Sehnen
Aufs neue fort zu reich'rer Lust des Daseins! (Pause.)
 Swan. Wohl ist es wahr: im Südland lebt ein Volk,
Dem in die Wiege schon als Angebinde
Die Anmut schönheitsel'ge Götter legten,
Den Reiz der Formen und ein edles Maß,
Das sie von Häßlichem und Wildem hemmt. (Pause.)
Und dennoch: — — süß wie mich ihr Zauber lockte, —
Es zog mich aus den Palmen tannenwärts! —
Es weht ein Geist im leisen Wipfelrauschen,
Es rauscht ein Gott im Sturm durch unsern Nordwald,
Der zarter ist, geheimnistiefer, stärker,
Als was durch Palmen» weht und Myrten-Hain.
                          (Pause.)
Noch mächt'ger hat ein Andres mich ergriffen
Als der Athener marmorweiße Kunst:
Im Osten von den Inseln der Hellenen
Ergeht ein neuer Glaube durch die Welt:
Dort starb ein Gott, für Menschenschuld sich opfernd.
Der lehrte, Haß mit Liebe zu vergelten.

Bathild (Pause: tief ernst).
Fürwahr: ein göttlich Wort!

Swan.   Ja: 's ist ein Wunder:
Und jeden tröstet's, der es glauben kann. —
Mich aber fesselt hier ein Band viel stärker,
Als mich die Sehnsucht nach der Griechen Schöne,
Nach jenes Gottes Trauer-Weisheit zieht.

Bathild (leise hoffend). Welch Band, o Swan?

Swan.   Das Band der Pflicht, o Jungfrau!
Denn seines Volks vor Allem ist der Mann,
Aus dem er sog die Säfte seiner Kraft.
Hieher gehör' ich, wo mit Rat und Schwert
Ich helfen kann: und that ich hier das Rechte,
So rauscht mir aus den Wipfeln unsrer Eichen
Ein Wohlgefühl, ein herzbeglückter Friede,
Den fremde Kunst und Weisheit nie gewährt.

Bathild. Du bist so selbstlos!

Swan.   Wir sind Alle selbstisch!
Das aber trennt den Edeln vom Gemeinen,
Daß jener muß, nach angeborner Art,
Sein Glück in solchen Zielen nur erstreben,
Die auch der andern Glück: 's ist kein Verdienst:
Ich folge nur dem Drang in meiner Brust,
Bau' ich in meines Volkes Glück: — das eigne.

Bathild. Du bist so wunschlos wie ein Gott!

Swan (rasch, mit heißem Blick auf Bathild: er wird von nun ab immer mehr von der bisher tief verhaltnen, aber nun übermächtig hervorbrechenden Leidenschaft fortgerissen).
                    O nein! —
Vermessen hebt mein Wunsch sich und mein Auge
Zum höchsten, schönsten Kranz! — Ich weiß es schmerzlich:
Die Pflicht schafft doch nur Friede: — Freude nicht:
Und nach der Freude lechzt das Menschenherz!

Es giebt für mich Ein Glück auf Erden nur,
Nur Eine Wonne, — die mich wunschlos nicht,
Nein, ewig dürstend macht: denn, wenn gestillt,
Stets wiederkehren würde mir der Durst,
Der heiße Wunsch des Herzens, zu empfinden,
Daß sie, die mir allein von allen Jungfrau'n
Das Herz erfüllt hat, seit es schlägt. — daß diese
Ein leises Zittern mir im Busen birgt,
Ein zartes, scheues, seliges Geheimnis,
Ein Rätsel, — nicht für mich, doch für sie selbst!   } (sehr warm)

(Kleine Pause: sucht sich zu fassen.)

Vergieb — o Königskind! Ich rede wirr!

(Mit tiefem Vorwurf, für sich, die Hand vor die Stirn schlagend.)

Wie einen Knaben reißt das Herz mich fort! —

(Tritt ganz rechts zurück.)

Bathild (für sich: ganz links vorn, entzückt jauchzend).
O endlich, endlich! Aus dem Fels der Brust
Brach sprudelnd ihm, goldrieselnd, das Gefühl!
Glückselige Bathild! — Du bist geliebt!
Geliebt von ihm! — Nun jauchze, meine Seele!
Erschließe dich, du scheugeschloßner Kelch,
Dem Sonnenkuß der Liebe! Hauche nun,
Was du an Duft und Süße birgst, ihm zu! — (laut)
Ein Rätsel, Freund? — Gieb acht, ob ich's nicht riet!
Ein Rätsel gabst du, kurz vor deinem Scheiden,
Mir auf: ich war ein Kind: (kleine Pause) nicht wußt' ich
damals
Den Sinn zu deuten. — — (Bis hierher ruhig: nun immer wärmer.)
Doch die lange Sehnsucht,
Die zehrende, die niemals ruhende,
Nach dem entfloh'nen Freund hat mich's gelehrt. —
Als ich die Stätten immer wieder suchte,
Die Er mit mir betreten, — immer wieder

Den Falken streichelte, den Er mir ließ, —
Die Lieder auf der Harfe mühsam suchte,
Die Er einst sang, — die Meerbucht immer wieder,
Wo ich zuletzt sein Segel sah, begrüßte, —
Als ich in schlummerlosen Nächten hörte
Nur seiner lieben Stimme Wohlgetön: — —
Da fand ich plötzlich, unter heißen Thränen,
Des Rätsels Sinn —: gieb acht, ob ich es fand. (Pause.)
„Ich weiß, ich weiß ein hohes Gut: ist heißer als die Flammen,
Ist tiefer als die Nordseeflut: — wie reimst du das zu-
         sammen?“

Swan (fortgerissen, fällt ein, ganz leise auf der Harfe, die er bei Beginn
des Rätsels aufgenommen, begleitend).

„'s ist dunkel, wie die Mitternacht, 's ist klar wie Stern-
         gebilde:
Es ist ein Schmerz, der selig macht —: sag' an, was ist's,
         Bathilde?“

Bathild. „'s ist fester als ein ehern Band: doch zart
         wie Sommerfaden:
's ist glühend heiß wie Sonnenbrand, 's ist frisch wie
         Frühlingsgnaden.“

Swan (etwas lauter harfend).

„'s ist stärker als der starke Tod und ist doch blumenmilde:
Es wächst an Kraft, wenn Trennung droht — sag an,
         was ist's, Bathilde?“

Bathild. „Dem Herzen, das es treu bewacht, dem kann's
         kein Feind entringen:
Durch Kerkernot, durch Todesnacht frohlockend wird es
         klingen.“

Swan (jetzt viel stärker harfend, rascherer Takt, leidenschaftlicher).

„Ich laß es mit dem Leben nicht: bis in Walhalls Gefilde
Trag' ich das Rätselkleinod licht: — sag an, was ist's —
         Bathilde?“

Bathild. So frägt dein Rätsel: höre jetzt, ob ich den
Schlüssel fand:
Das Weh, das uns mit Wonne lezt, das sternenstarke
Band, —
Die Liebe ist's, die jauchzend mir durch all mein Wesen
klingt,
Die Liebe ist's, die ewig dir mein Herz zu eigen zwingt!

(Sie breitet leise den Schleier auseinander; er setzt die Harfe weg; rasche, stürmische
Umarmung. Kleine Pause. Bathild zu ihm aufblickend.)

Der Rätsel holdestes, — hab' ich's gelöst?

Swan (läßt sich vor ihr aufs Knie nieder)

Der Rätsel holdestes: — du bist es selbst $\left.\begin{array}{l} \\ \\ \\ \end{array}\right\}$ (hingerissen, sehr warm)
Beschämt steh ich vor deines Herzens Reichtum,
Aus dessen Unerschöpflichkeit du schöpfest
Und überschwenglich selig machst du mich)!

Bathild (erhebt ihn). Was kann ich bieten deiner hohen Seele!
Der Rose gleich' ich, die am Zweige nickt:
Nur für die Sonne lebt sie, die sie liebt.

Swan. Wie kann ich dich verdienen!

Bathild (heiter, lächelnd).   Ei, ich weiß
Ein Lied, das hat der Skalde Swan gedichtet:

(liebenswürdig, schalkhaft)

Kennst du es nicht? Hast du es nie gehört?
„Die Liebe hat nicht Wahl noch Maß des Werts:
Vom Himmel fällt sie, unverdient und frei,
Wie Sternenglanz und Frühlingssonnenschein."
Muß ich der eignen Lieder dich gemahnen
Und mit der eignen Weisheit widerlegen?

Swan (für sich, nach rechts vorn tretend).

Weh mir — nun brach ich dennoch Pflicht und Vorsatz!

(laut, sich mit Gewalt bezwingend)

Die Jungfrau sollte sich den Jüngling wählen:
Dein Vater könnt' ich sein: — — grau wird mein Bart.

Bathild (noch heiter). Haft du vergeſſen Obhins, deines
Meiſters?
Im grauen Bart gewinnt der Mächtige
Die Mädchen, die der ſchönſten Knaben ſpotten
(jetzt ſehr ernſt)
Ich will empor ſchau'n wo ich lieben ſoll:
Kein Flaumbart kann mich über mich erheben:
Du aber kannſt's: ſo hoch, ſo himmelhoch! —
Geliebt von dir ſtolz rühr' ich an die Sterne,
Hoch über allen Frau'n. — Wie war Bathild
So arm, bevor du ſie geliebt: doch jetzt —:
Den Göttinnen an Glück vergleich' ich mich
Und nicht mit Frigg noch Freia tauſcht Bathild.
(begeiſtert)
(Eilt auf ihn zu.

Swan (ſie hemmend, ſchwer mit ſich ringend).
Und ob der Rauſch der Wonne mich betäubt,
Ob mir der Liebe Flut zuſammenſchlägt
Hoch ob dem ſel'gen Haupt —: ich darf, du Edle,
Mein Glück nicht heimlich ſtehlen! — Königsjungfrau:
Der Herrſcher dieſes Eilands, Ring, vergiebt
Der Tochter Hand —: der güterloſe Skalde
Darf nicht als Eidam ſich dem König nah'n!
Bathild. Nicht, wenn er ihm zurück gewann den Sohn?
Swan. Er iſt noch nicht gewonnen, dieſer Sohn! —
Und ſoll ich dann, als Preis, die Tochter ihm,
Vielleicht dem Widerwilligen, entreißen?
Bathild. Du biſt zu ſtolz!
Swan.   Dem Sänger Fluch und Schande,
Der je zu wenig ſtolz vor Fürſtenthronen! (für ſich)
Den bittern Vorwurf, daß ich, pflichtvergeſſen,
Den jahrelang gewahrten Vorſatz brach, —
Nur eine ſchwache Hoffnung lindert ihn: —
Vielleicht ſchwimmt mir auf blauer Flut daher

Ein schwertgewonnen Gut, mit dem der Skalde
Mag kühnlich werben um ein Königskind.

    Bathild. Und willst du denn mit Gold frei'n um
Bathild — —:
Es klingt und glänzt kein Gold wie deine Lieder:
Und alle Kronen wiegt des Nordlands mir
Der Silbertonfall beines Sanges auf!

    Swan. Dir, teures Mädchen — Thules König kaum.

    Bathild. Wie sich's auch wende —: demutvoll erwart' ich's.
Nichts heisch' ich mehr vom Leben: diese Stunde,
Das Glück, von dir geliebt zu sein —, ist Alles!
Das aber wisse: dein für immerdar,
Dein ist Bathild: dich lieb' ich, dich allein:
Und lieben — das ist Ewigkeit! —   *(begeistert)*

    Swan (begeistert einfallend).   Ja, ewig
Sind wir nun Eins! Ein Wesen, unzerteilbar!
Mir ist: Jahrtausende vor diesem Dasein
Flog aus ein Doppelstrahl von Odhins Auge,
Ein Doppelklang aus seinem Harfenspiel.

    Bathild (einfallend). Wir schieden uns — ich weiß
nicht wo, nicht wann! —
    Swan. Wir hatten uns geteilt, getrennt, verloren: —
Doch unablässig sehnt' ich dich herbei.

    Bathild. Mir war so einsam, — bis ich dich ge-
funden!
    Swan. Und seit ich deine Liebe nun erkannt, —

    Bathild. Schoß in Ein Licht der Doppelstrahl zu-
sammen, —
    Swan. In einem Doppelklang erjauchzen wir.

    Bathild. Und ewig bist du ich.

    Swan.   Und ich bin du!

(rasch, von hier an gesteigert bis zu höchster Liebesbegeisterung)

(Stürmische Umarmung.)

(Vorhang fällt sehr rasch.)

———

III. Aufzug.

Odhins Zauberwald. Urwald großartigen Stils: in der Mitte der Bühne die gewaltige Esche, deren Wipfel, nicht sichtbar, in die Wolken ragt: links und rechts, durch den Stamm geschieden, mannshohes Gebüsch: daneben aber bleibt der Blick frei auf das Meer (mit einer Klippe), das quer den Hintergrund füllt. — Nacht. — Allmählich Morgengrauen; zuletzt strahlendes Morgenrot.

Erster Auftritt.

Hing (von links ganz vorn). Dies ist der Ort — dies ist die
rechte Stunde! — —

(Kleine Pause.)

Die Stunde, die entscheiden soll, ob mir
Der Sohn verloren, ob gewonnen ist. — — (Lange Pause.)
Was ist ein Sohn? — Kein Freund! Kein Ausgewählter!
Du hast ihn nicht gekannt, geliebt zuvor:
Geheimnisvolle Götter senden ihn
Und tief verschleiert bringen ihn die Nornen. (Pause.)
Doch, als man mir nun in dem ehr'nen Schild
Den kleinen Zappler zeigte —: als zuerst
Sein Auge, wie verwundert ob der Welt,
Die es ersah, das meine traf: — so hilflos,
Mehr hilflos als das junge Tier des Waldes: — — —
Da faßte mich weich rieselndes Erbarmen,
Ein seltsam Mischgefühl von Lieb' und Mitleid!
Und ich gelobte ihm: „du klein Geschöpf,
Das ohne mich das Weh der Welt nicht traf —
Nach Kräften will ich dir dies Weh erleichtern." — —

(Pause.)

Ich hielt mein Wort: und heiße Sohnesliebe
Vergalt mir zwanzig Jahre. — Glimmte doch

Von jener Liebe nur ein Fünkchen noch
In seiner Brust und weckte Swan es neu —:
Das wäre Zauber, der den Göttern lieb
Und eines alten Mannes letzter Wunsch! —

(Tritt hinter das Gebüsch links vom Baum.)

Zweiter Auftritt.
(Es wird langsam heller.)

Ringbert (rasch von rechts vorn auftretend).

Hier ragt die Esche! — (Pause.) Schauer rührt mich an:
Hier herrscht der Götter hehre Gegenwart:
Dem Schuld'gen Wehe, der sich wagt hieher! — (Pause.)
Und bin ich schuldlos, kämpfend mit dem Vater? (Pause.)
(lebhaft) Zwar um mein Recht, mein gutes Recht! (Pause.)
                              Doch wiegt
Die Krone mir das Herz des Vaters auf?
Wie würf' ich gern das blutbefleckte Schwert
Zu seinen Füßen nieder, dürft' ich nur
Sein ehrfurchtheischend Antlitz wieder schau'n,
Sein Auge leuchtend auf mir ruhen seh'n
In alter Liebe — Hilf dazu, o Swan —:
Und mehr als einen Bruder lieb' ich dich.

(Tritt hinter das Gebüsch rechts vom Baum.)

Dritter Auftritt.
(Steigende Helle.)
Swan (von links ganz hinten). Bald folgt ihm von ebenda Bathild. —
Später Ring und Ringbert.

Swan (tief ernst). Furchtbar gefährlich ist mein kühner Plan!
Weh, wenn ich mich getäuscht: — wenn allzuviel
Ich auf die Macht des Blutes und das Edle

Gebaut in diesem feuerköpf'gen Paar. —
Ich wagte Alles, Alles zu gewinnen.
Weh, wenn ich scheitre! Nehmt, ihr Götter, dann
Mein Blut als Opfer, eh das Schreckliche
Von Vater und von Sohn gefrevelt wird,
Die sich in Waffen gegenüber stehn! — (Pause.)
Bin ich noch würdig eurer Gunst und Hilfe? —
Ich, der gar stolz sich seiner Stärke rühmte,
Und den die Liebe dennoch so bezwang,
Daß Pflicht und Maß und Weisheit ich vergaß! —
Straft mich: — doch laßt mein Friedenswerk gelingen!

Bathild (ganz nach vorn kommend, leise, rasch, eifrig zu Swan).

Ich sah dem Vater Orm verstohlen folgen —:
(nach rückwärts links deutend in die Coulisse)
Er lauscht in jenem Busch.

Swan (ebenso leise). Ich sah ihn wohl.
Der junge Ormstein schlich sich Ringbert nach:
Er steckt dort hinter'm Fels. —
(Nach rückwärts rechts deutend.)

Bathild (leise). Weh, wenn mit Waffen ... —
Swan (leise). Dies Schwert genügt für beide! — Doch
ich hoffe,
Es braucht des Schwertes nicht, gelingt mein Plan. —
Bathild: jetzt bete, wenn du je gebetet,
Den Göttern abzuzwingen Huld und Hilfe. —
(auf die beiden Büsche deutend)
Sie suchen jeder längst das Herz des andern:
Doch keiner weiß vom andern, daß er sucht:
Laß uns die Irregänger rasch vereinen!
Der Schmerz, der Schreck soll, wie ein Blitzstrahl, sie
Erschüttern und in heilgem Feuer schmelzen
Von ihrer Brust die letzte Rinde Frost! — — —
(tritt von ihr hinweg, in die Mitte des Baums, sehr laut, wehklagend)

21*

Weh mir, Bathild! Ich unglückſel'ger Skalde!
Ein furchtbar Unheil hab' ich angerichtet!
Zu ſtark hat meine Zauberkunſt gewirkt!
Durch Weiheſprüche wollt' ich nur erweichen
Den ſtarren Sinn: doch allzuwilde Reue
Um dieſen grauſen Kampf rief ich hervor:
Und in Verzweiflung, laut ſich ſelbſt verfluchend,
Bevor ich's hindern konnte, ſtürzte ſich
Der Unglückſel'ge in ſein Schwert und ſtarb!

(Ring und Ringbert gleichzeitig hervortretend, keiner zunächſt den andern wahr-
nehmend, rufen geradeaus in das Publikum; Swan und Bathild ſind ganz nach
rechts und links vorn an die Seite getreten.)

Ring. O wehe mir! Mein armer, teurer Sohn! ⎱ (zu
Ringbert. O wehe mir! Mein armer, teurer Vater! ⎰ gleich)

(Beide wenden ſich nun gegeneinander: es iſt jetzt ganz hell.)

(Vater und Sohn ſehr raſch, warm und gemütvoll: ſtets geſteigert bis zu
Swans Rede.)

Ring. Was ſeh' ich!

Ringbert.　　　Wie? Du lebſt?

Ring.　　　　　Ein Irrtum war's?
Weil du nur lebſt!

Ringbert.　　　O nun iſt alles gut!

Ring. Ich wäre gern an deiner Statt geſtorben!

Ringbert. Mit meinem Leben hätt' ich deins erkauft!

Ring (die Arme öffnend).
Komm' an mein Herz!

Ringbert (an ſeinen Bruſt). Vergieb mir, lieber Vater!

Ring. Nie hab' ich dich gehaßt!

Ringbert.　　　　　Heiß lieb' ich dich!

Ring und Ringbert (zuſammen). Und niemals wieder laſſ'
ich dich von mir!

Swan. So lieblich tönt kein Saitenſpiel auf Erden! ⎱
Bathild. Wie dieſer Einklang jubelnder Verſöh- ⎰
nung.

Ring. Dir danken wir's, o Swan!

Ringbert. Doch sage, wie
Hast du uns ausgeforscht?

Ring. Und leis geleitet?

Swan (nachdrücklich). Durchschau'n die Herzen und zum
Guten zwingen, —
Das, — edle Fürsten, — das ist Skalden-Kunst! — —
(Ein Krieger tritt von links leise meldend an ihn heran und geht wieder ab.)

Ring. Nie hab' ich nach dem Leben dir getrachtet!

Ringbert. Vom Mordplan auf der Brücke wußt ich nichts!

Swan. Seht, strahlend steigt der Sonnenwagen auf:
Es weicht die Nacht: es siegt das heil'ge Licht! (Morgenröte.)
So weicht das Irrsal, welches Arglist wob:
Man meldet mir: sobald die Ränkeschmiede,
Ormstein und Orm, die insgeheim euch folgten,
Versöhnt euch liegen sahen Brust an Brust, —
Sind beide, die so grimm sich scheinbar haßten,
Auf Einem Schiff aus Thuleland entfloh'n. —

Ringbert (will fort, die Hand am Schwert). Ich eile nach! Ich
töte sie! —

Ring. Laß, Ringbert,
Die Frevler ihrer Schuld und ihrer Ohnmacht!
Was können sie, sind Sohn und Vater eins!

Ringbert. Sie sind's für immer: — dank dem edlen
Freund! —
Er, er hat vor der fürchterlichen Mordschlacht,
Die diese Sonne schaudernd sollte sehn,
Gerettet unser Volk: — den höchsten Lohn,
Den wir zu geben haben, darf er fordern.

Ring. Ich gäb' ihn gern: und wär's mein halbes Reich.

Ringbert. Er fordert nichts! — Ich aber, (lächelnd, liebenswürdig) ob kein Skalde,
Ich habe doch zwei Herzen auch durchschaut:

Siehst du erröten unsre weiße Rose?
O Vater, laß des Bruders Recht mich üben
Und werben um die Schwester für den Freund!
    Swan (rasch einfallend: zu Ring). Halt ein, o Herr! — Ver-
                              gieb, du Heißgeliebte!
Nicht eine Harfe darf, nur eine Krone
Der Brautschatz dieser Königstochter sein!
Mein ganzes Leben ist nur dieser Wunsch:
Und doch — ich fühl' es tief — ich darf es nicht!
Seht, deshalb, Freunde, floh ich aus dem Land:
Ich ahnte, hoffte dieser Liebe Keim
In ihr, die halb noch Kind: ich durfte nicht,
Der arme, schlichtgeborne Bauernsohn,
Mich drängen in das Haus der Könige!
Und doch maß ich mir nicht die Stärke bei,
Zu widersteh'n des Herzens heißem Drang,
Wenn ich in ihrem Busen dies Gefühl
Emporblüh'n sähe: deshalb floh ich sie! —
Was ich, fast Jüngling noch, als Pflicht erkannt,
Soll ich das nun, der reife Mann, verleugnen?
    Ring (überlegend). Wohl spricht er wahr! Geheimnisvoller
                                  Vorzug
Liegt in der hohen Kronenträger Blut.
Wer nicht wie Kön'ge, von den Göttern stammt,
Den müssen hoch die Götter erst erheben
Und eigne Thaten, bis er uns darf nah'n.
    Swan. Doch wehe mir! Ich brach erkannte Pflicht!
Dem Zug des Heimweh's folgt' ich in die Heimat: —
Die Liebe war's, in Heimweh nur verkleidet!
Zuviel vertraut ich meiner Kraft und Einsicht
Und reifen Jahren: weise wähnt' ich mich!
Und ach! ein Thor, ein pflichtvergeßner Knabe,
Erwies ich mich: der Zauber ihres Anblicks,

Das herzentzückende Geständnis ihrer
Verschämten Neigung riß mich blindlings fort:
Ich sah das höchste Kleinod dieser Erde
Goldleuchtend, winkend vor mir liegen —: ach!
Ich griff danach — des Pflichtgebots vergessen! — (Pause.)
Bestrafen solltet ihr mich, nicht belohnen!
An eurer Statt, ihr allzugütigen,
Straf' ich mich selbst —: lebt wohl auf immerdar!
Ein König nur darf um Bathilde frein! —

Ring (Pause.) Auf deinem Haupte, Swan, glänzt eine
Krone, —
Ringbert. Mit der der Himmel selbst dich hat gekrönt.
Ring. Die Sternenkrone schönsten Menschentums.
Ringbert (wendet sich). Doch was naht dort?
Ring.   Ein Schiff!
Swan (freudig hoffend).   Mit Seelands Flagge!

Vierter Auftritt.

Vorige. — Vom Meer her (von rechts) landet ein prachtvolles Drachenschiff:
der Jarl und Krieger in strahlenden Rüstungen an Bord: Eindruck reichster
kriegerischer Pracht. — Krieger und Volk von Thule strömen nun von beiden
Seiten zusammen. Jarl von Seeland (als Bote*) (in reichster Tracht und
Rüstung) landet mit mehreren Kriegern: andre Tänen bleiben auf dem Schiff,
eilt auf Swan zu, ein andrer Krieger trägt einen Kronreif auf kleinem Schild.

Der Jarl. Der Insel-Dänen Bote steh' ich hier
Und dies verkünd' ich: auf in Odhins Saal
Zu seinen Ahnen stieg der König Arn,
Der hoch zu Lethra hielt auf Seeland Hof:
Zum Wahlsohn hat er, Swan, dich auserkoren
Dich, Vikingtöter, Retter seines Reichs.
Wir aber, Seelands Edle, Seelands Volk,

---

*) Da das Stück sehr bescheidene Anforderungen an Personal macht, darf
wohl gebeten werden, die wenigen, aber wichtigen Worte des Boten von einem
recht guten Deklamator sprechen zu lassen.

Wir haben dich zum König uns gewählt,
Weil königlich wir deinen Geist erkannt.
Auf, König Swan von Seeland, folge mir,
Und nimm Besitz von Lethras goldnem Stuhl.
(Der Krieger bietet vortretend den Kronreif dar.)

Swan. (Pause.) Ihr Boten meines tapfren Volks von See-
land!
Nehmt meinen Dank (setzt die Krone auf) —: und eures Königs
Gruß! — —
Ja: König Arns und euren Willen ehrend,
Will euer Fürst ich sein und schwör' euch zu:
Ich will euch Freiheit, Recht und Ehre schützen,
Mit meinem Schwert, mit meinem letzten Herzblut.

Die Dänen. Heil König Swan!
(Begrüßen ihn, händeschüttelnd.)

Ring. Erkennst du nun, du allzustolz Bescheidner,
Der Götter Wink in dieser Botschaft an?

Ringbert. Sie zaubern auf das Haupt die Krone dir,
Die du vermißtest — —: sprich doch du, Bathild!

Bathild (tief schmerzlich: sie hat all das mit stummem Spiel begleitet).
Schon allzuviel hab' ich gewagt zu sprechen!
Ich schweige trauernd: — — denn er liebt mich nicht! —
Er wollte schonen mein durchschautes Herz:
Den edeln Vorwand nahmen ihm die Götter:
Nun kann er nur noch — offen mich verschmähn!
(Hüllt sich in den Schleier.)

Swan (eurig zu ihren Füßen). Zu deinen Füßen wirft mich
dieses Wort,
Bathild! Bathild! O Kön'gin meiner Seele!
Vergieb! Verzeih! Ach alle Kraft und Klugheit
Löst sich, besiegt von allgewalt'ger Liebe!
Und, wie ein Bettler um das Brot, das ihn

Errette vor Verschmachten, fleh' ich dich
Um beiner Liebe göttlich Huldgeschenk.

Bathild (ihn erhebend). Dein ist mein Herz: — ich weiß
es nicht, wie lang.

Swen. Kein Gott in Asgardh gleichet mir an Glück! —

(Kleine Pause.)

Nun, König Ring, vernimm mein Scheidewort:
Nicht jetzt verlang' ich beiner Tochter Hand:
Das Dankgefühl ob des versöhnten Sohnes
Füllt jetzt dich ganz: und wie Erpressung wär' es,
Unebler Raub und Mißbrauch beiner Güte,
Entriß ich jetzt das Jawort bir: ich lasse
Zur Überlegung bir gerechte Zeit:
Bathildens Herz ist mein, das gab sie selbst!
Mein Volk zu grüßen und mein Reich zu ordnen
Fahr' ich gen Seeland, folgend biesen Boten.
In wen'gen Wochen aber kehr' ich wieder:
Dann, König Thules, werb' ich um bein Kind:
Und giebst bu sie, so zahl' ich bir den Brautschatz,
Soviel der größte Dänenschild umfaßt, —
Mit rotem Gold aus Lethras Königshort. —
Leb wohl, Bathild! (Küßt sie auf die Stirn.) An Bord nun,
meine Mannen!

Der Jarl. An Bord! Zieht hoch den Königswimpel auf!

(Ein scharlachroter Wimpel wird aufgezogen. Swen und die Dänen be-
schreiten, von Ring und den Seinen bis an die Küste begleitet, das Schiff:
malerische Gruppierung an Bord: das Schiff fährt langsam zuerst nach rechts ab,
verschwindet hinter einer Klippe und wird später nach Umsegelung der Klippe
weiter links nochmals sichtbar.)

(Ring, Ringbert, Bathild kommen nun wieder nach vorn. alle drei freude-
strahlend, lebhaft bewegt).

Ring (in der Mitte, beider Kinder Hände fassend).
Und all bies Glück floß uns aus Einem Born.

Ringbert. Dem Born, dem alles Menschenheil entströmt: —

Bathild. Der Herzensgüte und der Herzensweisheit!

Ring. Die sich als schwerster Kämpfe Kranz nur dar-
beut. —

Ringbert. Was solch ein Mann dem Leben abgerungen, —

Bathild. Das hat er nicht für sich allein erfiegt.

Ring. Nein, gleich der Sonne strahlt er aus sein Licht.

Ringbert. Beglückend, was erreichen kann sein Strahl.

Bathild (sich nach hinten wendend). Noch einmal muß er sichtbar werden dort, —

Dort am Geklipp.

(Das Schiff wird wieder sichtbar, alle drei wenden sich ihm zu.)
(Stellung: — Bathild —
Ringbert   Ring.)

Swan! (winkt mit dem Schleier) kehre bald zurück!

Swan (grüßend mit der Rechten).

So bald ich kann! Mich zwingt das Herz hieher!

(Das Schiff verschwindet nun links in der Coulisse.)

Bathild (auf einen Felsen an der Küste steigend, nachwinkend).

Auf Wiedersehn, mein Herr und mein Gemahl!

(Vorhang fällt langsam.)

Der Stoff dieses Dramas ist ausschließlich entnommen meiner frei erfundenen
gleichnamigen Ballade: Balladen und Lieder, Leipzig, Breitkopf und Härtel
1878. S. 44f.

Deutsche Treue.

Ein vaterländisches Schauspiel in fünf Aufzügen

von

Felix Dahn.

Motto.
Wir wollen sein ein einzig Volk von Brüdern,
In keiner Not uns trennen und Gefahr.
Schiller.

Erstmalig erschienen 1875.

Leipzig
Druck und Verlag von Breitkopf und Härtel
1898.

Das Recht der scenischen Aufführung sowie der Übersetzung
in fremde Sprachen vorbehalten.

Josef Viktor von Scheffel

zum

Gedächtnis zwanzigjähriger Freundschaft

zu eigen.

DEUTSCHE TREUE
FELIX DAHN
Personen.

—

Heinrich der Erste, deutscher König und Herzog von Sachsen.
Arnulf, genannt der Böse, Herzog von Baiern.
Wanda, seine Gemahlin zweiter Ehe, Tochter des Böhmenherzogs
      Borivoi.
Spithinjef
Ratibor } böhmische Fürsten, Wandas Vettern.
Lindgard, Arnulfs Tochter erster Ehe.
Burchard, Herzog von Schwaben.
Eberhard, Herzog von Franken, Bruder des Vorgängers Hein-
      richs, Konrads des Ersten.
Giselbrecht, Herzog von Lothringen, 16 Jahre alt (Damenrolle).
Konrad, Markgraf von Kärnthen, Arnulfs Neffe und Vasall.
Udalrich, Bischof von Augsburg.
Odelbert, Erzbischof von Salzburg, Arnulfs Vasall.
Gerd Billung, sächsischer Graf, König Heinrichs alter Waffen-
      meister.
Robert, Graf von Paris, Gesandter des Königs Karl des Ein-
      fältigen von Westfrancien (Frankreich).
Karchan
Milloß } Fürsten und Gesandte des Ungarnkönigs Zoltan.
Der Reichsherold.
Helmbrecht, Herzog Arnulfs Bogenspanner.
Robilo, ein bairischer Schütz.
Der Burgwart der Ennsburg.
   Deutsche, böhmische, ungarische Heerführer, Krieger und Boten.

Zeit der Handlung: das Jahr 920, im Anfang von König Heinrichs Regierung.
Ort der Handlung: I. Aufzug: Marktplatz der Reichsstadt Seelheim in Hessen.
II. Aufzug: Schloß Arnulfs zu Mals auf der Malser Heide am Fuß des Ortlers.
III. Aufzug: Lager Arnulfs im Isarwald bei Freising. IV. Aufzug: Thurmhalle
der Ennsburg, des Schlosses Konrads, in Kärnthen. V. Aufzug: Donauwald
      vor Regensburg.
  Zwischen dem ersten und dem fünften Akt liegen 40 Tage.

Google

I. Aufzug.

Offener Marktplatz der Reichsstadt Seelheim in Hessen. Rechts (rechts und links stets von der Bühne aus gedacht) im Vordergrund der königliche Palast, sehr schlicht, mit Pfeilern, Thor und vier Stufen, auf deren oberste in der neunten Scene der Thronhimmel gestellt wird. Gerade gegenüber eine Herberge: ein grüner Kranz als Weinzeichen ausgehängt; vor der Thüre Tisch und Bänke; im Mittelgrund eine breite Kirche, an deren beiden Seiten Straßen nach hinten führen.

Erste Scene.

Tagesanbruch: Dämmerung. Gerd Billung in Mantel und Helm geht, wie Wache haltend, mit dem Speer über der linken Schulter, vor dem Palastthor auf und nieder. — Nach geraumer Weile tritt Eberhard (in Mantel und Helm) aus der zweiten Coulisse links und geht auf den Palast zu.

Gerd Billung (den Speer wachsam erhebend).
Steht! Wer da? Losung?

Eberhard.   Heinrich und das Reich! (erkennt ihn)
Wie? Ihr, Graf Billung, selbst steht Wache hier?
Ihr hegt scharf Mißtrau'n!

Gerd Billung.   Wir sind in der Fremde. —

Eberhard. Im Hessenlande!

Gerd Billung.   Nicht auf Sachsenerde. —

Eberhard. Ist's dort allein denn sicher?

Gerd Billung.   Für Ihn: — — Ja.

Eberhard. Das wolle Gott nicht, daß der deutsche König
Nicht überall in Deutschland sicher sei.

Gerd Billung. Der Sachse ist am sichersten — in Sachsen.

Eberhard. Gönnt ihn uns allen: er ward unser König.

Gerd Billung. Er blieb Ostfale, Sachsenherzog doch.

Eberhard. Ihn abzuholen kam ich, wenn er wach wird.

Gerd Billung. Er schlief nicht.

Eberhard. Was? Die ganze Nacht . . .? —

Gerd Billung. Durchsann er.

Eberhard. Wie wißt Ihr's? —

Gerd Billung. Vor dem Vorhang saß ich,

Eberhard. Wachend?

Gerd Billung. Was liegt an mir! — — Er aber schläft
nicht mehr,
Die Nächte durch Rat pflegend, schreibend, sorgend,
Seit Ihr . . . — Ihr seid sein schlimmster Feind, Herr Franke.

Eberhard. Ich!

Gerd Billung. Ihr habt ihm gebracht die Unheilsgabe
An uns'ren stillen Vogelherd im Harz.

Eberhard. Ich ihm das Unheil! — Eine Krone bracht' ich.

Gerd Billung. O hättet Ihr sie doch für Euch behalten,
Die Krone voller Bürden, sonder Macht,
Die Krone voller Pflichten, sonder Recht,
Die Krone voller Feinde, sonder Reich!

Eberhard (verweisend). Ihr redet von der deutschen Königskrone!

Gerd Billung. Von meines Herren Dornenkrone red' ich.

Eberhard. Ihr seid so eigenwillig — wie der Bayer.

Gerd Billung. Darf nur der Bayer eigenwillig sein? —
Da kommt mein Herr, vertieft, verwacht, voll Sorge.

———

Zweite Scene.

Vorige. König Heinrich (im Mantel, ohne Helm) tritt langsam, nachdenklich, aus dem Vorhang und die Stufen herab.

König Heinrich (langsam, in einer Urkunde lesend, dann aufblickend).
Wie heißt die Feste der Hevelber, die
Dort — an der Havel — nahm das deutsche Heer?

Gerd Billung. Szgordzélcia, bei den Slaven.

Eberhard (wie verdeutschend). „Dorf der Brände".

König Heinrich. Nennt's deutsch fortan.

Gerd Billung. Doch wie?

König Heinrich (nachsinnend).
Nennt's — — — Brandenburg.

Gerd Billung. Hm, — Brandenburg!

Eberhard. Das Wort ist gut zu merken.

König Heinrich. Setzt einen Grafen mir nach Branden-
burg: —
Der Ort ist wichtig: gebt ihm wache Leute: —
Kein Bote mehr von Hamburg?

Gerd Billung. Nein: stets enger
Umschließt's der Däne Gorm: Herr, helft der Stadt!

Eberhard. Und hier der Reichstag?

König Heinrich (schüttelt langsam nachdenklich den Kopf).

Gerd Billung (zu Heinrich). Laßt den Reichstag schwatzen
Und helft den wackern Sachsen an der Elbe.

König Heinrich. Nicht Sachsenkönig, deutscher König
heiß' ich.

Gerd Billung. Die Bürger Hamburgs sind so brav!

König Heinrich. Drum eben!
Laß sie noch kurze Zeit sich selber helfen.
Ich kann nicht überall zugleich sein, Gerd.
Nur kriegserfahrnen Feldherrn brauchen sie: — — —
Den Grafen Hellmut schick' ich ihnen drum.

Gerd Billung. Mit dem ist Sieg!

König Heinrich. Kam er noch in die Stadt?

Gerd Billung. Gewiß! — dem trau' ich ganz.

König Heinrich (zu Eberhard). Er ist aus seinem Gau.

Eberhard. Euch abzuholen kam ich, vor dem Reichstag,
Die Burg, die hier geschanzt wird, zu beschaun.

22*

König Heinrich. Ja, erſt die Waffen muſtern, — dann
die Feinde.
Eh' wir Weſtfranken, Böhmen, Ungarn hören,
Erquicken wir das Auge an dem Bau.
Eberhard. Gepflanzt von Euch!
König Heinrich. Gott gebe raſches Wachstum!
Wir brauchen's, ſorg' ich. — Gerd, du bleibſt; und höre:
(vertraulich die Hand auf ſeine Schulter legend)
Wenn nun die deutſchen Herrn von Süden kommen: — —
Daß du mir ja den Sachſen nicht verleugneſt!
Gerd Billung (trotzig). Ich wüßt' nicht, wie!
König Heinrich (mit leiſer Ironie ihm auf die Schulter klopfend).
Drum trag's auch mannhaft, Gerd, —
Wenn dir der Schwab' den Schwaben ſollte zeigen! —
Ich bau' auf dich: halt' Fried': denk': „Schwaben ſind's
nun"!
Gerd Billung (brummig). So wären ſie in Schwabenland
geblieben!
König Heinrich. Und wir in Sachſen! — Heißt das:
Reichstag halten?
(zu Eberhard im Abgehn)
Sprecht mir von Arnulf nun, dem Bayerherzog.
Doch Gutes ſprecht: genug hör' ich des Schlimmen:
All ſeine Biſchöfe verklagen ihn.
Eberhard. Er hätte mehr zu klagen über ſie.
König Heinrich. Doch klagt er nicht.
Eberhard. Nein: er beſtraft ſie ſelbſt. —
(König Heinrich und Eberhard ab im Mittelgrund rechts, Gerd Billung in den
Palaſt).
(Pauſe.)

———

Dritte Scene.

Graf Robert von Paris und Giselbrecht: Robert führt vertraulich den Knaben am Arm: aus dem Mittelgrund links, im Gespräch auftretend. — Es wird heller. Graf Robert sehr vornehm und elegant in der Haltung, äußerst reich gekleidet, Seide, Samt, Edelsteine, breite Goldstickerei, zierliches Barett mit weißen Federn. Giselbrecht sucht es ihm in der Kleidung nach Kräften gleich zu thun.

Graf Robert. Sire Giselher, je mehr ich Euch sondiere,
Je klarer seh ich: — uns apparteniert Ihr!
Nicht diesen Sachsen, plump, derb, dörperlich,
Die noch so crüb und rüb barbarisch sind,
Wie da Karle=Magne in ihre harten Schädel
Mit Schwerterhieben schlug das Christentum.

Giselbrecht. Cousin, es ehrt mich, zählt Ihr mich zu Euch.
Auch mir ist dieser schwere Schlag . . (er stockt und sucht nach dem romanischen Wort) konträr
Es zieht mein Herz nach leichter — (stockt) — Plaisantrie,
Nach Courtoisie bei hold graziösen Damen,
Nach Seidenglanz, nach Tanz und Karussell.

Graf Robert. Mit einem Wort: es zieht Euch nach Paris!
Doch: dort ist nur des Himmelreichs Entrabe:
Viel reicher als die Sein' fließt die Garonne,
Und wer im Val be Rhone, be Durance
Einmal die dunkeln Fraun genoß und Trauben: —
Den fröstelt, (sich leise schüttelnd) muß er ostwärts übern Rhein.

Giselbrecht. Nach Süden ganz und Westen lockt es mich,
Warm will ich Eurem Vorschlag — (stockt) sekondieren.

Graf Robert. Ja, Eures Lehnherrn Thron muß in Paris,
Darf nicht in einem Sachsenweiler stehn,
Wie (buchstabierend) Merz=burg, Quedl=es=burg! — Per Dex!
                                        mein Mund!
Es bricht mir noch die Zunge dieses: — Deutsch!
Sagt: was heißt: „Deutsch"?

Giselbrecht (sichtlich durch die Frage in Verlegenheit gesetzt: denkt nach, dann rasch).

Deutsch? — Ei — deutsch! wie das Volk spricht:
An Seine und Loire klingt ein zierlich Welsch,
Ein Halblatein — fast wie's im Buche steht
Und wie's die Mönche singen in der Kirche.

Graf Robert (verächtlich). Ah, ich versteh': deutsch — deutsch
ist: — Bauernsprache.

Giselbrecht (ernst und tief). Herr: meine Mutter betete nur
deutsch! —

Graf Robert (fühlend, daß er, zu weit gehend, verletzt hat, verbessert
rasch seinen Fehler).

Pardon! Cousin! — lang tot ist Eure Mutter.
Und Clarabella, meines Königs Tochter,
Sie ist sehr vive! — sie schickt Euch Souvenier —
Wie schlägt sie doch — Ihr saht es — so graziös
Das Ballraket — sie redet nur romanisch.

Giselbrecht. Da kommen unsre Freunde.

Graf Robert.   Unsre Meute
Sagt, die uns jagen hilft den Sachsenbär.

————

Vierte Scene.

Vorige. Spithinjef. Karchan und Miklosz aus der Seitencoulisse
links.

Graf Robert. Salut, ihr Herrn! laßt nochmals promit-
tieren.
Daß wir zusammen stehn.

Spithinjef (Robert die Hand gebend). Wir müssen wohl.

Karchan. Sonst zwingen wir ihn nicht.

Miklosz.   Er ist zu stark.

Graf Robert. Noch nicht, Seigneurs!

Giselbrecht.   Stark ist ein deutscher König!

Spithinjef. Doch dieser Sachse ist's noch nicht.

Karchan.   Er hat
Die Krone —

Miklosz. Und den Königsnamen!

Spithinjef. Ja:
Doch mehr hat er auch nicht.

Karchan. Er ist gewählt.

Miklosz. Und anerkannt.

Karchan. Von Sachsen.

Miklosz Und von Franken.

Spithinjef. Das ist die Hälfte nur der deutschen Kraft.

Graf Robert. Der Schwabe Burchard sträubt sich noch
und zaudert.

Spithinjef. Und nie wird ihn — dafür laßt Böhmen
bürgen
Und Wanda-Blaska, Böhmens stolzes Kind, —
Der starke Bayer Arnulf anerkennen,
Der König gleich in seinen Bergen herrscht.

Graf Robert. Schwer wiegt sein Arm.

Karchan. Wir haben's oft erfahren.

Miklosz. Er ist des großen Vaters würd'ger Sohn.

Karchan. Sein Vater Liutpold war der Ungarn Schreck.

Miklosz. Mit seinem Namen schweigten unsre Mütter
Die schrei'nden Kinder —

Karchan (grimmig). Bis er endlich fiel.

Spithinjef. Und fiel — zum größten Glück! — durch
Schuld der Sachsen!
Das trennt von diesem Heinrich stets den Sohn.

Graf Robert. Nicht die paar tausend Speere nur entscheiden,
Die Schwab' und Bayer stell'n zum deutschen Heer. —

Giselbrecht (einfallend). Gewalt'ge Krieger sind die Ala-
mannen!

Miklosz. Und wuchtig trifft — ich spürt's! — des
Bayern Arm.

Graf Robert. Nicht das entscheidet! noch so starke Speere·

Zerbricht man, — einzeln, — leicht: — den Speerbund:
— — — nie! —
Der Speerbund darf nicht neu geschnüret werden,
Der unbezwingbar machte diese Stämme:
Es darf kein Mittelpunkt für diese Kreise,
Es darf kein deutscher König mehr ersteh'n.

Spithinjef (einfallend). Sich lassen können diese Stämme
nicht:
Dazu sind sie zu nah sich artverwandt:
Sie können nur sich stützen oder reiben.

Graf Robert. Wenn sie sich reiben, reiben sie sich auf,
Der Platz wird frei für uns: uns ziemt der Vorrang,
Karl=Magnes echte Erben sind nur wir:
Westfrancien trug das Kreuz und feinre Sitten
Zu den Barbaren sieghaft übern Rhein.

Spithinjef. Ihr kämpft nur um den Vorrang, wir
ums Dasein:
Gefährlicher noch als das deutsche Schwert
Schiebt rastlos uns der deutsche Pflug nach Osten,
Und seine Knechte nennt der Deutsche Slaven.

Karchan. Wir aber kämpfen um das flotte Leben
Im Sattel, auf dem Gaul, von Raub und Beute.

Miklosz. Zum Pflug, dem deutschen Bauer ähnlich, müßte
Der edle Ungar greifen, sä'n und ernten . . . —

Karchan. Im Schweiß des Ackers tiefe Furchen ziehn!
Wenn dieses Nachbarreich erstarkt . . . —

Miklosz.   Abe
Dann, Reiterlust und Plünderung, Sieg und Brand!

Karchan. Verlernen müßten wir den Raubritt!

Miklosz.   Arbeit lernen!

Karchan. Unwürdig beides!

Miklosz.   Und unmöglich gleich.

Spithinjef. Im Anfang gleich des neu versuchten Bau's,

Eh' noch halb mannshoch ihn die Mauer deckt, —
Die ersten Steine müssen auseinander.

Graf Robert (die Hand auf Giselbrechts Schulter legend).
Das Land Lothars, die Pforte ihres Hauses,
Gehört Westfrancien zu.

Giselbrecht (in seine Rechte einschlagend). Mit warmem Wunsch.

Spithinjes. Vom Meer abdrängen muß man diese Sachsen,

Graf Robert. Der Däne Gorm, (zu den Ungarn) der fast
so gut wie ihr
Zu Land, sich auf den Raub versteht zur See,
Nahm schon die deutsche Mark dort an der Slei.

Karchan (neidisch und neugierig). Wie heißt sie?

Spithinjes. Sleswig.

Graf Robert. Und mit dreißig Drachen
Drang er den Elbestrom hinauf bis Hamburg.

Miklosz (begehrlich). Den Namen hört' ich schon — die
Stadt ist reich!

Karchan (seufzend). Wie schad' daß sie so hoch im Norden
liegt.

Graf Robert. Ja, diese Truh'n müßt ihr schon andern
gönnen!

Miklosz. Nein, lassen nur!

Karchan. Nicht gönnen!

Spithinjes. Vom Süden hat der Stadtgraf von Verona
Bis Bozen schon die kühne Hand gestreckt.

Miklosz. Derb auf die Finger schlug Herr Arnulf ihm.

Karchan. Und trieb ihn durch die Felsenklause heim.

Miklosz. Wie uns dort bei Trient! da galt's ein Reiten!

Karchan. Kein Teufel lockt mich mehr in jene Berge.
Der Bayer ist so stark, wie jener Sachse.

Miklosz. Wenn die mal eins sind . . . —

Spithinjes. Niemals soll'n sie's werden!

Wenn wir uns einen und sie uneins bleiben,
Beim heilgen Prag, (wild) dann sind sie all' . . . —

    Graf Robert (einfallend). Verloren! (zu Giselbrecht)
Schließt Euch an uns, nicht an dies Volk der Zwietracht,
Der Ohnmacht, Barbarei und des Ruins.
Kommt, laßt uns deliberieren, wie konzentrisch
In diesem sogenannten Reichstag wir
Und bald, hoff' ich, im Kriegsfeld operieren.

    Karchan. Ihr führt das Wort — Ihr findet Worte leichter
Als wir . . . —

    Graf Robert. Und auch Gedanken, sollt' ich meinen.
Ihr findet dafür leichter (macht die Bewegung des Nehmens) Silber-
                                 spangen.

    Karchan. Tut, tut, mein feiner Herr! wir kennen auch
Die Wege nach Paris —

    Miklosj.   Und unsre Gäule,
Sie trinken Seine- und Marnewasser gern.

    Spithinjef (beschwichtigend). Kein Streit! auch nicht im Scherz:
                         mir ist es Ernst:
(grimmig) Der Sachse muß mir nieder!

    Graf Robert.   Und das Reich!
(faßt Spithinjefs und Giselbrechts Hände, alle ab durch die Seitencoulisse links.
       Pause, es wird nun ganz heller Tag.)

———

        Fünfte Scene.
König Heinrich. Eberhard, langsam im Gespräche zurückkommend.

    Eberhard. Die Burg wird fest.

    König Heinrich.   Doch wird sie gar so langsam!
Und zur Entscheidung drängt die Not. — Noch einmal:
Glaubt Ihr, der Bayer und der Schwabe kommen
Zu diesem Reichstag und zur Anerkennung?

    Eberhard. Vielleicht der Schwabe: (zögernd) doch der Bayer
                    (bedauernd) — Nein!

König Heinrich (sehr tief schmerzlich, aufseufzend, die linke Hand an die Stirn legend).

So muß Gewalt ihn zwingen!

Eberhard (wie immer, vermittelnd). Herr, ich hoffe: —
Wenn Ihr Euch jemals Aug' in Auge säh't, —
Das wäre gut!

König Heinrich (sehr ernst). Vielleicht erlebt Ihr das:
Zweikampf mit mir, sagt man, ist sein Gebet.

Eberhard. Nicht Kampf mein' ich: und wenn: — nur
Kampf der Geister:
Rasch würden deine stille Größe sich
Und seine herbe Kraft versöhnt begreifen!
Zwei Männer, — die so ganz einander wert!

König Heinrich. Schlimm Lob für mich! — „Den Bösen"
nennt man ihn.

Eberhard (rasch einfallend). Wer nennt ihn so? die Pfaffen,
die er bändigt,
Und die allein der Zeiten Lauf verzeichnen.
(lebhaft) Ja, wenn die Mäuse Weltgeschichte schreiben,
Wird Kater Murr schwerlich „der Gute" heißen.

König Heinrich. So warm wie meinen Vorgänger im
Reich.
So werden auch nicht mich die Mönche loben.

Eberhard. Mein armer Bruder war zu fromm und schwach.

König Heinrich (sehr tief). Auch ich bin fromm! doch davon
weiß nur Gott.

Eberhard. Ihr seid nicht schwach, auch gegen Priester nicht:
Und kurz Ihr wollt ... —

König Heinrich.   Herr sein in meinem Reich.

Eberhard. Das will der Bayer just in seinem Land.

König Heinrich (schwer, sorgend). Wenn ich nach Bayern
denke, wird's mir trüb

Vor Augen: (rascher, aufblickend) nur ein Stern glänzt tröst-
lich dort.

Eberhard (freudig einfallend). Konrad von Kärnten! Segne
ihn die Sonne!
Das ganze deutsche Volk hat keinen Jüngling,
Der diesem edlen Markgraf sich vergliche.

König Heinrich (warm und innig). So denk' ich Siegfried
mir von Niederland,
Von dem ich singen viel und sagen hörte.
Licht wie der Mai und ohne Mal und Makel!

Eberhard. Er hält allein am Hof zu Regensburg
Der schönen bösen Böhmin Widerpart,
Die alles haßt, was deutschen Namen trägt.
Er ist ein Held, das wissen die Lombarden.

König Heinrich. Viel welschen Lorbeer brach er sich
am Po.

Eberhard. Und seine Ennsburg ist der Ungarn Schreck.

König Heinrich. Er ist der treuste Graf des deutschen
Reichs.

Eberhard. Das macht: er saß nicht stets in seinen Bergen.
Er kennt auch Sachs und Frank.

König Heinrich.   Er kennt und liebt sie. —
Des troß'gen Oheims freundlich milder Neffe,
Er muß mir dieses Reiches schwere Last
Mittragen helfen: unsrer Zukunft Bau,
Auf diese schlanke Säule stütz' ich sie:
Mir schenkte Kinder nicht mein erst Gemahl:
Zu höchstem Ziel kor ich mir Konrad aus.

Eberhard. Der deutsche König darf nicht Wittwer
bleiben!
Man sagt: — ihr warbt — (leiser). geheim um Arnulfs
Kind? —

König Heinrich (gutmütig, hält ihm die Hand vor den Mund).
Schweigt nur vor Gerd davon! — Grimm würd' er schelten!
Denn mit Mathildis will er mich durchaus,
Der Enkeltochter Wittekinds, vermählen.

Eberhard. Warum?

König Heinrich. Weil alte Sachsenweissagung verheißt:
Aus seinem Blut ersteht ein großer Kaiser.

Eberhard. Saht Ihr je Arnulfs Tochter? kennt Ihr sie?

König Heinrich (ruhig, ohne Sentimentalität, aber tief).
Ich sah sie einst, am Tag zu Mainz: sie ist
Ein holdes Kind.

Eberhard. Die zarte Blüte wuchs aus hartem Fels.
Doch glaubt mir: echtes Gold birgt sein Gestein:
Der Mann ist stark und tief — wie seine Berge,
Doch wie ein Bergstrom auch so rasch und wild.

König Heinrich (ruhig, ohne Übermut). Der wildste Bergstrom
                        muß zuletzt ins Meer.
(sinnend und forschend)
Wo saht Ihr ihn? Wo weilt er meist? Wo jetzt?

Eberhard (langsam, feierlich). In seiner Lieblingsburg zu
                        Mals, in Rätien,
Wo auf die steinbestreute Heide nieder
Der hohe Ortler majestätisch schaut
Und, wann der Föhn die eis'gen Gipfel packt,
Die Schnee- und Felslawinen donnernd schickt. (Pause)
Ein Feind, den man sich stets zum Freunde wünscht.

König Heinrich. Was ich von weitem sah von Herzog
                        Arnulf,
Hat all mir tief behagt: gern will ich helfen
Ihm, Ordnung schaffen und den Krummstab meistern,
Gern, neidlos laß ich seiner großen Kraft
Auch weiten Raum in seinem großen Land:
Doch beugen muß er sich, gleich mir, dem Reich:

Sich fügen muß er, wie wir alle müssen:
So stark ist keiner, auch der Bayer nicht,
Daß er der Andern spröde mag entbehren:
Wir brauchen ihn: — und er nicht minder uns;
Will er das lernen: beste Freunde sind wir.
Doch, wie ich selbst vom Arm mir schlüg' die Linke,
Wenn sie sich heben wollte wider's Reich: —
So muß ich treffen auch das höchste Haupt,
Das sich nicht beugt der Majestät des Reichs:
Nicht Herrschsucht spricht so, nein: Notwendigkeit!
Wir müssen Eins sein oder untergehn.

(Beide ab in den Palast. Pause.)

Sechste Scene.
Burchard. Helmbrecht. Schwäbisches Gefolge Burchards.

Burchard. Bi Gott, der Tag wird durstig! — Hoi Herr
Wirt!

(Schlägt mit dem Schwert, das er samt der Scheide, aus dem Wehrgehänge gelöst, in der Hand trägt, auf den Tisch. Der Wirt erscheint mit tiefem Reigen.)

Vom allerbesten bringt 'nen Morgenschoppen;
Hört Ihr: vom besten! — wenn's hier Wein noch giebt!

(Wirt ab.)

Seit ich den Neckar nicht mehr rauschen höre,
Trank ich kein Naß noch, das man trinken — kann.

(Wirt bringt Wein.)

Gerd Dillung (tritt unbemerkt aus dem Palast, bleibt auf der obersten
Stufe; für sich)

Das trinkt — wie unsereiner nachdenkt: — immer!
Ob der wohl heute schon gebetet hat!?

Burchard (zu Helmbrecht. Gerd nicht bemerkend, indem er sich setzt).

Setzt Euch nur nieder, Meister Helmbrecht, keck!
Weil ich ein Fürst bin, wollt Ihr stehn? — Bi Gott,
Ein Jäger, der so schießt und trinkt wie Ihr

Und Herz und Scherz so ganz am Fleck hat, ist mir
Viel lieber als ein Graf voll steifer Langwil.
Gern nahm ich Euch mit mir als Weggesellen,
Nachdem Ihr mir das stolze Steinbockpaar
Von Eurem Herrn als Geschenk gebracht.
Sonst wollt Ihr stets schnell heim in Eure Berge,
Doch diesmal zog's Euch hieher: — sagt warum?

 Helmbrecht (setzt sich geheimnisvoll). Ich wollt' den Sachsen-
           heinrich einmal sehn.

 Burchard (einschenkend). Das mag Euch werden, aber sagt
          warum?

 Helmbrecht (langsam). Ich möchte sehn, ob's wahr, ob's
           möglich ist.

 Burchard. Was, Jäger?

 Helmbrecht.   Was man von dem Sachsen sagt.

 Burchard. Was sagt man?

 Helmbrecht.   Ei, ein Spielmann hat's erzählt,
Der singend von der Weser zog zum Inn.

 Burchard. Ein Fiedelstücklein!?

 Helmbrecht.   Ja: es klang schwer glaubhaft.
Herr Heinrich sei im Wald mal eingeschlafen,
Ganz ohne Waffen, plötzlich wacht er auf:
Ein Bär war grimmig brummend ihm genaht.
Der Herr sprang auf, sah klar ihm, still ins Auge: — —
Und seitwärts weichend wandte sich das Tier. —
Nun möcht' ich seh'n, ob's solche Augen giebt. —

 Burchard. Das reizt den Jäger! — 's ist wohl Jäger-
         sage.

 Helmbrecht. Weshalb jedoch g'rad' von dem Herrn
         erzählt?

 Burchard (ernster). Weshalb? — weil man's von dem
         just glauben kann!
Er hat so was im grauen Aug', der Sachse. — — —

Wär' er nur nicht so kühl! — Da lobe ich
Den Herzog Heißblut, Euren Herzog, mir.
Wär' Er doch König worden, — bat ihn sehr!
Ich bring' es ihm. (Trinkt Helmbrecht zu.) Heil Bayern!
    Helmbrecht (thut Bescheid).   Und Heil Schwaben!
Der schmale Lech, der zwischen uns dahin fließt,
Kann uns nicht scheiden! — Oft sprang einst ich drüber.
    Burchard. Beim Bodensee! da könnt Ihr tüchtig springen.
    Helmbrecht. Ich war ein junger Bursch — und — 's
                        ging zum Schatz. —
        (er bemerkt Gerd Billung, zu Burchard)
Viel weiter liegt wohl die Art (mit dem Daumen der Linken deutend)
                        von uns ab.
    Gerd Billung (hört die letzten Worte). Was weiß der Bayer
                        da von unsrer Art!

Siebente Scene.

Vorige. Eberhard (kommt aus dem Palast und legt die Hand auf Gerd Billungs Arm).

    Eberhard. Ich soll Euch hüten, daß nicht allzu höflich
Den Herrn von Schwaben Ihr entgegenkommt.
    (Die Stufen herab zu Burchard an den Tisch tretend.)
Willkommen, Herzog Burchard, bei den Hessen.
    Burchard (trinkt ihm zu). Grüß Gott, Herr Eberhard! Euch
                        mag ein jeder!
Euch Franken hat und Thüringland der Herrgott
Wohlweislich eingeschoben zwischen uns
Und (auf Gerd deutend) — jene da: ich seh's — das ist ein
                     Sachse.
    Eberhard. Woran seht Ihr's?
    Burchard.   Am flachsgelb schlichten Haar,
Am kalten Aug' und — an der Mürrischkeit.

Gerd Billung (näher tretend). Wir sind nicht mürrisch, wenn
wir schweigen.

Burchard. Nein!
Nicht mehr, als wenn ihr lacht! Daß Gott erbarm'!
Ihr könnt gar lachen nicht, so recht von Herzen,
Daß jeder froh wird, der es hört, und mitlacht!

Gerd Billung. Wer oft lacht, ist ein Narr.

Burchard. Ja, und wer nie lacht:
Ein größerer: — wenn nicht ein Heimtücker.

Eberhard (vorstellend und beruhigend).
Des Königs Freund — Graf Billung!

Burchard. Gilt mir gleich!
Mit fröhlichen Gesell'n, auch unbekannten,
Gern trink' und schwatz' ich.

Gerd Billung. Ich frag' nach dem Namen.

Eberhard (vermittelnd). Sie halten lang an sich: — und
das ist klug.

Burchard. Klug mag es sein — doch ist es langweilig.

Gerd Billung. Zur Kurzweil lebt man nicht.

Burchard. Nein: Ihr bi Gott nicht!
Und wär' die ganze Welt so klug und steif,
So nüchtern ernsthaft nachdenksam wie Ihr —
Müßt aller Wein auf Erden sauer werden!

Gerd Billung. Was streitet ihr! — Ich schwieg.

Burchard. Ja wohl, Ihr schwiegt!
Und überlegtet gründlich und verbissen,
Ob wohl der Schwabe eine Blöße sich
In seinen Worten gäbe, die er fröhlich,
Wie sie ihm kommen, von der Leber spricht.
Dann aus den Zähnen, mit geschloßnem Mund, —
Denn aus der Brust nicht holt Ihr Eure Stimme —
Leis, rasch den Pfeil des Hohnworts d'rein gezischt,

Kalt, spitz und giftig, mit dem Widerhaken,
Der in der Wunde dauernd haften soll!

Gerd Dillung (gereizt). Wer zielt, der trifft — Ihr schwatzt
und schießt ins Blaue.

Helmbrecht (steht langsam schwerfällig-zornig auf).
(Zu Gerd.) Was schießen angeht — — (fragend zu Burchard)
Herr, der, scheint's will raufen? — — —

Burchard (laut). Nein, nein! er sucht nicht Streit: 's ist
nur die Art so:
Der unerträgliche, verhalt'ne Stolz!
Sie dünken sich was Beßres als wir andern:
Warum? weil sie viel mehr sich schinden müssen,
Weil sich's bei ihnen nicht so leicht und lustig,
So sonnig, bunt und froh lebt wie bei uns.

Eberhard (für sich). Da ist was d'ran; (laut) Ihr kennt das
Nordland, Herzog?

Burchard. Ja, leider kenn' ich's: sechsmal zog ich aus,
Von Sachsen Wend' und Dänen abzuwehren:
Mein Blut ist oft für Sachsenland geflossen: —
Doch Sachsenfreundschaft ward mir nie zu teil.

Gerd Dillung. Wir sind nicht undankbar.

Burchard. Hochmütig seid ihr!
Da sitzen sie auf ihren Nebel-Heiden,
Wo träg die Wasser schleichen durch die Sümpfe,
Wo schwermütig die Ebne grau sich dehnt,
Wo nie ein wonnig goldner Frühling einkehrt,
Daß man den Atem einhält, wie bei uns,
Den Hauch, der aus Italia grüßt, zu schlürfen,
Wo nie berauschend schwebt der Rebenblüte
Holdwürz'ger Duft durch laue Sommernächte:
Da sitzen sie die ewig langen Winter
Und fressen Stolz und Trotz in sich hinein:
„Wir sind was Beßres, weil wir tapfer frieren,

Weil wir die Scholle abgekämpft dem Moor,
Darauf die arme Hütte schmucklos steht:
Wir sind was Beßres, strenger, klüger, tiefer,
Als alle die am Rhein und an der Donau
Sich heiter ihres frohen Daseins freu'n."
Ja, euer Stolz ist eisgefrorner Neid. (Pause.)

    Gerd Billung (zu Eberhard).
Der Mann aus Schwaben sah wohl nie das Meer. — —
(für sich.) Die Stunde kommt —, da ich's den Schwätzern
                          lohne.

    Eberhard. Stolz! jeder Mann ist stolz; und jeder Stamm.

    Burchard. Nein! Sachsen-Stolz ist: andrer Art Ver-
                          achtung.
Ich hab's erprobt und hab's vergolten!

    Helmbrecht.   Sprecht!

    Burchard. Zu Hilf' den Sachsen waren wir gezogen:
Die Dänen schlugen wir vereint aufs Haupt:
Ich that mein Teil: da, mitten im Verfolgen,
Staunt mich ein Sachse an und spricht: „Ihr seid
Kein Sachse? Wirklich! 's ist ein Schwabe."
„Warum muß ich denn just ein Sachse sein?"
„Weil Ihr so brav gekämpft."

    Helmbrecht.   Der freche Bursch!

    Burchard. Natürlich rannt' ich ihn sofort vom Gaul,
Daß er sich ein paar Sachsen-Rippen brach. (Pause.)
Darauf hin wurden wir die besten Freunde.

    Eberhard. Ich denke doch, kein Sachse ward Euch Freund?

    Burchard. Der Eine nur, dem ich die Rippen brach! —
Bei uns zu Land ist das nicht Vorbedingung.

    Gerd Billung (ernsthaft zu Eberhard). Von all dem vielen,
                     was der Schwabe sprach,
Gefiel mir eins nur.

    Eberhard.   Was?

Gerd Dillung.   Das Rippenbrechen. —

Eberhard. Er ist der dritte Mann im deutschen Volk.

Gerd Dillung (zu Eberhard).

Der zweite? — — (zu Burchard) Herzog Arnulf! wird er wohl
Zum Reichstag kommen?

Burchard (steht auf und schickt sich an zum Aufbruch).

                        Herr, das fragt ihn selbst.

Meint Ihr, weil gern der Schwabe schwatzt beim Wein,
Ausholen läßt er sich um seine Freunde?
Ich habe meine vierzig Jahr, Herr Sachse:
Da werden auch wir dummen Schwaben klug.

                (Ab nach links seitwärts.)

Gerd Dillung. Der Bayer kommt nicht.

Eberhard.   Das giebt harte Händel.

———

Achte Scene.

Vorige. Lärm hinter der Scene, links hinter der Kirche. Sachsen und Schwaben
von dort her, jene scheltend, diese lachend. — König Heinrich im Mantel und
den breiten Schlapphut tief in die Stirn gedrückt tritt halb aus den Vorhängen.
Stift und Urkunde in der Linken: man sieht, er hat bis dahin geschrieben.

Eberhard (zu einem Sachsen). Was giebt's dort?

Sachse.   Herr, die frechen Schwaben höhnen
Des Königs neue Münze.

Eberhard (halb lächelnd). Sie ist klein.

Gerd Dillung (zürnend). Knapp ist das Silber,

Eberhard.   Und der Schatz ist leer.

Ein Schwabe (lachend heranlaufend zu Helmbrecht).

Das ist Hauptspaß! Seht nur, Jäger, seht:
Die neuen Sachsenschillinge! (zeigt sie auf der flachen Hand) Wir
                                                warfen
Sie durch ein Hafersieb: sie fallen durch!

Zweiter Schwabe. Gut schießt Ihr, Bayer, aber dort den
                                                Schilling,

Den sie zum Spott am Kirchthor angesteckt,

(deutet in die Coulisse links im Mittelfond)

Den trefft Ihr nicht!

Helmbrecht (ruhig die Armbrust spannend, einen Pfeil aus seinem
Köcher darauf legend und den Köcher auf den Boden legend, zielt).

Ich treff' den Zaunkönig: — ich treff' auch den!

(König Heinrich steckt die Urkunde ein, steigt langsam herab und nimmt unbemerkt einen Pfeil aus Helmbrechts Köcher.)

Gerd Billung (will Helmbrecht hemmen).

Das dürft Ihr nicht: er trägt des Königs Bild.

Helmbrecht (hat schon abgedrückt, blickt dem Pfeil nach). Das traf.

Erster Schwabe. Bi Gott, durchbohrt der Sachsen=Schilling.

Zweiter Schwabe. Das war ein Schuß! Wer ist ein
beßrer Schütze?

König Heinrich (nimmt Helmbrecht ruhig die Armbrust aus der Hand,
legt den Pfeil darauf und schießt).

Wer diesen Bayernpfeil dort selbst zerschießt.

Helmbrecht (vor und zurücktaumelnd).

Mein Pfeil! mein Pfeil! Entzwei! entzweigeschossen!

Wer ist der Zaubrer? (Mit Grauen dicht an Heinrich tretend, gebückt
zu ihm aufblickend.)

König Heinrich (sieht ihm tief ins Auge, wendet sich und geht langsam in den Palast).

Gerd Billung (folgt ihm). Das war König Heinrich.

Helmbrecht (in tiefster Erregung). Das ist das Auge, wahr
ist's mit dem Bären!

Nach Haus! zu meinem Herrn! ich muß ihn warnen:

Verloren ist, wer ringt mit diesem Mann. —

(Rasch ab im Mittelgrund links, die andern alle ab. — Pause. — Die Bühne
bleibt leer, es wird ganz heller Tag.)

———

Neunte Scene.

Der Reichstag beginnt. Wiederholte Trommetenstöße. Es treten auf: der Reichsherold und mehrere Trommetenbläser, hinter ihm der Reichsbannerträger mit dem Bild St. Michaels des Drachentöters auf dem Banner, Fürsten und Grafen des Reichs in großer Zahl, darunter auch einige Bischöfe; Reisige; der Haupt-eingang für den geschlossenen Zug ist der Mittelgrund rechts: — aber auch aus allen andern Coulissen strömt Volk herzu, jedoch keine Frauen. Die Bühne wird in einem gegen den Palast hin offenen Rechteck gefüllt: auf die erste Stufe des Palastes wird der Thron des Königs getragen und ein Speer daneben gesteckt. König Heinrich, nun in voller Königstracht, mit Königsmantel und reichem Helm (nicht Krone) tritt aus den Vorhängen; hinter ihm Gerd Billung und Herzog Eberhard von Schwaben. Die Tische und Bänke vor der Herberge sind fortgetragen worden: dort steht dem König gegenüber, unter der Menge, wenig sichtbar, Burchard: die Ausgänge links und rechts im Mittelgrund werden von Fronwärtern (Gerichtsdienern) mit halbmannshohen Schranken sichtbar ge-schlossen. All dies geschieht feierlich und malerisch vor den Augen des Publikums. Bei dem Erscheinen des Königs Trommetentusch — alle verneigen sich, König Heinrich dankt.

König Heinrich (leise zu Eberhard). Die Heerbannbriefe sind
versiegelt?

Eberhard.　　　　　　　　　　　　　　　　　　　Alle.

König Heinrich (zu Eberhard: dieser tritt dann die Stufen hinab
unter das Volk).

Erst in der Heimat lies't sie jeder Fürst,
Bis dahin bleibt der Sammelplatz geheim.
(zu Gerd Billung, leise) Ist mein Befehl erfüllt?

Gerd Billung (ebenso leise).　　　　　Besetzt mit Kriegern
Sind alle Thore dicht.

König Heinrich.　　Verläß'ge Leute?

Gerd Billung. Herr: lauter Sachsen sind's — ich kor
sie selbst.

(Gerd Billung tritt nun die Stufen herab unter das Volk.)

König Heinrich (schlägt mit dem aus dem Wehrgehäng gelösten in der Scheide mit der Hand getragenen Schwert an seinen Schild, den er zuvor an den Speer gehängt. Auf dieses Zeichen tritt der Reichsherold mit langem Stab in die Mitte, den Rücken gegen die Kirchenmauer, hinter ihm die zwei Trommeten-bläser, er spricht Front gegen das Publikum).

Der Reichsherold. Im Namen meines Herrn, des deutschen
Königs,
Der seinen Heerschild hing an diesen Speer,

Verkünde ich, des deutschen Reiches Herold,
Eröffnet Reichstag hier und Reichsgericht
Vor allem Volke mit Drommetenschall:
(die Drommetenbläser erheben die Drommeten, mit lang herabhängenden Fahnen
daran, und blasen nach links und rechts)
Verbiete Rede sonder Richters Urlaub,
Verbiete Scheltwort, Streitwort, Waffenzücken,
Gebiete Schweigen, Zucht und Rechtsgehorsam:
Bei Königsbann gebiet' ich Königsfrieden. — (Pause.)
Die Sonne steigt: — gerecht sind Ort und Stunde: —
Hier tagt des deutschen Reiches Majestät. —

     König Heinrich (erhebt sich). Der erste Reichstag meines
                                     Königtums
Soll meiner Herrschaft Wesen klar entfalten:
Den Feinden Trutz, die an den Marken drohn:
Dem Volke Schutz für Freiheit, Recht und Frieden:
Doch auch ihr volles Recht der Reichsgewalt! (Pause.)
(Er setzt sich) Gerufen sind, dem Könige zu huld'gen,
Hierher zwei mächt'ge Herzoge des Reichs:
Reichsherold, sprich, sind richtig sie geladen?

     Reichsherold (erhebt den Heroldsstab). Bei meinem Heroldsstab:
                                     ich lud sie selbst,
In seinem Schloß zu Mals den Bayerherzog,
In seinem Schloß zu Cur den Herzog Burchard.

     König Heinrich. Sind sie im Dingkreis? Frage, Reichs-
                                 herold.

     Reichsherold (im Kreis umherblickend, den Stab erhebend).
Ich rufe vor, ich rufe laut, ich frage:
Arnulf von Bayern und von Schwaben Burchard —
Seid ding-gehorsam, — seid ding-flüchtig ihr?

     Burchard (tritt trotzig vor). Hier steht der Alamannen Herzog
                                 Burchard:
Nie war er flüchtig noch: — ist's auch nicht heut'.

König Heinrich. Ruft noch einmal, ruft mit Drommetenschall,

Dingfrage ruft nach Herzog Arnulf mir.

Reichsherold (winkt: drei Drommetenstöße crescendo).

Ich rufe laut: Du, den ich richtig lud:

Arnulf von Bayern — hör's: — dich ruft das Reich!

(Große Pause. Feierliche Stille.)

Gerd Billung (tritt die Rechte hoch erhebend zwei Stufen hinauf, hält
zwei Stufen unterhalb des Thrones).

Gerd Billung, ich, ein freier Sachse, heische

Des Reichsgerichtes Urteil.

König Heinrich. Was für Urteil?

Gerd Billung. Der recht geladen war, vor recht Gericht,

Der ohne Not, der unvertreten ausblieb, —

Den Bayer-Herzog schelt' ich ungehorsam

Und heische gegen ihn — des Reiches Acht.

Mehrere Sachsen. Die Acht! die Acht!

Burchard (halblaut). Eilt's euch so heiß, ihr Herrn?

König Heinrich. Schweigt rings im Ding! Graf Billung,
Ihr habt Unrecht.

Dies Urteil weigr' ich —: bis die Sonne sinkt,

Hat der Geladne Zeit: noch klimmt die Sonne.

Erster Reisiger (an den Schranken rechts meldend).

Ein Häuflein Reiter heischt am Ostthor Einlaß.

Zweiter Reisiger (an den Schranken links meldend).

Am Südthor Einlaß heischt ein zweiter Zug.

Eberhard (freudig): Das sind die Straßen die aus Bayern
führen!

Zweiter Reisiger. Ein blaues Fähnlein flattert aus der
Schar.

Eberhard. Das ist der Bayern freundlich helle Farbe.

König Heinrich (winkt).

Zehnte Scene.

Vorige. Erzbischof Odelbert und geistliches Gefolge werden an den Schranken
rechts sichtbar.

Erster Reisiger. Erzbischof Odelbert von Salzburg heischt
Als Bote Herzog Arnulfs Dinggehör.

König Heinrich (winkt Gewährung).

Eberhard (zu Burchard). Der Salzburger? des Bayern
schlimmster Feind?
Verzeih mir's Gott: ich wollt', der Teufel holt' ihn.

Burchard. Der Teufel holt ihn nicht: er schickt ihn,
Freund.

Eberhard. Wie das?

Burchard. Wo mehr als Teufels Bosheit nötig ist,
Dahin schickt stets der Teufel einen Pfaffen.

Odelbert (tritt ganz links vor, mustert die Anwesenden, für sich).
Aus Bayern niemand hier! — Jetzt, böser Arnulf,
Du Bischof-Meisterer — jetzt meistr' ich dich.

(Verneigt sich vor dem König.)

Reichsherold. Erzbischof Odelbert, für wen hier sprecht
Ihr?

Odelbert. Erst für mich selbst und dann für Herzog Arnulf.

König Heinrich. Weshalb kam er nicht selbst?

Odelbert (achselzuckend). Ich kann's nicht sagen.
Gesund war er und heil, als ich ihn ließ. —
Doch, König Heinrich hört mich erst — für mich.
Was ich Euch brieflich anbot — sonder Antwort, —
Das schlag' ich hier vor allen nochmal vor:
Ihr seid gewählt: — jedoch noch nicht gesalbt:
Viel heilg'ren Scheins wird strahlen Eure Krone,
Viel leichter ihr das fromme Volk sich beugen,
Wenn sie der Kirche Hand erst hat geweiht.
Der Erzbischof von Mainz macht Schwierigkeiten,

Weil Ihr noch nicht von allen anerkannt:
Wohlan, ich bin sofort bereit zur Salbung,
Wenn fortan Salzburgs Kirche wird mit Mainz
Abwechselnd mit dem Salbungsrecht belehnt
Und mit dem Groß-Erz-Kanzleramt des Reichs.

  König Heinrich. Ich bin ein schlichter Mann, Herr Erz-
              bischof,
Verdiene und verlange keine Salbung.

  Odelbert. Der große Kaiser Karl war auch gesalbt.

  König Heinrich. Ich bin kein Kaiser und kein großer
              Karl.

  Odelbert. Wie das? Ihr müßt doch röm'scher Kaiser
              werden?

  König Heinrich. Nein: ich will nur ein deutscher
              König sein.

  Odelbert. Ihr werdet doch in Welschland Ordnung
              schaffen?

  König Heinrich. In Deutschland Ordnung schaffen hält
              schon schwer.

  Odelbert. Auch eine Königskrone hat erst Schimmer,
Wenn sie die Kirche weiht, die sie verleiht.

  König Heinrich (starr). Von niemand trag' ich, auch
            nicht von der Kirche,
Zu Lehn, Herr Erzbischof, die deutsche Krone.
So viel für Euch. — Nun sprecht für Herzog Arnulf.

  Odelbert (tief erbittert). Er trug mir auf ... — doch laßt
            nicht mich entgelten
Die Worte, die ich melde nur, nicht lobe.

  König Heinrich. Ihr seid des Herzogs Feind, nicht
            wahr, seit Jahren?

  Odelbert. Wir sind versöhnt: — verziehn hab ich ihm
            christlich.

  Burchard (für sich). Verzeih du und der Teufel!

König Heinrich.   So sagt an.

Odelbert. Er trug mir auf, vor allen zu erklären,
Daß seiner Tochter Hand er Euch verweigre.

(Allgemeines Erstaunen, Unwille der Sachsen.)

Gerd Billung (für sich). So warb er wirklich um die
Bayerin?
Er darf nur frein aus Wittekinds Geschlecht!

König Heinrich (dem Bischof in das Wort fallend).
Das ist kein Auftrag an den Reichstag und
Den deutschen König.

Odelbert.   Herzog Arnulf sagte:
„Ich weiß von einem deutschen König nichts."

(Unwille unter den Anwesenden.)

———

Elfte Scene.

Vorige. Konrad von Kärnten wird sichtbar an den Schranken links im
Mittelgrund. Er ist ganz gepanzert vom Scheitel bis zur Sohle, in strahlender
Rüstung, ohne Schild. Er bemüht sich vergeblich ringend durch die Reisigen und
in die Schranken zu dringen.

Konrad. Auf! thut mir auf die Schranken des Gerichts!

Odelbert (hat Konrad nicht bemerkt, fortfahrend).
Leer steh' der Thron, seit König Konrad starb:
Denn Euch, den Sachsen nur und Franken wählten,
Euch habe Schwaben noch nicht anerkannt
Noch Bayern: Lothringen sei reif zum Abfall,
Das ganze Reich des großen Karl zerbröckle,
Er wisse nichts von Reich und Reichsgericht.

Konrad. Er lügt! laßt mich hinein! auf mit den
Schranken!

Reichsherold (durch den Lärm an die Schranken gerufen).
Was sucht Ihr hier? Wen kommt Ihr zu vertreten?

Konrad. Arnulf von Bayern.

Reichsherold. Des Bayernherzogs Bote ist schon da:
Er führt bereits das Wort für ihn. Drum, Ruhe!

Odelbert. Nichts hab' er hier in Hessenland zu suchen:
Wenn ihm Herr Heinrich was zu sagen habe,
So mög' er suchen ihn am Donaustrom.
Dort harr' er sein mit fünfzehntausend Bayern. (Höchster Unwille.)

Gerd Billung (grimmig). Die Acht auf Bayern, Herr!

Die Sachsen. Die Acht! die Acht!

Konrad (zieht das Schwert —, bringt mit Gewalt durch die Schranken
und stürmt ganz vor).

Ich muß! So helft mir denn, Gott und mein Schwert!

Der Reichsherold. Ein Schwert! ein Schwert! er bricht
den Königsfrieden.

Konrad (erblickt den König, steckt das Schwert ein und kniet).

Verzeihung, König Heinrich, meiner That!

Odelbert (für sich). Der Kärntner! weh! — jetzt gilt es
lecke Stirn!

König Heinrich. Was Euch von schwerster Strafe soll,
Herr Markgraf,
Entschuld'gen für so kühnes Unterfangen,
Muß was sehr Großes sein. —

Konrad. Es ist das Größte!
Es ist die Wahrheit und des Reiches Heil!
Nehmt mir die Lehn, ja nehmt das Leben mir, —
Doch laßt vorher mich zeugen für die Wahrheit. (steht auf)
Nur halb verstand ich, was der Bischof da
Als Bote meines Oheims sprach: doch alles,
Was ich verstand, war Lüge, Lüge, Lüge!

König Heinrich (warnend). Bedenkt, was Ihr da sagt und
wagt.

Odelbert. Herr Markgraf!

Konrad. Hier werf' ich meinen Fehdehandschuh hin,
Ein Fürst des deutschen Reichs, vor meinem König:

Die Priester, wie die Weiber, brauchen nicht —
Ich weiß! — zu kämpfen, grüßt ein Mann sie kämpflich:
Sie dürfen lügen ungestraft: — ich weiß! —
Doch jeden Mann, der für Euch fechten will, —
Zum Kampf auf Tod und Leben ruf' ich ihn,
Der Lüge schelt' ich Euch und des Verrats!

  König Heinrich (für sich). Brav, junger Siegfried!

  Eberhard (für sich).   Triff den Drachen gut!

  König Heinrich (zu Odelbert). Weist Eure Vollmacht von
        bem Herzog Arnulf.

  Odelbert (verlegen). Geschrieb'ne Vollmacht hab' ich nicht,
         jedoch . . . —

  Konrad. Hört Ihr's, mein König?

  Odelbert.   Doch was ich gesagt, —
Es sind des Herzog Arnulf eigne Worte.

  Burchard (für sich). Sie klingen allerdings danach.

  Gerd Villung (zu König Heinrich).   Hört Ihr's?

  Odelbert. „Und Sachs' und Franke dürfen darum wissen,"
So sprach er selbst zu mir, als ich ihn fragte —:
Es sind des Herzog Arnulf eigene Worte.

  Konrad. Sie sind's vielleicht: — im Zorn, in näcth'ger
        Stunde
Vom bösen Hetzer listig abgelockt: —
Doch Ihr seid nicht sein Bote für den Reichstag:
Sein Ankläger und sein Verräter seid Ihr!
Ihr wart bei ihm in seinem Schloß zu Mals: —
Ihr habt geschürt, — Ihr spracht mit ihm allein
Und bracht dann plötzlich auf: — doch ich erfuhr's!
Wie Ihr in jener Pfingstnacht ihn versuchtet, —
Ein Engel Gottes hat es mir verraten:
Ihr wolltet ihn ja selbst zum König salben, —

  Odelbert (für sich). Auch das weiß er!

  Konrad. Als er das ausschlug, eil'tet Ihr hierher.

Ihr hattet starken Vorsprung: — aber mir
Gab Flügel heil'ger Zorn, Euch einzuholen.
Ich ritt zu Tod mein allerschnellstes Roß,
Doch Gott sei Dank — ich kam zur rechten Zeit. (Pause.)

Gerd Pillung (mißtrauisch). Doch Eure Vollmacht, Mark=
graf, wo ist die?

Konrad (tief bewegt). Als Bote nicht, als Bürge steh' ich
hier
Für Herzog Arnulf, meinen Ohm: ich bürge,
Daß er zum nächsten Reichstag kömmt und willig
Den König Heinrich anerkennt.

Burchard (für sich). Ich glaub's nicht.

König Heinrich. Kommt Ihr von Arnulf selbst?

Konrad (der hart vor dem König steht, bedeutungsvoll, warnend dem
König zublickend).

Ich komm' aus Mals.

König Heinrich (leise). Konrad —: du wagst sehr viel —
(tief in sein Auge blickend) darf ich dir traun?

Konrad (leise, den Blick erwidernd, die Augen voll aufschlagend).
Mein Herr und König, — könnt Ihr mir mißtraun?
Sprecht nicht die Acht! rings lauern unsre Feinde,
Verloren ist das Reich, kämpft Ihr und Arnulf.

König Heinrich (leise). Ich traue dir — ich traue mir —
und Gott.

Konrad (laut). Mit Ehre, Lehn und Leben leist' ich Bürg=
schaft:
Ich stelle mich, wenn sich mein Ohm nicht stellt.

Gerd Pillung. Wir werden Euch beim Worte nehmen,
Markgraf.

Odelbert. Der Bürge wagt den Kopf.

Konrad. Die Ehre, Priester!

König Heinrich. Ich nehme Markgraf Konrads Bürg=
schaft an:

Er spricht kein Falsch. — Herr Erzbischof von Salzburg,
Ihr werdet auf dem nächsten Reichstag Euch
Vor Herzog Arnulf zu verteid'gen haben. (Pause.)
Burchard von Schwaben, Euer Kommen lob' ich:
Ihr kamt, getreu dem Reich: — so huldigt nun.

    Burchard. Der Erstgeladne ist der Bayer=Herzog.
Laßt seinen Neffen uns doch allen kund thun,
Was ihm sein Oheim auftrug.

    Eberhard (mahnend).   Herzog Burchard!

    Burchard. Wenn wirklich erst der Bayer hat gehuldigt,
Dann folgt sein Nachbar ihm, der Schwabe, nach.

    König Heinrich. Ich warn' Euch, Herzog Burchard, seht
                                  Euch vor! — —
Jedoch ein treues tapfres Herz, wie Eures,
Bewegt's gewiß am mächtigsten, erkennt es
Die Kriegsgefahren, die uns rings bedrohn: —
Führt die Gesandten vor, die draußen harrn.

Zwölfte Scene.

Vorige. Graf Robert von Paris, Gifelbrecht, Spithinief. Karchan. Miklos werden hereingeführt: sie verneigen sich nur sehr hochmütig vor
Heinrich.

    Burchard (überblickt sie, für sich).   Das ist ja eine saubere
                                        Gesellschaft!

    König Heinrich (sowie er Gifelbrecht erblickt, sehr scharf und streng).
Herzog von Lothringen, was muß ich sehn!
Statt zu den Fürsten unsres Reichs habt Ihr
Dem Boten der Westfranken Euch gesellt? —
Seid Ihr ein Fremder?

    Graf Robert (spöttisch). Ei, er will es werden.
Mein junger Vetter —

    König Heinrich.   Herr, seid Ihr sein Vormund?

Graf Robert. Mein König Karl, der mich gesendet hat, —
Ihn hat er sich zum Vormund auserkoren.
Und dies mein Auftrag: Metz und Lothringen,
Die erst ganz kurz Ostfranken angehören,
— Was man jetzt oft „das Reich der Deutschen" nennt —
Nach Wunsch und Weise neigen sie zu uns:
Und so verlangt von Euch mein König Karl
Und Herzog Giselbrecht, daß Ihr in Güte
Westfrancien diese Landschaft gebt heraus:
Wo nicht, so steht, bevor der Mond sich füllt,
Westfranciens unbesiegbar Heer am Rhein.

    Burchard (für sich). Die großen Worte können sie nicht
                        lassen!
Nicht ausstehn kann ich sie, die welschen Prahler!
Eh' trag ich noch den stummen Sachsenstolz.
    (laut) Führt Euer König Karl dann selbst das Heer?
Wie heißt er doch? sie heißen alle Karl:
Mit Bei-Namen in schönster Stufenfolge:
Der Große — Kahle — Dicke — nun: der — Dumme!

    Graf Robert (ans Schwert greifend: zum König).
Genugthuung heisch' ich für diesen Schimpf!

    König Heinrich. Geduld, Herr Graf, es geht dann bald
                        in Einem!
So, Herzog Giselbrecht, — junger Vasall,
Ihr seid gewillt zu wechseln Euren Lehnsherrn?

    Giselbrecht. Ja, und den Vormund, wenn ich wählen darf.

    König Heinrich. Die Wahl wird Euch erspart. — Ihr
                       Herrn aus Böhmen,
Sagt euren Auftrag.

    Spithinjef.   Herzog Borivoi,
Mein Ohm, verlangt, daß Ihr die Lehnspflicht ihm,
Die üblich war, erlaßt: wir sind sie müde:
Auch habt Ihr soviel andre, näh're Sorgen,

Daß Euch Erleichtrung Eurer schweren Krone
Nur kann willkommen sein.

  Karchan (tritt vor). Weshalb wir Ungarn hier erschienen sind,
Braucht nicht der deutsche König erst zu fragen:
Wir kommen, um den jährlichen Tribut
Zu holen, den das stolze Reich uns zahlt
Doch, weil sich eure Volkszahl, euer Reichtum
Durch euren deutschen Fleiß so blühend hebt,
— Wir sehn's herab von unsern Rößlein staunend,
Wenn wir durch eure Weizenfelder traben, —
Verdoppelt fordern wir fortan die Schatzung.

  Konrad (greift ans Schwert). O König Heinrich, laß die
          Ungarn mir!

  König Heinrich (winkt ihm zur Ruhe). Herzog von Schwaben:
         wollt Ihr, angesichts
Von diesen Nachbarn, kurz Euch nun entscheiden,
Ob Ihr dem König huldigt oder nicht?

  Burchard (sich besinnend, für sich, mit leise komischer Wirkung).
Wenn ich nur wüßte, was der Bayer thut! —
Es wird mir schwer, — das Nein — gern hälf' ich ihm —
Und schlüge diesen Welschen fest aufs Maul — — —

  Gerd Billung (hat schon lange Zeichen seiner grimmigen Ungeduld gegeben, jetzt bricht er los).
Wird's bald, Herr Schwabe? wird's?

  Burchard (wütend ans Schwert greifend). Höll', Tod und Teufel!
Verfluchter Sachse! Nein! und dreimal nein!

  König Heinrich (erhebt sich). Halt! — Eberhard von
         Franken, Ihr verhaftet
Sofort den Reichs-Rebellen: (da Burchard ziehen will) laßt das
         Schwert!
Besetzt sind alle Thore dieser Stadt
Von mehr als tausend Sachsen. — (Burchard wird von Reisigen
        umringt) Lothringer,

Ich bin dein Vormund, als dein Lehnsherr: du
Wirst nicht Westfranciens Heeresfahnen folgen.
(winkt: Giselbrecht wird umringt)
Du bleibst mein Zögling, bis du Einsicht lernst. —
Auf Eure Bürgschaft, Markgraf Konrad, setz' ich
— Ihr steht mit Haupt und Ehre dafür ein —
Dem Bayerherzog einen neuen Reichstag,
Wo er wird Huld'gung thun.
    Konrad.   Dank, König Heinrich.
Wohin beraumt Ihr diesen Reichstag an?
    König Heinrich. Nach Regensburg in seine eigne Pfalz.
    Konrad. O jede andre Stadt . . .!
    König Heinrich.   Schweigt, junger Held,
Auf deutschem Boden steht auch Regensburg!
Ihr aber, Böhmen, Ungarn und Westfranken,
Vernehmt zumal des deutschen Königs Wort:
Die Zeit der Schmach ist aus: den Schild des Reiches
Hält über deutsche Ehre dieser Arm. *(zieht großartig das Schwert)*
Drommeten blast, hie deutsches Recht und Schwert!
    (Vorhang fällt rasch unter Drommetenfanfare.)

371

II. Aufzug.

Offener Schloßhof der Burg Arnulfs zu Mals auf der Malser Heide. Der hohe Ortler, halb verschneit, schaut majestätisch im Hintergrund herein. Der Ausgang ins Freie links im Mittelgrund ist ein Hofthor in eisernem Gitter. Rechts im Mittelgrund die Hauptthüre in das Schloß, in welches auch an den Seiten rechts Eingänge führen.

———

Erste Scene.
Wanda. Ratibor.

Ratibor. Fast sollt' ich zürnen, dunkelschöne Base,
Daß Ihr so eifrig mich vermählen wollt —
Mit einer andern! — Meine Schwiegermutter!
Ich weiß die Zeit, da wir ganz anders fühlten:
Habt Ihr vergessen unsre lust'ge Jugend
Am Hof zu Prag? dort lebt man froher, leichter!

Wanda. Leichtfertiger. — Ich war ein Kind; vergeßt
       das.

Ratibor. Ein frühreif Kind!

Wanda.   Nach unsres Volkes Art.

Ratibor. Wie zierlich stand Euch doch der knappe Pelz!
Und Schlittenrecht der Eisfahrt —

Wanda.   Laßt das, Vetter.
Jetzt bin ich Herzog Arnulfs Herzogin.

Ratibor. Schlimm, daß Ihr's seid! Ihr habt des wenig
       Freude!
Ihr liebt ihn nicht: — und er: liebt noch die Tote! —

Wanda. Die Liebe hat an unserm Bund nicht teil.

Ratibor. Ich weiß, er brauchte Böhmen.

Wanda.   Böhmen ihn!

Ratibor. Doch gern gabt Ihr dem Wunsch des Vaters
       nach.

24*

Wanda. Es lockte mich der Königskrone Glanz,
Der deutschen Krone, die ihm sicher war
Nach König Konrads Tod, — wenn er sie wollte. —
   Ratibor. Er schlug sie aus! Kein Fremder faßt, warum.
   Wanda. Hochmütige Bescheidenheit des Trotzes!
Ich aber raste nicht, bis er im Kampf
Mit diesem Sachsen doch noch König wird.
Mein Herz bleibt leer, so sei mein Haupt gekrönt.
   Ratibor. Euch ziemt die Krone: — doch die Liebe nur
Beglückt das Weib.
   Wanda.   Was wißt Ihr von der Liebe!
   Ratibor. Ich dächte doch!
   Wanda.   Das war ein jung Getändel. —
Die blonde Lindgard soll Euch Liebe lehren.
   Ratibor. Ja, sie ist schön. — Doch mehr als ihre Hand
Gilt mir die Stütze Bayerns, die sie sichert.
   Wanda. Geht: — baut auf mich: Ihr werdet Arnulfs
           Eidam.

(Ratibor ab nach rechts.)

Zweite Scene.
Wanda allein.

Wanda. Der Schwächling! — Ha nur Ein Mann lebt
           auf Erden,
Den man muß lieben! Und der ist so fern mir,
So unerreichbar wie ein Stern am Himmel.
Die Zung' biß ich mir ab, eh' ich's ihm sagte.
Er liebt das Kind — sie ihn — und ich soll zusehn,
Wie selig sie in ihrer deutschen Minne?
Mich würde Qual der Eifersucht verbrennen:
Nein, sie soll schwelgen nicht, wo Wanda darbt!
Da kömmt sie.

Dritte Scene.

Vorige. Lindgard und Udalrich aus dem Hause rechts im Mittelgrund
auftretend.

Wanda (ihr heftig entgegenfahrend).

    Sprecht, gebt Ihr nun endlich nach?

Udalrich. Frau Herzogin, laßt ab von diesem Kind!
Zwei Tage weil' ich erst im Schloß zu Mals,
Und viermal hab' ich Euch schon zanken hören.
Genug habt Ihr gescholten und gedroht.

Wanda. Herr Bischof, wenig stimmt's zu Eurem Amt,
Den Starrsinn trotz'ger Mädchen zu bestärken.

Lindgard. Ich bin nicht trotzig, bleib' ich standhaft still.

Wanda. Der stille Trotz ist schlimmer als der laute!
Das ist so deine Art, du listig Kind,
Durch Schweigen, Demut und Erdulden dich
Tief in des Vaters Herz und Gunst zu schleichen.

Udalrich. Das hat sie', Gott sei Dank, gar nicht von
           nöten!
Denn seines edlen Kindes stillen Wert
Kennt Herzog Arnulf.

Wanda.   Ihren Starrsinn auch?
Laß sehn, ob er auch diesen lobt, wie Ihr.
Zum letztenmal mahn' ich, die Mutter, Euch:
Der Vater wird nicht mahnen, wird befehlen.
Weshalb so hartnäckig verweigert Ihr
Seit Monden schon dem Fürsten Ratibor
— Ich selber warb schon für ihn — Eure Hand?
Was habt Ihr an ihm auszusetzen, sprecht?

Udalrich. Ich stell' mir vor: sie mag ihn eben nicht.
Er ist —

Wanda. O sprecht's nur aus: er ist kein Deutscher!
Doch, das ist's nicht allein! Wenn dieses Herzlein
Noch leer und frei — der Fürst wär' wohl genehm:

Ein andres Bild birgt sie in tiefster Seele,
Dies scheue, stumme, trotzverschloßne Kind.

Lindgard. Und wär es so, Frau Herzogin, Ihr würdet
Dies Bild mir nie entreißen noch entweih'n.

Wanda. Nicht großen Scharfsinn braucht es hier, zu raten!
Man weiß, man weiß, wer allen deutschen Mädchen
Das kühle Fischblut lauwarm werden läßt.

Udalrich (für sich). Und heiße Slavenherzen sieden macht.

Wanda. Doch Fürstentöchtern wird es nicht so gut,
Daß nach des Herzens Wunsch sie dürfen wählen;
Tragt, wen Ihr wollt, in Eurer blonden Seele:
Doch werdet Vetter Ratibors Gemahl!
So will's das Wohl von Bayern und von Böhmen,
So will es Euer Vater, — so will ich's.
Nicht eher findet Ihr der Mutter Gunst,
Und ohne Wandas Gunst ist nicht gut leben
An diesem Hof —: das sollt Ihr mir erfahren.

(Ab dorthin, wo Ratibor abging.)

Vierte Scene.
Vorige ohne Wanda.

Udalrich. Ich muß Euch loben, liebe Tochter: christlich
Und mild tragt Ihr ein hartes Los.

Lindgard.   Ich ehre
Den Vater.

Udalrich. Und Ihr duldet, ihm zu Liebe,
In seinem Haus den Frieden nicht zu stören,
Der jungen Stiefmutter heiß hastig Wesen.
Das soll Euch Gott vergelten noch auf Erden.

Lindgard. Vielleicht im Himmel, wo die Mutter ist —
Ach schon so lang! — Kaum hab' ich sie gekannt:
Und doch hat unauslöschlich sich ihr Bild,

Der schönen blassen Frau mit goldnen Locken,
Mir eingeprägt: oft naht sie mir im Traum:
Und meine stillen Thränen sind dann stets
Gleichwie von Engelsflügeln fortgewischt.
Sie mahnt mich oft, zum Himmel bald zu folgen.

Udalrich. Doch soll die andre Mutter Euch die Erde
Nicht ganz verleiden. Demut ist wohl löblich:
Ihr aber übertreibt dies stille Dulden:
Der Vater ahnt nicht, was Ihr leidet: wüßt' er's, —
Gar schlimm bekäm's der schönen Teufelin.

Lindgard. Nennt sie nicht so!

Udalrich. Mein Kind, ich kenn' mich aus!
Im Beichtstuhl lernt man sich auf Frau'n verstehn:
Kein Seraph schwingt so hoch sich wie das Weib:
Doch wenn sie bös sind, meistern sie die Hölle. —
Wie andre Priester statt der Frau, die fehlt,
An stillen Blumen sich im Haus erfreun,
So reit' ich, wenn's mir allzu einsam wird,
(Lindgards Hand fassend)
Zu meinem lieben Patenkind manchmal,
Das sterbend mir die Mutter anbefahl.
Wenn Ihr nicht bald sprecht, — dann sprech' ich für Euch.

Lindgard. Da kommt er; — still!

Fünfte Scene.
Vorige. Arnulf im Hausgewand aus derselben Thür, aus der Udalrich und Lindgard kamen.

Arnulf. Mein Kind bei einem Bischof? —
Ihr seid's, Herr Udalrich, — Euch seh' ich gern!
(schüttelt ihm die Hand)
Ihr seid ein Bischof und ein Priester, der
Den bösen Arnulf selbst bekehren könnte:

Fromm, wahr und treu, ein echter Diener Gottes.
Ach, predigt doch das Evangelium
Anstatt den Heiden — Euren Amtsgenossen,
Sie könnten's brauchen! — — Meine sanfte Lindgard,
Wie siehst du blaß.

Adalrich.   Blaß ist das Edelweiß.

Arnulf. Ich wollt', ein glücklich Alpenröslein wärst du!
Was fehlt dir, liebes Kind, an meinem Hof?

Lindgard. Die Einsamkeit! Laßt wieder mich, mein Vater,
Auf jenes stille Eiland, das im Schatten
Der Klosterlinden, wie ein Traum des Friedens,
Auf Eures Chiemsees blauem Spiegel schwebt.

Arnulf. In Glanz gehört mein Kind, nicht in das Dunkel.
Bald sollst du schmücken mir den Hof von Prag!
Zum drittenmal nun warb Fürst Ratibor.

Lindgard. Eh' Ihr mich ihm gebt, o gebt mich dem
                              Schleier!

Arnulf (gütig ihre Hand fassend und streichelnd).

Bedenk', mein Kind, du mußt mir einen Sohn
Ersetzen: diese weiße Mädchenhand
Muß Böhmen, Mähren dauernd mir gewinnen.
Geh, liebes Kind, höchst ungern zwing' ich dich:
Ich warte, bis du mir den Zwang ersparst.

(Lindgard küßt ihm die Hand und geht dorthin ab, wohin Wanda abging.)

———

Sechste Scene.
Vorige ohne Lindgard.

Arnulf. Bald brauch' ich, denk' ich, diese beiden Nach-
                              barn,
Die Bayern nützen können viel und schaden.

Adalrich. Des Deutschen bester Nachbar ist der Deutsche,
Und mächt'ger doch als Böhmen ist das Reich.

Arnulf. Das Reich! das Reich! wo ist denn Euer „Reich"?
Ich gäb' was drum, wenn ich's mal sehen könnte.
Ich sehe Bayern, Schwaben, glatte Franken
Und Thüringe und herrschbegier'ge Sachsen:
Das deutsche Reich — ich hab' es nie gesehn.
Ich habe immer nur das Wort gehört,
Den leeren Schall, wenn Franken oder Sachsen
Für sich von Bayern was erpressen wollten.
Ich hab' es satt, dies Lügenspiel des Reichs.
Der Bau des großen Karl fällt auseinander:
Schon hat Italien, hat Westfrancien sich,
Das Land Lothars, gelöst: so bricht es weiter!
Es knackt in allen Fugen — ei, laß brechen!
Laß sich doch meiden, was sich nicht verträgt!
Was zwingt denn Sachs' und Bayer in Ein Haus?
Wir sind uns selbst genug: der Fremde zahlt
Uns hohen Preis für unsre Hilfe, die
Der Sachse heischt wie eine Schuldigkeit.
    Udalrich. Wohl würd'gen kann ich Euer Widerstreben:
Dem Haus des großen Karl seid Ihr verwandt . . . —
    Arnulf (einfallend). Der Mann gilt was er selbst, nicht
                               was sein Ahn,
Und jeder Fürst hat so viel Recht als Macht.
    Udalrich. Ihr seid so mächtig wie der Sachsenherzog.
Wir boten Euch die Krone, Burchard, ich:
Ihr schlugt sie aus!
    Arnulf (einfallend). Gott soll mich vor ihr schützen!
Nur in der Luft schwebt, in Erinnerung,
In junger Schwärmer Hoffnung diese Krone.
Mein Reich heißt Bayern, Bayern meine Welt.
Nur hier will Herr ich sein, doch hier auch ganz.
    Udalrich. Doch Euer Herzogtum liegt nicht im Mond: —
Rings habt Ihr Nachbarn.

Arnulf. Gute, ja, und böse.

Adalrich. Und zu den bösen rechnet Ihr —

Arnulf. Die Sachsen!
Mit gutem Grund! ich hab' sie kennen lernen!
Schweigt! fragt nicht, wie und wo! es macht mich grimmig!
Dabei vergeß' ich meine grauen Haare
Und jung und wild wie damals braust mein Blut! —
Kalt, hart und schlau, starr, stolz und immer selbstisch
— Ich kenne sie —: so ist der Sachsen Art —
's ist Heuchelei, wenn sie von Deutschland sprechen:
Sie sagen: „Reich" und meinen immer Sachsen:
Sie sagen: „Einheit", meinen ihre Herrschaft:
Sie sagen: „Recht" und meinen ihren Vorteil!
Ja, wenn ich einmal Edelsinn verspürte,
Nur Eine Großthat, die ein Sachse thäte,
Für Schwab' und Bayer, warm, in schöner Wallung, . . . —
Bekehren wollt' ich mich, so alt ich bin. —

Adalrich. Ich bitte Gott, daß er beim Wort Euch nimmt.

Arnulf. Das wart ich ruhig ab! — — —
Wißt Ihr von Eurem braven Nachbar nichts,
Dem Salzburger?

Adalrich. Lang hört ich nichts von ihm.

Arnulf. Auch ich nicht: und dann bin ich immer sicher,
Von ihm bald ein neu Teufelsstück zu hören.
Verzeiht, daß ich in Eurer Gegenwart
Den Herrn der Hölle nannte: — 's ist wie Andacht,
Wenn man vorher vom Herrn von Salzburg sprach.

Adalrich. Er war bei Euch um Pfingsten?

Arnulf. Er unterwarf sich
Zum zwölstenmale meinem Recht und Schwert;
Lang hätt' ich jeden andern Mann gehängt,
Der mir so oft die Treue schon gebrochen:
Doch mit euch heil'gen Herrn braucht's lange Langmut:

Man könnte gar nicht so viel Galgen bau'n. —
Er schalt auf Sachsen und auf Franken weiblich
Und wollte mich durchaus zum König salben:
Er reizte mich und löste mir die Zunge
Beim Becher Wein: als ich mich ausgeschüttet,
Da sprach er höhnend: „Wagtet Ihr wohl auch,
In König Heinrichs Nähe so zu sprechen?"
Beim hohen Ortler! mir das! „Sagt's ihm selbst,
Sagt's wem Ihr wollt!" — rief ich und sprang vom Stuhl
Und ging davon in Zorn und sonder Abschied.

Udalrich. Und er?

Arnulf (lachend). Hei, spornstreichs ritt er fort, als sorg' er,
Ich nehme was zurück von meinen Worten.

Udalrich. Er braut gewiß Euch bösen Trank daraus.

Arnulf. Mir gleich — — — Am liebsten sagt' ich's selbst
dem Sachsen,
Träf' ich ihn einmal: — aber nicht mit Worten:
Mit scharfen Schwertesschlägen, Mann an Mann.

Udalrich. Wer haßt so blutig!

Arnulf.   s' ist nicht Haß, Herr Bischof: —
Herr Heinrich selbst that nie mir was zu Leid.
Doch, seit mir sproß der Flaumbart, trag ich Herzgrimm,
Unausgetobten Zorn dem Sachsenstamm.
's wär' besser, glaubt mir, — wär' auch christlicher, —
In frischem Zweikampf blitzend zu entladen
Den tiefen Groll und dann versöhnt zu sein,
Tot oder lebend, als die stille Rachgier,
Die Blut vergiftende in sich zu tragen.
Mir wäre leichter, wär's mal ausgekämpft.

Udalrich. Da sei Gott vor! — Gott und der Markgraf Konrad!
Wo ist er wohl, mein Liebling?

Arnulf (lächelnd).   Euer Liebling

Wie aller Welt! Weiß Gott, hab' ich den Buben
Doch selber lieb, als wär's mein eigner Sohn: —
Ist er's doch, seit so blutig er den Vater
Verlor durch dieser falschen Sachsen Schuld! —
Ja, wenn mich der dem Reich versöhnen könnte!
Sein Leben, glaub' ich, gäb' er zehnmal drum.

    Adalrich. Wo ist er nur? hier glaubt' ich ihn zu finden.

    Arnulf. Zu Pfingsten schon ward er erwartet hier:
Man wollt' ihn auch ganz nah gesehen haben.

    Adalrich. Sollt' er zum Reichstag nicht geritten sein?

    Arnulf (aufbrausend). Zu was? zum „Reichs-Spiel", das
                       der Sachse spielt
Im Hessenland? mein Neffe? und mein Markgraf?
Beim Wetterkreuz, was hätt' er dort zu suchen?

    Adalrich. Der Markgraf denkt vielleicht: das deutsche
                       Reich.

    Arnulf. Mein Markgraf ist der Konrad, nicht des
                       Sachsen:
Wir Bayernherzoge, wir haben selbst
— Kein deutscher König ward darum gefragt! —
Das Grenzland abgeteilt vom Herzogtum
Und Bayerns Mark ist Kärnten, nicht des Reichs.

    Adalrich. Doch Bayern selbst ist nur ein Teil des Reichs.

    Arnulf (heftig aufbrausend). Herr Bischof, laßt mich das
                       nicht nochmals hören!
Ich halt' Euch wert: — doch meidet dieses Wort.

    Adalrich. Dies Wort ist Wahrheit — und Ihr wendet's
                       nicht.

    Arnulf. Gebt acht, ob ich's nicht wende, dieses Wort!
Nicht eher, bis sich dieser Arm, dies Schwert
Hebt für den Sachsen, bis mein eigner Mund
Ihn „deutscher König" nennt, nicht eher ist er's. —
Und dazu, Bischof, brauchte Gott ein Wunder.

Udalrich. Gott aber thut ein Wunder, wenn er's braucht.
Arnulf. Ich hab' noch keins geseh'n!
Udalrich. Doch ich schon viele!
Die Wunder Gottes sind die größten nicht,
Mit denen er den Pharao geschlagen.
An Menschenherzen, deren Groll und Eis
Er mit der warmen Sonne bald der Liebe,
Bald mit des Unheils Hochgewitter schmilzt,
An unsern Herzen thut er höchste Wunder:
Und beten will ich, daß er Euch, Herr Arnulf,
Nur mit dem Frühlingssonnenschein der Güte,
Nicht mit dem Wetterschlage naht des Zorns! (Pause.)
Arnulf. Hart ist das Felsgestein, draus ich geformt bin,
Und was mich zudeckt, tiefes, firnes Eis.
Dem Ortler da, (darauf deutend) dem höchsten meiner Berge,
Vergleicht mich Freund und Feind: — — schmelzt erst die
Alpen, —
Eh Ihr den Alpenherzog schmelzen wollt.
Udalrich. Es birst und schmilzt des Gletschers Fels
und Eis,
Wenn aus der eignen Brust das Feuer bricht,
Das er so tief vor jedem Auge birgt! (Pause.)

————

Siebente Scene.
Vorige. Wanda, Lindgard an der Hand hereinzerrend.

Wanda. Ja, junge, bleiche, stille Heuchlerin,
Folgt mir vor Eures Vaters Angesicht —
Ihr seid entlarvt, er soll Euch kennen lernen!
Arnulf. Mein Weib — mein Kind im Streit? — Im
Unrecht beide!
Udalrich (für sich). Ja, wie wenn Vögelein und Katze
streiten.

Wanda. Herr Herzog, länger nicht darf ich Euch schonen:
Verklagen muß ich dies versteckte Kind, —
Die Frauenehre Eures Hauses gilt's.

Udalrich. Die wird durch Lindgard sicher nicht bedroht.

Arnulf. Durch niemand — Bischof!

Wanda. Ei, nun wissen wir,
Weshalb die spröde Maid den edeln Freier
Hartnäckig abwies: weil dies kalte Herz
Brennt in geheimer Liebe: so was ahnt' ich!

Udalrich (für sich). Und sie versteht sich drauf, die Tochter
Prags.

Wanda. Ihr wißt, man fand zu Pfingsten einen Knappen
Des Ratibor, im Burgwald schwer verwundet
Zur Nacht: von einem Räuber, glaubte man.

Arnulf. Verdächtig ist der Mann: — man sagt ein
Späher,
In Eures Vetters Dienst.

Wanda. Nicht sprechen konnt' er
Bis heute: aber jetzt, soeben sprach er,
Als Eure Tochter ihm den Heiltrank bot:
„Hinweg,“ rief er, „um Euch lieg' ich hier wund,“
Und kurz: er schwor, er sei, just in der Pfingstnacht,
Der jungen Herzogin geheim gefolgt,
Die aus dem Schloß sich in den Burgwald stahl.

Udalrich. Herr Ratibor läßt scharfe Wache halten.

Wanda. Dort, an dem Wallrand, hielt sie lange Zwie-
sprach
Mit einem Manne, der ihm unbekannt.
Der Fremde führte sie zurück ins Schloß,
Stieß auf dem Rückweg auf den Lauscher und
Schlug ihn zu Boden grimmig und verschwand.

Arnulf. Das ist nur böhm'scher Wind: der Schurke lügt:
Ich laß ihn peitschen.

Lindgard.   Vater, er spricht wahr.

Arnulf. Du sprachst mit einem Mann, zur Nacht, im
                    Wald?

Lindgard. So ist's.

Wanda.   Hört Ihr, Herr Herzog?

Arnulf.   Sag' den Namen!

Lindgard. Er hat verboten, ihn dir schon zu nennen.

Wanda. Das glaub' ich wohl! wollt Ihr Euch höhnen
                    lassen?

Arnulf. Den Namen!

Lindgard. Ich nenn' ihn nicht, denn er gebot noch
                    Schweigen.
Bald nennt er selbst ihn dir.

Arnulf (zu Wanda). Um Pfingsten war's? (Wanda bejaht.)

Udalrich. Kind, reize nicht durch Trotz! sag' frisch die
                    Wahrheit:
Denn niemals werd' ich Böses von dir glauben.

Arnulf. Ich auch nicht: — aber Rätsel duld' ich nicht.

Lindgard. Dank, Vater!

Wanda.   Wollt Ihr mit Euch spielen lassen?

Arnulf. Ihr fehlt die Mutter: — wie in dieser Stunde
Ich schmerzlich fühle: ich will sie ersetzen!
Der Morgenschnee der Jungfrau ist nicht reiner
Als dieses Kind! Sieh ihr ins Auge, Böhmin —
Doch was weißt du von deutschem Mädchentum!

Udalrich (Arnulfs Hand fassend). Wollt Ihr so recht von
                    Herzen loben, Herzog,
Kömmt doch von selbst Euch stets das Wörtlein: „deutsch".
                    (Pause.)

Wanda. Und doch geheime Zwiesprach nachts im Wald?

Lindgard. Bald bringt's die Sonne leuchtend an den Tag.

———

Achte Scene.

Vorige. Ein Reisiger aus dem Hofthor, meldend, gleich darauf Helmbrecht.

Reisiger. Schütz Helmbrecht ist zurück: — er bittet
dringend —
Da ist er schon. (Reisiger ab.)

Helmbrecht (kniet). O lieber Herr und Herzog!

Arnulf (erhebt ihn). Mann, du bebst!
Nicht deine Art sonst!

Helmbrecht. Herr, für mich nicht beb' ich.

Arnulf. Für wen?

Helmbrecht. Für Euch, mein teurer Herr, für Euch!

Arnulf. Du kommst von Herzog Burchard? sprich! aus
Schwaben?

Helmbrecht. Von Herzog Burchard: ja! Aus Schwaben:
nein!

Arnulf. Wo ist der Herzog?

Helmbrecht. Ach, gefangen, Herr.

Arnulf. Gefangen! wo?

Helmbrecht. Zu Spei'r am Rhein.

Udalrich. Von wem?

Arnulf. Ich ahne!

Helmbrecht. Von dem Sachsen-Heinrich, Herr, — — —
Dem wunderbarsten Mann, den je ich sah.

Arnulf. Wo sahst du ihn?

Helmbrecht. Der Herzog Burchard nahm mich
Aus Schwaben mit gen Hessenland, nach Seelheim.

Arnulf. Und dort gefangen nahm der Sachse ihn?

Helmbrecht (nickt). Weil er die Huldigung verweigerte,
Gefangen auch den Lothringer daselbst.

Arnulf. Den starken Sperber wie den bunten Stieglitz!
Fest hält der Finkler, was ins Garn ihm fällt.

Helmbrecht. Und gleiches Schicksal droht Euch, teurer Herr.

Arnulf. Gemach, wir sind in Bayern, denk' ich, sicher.

Helmbrecht. Vor diesem Sachsen? nicht der Aar in Lüften,
Wenn er zuhöchst sich schwingt! — ihn trifft sein Pfeil:
Und sichrer, schärfer als sein Pfeil — sein Auge! —
Seid Ihr im Heiß-Grimm, seid Ihr bös zu schauen!
Doch lieber trag ich Euren schlimmsten Zornblick,
Als dieses grauen Auges stille Tiefe: — — —
So muß das Meer sein, das ich nie geschaut!

Arnulf. Faßt meinen kühnsten Gemsenjäger Schwindel?

Helmbrecht. O Herr, ich dank' dirs Leben! Als den Speer
Der wüt'ge Auerstier mir abgebrochen,
Da hast du, Herr, für mich geringen Mann
Dein eigen fürstlich Leben eingesetzt,
Dich vor mich auf das Ungetüm geworfen,
Den Jägerdolch ihm ins Genick gebohrt.
Laß den geringen Mann dir heut vergelten:
Folg' meinem Rat: — vermeide diesen Kampf!
Heb' gegen diesen König nicht die Hand!

Arnulf. Aus meinen Augen, treuvergess'ner Mann!
Ich will dich nie mehr sehn.

Helmbrecht. Verloren wart Ihr schon, in Acht gethan,
Wenn er nicht, — dem ich rasch voranflog — half:

(wendet sich)

Da ist er selbst — o warnt ihn, Markgraf Konrad, —
Laßt ihn nicht trotzen jenem Königsblick.

(Helmbrecht ab durch das Hofthor.)

Konrad tritt sehr eilig auf aus dem Hofthor, ungerüstet, er ist eben vom Pferd
gesprungen und wirft sichtbar vor dem Gitter rasch den Mantel ab.

———

Neunte Scene.

Vorige. Konrad. (Arnulf sieht Konrad argwöhnisch mit verschränkten Armen
entgegen.)

Konrad. Gott grüß' Euch, Ohm — oh — — öffnet
mir die Arme!

Arnulf (öffnet jetzt die Arme und zieht ihn an die Brust).
Nein: du bist noch nicht von mir abgefallen!
Klar blickt dein Auge — Kurt: — du bist mir treu!

Konrad. Noch nie hab' ich die Treu' erprobt wie jetzt.

Adalrich (ihn begrüßend). Herr Markgraf, wo Ihr kommt,
wird's warm und hell.

Konrad (tritt zu Lindgard, giebt ihr die Hand).
Wo sie weilt, dächt' ich, ist es licht genug!

Adalrich. Sie ist ein lieblich sanftes Sternenlicht,
Ein Heilgenbild, auf Goldgrund zart gemalt: —
Doch Ihr bringt Gottes Sonnenschein mit Euch.

Konrad. Oh sprächt Ihr wahr! und könnt' in dieser Stunde
Das Gletschereis des Grolls ich sieghaft schmelzen,
Das hart das beste Herz umschlossen hält.
O Gott vom Himmel, sieh darein und hilf, —
Helft, weiser Bischof, — helft, ihr edlen Frau'n,
Mit guten Worten mir zum guten Werk.

Wanda (für sich). Mich sieht er erst, wenn ich ihm helfen soll.

Arnulf. Du gingst zum Sachsen, Kurt! ich will nicht
schelten:
Ich weiß, du meintest's gut: doch bist du weich
Und warm: das sind zwei süße Jugendfehler:
Das Alter erst macht weise, hart und kalt.

Konrad (innig warm bewegt). Rühmt Fremden, Oheim, Euch
als hart und kalt,
Nicht Eurem Konrad, der an diesem Herzen,
Dem harten, kalten großgewachsen ist!
Der Herzog Arnulf, der sein Leben wagt,

Ein mutterloses Gemszicklein zu retten,
Dem, wenn der Sänger singt von Siegfrieds Tod,
Ins helle Jägerauge tritt die Thräne, — —
Der böse Arnulf ist nicht hart noch kalt!

Wanda (für sich). Das ist ein Jüngling!

Lindgard (für sich).   So ist Sankt Georg!

Arnulf (für sich). Wie ich ihn liebe, diesen Sonnenstrahl!

(laut, streng)

Du kommst vom Sachsen —: sage deine Meldung:
Was hat des Bayernherzogs Markgraf dort
Zu thun gehabt?

Konrad.   Zu schützen seinen Ohm.

Arnulf. Der schützt sich selbst, braucht dazu nicht den
                                   Neffen.

Konrad. Vor offnem Ansturm, nicht vor Pfaffentücke.
Herr, ich erfuhr, was Ihr in dieser Pfingstnacht
Im Zorn hier spracht mit Bischof Odelbert.

Arnulf. Wer sagt' Euch das?

Konrad.   Ohm, Euer Schutzengel.

Arnulf. Wir waren ganz allein: — nur dort: — das
                                   Kind —

Konrad. Das Kind, dein Schutzengel hat mir's verraten.

Arnulf (nicht unfreundlich). Seit wann verraten Kinder auch
                                   und Engel?

Wanda. Wo saht Ihr sie? wo habt Ihr sie gesprochen?

Konrad. Sei alles denn auf diese eine Stunde,
Mein Glück, ach, unser aller Glück gesetzt.
(zu Lindgard) Darf ich's gestehn?

Lindgard.   Sobald du willst: — ich schwieg.

Konrad (Lindgard an der Hand fassend).

Zur Nacht im Burgwald hat sie mich erwartet,
Den Vetter nicht — nein — Heil mir: — den Geliebten!

Wanda (für sich). Ich fürchtet' es!

Udalrich. Ich hofft' es.

Arnulf. Und ich wußt' es.

Lindgard (kniet). Ich selber wußt' es kaum — oh Vater,
schilt nicht! (Steht auf.)

Udalrich. Was ist zu schelten da! ich find's sehr löblich.

Konrad. Unmerklich aus der Kinder Spiel und Freund-
schaft
War diese schöne Liebe leis erblüht:
Mein Oheim: „Vater" durft' ich längst dich nennen:
O nenne mich auch Sohn: — gieb mir dein Kind!

Arnulf. Gemach, Herr Markgraf, bin bald fünfzig
Jahre: —
So rasch wie Ihr, lauf' ich nicht mehr bergan.

Wanda. Niemals!

Arnulf. Und weshalb niemals, wenn's beliebt?

Wanda. Mein Vetter Ratibor — —

Arnulf. Der stirbt nicht drüber!
(freundlich) Das Jüngferlein hat also seinen Schatz
Im Wald vorher allein begrüßen wollen,
Eh er durchs große Burgthor ritt zum Vater?
(leise zu Udalrich) Tritt so 'ne kleine Heil'ge mal daneben —
Wir alten Sünder dürfen's ihr nicht schenken.

Wanda. Sehr seltne Sitten!

Arnulf. Das geschieht wohl öfters!

Udalrich. Wenn's doch das Schlimmste wäre, was geschieht! —

Konrad. Der Werbung Stunde wollten wir bereden:
— Dies eine Mal nur mußt' es heimlich sein —,
Doch mit so schlimmer Kunde hat mein Lieb
Mich gleich bewillkommt von dem Zorngespräch
Und von des bösen Bischofs hast'gem Aufbruch,
Daß ich ließ Lieb' und Werbung schmerzlich ruhn,
Mich spornstreichs wandte —

Udalrich.   Unterwegs geschwind
Noch einen Böhmen halb zu Tode schlug —
        Konrad. Und nach dem Salzburger! Stark war sein
                                                Vorsprung,
Doch kam ich just noch recht, sein böses Werk
Eh er's vollendete, — zu unterbrechen.
Für Euren Boten gab er frech sich aus . . . —
        Arnulf. Das war er nicht.
        Konrad.   Und Eure schlimmsten Worte . . . —
        Arnulf. Nicht Eins 'nehm' ich zurück.
        Konrad.   Nicht darum gilt's!
Hochherz'ger Sinn denkt zorn'ger Worte nicht,
Entlockt beim Wein, verrätrisch hinterbracht.
Doch war die Acht schon gegen Euch gefordert,
Weil Ihr der Ladung Folge nicht geleistet:
Gefangen ist der Schwabe Burchard schon —
        Arnulf. Geschieht ihm recht! was ging er hin, nach
                                                Hessen.
Ich warnt' ihn treu!
Wer wird auch Teufel, Pfaff' und Sachsen trau'n.
        Konrad. Oh Herzog, Oheim, Vater: — sprecht nicht so!
Nur Eins errettet Euch vor Acht und Krieg,
Vor sicherm Untergang, vielleicht dem Tod!
Ihr könnt und dürft und sollt nicht widerstreben.
        Arnulf. So? kann ich nicht!
        Konrad.   Ihr müßt dem König huld'gen.
        Arnulf. So? muß ich? Neffe Konrad, seht Euch vor!
Beim Wetterkreuz! wer zwingt den Bär im Bau?
Die Berge sind des Bayers beste Burg!
Laß in die Alpen nur die Sachsen kommen!
Laß sehn, ob sie die Zugspitz und den Watzmann,
Ob sie zuletzt den hohen Ortler stürmen!
        Konrad. Ein zweiter Reichstag ward Euch noch bewilligt.

Arnulf. Wohl aus besondrer Gnade?

Udalrich (beſchwichtigend). Lieber Herzog!

Konrad. Aus Friedensliebe und aus Achtung Eurer —
Auf meine Bürgſchaft.

Arnulf. Bürge du für dich!

Konrad. Von Bayern und von Euch die Acht zu wenden,
Hab' Leben ich und Ehre eingeſetzt, —
— Hört Ihr: die Ehre! — daß Ihr kommen werdet
Zu dieſem Reichstag, Huldigung zu thun.

Arnulf (ſteigernd). Bürg' du für dich!

Udalrich. Und wann tagt dieſer Reichstag?

Konrad. Nach vierzig Nächten.

Wanda. Und wo ſoll er tagen?

Konrad (zögernd). Auf deutſchem Boden, wohin jeder Fürſt
Des deutſchen Reichs dem König folgen muß.

Arnulf (ahnend). Wo, — wohin rief der Sachſe dieſen
Reichstag?

Konrad. In Eure Hauptſtadt, Ohm: nach Regensburg!

Arnulf. Beim hohen Ortler! (ruft in die Couliſſe) laßt die
Hengſte ſatteln!
Wir reiten noch heut Nacht! — (er macht ein paar Schritte) ſprecht
weiter, Markgraf.

Wanda (für ſich). Hier braucht's kein Wort mehr!

Lindgard. Hilf, verklärte Mutter!

Konrad. Ich bin zu Ende — (voll edler Leidenſchaft) nein:
— ich bin es nicht!
Oh Herzog Arnulf, höret auf mein Wort:
Verloren ſeid Ihr, wenn Ihr trotzt dem Reich,
Verloren ſeid Ihr, wenn Ihr laßt vom Reich:
Ihr ſeid der ſtärkſte Aſt, doch nicht der Baum,
Verdorren müßt Ihr, löſt Ihr Euch vom Stamm.
Oh nicht um meines Lebens, meiner Ehre,
Oh nicht um dieſes heil'gen Kindes willen,

Auch nicht um Euretwillen — nein: — ich weiß,
Was Euch viel höher als dies alles gilt —
Um dieses teuren Bayerlandes willen: —
Gebt nach! — bezwingt euch! — thut's! — oh thut's
      für Bayern!
Verloren ist das Land, zerstampft, zerrissen,
Und Ungar, Böhme, Welscher teilt sich drein!

   Arnulf. Wir werden böser Nachbarn uns erwehren!
Furcht war doch sonst fremd meines Bruders Sohn.

     Konrad (eindringlich). Und wär' es wahr, daß Ihr das
         Reich nicht braucht: —
Ihr denket groß: — wohlan: das Reich braucht Euch!
Laßt Ihr vom Reich, — das Reich kann Euch nicht lassen.
Wollt Ihr den Brüdern Eure Hilfe weigern?
Krieg droht, von allen Seiten her entbrannt,
Westfranken, Dänen, Ungarn: — Oheim — könnt,
Wollt Ihr im Stich die treuen Sachsen lassen?

     Arnulf (losbrechend). Die treuen Sachsen! ja! Das ist's!
         das ist's!
Die Sachsentreu' — ich habe sie erprobt!
Sie riß mein Haus und Bayern bis zum Abgrund
Und schwer nur hielt vom Fall uns — dieser Arm.
Erinnre dich — erfahrt auch Ihr, Herr Bischof, —
Was ich den treuen Sachsen schuld' an Dank!
Ich habe Worte von dir angehört,
Die ich von keinem andern trüge: kann
Ich doch verstehn, was treibt dein junges Herz:
Ein edler Wahn ist's, den ich selbst geteilt! —
Jung war ich, warm und offen, ganz wie du:
Der große Liutpold, mein erhabner Vater,
— Bis in das Meer trug seinen Ruhm die Donau —
In Lieb und Treu' zum ringsbedrohten Reich,
Das ihm nichts bot, das er nur mächtig stützte,

Erzog er seine sieben Söhne: mich,
Den jüngsten, wie den ältsten, deinen Vater.
Er war allein der Schild des Reichs im Ost,
Er scheuchte von der Thür die wilden Ungarn,
Die vor ihm schrecklich alle deutschen Gau'n
Verheert, jahrzehntelang mit scharfem Schwert. — —
Da hatten — just geboren warst du, Kurt, —
Die Ungarn stärker noch als je gerüstet:
Ein ungeheures Heer ritt Donau aufwärts. —
Auszog der Vater mit den sieben Söhnen:
Schwach war sein Häuflein, furchtbar überlegen
Der rasche Feind: den Sachsenherzog rief er,
Den Vater dieses Heinrich, an um Hilfe:
Der sandte auch zwei Grafen, stark an Mannschaft.
Die Schlacht begann: heiß war der Julitag:
Mein Vater, klug der Übermacht begegnend,
Barg seine Flanken durch zwei schmale Pässe
Im Ennsgebirg: die beiden Grafen stellt' er
Hier auf — zum Angriff stürmten vor die Bayern:
Schon wich der Feind, von Liutpolds Beil durchhauen
Sank sein Panier — da: hört es! riefen plötzlich
Die Sachsengrafen ihre Scharen ab.
Ein Bote war aus Merseburg gekommen:
Dort hatte Frieden mit den Ungarn man
— Um diesen Preis des Rückzugs wohl! — geschlossen:
Und mitten in der Schlacht, — hört's, Bischof, Mark-
                                    graf —
Abzogen aus den Pässen beide Grafen.
In unsern Rücken jauchzend fiel der Feind,
Umschlossen waren wir im Hui, erdrückt, zertreten. —
Das ward der schlimmste Tag für Bayerland!
„Das Grab der Bayern" heißt das Feld seitdem!
Da fiel, durchbohrt von ungezählten Pfeilen,

Mein großer Vater mit sechs Heldensöhnen:
Die Leichen schleiften Ungarnrosse fort. —
Nur ich entkam, halbtot, mit sieben Wunden,
Den armen Rest der Meinen führt ich heim: —
Und grenzenlose Greuel nun verhängte
Der Ungarn Rachgier über Bayerland. —
Das, Markgraf Konrad, das ist Sachsentreue! —

(Große Pause.)

Lindgard (feierlich betend mit gefalteten Händen).

„Vergieb uns unsre Schuld, wie wir vergeben,
Herr, unsern Schuldigern": so beten wir.

Adalrich. Dies Kind spricht engelwahr: — vergeltet
Böses
Mit Bösem nicht, mit Gutem: Rache ist
Nur irdisch — menschlich, doch Verzeihn ist göttlich:
Am Kreuz verzieh Herr Christus seinen Feinden.

Arnulf. Ich aber bin kein Gott, ich bin ein Mann!
Blutrache ist, so lehrten unsre Väter,
Des Mannes Pflicht: ich übte sie, Gott Dank!
So wund ich war — der Zorn ersetzt die Kraft: —
Die beiden Grafen holt' ich ein im Rückweg: —
Mit dieser Hand schlug ich sie tot und warf
Der Schlachtverräter Leichen in die Enns!

Konrad. Gestraft ist der Verrat denn und — gesühnt.

Arnulf. Der ganze Sachsenstamm ist eitel Selbstsucht!
Wohlan, wir zahlen's heim! Hör' mich, mein Kurt:
Du hast mein liebes Kind von mir verlangt, —
Das Beste, was ich zu vergeben habe: —
Dein soll sie werden: — denn du bist mir wert! —
Seit du verlorst — durch Sachsentreu' — den Vater,
War ich dein Vater: sagt' ich doch dem Bruder
Auf jenem blut'gen Feld mit letztem Handschlag:
„Bleib' ich am Leben, ist dein Sohn mein Sohn."

Dies Wort, es war der Trost des Sterbenden:
Und nun will ich's erst voll und ganz erfüllen:
Du hast es gut gemeint mit jenem Eilritt:
Da! nimm zum Danke dieses süße Kind,
Und als mein Eidam gegen jenen Sachsen
Zum Schutze Bayerns führe du mein Heer.

Konrad. Beim höchsten Gott des Himmels, nein, niemals!

Arnulf. So wenig gilt sie dir?

Konrad.   Mehr als das Leben!
Doch mehr als Lieb' und Leben gilt das Reich.

Lindgard. Er kann und darf nicht, Vater: er hat recht.

Udalrich. Ja, er hat recht und müßt' er drüber sterben!

Wanda (für sich). Das nennen sie nun lieben, diese Deutschen!
Und doch ist's süß, so schön verschmäht zu werden.

Lindgard. Ein heil'ger Engel flüstert mir ins Ohr:
Viel höher als die Myrte ragt der Lorbeer,
Und höher als der Lorbeer noch — die Palme!

Konrad. Lebt wohl, mein Oheim! oh leb' wohl, Geliebte.

Arnulf. Wohin?

Konrad.   Mir blieb auf Erden nur Ein Weg.

Arnulf. Zum Sachsen! bring' dein Schwert ihm —
                         gegen Bayern.

Konrad. Zum Tode! und mein Haupt bring ich ihm dar.

Arnulf. Wär' ich der Sachse nun, gewaltthätig
Und kalt und klug, — ich hielte dich gefangen.
Ich aber bin der Bayer: „gut und dumm":
So werden deine Sachsenfreunde höhnen:
Ich laß dich ziehen! geh! hinweg von mir!
Dein Weg ist frei! geh! suche deinen König!
Du bist genug gestraft: du hast verloren
Des Mannes höchstes Erdengut — die Heimat.

Konrad. Das höchste Gut des Mannes ist sein Volk.

Lindgard. Der Seelen Heimat, Freund, ist unverlierbar:
Auf Wiedersehn in jener Heimat —: dort.

Konrad (ganz vortretend). Verloren Vater, Heimat und Geliebte!
Wenn Lieb' und Pflicht so schwer das Herz zerreißen,
Der kann, tief wund, nicht leben für sein Volk!
Wohlan, mir blieb der letzte, schönste Trost:
Mir blieb der Trost, für dies mein Volk zu sterben!

(Ab durch das Hofthor.)

(Vorhang fällt rasch.)

III. Aufzug.

Isar-Wald bei Freising. Lager Herzog Arnulfs im Hintergrund.
Vorn links Arnulfs offnes Zelt: man sieht in demselben seine
Waffen neben dem Feldbett liegen. Früh-Dämmerung, fast noch
Nacht.

Erste Scene.

Arnulf allein; er geht mit gekreuzten Armen vor dem Zelt auf und nieder.

Arnulf. Lang währt die Nacht. — Zu lang dem Schlummerlosen,
Den widerstreitend die Gedanken plagen
Und rüttelnd an dem festen Willen zerren. — (Pause.)
Ich bin im Recht — und doch bin ich nicht ruhig:
Ich zieh' zum Kampf — und doch bin ich nicht froh! —
(Pause.)
Wo ist die Lust, mit der ich ungestüm
Zur Schlacht mit Ungarn und mit Welschen flog? — (Pause.)
'S ist nicht die Scheu vor dieses Sachsen Macht:

— Ich schlag' ihn, hoff' ich, siegreich aus dem Feld: —
Doch, wenn wir dann die toten Feinde mustern,
Wird manches Freundes Antlitz stumm uns anstarr'n. —
(Pause.)
Kurt! Kurt! wo bist du? — Dort? im Feindeslager?
Wenn wahllos schwirr'n aus unsern Reih'n die Pfeile, —
Bedrohn sie deine Brust? (große Pause) Die Ungewißheit, —
Wie Albdruck lastet sie! — —
Nichts, gar nichts ist vom Sachsen zu erkunden:
An That und Nachricht leer flieht Tag um Tag.
Mir ist, hoch ballt sich, schwarz und schwül und schweigend,
Ein Ungewitter schwer ob meinem Haupt:
Ich wollt', es krachte los und blitzte hell! — (Pause.)
Das Blut der Meinen — stromweis wird es fließen!
Oh könnt' ich doch in raschem kurzem Zweikampf,
Schwert gegen Schwert und Mann an Mann mit ihm,
Allein entscheiden diesen grausen Krieg:
Dann hätt' ich Friede, lebend oder tot,
Mit ihm — mit Konrad — Friede mit mir selbst.
(Große Pause: es wird Tag.)

Zweite Scene.

Arnulf. Ratibor, Hauptleute der Bayern von links seitwärts.

Ratibor. Herr Herzog, gönnt uns Rast noch ein paar
Stunden:
Wir kommen früh genug nach Regensburg.
Arnulf. Wer weiß.
Ratibor. So rasch marschieren, wie Ihr drängt,
Das können meine Böhmen nicht.
Arnulf. Wenn Eure Böhmen —
So flink marschierten, als sie stehlen, Herr,
Wir wären längst in Regensburg! — Ich warn' Euch!

Wenn meine Bauern nochmal Klage führen,
Daß keine Spange sicher in der Truh'
Vor der Böhmaken langen Fingern sei —
Die Diebskunst wird in Bayern nicht geehrt!
Wer stiehlt, der hängt in Herzog Arnulfs Land.

Ein Hauptmann der Bayern. Auch unsre Bayern kommen
kaum mehr vorwärts;
Ihr eilt gar sehr.

Arnulf. Ich fürchte, noch zu wenig.
Unheimlich ist mir diese Stille sehr:
Ich trau' dem Sachsen nicht und dem Geheimnis,
Das undurchdringbar um sein Thun er hüllt.

Ratibor. Vom Vortrab eilt hier Spithinjef zurück.

Dritte Scene.

Vorige. Spithinjef; gleich darauf Wanda, mit zierlichem slavischem Pelzbarett, Goldharnisch und krummem kleinem Säbel an goldner Kette, mit einigen Frauen.

Spithinjef (meldend). Herr, gute Nachricht! hoch willkomm'ne
Kunde!
Der junge Giselbrecht entfloh aus Trier
Zu den Westfranken, die am Rhein schon stehn.

Arnulf (für sich). Die frechen Welschen! — das soll mich
nun freun.

Spithinjef. Auch Odelbert von Salzburg stieß zu ihnen: —
Er will den König Karl zum Kaiser salben.

Arnulf. Der salbt den Teufel selbst, hält er ihm still. —

Spithinjef. Und hört: aus seiner Haft zu Speier brach
Der Herzog Burchard.

Arnulf (erfreut). Das wiegt schwer! — Wohin?

Spithinjef. Man sagt, er kam nach Schwaben glücklich
heim: —
Er rüst' ein Heer.

Arnulf.   Noch minder mag als ich
Der Schwab' die Welschen, seine lieben Nachbarn.

Spithinjef. Noch frohre Botschaft bring' ich, größere:
Euch grüßt, Frau Herzogin, aus Prag der Oheim:
Für Ratibor wirbt er nun selbst um Lindgard:
Ein Bündnis mit der Mähren mächt'gem Herzog
Hat er geschlossen: vierzehntausend Krieger
Führt er zum Kampf Euch gegen Heinrich zu,
Wenn Ihr durch Eurer Tochter Hand für immer
Bekräftigt Eure Lossagung vom Reich.

Arnulf. Als Pfand, als Geisel soll mein Kind ich stellen!

Wanda. Herrn Konrad könnt Ihr doch sie nicht mehr
geben!

Arnulf. Gemach, ihr Herrn, Bedenkzeit muß ich haben.

Ratibor. Bedenkt, schwer wiegen vierzehntausend Mann.

Arnulf (für sich). Noch mehr von diesem Diebsgesindelvolk!
(zu Ratibor.) Schon Euer kleiner Troß ist mir zu viel.

Spithinjef. Und vor dem Lager — seht, da kommen sie —
Des Ungarn-Königs Boten traf ich an.

Arnulf (für sich). Mir graut vor all den wilden Bunds-
genossen!
Es ist, als thut sich plötzlich auf die Hölle
Und speit mir ihre Helfershelfer zu!
Ich und die Ungarn!

Vierte Scene.

Vorige. Karchan. Millotz mit einigen Ungarn.

Karchan (kniet).   Heil, erlauchter Herzog.
So spricht zu dir Zoltan, der Steppe König,
Der ungezählten Reitervölker Herr:
„Lang haben unsre Waffen sich bekämpft:
Oft haben deines Heldenarmes Wucht

Der Heide rasche Kinder schwer gefühlt:
Doch immer wieder kamen angeflogen,
Wie Wirbelwind des Sandes, unfre Schwärme,
Der Windsbraut gleich, die alles vor sich herweht,
Dem Sand der Wüste gleich, der alles deckt,
Begrabend Menschensiedlungen und Marken. —
Ablassen wollen wir vom alten Streit,
Vereint den stolzen Sachsen niederwerfen,
Der dich an seinen Königswagen schirr'n will.
Schon stehen zwanzigtausend Ungarnrosse —
Kein schönres Heer trug je der Pußta Gras —
Kampf wiehernd an der Grenze dieses Reichs.
Wir bieten Eidbund dir: das Blut der Hengste,
Mit Wein gemischt getrunken, soll's besiegeln.

    Arnulf (schaudernd). Ein grausig Volk.

    Karchan. Jedoch ein Pfand mußt stellen du dem König,
Daß du für immer mit dem Reiche brichst,
Daß nie dein Herz sich wieder wenden kann
Den Sachsen zu, weil deines Volks sie sind,
Wie oft sich Brüder nach dem Streit versöhnen.

    Arnulf (für sich). Der ~~Heune~~ fühlt's — wir passen nicht
                              zusammen.
(laut) Welch Pfand begehrt der Ungarn König? sprich! —
(halblaut) Zum Glücke hab' ich Eine Tochter nur.

    Karchan. Dein Vater hat errichtet an der Enns
Ein trotzig Bollwerk, unserm Volk verhaßt.

    Arnulf (für sich). Weil sie sich oft den Schädel dran zer-
                            schellt
Und nie den steilen Felsenhorst erstürmt. (laut)
Die Ennsburg meint ihr, Markgraf Konrads Burg?

    Karchan. Des Hasses und des Mißtrauns Denkmal
                          war sie:
Sie sperrt den Weg in euer Land: doch Freunden

Und guten Nachbarn, die wir nun geworden,
Schließt man die Hausthür auf, nicht zu.
Darum verbrenne, brich und schleife sie.
Arnulf. Und schutzlos offen läg' euch all mein Land?
Heischt andres Pfand — jedoch die Ennsburg — nie!
Miklosz. Nicht andres, fürcht' ich, wird mein König
nehmen.
Arnulf. Er wird sich doch dazu bequemen müssen.
Karchan. Wertvoll, ja unentbehrlich ist bereits
Der Ungarn Hilfe für den Bayernherzog:
Wir wissen's wohl, wie nah Euch droht die Acht.
Spithinjef. Da spricht er wahr: — Ihr braucht getreue
Freunde.
Miklosz. Und wer die Ware braucht, zahlt jeden Preis.
Arnulf. Habt Ihr die Freundschaft feil wie Warenkram?
Ratibor (halblaut). Ihr seid zu schwach, allein dem Reich
zu trotzen.
Karchan. Entschließt Euch, Herr, denn Ihr habt keine
Wahl!
Arnulf. Wähnt Ihr? Es steht mir frei zu jeder Zeit,
Mich mit Herrn Heinrich gütlich zu vertragen.
Ratibor (zu Wanda). Weh uns, er schwankt!
Wanda (leidenschaftlich). Er darf nicht mehr zurück!
Arnulf. Frei will ich bleiben, Herr in meinem Land:
Und, will ich selber meinen Will'n beschränken,
So füg' ich lieber mich und — rühmlicher
Dem deutschen König als dem Ungarn-Chan.
Karchan. Soll diese Antwort meinem Herrn ich bringen?
Miklosz. Den Haufen Stein bringt Ihr ihm nicht zum
Opfer?
Arnulf. Nein, nieder reiß' ich meine Ennsburg nie!
Das wißt! Und nun thut was Ihr wollt, Herr Heune.
(geht heftig auf und nieder)

Spithinjef (leife). Helft, Base Wanda!

Natibor (leife).   Ratet rafch und klug.

Wanda (leife zu den Böhmen- und Ungarn-Fürsten).

Ihr gingt zu weit — folch Drängen trägt er nicht:

Er folgt nur, wenn er frei zu fchreiten glaubt:

Er darf den Zaum nie fühlen! Laßt mich forgen.

Horcht, ob ihr nichts vom Sachfen Böfes hört:

Das wäre gut zu melden: — geht — rafch fort.

(Spithinjef ab nach rechts, woher er kam.)

Karchan. So brecht Ihr die Verhandlung ab?

Arnulf.   Ihr hörtet's: — Ja!

(zu einem feiner Hauptleute)

Graf, laßt zum Aufbruch blafen: denn wir reiten.

Wanda (gefchmeidig). Vermitteln ift das Amt der Frauen-

hände,

Wo Männer, die doch Freunde werden müffen,

Im Ungeftüm zu harte Worte wählten. —

Der laute Schall des Zornrufs übertäubt

Die leife Stimme der Vernunft, der Klugheit:

Vernehmlich wird fie wieder, fchweigt der Grimm.

(zu Karchan) Ihr dürft den edlen Herzog nicht fo leicht,

(zu Arnulf) Ihr nicht die mächt'gen Bundsgenoffen laffen.

Muß man denn alles gleich verbrennen, fchleifen,

Was uns im Weg fteht? — giebt's nicht Mittelwege?

(zu Arnulf) Des Vaters Bau, die Ennsburg, bleibe ftehn,

(zu Karchan) Doch die Befatzung fei geteilt fortan,

Aus Bayern halb, aus Ungarn halb gebildet.

Karchan (eifrig). Jawohl, den Vorfchlag nimmt mein

König an.

Miklosz (leife). Denn nehmen ift noch beffer als ver

brennen.

Karchan (zu Wanda leife).

Doch uns die Burg: — die Vorftadt bleibt dem Herzog.

Ratibor (leife, rafch). Schweigt davon jetzt!

Wanda. Schweigt und laßt Wanda machen

Ratibor (zu dem schwankenden Karchan).

Ihr dürft Ihr trau'n: — sie haßt die stolzen Deutschen.

Wanda. Und führt des Herzogs Siegel und Kanzlei.

(Karchan nicht verständnisvoll)

Arnulf (überlegend für sich). Darüber ließ' sich reden —

mir die Burg —

Die Vorstadt ihnen — dann, wird's einmal nötig,
Rasch von der Burg her werf' ich sie hinaus. —
Doch nein! auch dieser halbe Höllenpakt
Ist mir zuwider: — will, wie bittrer Trank,
Nur langsam rinnen durch die Vorstellung.
In tiefster Seele sind sie mir verhaßt:
Kein Bündnis mit Böhmaken und mit Heunen!
Am besten bleibt der Mann allein: braucht er
Genossen, such' er seinesgleichen: nie
Steig' er herab zu niedrigern Geschöpfen.

Wanda (in der Meinung, er sei gewonnen).

Ihr seid doch nun entschlossen?

Arnulf. Ja, ich bin's.

Der Bayerherzog braucht nicht Böhm' noch Ungar:
Das meldet eurem Herrn: ihr seid entlassen.

Fünfte Scene.

Vorige. Spithinjef und Kobilo hereinstürmend.

Spithinjef. Auf, Herzog Arnulf! räche deine Ehre!
Vor Sachsenübermut beschirm' dein Land.

Arnulf. Was ist geschehn?

Spithinjef. Hier, höre deinen Boten!

Sein Roß liegt tot: — verfolgt von Sachsenreitern,
Vom Pfeil verwundet, schwamm er durch die Donau.

Arnulf. Er rede selbst! — Ich kenn' dich, Mann: du bist
Ein guter Jäger und bist Bayern treu:
Dein Nam' ist Kobilo — was ist geschehn?

Kobilo. Herr Herzog, helft und eilt: sonst ist's zu spät.

Arnulf. Wo kommst du her?

Kobilo. Von Regensburg, Herr Herzog.
Aus Eurer Hauptstadt, — drinn der Sachse haust.

Arnulf. Was? Regensburg? es ist —

Kobilo. Für Euch verloren!
Der undurchdringlich schlaue Sachse hat
— Versiegelt waren alle Heerbannbriefe,
Beim Aufbruch von den Führern erst zu öffnen —
Auf sieben Nächte vor dem Reichstag heimlich
All seine Macht vor Regensburg gerufen:
Ein Heer von Friesen, Sachsen, Thüringen
Und Franken, wie vom Erdgrund aufgeschossen,
Stand plötzlich vor der Stadt: an einem Tag
Von allen Straßen her floß das zusammen:
Gleichwie Gewässer, die man kunstvoll staute
Und nun mit eins zusammenströmen läßt.
Die Stadt erschrak: der Sachse heischte Einlaß,
Reichstag zu halten: frei Geleit verhieß er,
Gerecht Gericht für Euch, wenn Ihr erschient.

Arnulf. Ich will erscheinen, wartet!

Kobilo. Der Übermacht schloß auf das Thor die Stadt —
Und: tragt's mit Kraft, — ich weiß, — er war Euch lieb —

Arnulf. Mein Neffe Konrad?

Wanda. Wie? was werd' ich hören?

Kobilo. Als er die Stadt betrat, ward er gefangen.

Arnulf. Auch ihn gefangen! Kurt: — das ist dein Dank!

Kobilo (zögernd). Man sagt: für Euch hab' er verbürgt
den Kopf.

26*

Arnulf. Da sagt man wahr! — hat ihn der Sachse
wirklich . . .? —

Kobilo. In dichtverschloss'ner Sänfte schleppt' ein Reichs-
fürst
Mit vielen tausend Reitern ihn davon.

    Arnulf. Wohin?

    Kobilo. Das weiß kein Mensch! und endlich — (stockt).

Spithinjef. Sprecht! —
Ihr dürft ihn schonen nicht, — den Herzog Arnulf —
Er muß das letzte, Ärgste auch noch hören!

    Arnulf. Giebt's noch was Ärgeres?

    Kobilo. Des Königs Freund, — der grimme Sachse
Billung, —
Dein Banner warf er nieder von den Zinnen
Und pflanzte dort —

    Spithinjef. Herr, hör' es: nicht des Reichs!

    Kobilo. Die Fahne Sachsens pflanzt' er auf den Wall.

    Arnulf (groß; das Schwert ziehend).
Sie bleibt nicht dort! bei meines Vaters Grab! — —
Hier meine Hand, Herr Ungar und Herr Böhme:
Das Bündnis schließ' ich ab, wie ihr verlangt:
Die Herzogin führt Schrift für mich und Siegel,
Denn diese Hand führt fortan nur das Schwert!
Blast, blast, ihr Hörner, auf! nach Regensburg!

(Wendet sich zum Abgehen nach rechts. Vorhang fällt.)

IV. Aufzug.

Gewölbte Halle auf der Ennsburg: nur im Mittelgrund eine Pforte: Festungsbau: Waffen an allen Wänden: an der linken Seite ein hoher Erker mit Fenster: auf der Erde und auf zwei großen Tischen liegen Waffen aller Art, zumal Bogen und Pfeile, Speere, Schwerter Helme, Schilde. Waffenstarrender, hoch kriegerischer Eindruck.

Erste Scene.

Helmbrecht. Der Burgwart. Die beiden sind fortwährend mit Prüfung der Waffen beschäftigt, den Reisigen, die ab- und auftreten, Aufträge und einzelne Waffen gebend.

Helmbrecht (prüft eine Armbrust, hält sie dann wie zielend zum Fenster hinaus).

Die Sehne hält noch lang. — Nun kommt, ihr Heunen,
Heuschreckenhupfer-Volk der Steppe, kommt!
Noch mancher fliegt mir kunstgerecht vom Gaul,
Die krummen Beine hoch im Purzelbaum; —
Gern schieß' ich Gemsen: — schon viel lieber Wölfe —:
Am liebsten: — schlimmer als die Wölfe — Heunen!

(an den linken Arm fassend)

Nenn' ich den Namen nur, brennt neu der Hieb,
Den ich für Markgraf Kurt einst aufgefangen.

Burgwart. Weshalb just nach der Ennsburg zogt Ihr,
Freund?

Helmbrecht. Als mich mein Herr aus seiner Nähe bannte,
Ritt gradwegs ich hieher: hier kann am ehsten
In Heunenblut ich kühlen Schmerz und Zorn.

Burgwart. Das könnt Ihr bald! dießseit des Stroms
schon sind sie.

Helmbrecht. Wenn wir nur ein paar tausend Reiter
hätten!

Burgwart. Wir brächen aus der Burg und griffen an.

Helmbrecht. Wohl hat ein Bote Reiter angesagt.

Burgwart. Wenn der Gefangne kommt, den ich soll hüten.

Helmbrecht (man hört Blasen des Pförtners).
Wer mag es sein?

Burgwart.   Ein Bischof, sagt man, bringt ihn.

Helmbrecht. Gewiß ein Reichsrebell wider den Sachsen.

Burgwart. Weiß nicht!

Helmbrecht.   Viel tausend Reiter sollen's sein?

Burgwart. Ich mußte Raum für dritthalbtausend schaffen.

Helmbrecht. Der Türmer hat den Zug schon angemeldet.

Burgwart. Der Pförtner blies vorhin: — da sind sie
                                                    schon.

Zweite Scene.

Vorige. Udalrich mit Reisigen, gleich darauf Konrad mit verbundenen
Augen, von zwei Reisigen geführt.

Udalrich (ganz gerüstet, winkt dem Burgwart und spricht leise, dann laut).
Erst hier im Saale löst Ihr ihm die Binde,
Die in der Sänfte ich ihm angelegt. (Burgwart verneigt sich.)

Helmbrecht (freudig und ehrfürchtig den Bischof begrüßend).
Ihr seid's Herr Udalrich! Ihr fehlt doch selten,
Wo es den Heunen gilt! wie habt Ihr doch
Von Eurem Augsburg einst sie fortgefegt!

Udalrich. Die Heil'gen, denk' ich, werden mir verzeih'n,
Wenn ich das deutsche Land vor diesen Heiden
Nicht mit Gebet nur, mit dem Schwert auch schirme.

Burgwart (halblaut zu Helmbrecht). Ein kriegerischer Herr! und
                                                    fromm dabei.

Helmbrecht (ebenso). Und treu wie Gold — so lob' ich
                                                    mir den Bischof!

Konrad. Macht nun ein Ende dieser Mummerei!
Herr Bischof, nennt mir endlich meinen Kerker.

Udalrich. Dies Haus, Herr Markgraf, habt Ihr lebens-
länglich
Fortan — so ist des Königs Spruch — zu hüten:
(winkt, die Binde wird ihm vom Burgwart gelöst)
Seht Euch nur um: Ihr kennt ihn, Euren Kerker.
Konrad. Wo bin ich? Wie? Die Ennsburg? Ja! mein
Schloß!
Udalrich. Hier — Euer Schwert! frei seid Ihr, Mark-
graf Konrad:
Und so aus meinem Mund spricht König Heinrich:
„Dem Bürgen, der so edel sich verbürgt,
Dem Bürgen, der so edel sich gestellt,
Dem treusten Mann, der mir in Deutschland lebt,
Vertrau' ich Deutschlands meist bedrohte Mark.
Er hüte sie für Bayern und das Reich."
Konrad. Mein König Heinrich — oh wie bist du groß!
Wenn je ein Markgraf Treue hielt dem Reich,
Mit meinem Herzblut will ich dir vergelten!
(Umarmung. Pause.)
Udalrich. Oh was ist alles Lachen doch der Lust,
Verglichen mit den heil'gen Wonnethränen,
Wie sie die Rührung weint des Edelsinns!

———

Dritte Scene.
Vorige. Reisiger — darauf Spithinjef.

Reisiger (meldend). Ein Bote von den Ungarn.
Konrad.   Höchst willkommen. —
(Pause) (zu dem eintretenden Spithinjef)
Ihr seid's, Herr Böhme? Ihr der Ungarn Bote?
Spithinjef. Und Herzog Arnulfs: das ward jetzt dasselbe.
Mit Staunen, — doch mit Freude — find' ich Euch,
Herr Vetter Konrad, hier.

Konrad.   Die Vetterschaft
Ist schwach: — laßt sie beiseit' —: sagt Euren Auftrag.

   Spithinjef. Des Herzogs Arnulf Neffe wird gewiß
Ihn rasch erfülln: — viel ist geschehn, verwandelt,
Seitdem Ihr fern: — mit Böhmen und mit Ungarn
Hat Arnulf sich verbündet und zwei Pfänder (höhnisch)
Von hohem Wert gestellt: mit Ratibor
Hat er verlobt sein einzig Kind,

   Konrad (für sich).   Oh spring' nicht,
Halt aus, mein Herz! im Sieg erst darfst du brechen.

   Spithinjef. Den Ungarn aber räumt er diese Grenzstadt
Zur Hälfte ein: den Bayern bleibt die Vorstadt,
Den Ungarn aber giebt er dies Kastell.

   Udalrich. Unmöglich!

   Helmbrecht.   Mit Verlaub: da lügt jemand.

   Konrad (ruhig). Das thut mein Ohm, der Sohn Herrn
                        Liutpolds, nicht.

   Spithinjef (giebt ihm eine Rolle). Lest meine Vollmacht selbst:
              — seht hier sein Siegel.

   Konrad (nimmt die Rolle ohne zu lesen). Sein Siegel führt die
                     Herzogin zuweilen.

———

IV. Vierte Scene.

Vorige. Reisiger dann Karchan und Miklosz.

   Reisiger (meldend). Zwei neue Boten von den Ungarn, Herr.

   Konrad. Das eilt ja sehr! sind ungeduld'ge Ritter.

   Karchan (tritt ein, herrisch). Was hält so lang die Über-
                       gabe hin?
Wer führt Befehl in dieser Burg? (erschrickt, Konrad erblickend)
                            Was seh' ich, —
Der Markgraf selbst!

Konrad.　　　　　　Er selbst. Ich denk': Ihr kennt ihn.

Miklosz. Säumt uns nicht länger, denn wir haben Eile!

Karchan. Das Feld, darauf wir stehn, heißt „Grab der
Bayern".

Miklosz. Denkt des Herr Markgraf wohl!

Konrad.　　　　　　　　　　Ich will's gedenken!

Karchan. Und daß Ihr's wißt, — vor diesen Thoren hält
Ein Reiterkönig, ungewohnt des Wartens:
— Sein edler Rappe stampfend scharrt den Grund! —

Miklosz. Der König Zoltan selbst steht vor der Burg!

Karchan. Laßt ihn nicht harr'n: — ein König wartet
nicht —

Miklosz. Thut auf die Stadt! sonst — bei dem Rosse
Zoltans!

Karchan. Nicht Greis, nicht Weib, nicht Kind wird
drin verschont.

Konrad. Bei Sankt Georg! Wir kennen eure Sitten!
Wir denken's, wie ihr, Herden gleich, an ihren
Goldblonden Flechten sie zusammenknüpfend,
Triebt deutsche Frau'n und Mädchen längs der Donau: —
Sie sprangen jauchzend drein, euch zu entgehn! —

Spithinjef. Gehorcht dem Auftrag Eures Ohms und
Herrn.

Konrad (wirft nur einen Blick in die Rolle).
Wo steht sein Name? meine Base Wanda
Schreibt hier: „für Herzog Arnulf".

Spithinjef.　　　　　　Doch sein Siegel!

Konrad (wirft ihm die Rolle vor die Füße).
Falsch ist die Base und die Vollmacht falsch!
Ich stehe hier, des deutschen Reichs ein Markgraf,
Dem deutschen Reiche hüt' ich diese Burg!
Hinaus, ihr Herrn, zurück zum Chan der Heunen!

Doch eilt euch, bitt' ich, sonst komm' ich zuvor:
Um einem Räuberkönig heimzuleuchten,
Ein deutscher Markgraf, denk' ich, reicht dazu.

(Die drei Gesandten rasch ab.)

Adalrich (feierlich das Schwert ziehend).

Wir kämpfen für das Kreuz und unsern Herd:
Mit uns ist Gott! Hilf uns, Sankt Michael.

Konrad (zieht das Schwert und wirft die Scheide weg, kommandierend).

Zu Pferd! Die Zugbrück' auf! zum Ausfall! Drauf!

Helmbrecht. Um Gott, Herr Markgraf, Harnisch, Helm
und Schild!

Konrad. Nein, Alter, heute brauch' ich nur das Schwert!
Wie Wetter Gottes schmettert auf den Feind! —
Mein König Heinrich: — heut vergelt' ich dir! —

(Alle rasch ab. Vorhang fällt rasch.)

V. Aufzug.

Donauwald vor Regensburg: im Hintergrund jenseit des Stroms
die Stadt mit Wällen und Türmen. Links im Hintergrund breites
Gebüsch. Nacht. Volles Mondlicht — vor Tagesanbruch.

———

Erste Scene.

Arnulf, Ratibor, Wanda von links auftretend. Reisige mit Fackeln. Arnulf
und Ratibor nicht ganz gerüstet, nur mit Mantel und Schwert, ohne Helm und
Schild.

Arnulf. Erst nach dem Sieg die Hochzeit, mein Herr
Böhme! —
Mein armes Kind erkrankte schwer, so hör' ich,
Als ihr die Brautschaft nur gemeldet ward:
Ein bleicher Schatte schwebt im Lindengang
Des Frauenklosters dort im Chiemsee hin.
Vergönnt ihr Zeit, sich in ihr Los zu finden.
Ihr wißt —, sie liebt Euch nicht: mit schwerstem Opfer
Erkauft' ich Böhmen: mit dem Glück des Kindes!
Es thut nicht gut, zu freien ohne Liebe,
Aus Klugheit, die — nicht wahr, Frau Herzogin? —
Sich hinterher als Thorheit oft erweist.

Wanda. Das Glück der Fürstinnen ist Kronenglanz.

Arnulf (zu Ratibor). Wo bleibt der Böhmen Heer?

Ratibor.   Die Hauptmacht steht
Bei Prag noch: doch der Vortrab hat erreicht
Die ersten Dörfer deutschen Grenzgebiets.

Arnulf. Gleich, wie zwei Schalen einer Wage gleich,
Stehn sich die Heere drohend gegenüber.
Den ganzen Heerbann Bayerns rief ich auf:
Von Etsch und Eisack, wo mein letzter Grenzgraf
Die Porphyrklause von Verona hält.

Bis an den Nordgau, wo der gelbe Main
Durch grüne Hügel zieht. — Und gleich stark hat
Der Sachse alles Nordvolk aufgeboten:
Das wird ein Kampf, wie nie er noch gekämpft ward.

    Ratibor. Schon größ're Heere hat e i n Feld vereint.

    Arnulf. Doch nicht von D e u t s c h e n beiderseits, Herr
                                      Böhme!
Viel Blut wird fließen: zäh sind diese Sachsen,
Wie meine Bayern grimm. Könnt' ich's doch sparen!
Käm' doch der Sachse selbst mir vor die Klinge!
Was hilft's, verlang ich's: er verlacht mich nur;
Er glaubt sich stärker, er hat Regensburg —
Und (bitter) mit dem Herzog schlägt sich nicht der König.

———

Zweite Scene.
Vorige. Reisiger, Eberhard hereinführend und meldend.

    Reisiger. Ein Bote aus der Stadt.

    Arnulf.   Der Frankenherzog!

    Eberhard. Oh Herzog Arnulf, so sehn wir uns wieder!
Als Feinde!

    Arnulf. Euer Werk, Herr Eberhard!
Ihr habt dem Sachsen ja die Krone selbst
Recht aufdringlich in seinen Harz getragen:
Ihr wolltet, mußtet ja 'nen König haben:
Jetzt habt Ihr ihn: nun helft ihm auch regieren.

    Eberhard. Der Bayernherzog schlug die Krone aus.

    Arnulf. Und einen König müßt Ihr nun mal haben! —
Was bringt Ihr mir von Herzog Heinrich, sprecht?

    Eberhard. Den König Heinrich jammert all das Blut,
Das heute noch in Strömen fließen soll:
Auf beiden Seiten edles d e u t s c h e s Blut:

Er schlägt Euch einen letzten Ausweg vor,
Der Eurer Völker Blut und Kampf soll sparen.

    Arnulf (für sich). Was hör' ich! welche Freude — Mann
                        an Mann!

    Eberhard. Den Streit der Fürsten soll'n die Fürsten auch
Allein austragen, wie es Männern ziemt:
Er hält Euch, Herzog, ganz sich ebenbürtig
Und zweifelt nicht — Ihr werdet ihn begreifen.

    Arnulf (freudig). Oh ich begreif' ihn ganz — ich dank'
                        ihm drum!
Das erste, was mich freut von ihm zu hören.

    Eberhard. Statt daß er auf dem Reichstag Euch heut
                      Mittag
— Ihr wißt, die vierzig Nächte enden heut' —
Muß ächten und die Heere sich zerfleischen:
Soll noch heut' Nacht, im Wald hier, ohne Zeugen,
Der ganze Streit von euch gleich starken Helden
Entschieden werden. Seht: er sucht Euch auf:
Er traut Euch ganz: er ehrt Euch und er hofft,
Ihr werdet ihn verstehn und ihm willsahren.

    Arnulf. Geht nur und dankt ihm: sagt, er ist will-
                      kommen:
Den tiefsten Herzenswunsch erfüllt er mir.

    Eberhard (für sich im Abgehen). Gewaltig wird der Streit
                    der beiden Männer:
Oh gebe Gott, daß Heinrich Sieger bleibt! —

Dritte Scene.

Vorige, ohne Eberhard.

Arnulf. Er kömmt! er selbst! er soll nicht mehr von
hinnen!

Ratibor. Ha, ich versteh' Euch!

Arnulf (mit einem Blick auf Wanda). Schweigt davon.

Ratibor.   Natürlich.

Arnulf. Zu jedermann, wir werden sonst gehindert.

Ratibor (für sich, grimmig). Nur meine Böhmen halt' ich in
der Nähe:
Zu rechter Zeit werd' ich am Orte sein.

Wanda. Was geht hier vor? was plant ihr?

Ratibor.   Base Wanda, —
Das ist für zarter Frauen Ohren nicht.

Arnulf. Da habt Ihr Recht: führt sie hinweg und schweigt.

(Ratibor und Wanda ab links im Mittelgrunde.)

———

Vierte Scene.

Arnulf allein.

Arnulf. Er kömmt! er bietet selbst den Zweikampf an,
Den alten heißen Herzenstraum erfüllend;
Kein Mann hat mir noch so was Liebs gethan: —
Fast lieben könnt' ich ihn dafür, beim Ortler!
Er soll auch echten Zweikampf finden, ehrlich,
So gut als ihn der Bayer bieten kann.
Freu' dich, mein Schwert! du schlugst durch manchen Helm, —
Doch nie durch eine Königskrone noch.

(Ab wie Wanda und Ratibor.)

———

Fünfte Scene.

König Heinrich nur mit Schwert und Helm, ohne andre Waffen, im braunen
Mantel, und Gerd Billung, dieser ganz gerüstet, mit dem Speer, kommen
von rechts im Hintergrund.

König Heinrich. Verlaß mich nun! du solltest mir nicht
folgen!

Gerd Billung. So wollt Ihr wirklich diesem Bayer traun?
Laßt mich seitab nur lauschen im Gebüsch,
Ob er allein auch kommt.

König Heinrich.   Und wir zu zweit?
Gerd Billung, ei, schon hat dein Schwabenhaß
Den tapfern Schwabenherzog mich gekostet:
Soll mich dein Bayernhaß noch Bayern kosten?

Gerd Billung. Nicht haß' ich sie: — ich kann sie nur
nicht leiden!

König Heinrich. Wo viele Brüder sind in Einem Hause, —
Der eine muß sich in den andern finden;
Sonst wird des Hauses Friede stets gestört. — (Pause)
Ich muß dich strafen für die trotz'ge That,
Daß du die Sachsenfahne aufgesteckt.

Gerd Billung. Straft mich: doch erst nach dieser Bayern=
schlacht.

König Heinrich (feierlich). Nach diesem Bayernfrieden,
hofft mein Herz!

Gerd Billung. Noch keinem Feind bewiest Ihr soviel
Schonung
Wie diesem Arnulf.

König Heinrich. 's ist mein größter Feind.
Gerd Billung. Ja, der gefährlichste.
König Heinrich.   Und edelste!
Wo weise Großmuth schwersten Kampf mag wenden, —
Da frevelt furchtbar, wer zum Schwerte greift.

Gerd Dillung. Greift nur zum Schwert, wir werden sie
schon schlagen!

König Heinrich. Vielleicht — vielleicht sie uns! — Und
wer auch siege —
Das Reich verliert: verliert viel tausend Männer,
Die wir, weiß Gott, recht herzlich nötig haben.
Zwei Heere warf Westfrancien in das Feld:
Das eine steht vor Metz, am Rhein das andre:
Die Havel überschritt aufs neu der Wende, —
Hamburg bedrängt mit Macht der Däne Gorm, —
Und zahllos von der Enns her drohn die Ungarn:
Den deutschen König müßte Gott verdammen,
Der nicht in solcher Not des Reichs das letzte,
Das Äußerste an Mäßigung und Großmut
Aufböte, diesen Bruderkampf zu meiden,
Und die vereinten Flammen deutschen Zorns
Dem Reichsfeind sieghaft ins Gesicht zu schleudern.

(Pause. Er winkt Gerd Dillung zu gehen.)

Gerd Dillung. Ich gehe schon — Ihr wollt's — zurück
zur Stadt: —
(für sich) Wird ihm ein Haar gekrümmt — dann wehe Bayern.

Sechste Scene.
König Heinrich allein.

König Heinrich. Jetzt naht die Wendestunde meines Le-
bens,
Ja dieses Reichs vielleicht, für immerdar!
Bricht aus der Kampf, kann er das Band zerreißen,
Das diese Stämme ach! nur schwach umschließt:
Der Groll, der Haß, wer heut' auch Sieger bliebe,
Wächst immer aus viel tausend Gräbern neu. —
Mein halbes Heer wird diese Walstatt decken,

Und mehr doch als mein ganzes brauch' ich schwer! (Pause)
Ob kommende Geschlechter einst den Sachsen
Verwünschen, der Unmögliches gewollt,
Der kitten wollte Widerstrebendes
Mit Blut: und konnt's doch nicht zusammenhalten, —
Ob sie den König Heinrich segnen werden,
Der, fest und stark, nicht an dem Reich verzagte,
Mit treuer Hand den müheschweren Bau
Entgegenbaute einer hellern Zeit, — — —
In dieser Stunde wird's entschieden sein.

(Kniet nieder: feierlich betend)

Oh Gott im Himmel, gieb, du großer König,
Gieb deinem schwachen Abbild hier im Staub
Von deiner Weisheit, deiner ew'gen Güte,
Ach, deiner Größe gieb ihm einen Strahl.
Du siehst mein Herz: — du weißt, ich will das Gute: —
Daß ich's vollbringe: — gieb den Segen du!

(Steht auf; große Pause.)

Siebente Scene.

König Heinrich. Arnulf tritt auf, ohne Mantel, ohne Harnisch und andre
Waffen als Helm, Schild und Schwert, kriegerisch mit dem gezogenen Schwert
den Gegner begrüßend; die Nacht weicht immer mehr dem Tag.

Arnulf. Dank, daß Ihr kamt, Ihr seid ein ganzer Mann.

(betrachtet den König mit langem Blick, für sich)

Bei Gott, das ist ein König durch und durch. —

König Heinrich (für sich). So dacht' ich ihn: so stark, so
ungestüm.

Arnulf. Laßt uns die Schwerter messen: — mein's scheint
länger —

(prüfend nach des Königs Schwert schauend)

Wohlan, so geb ich Euch den Schild voraus.

(Im Begriff den Schild abzustreifen, um ihn dem König zu geben.)

Dahn, Deutsche Treue.   27

König Heinrich (fehr groß mit einer Handbewegung den Schild ablehnend).

Zum Kampfe nicht, — zum Frieden kam ich her.

Arnulf. Was? — wie? — Ihr wollt nicht?! — Herzog
                                  Eberhard
Sprach doch — wir zwei — im Walde — fonder Zeugen —
Wir Fürsten — unfrer Völker Blut zu sparen —
Wir beiden sollten's ganz allein entscheiden?

König Heinrich. Das woll'n wir auch: mit Weisheit:
                              nicht mit Wut.

Arnulf. Ha meines Lebens liebster Wunsch zerstört!
Fast lieb gewonnen hatt' ich Euch dafür!

König Heinrich. So fallt nicht in den alten Haß zu-
                              rück.

Arnulf. Ihr weigert mir den Kampf? unebenbürtig
Dünkt wohl der Herzog dem gekrönten König?

König Heinrich. Voll ebenbürtig acht' ich Euch: nicht nur
Zu Kampf: zu noch weit höhrer That als Kampf.

Arnulf (für fich). Nicht feig und schwach: — friedfertig
                              ist der Mann!
Schmilzt mir der Zorn vor dieser stillen Hoheit?
Ja das ist Größe, das ist Königtum! —
Doch unergründlich klug sind diese Sachsen —
Wer weiß! — (laut) Kamt Ihr auch nicht in solcher Mei-
                              nung, —
Wir sind beisammen nun — wir sind allein —
Wohlan, nehmt's denn als meinen Vorschlag an:
Laßt uns auf Tod und Leben kämpfen hier,
Und, wie in alten Sagen rühmlich wird
Von Helden und von Königen gemeldet, —
Der Völker Blut durch Fürsten Blut uns sparen.

König Heinrich. Schön fühlt Ihr, Herzog: — doch der
                              Sage nicht,

Der Wirklichkeit gehören beide wir
Und unsern Völkern, die der Feind bedroht.

   Arnulf (für sich). Hilf, Gott im Himmel — er hat wie-
             der recht.

(laut) So weigert Ihr den Zweikampf ganz und gar?

   König Heinrich. Nein, Herzog Arnulf: denn ich weiß,
             wie Ihr:
Als letztes Mittel in die starke Hand,
Hilft keines sonst, gab Gott dem Mann das Schwert.

   Arnulf. Herr Heinrich, brav, das war ein gutes Wort.

   König Heinrich. Hört erst den Vorschlag, den — mein
             eigner Bote —
Dem Bayernherzog ich verkünden wollte.

   Arnulf. Und weis' ich Euren Vorschlag ab: — was
             dann?

   König Heinrich. Dann soll Euch Eures Lebens liebster
             Wunsch,
Zu kämpfen mit dem tiefgehaßten Sachsen,
Nicht sein versagt. Doch nicht zur Nacht, im Walde.
Wie Räuber, die sich zanken um die Beute, — —
Dann sucht vor beider Heere Angesicht,
Im Sonnenschein, beim Schmettern der Drommeten,
Den deutschen König — und Ihr sollt ihn finden.

   Arnulf (steckt das Schwert ein). Dank! jetzt hör' ich Euch gern
             geduldig zu. —

   König Heinrich. Ihr wißt: Euch trifft die Acht, seid
             Ihr bis Mittag
Zu grüßen mich als König nicht erschienen.

   Arnulf (sehr bitter). In welcher Stadt?

   König Heinrich.   In Eurem Regensburg.

   Arnulf (grimmig). Das ward ja sächsisch! — Euer Her-
             zensfreund
Hat dort ja aufgepflanzt die Sachsenfahne.

                 27*

(Es ist allmählich heller Tag geworden. König Heinrich wendet sich und weist
auf die Stadt.)

König Heinrich. Seht hin! was weht vom Wall von
Regensburg?

Arnulf (sieht hin). Zwei Fahnen seh' ich! 's ist das
Reichspanier —
Und — mein Panier.

König Heinrich. So wie der König Heinrich
Die Ungebühr erfuhr, stellt' er sie ab: —
Das Sachsenbanner grüßte dein Panier
Und seinen Herzensfreund wird er bestrafen:
Gerd wird verbannt aus seines Königs Nähe.

Arnulf (bewegt). Ich bin kein Bergstier, der blind sinn-
los rast:
Ihr saht das Unrecht: und Ihr machtet's gut —
Das ist gesühnt und abgethan. — Jedoch —

König Heinrich (einfallend). Eh Ihr von Eures Vaters
Tod beginnt —
Und meinen Vater schwer darum verklagt, —
Lest diesen Auftrag meines Vaters, den
Den beiden Sachsengrafen er erteilt.
Wenn Ihr sie selber nicht erschlagen hättet: —

Arnulf (einfallend). Das war das beste, was ich je gethan!

König Heinrich (fortfahrend). Und ihre Leichen in den
Fluß geworfen,
Man hätt' es früher wohl entdeckt! — so fand
Ich ganz vor kurzem in dem Burgarchiv
Zu Merseburg, das halb verbrannt die Ungarn,
Die Urschrift erst in diesem Pergament —
Lest selbst.

Arnulf. Ich lese schlechter als ich fechte.

König Heinrich. Nun so vergönnt,
Daß ich Euch lese: — Ihr vertraut mir doch?

Arnulf. Beim Ortler ja! ich glaub' Euch jedes Wort.

König Heinrich (lieſt aus der hervorgezogenen Rolle).
„Uns fehlt der Friesen Zuzug und der Franken:
Drum mußt' ich Waffenruh' mit Ungarn schließen:
Doch eher nicht verlaßt ihr Liutpolds Heer,
Bis Frieden oder Sieg auch Bayern schützt:
Sonst trifft euch Todesstrafe, kehrt ihr heim." — —
Ihr seht, Ihr seid uns nur zuvorgekommen. —

Arnulf (tief bewegt). Wußt' ich das früher: — viel blieb
                                                ungethan!
Eh wir uns schlagen: — reicht mir Eure Hand.

König Heinrich (nimmt die Hand nicht).
Hört noch, eh' ich zurückgeh' und wir kämpfen,
— Denn erst um Mittag sprech' ich aus die Acht —
Den Vorschlag hört, mit dem ich hergekommen. —
                        (Pauſe)
Mit uns kann Groll und Haß begraben sein:
Denn keine Söhne haben beide wir.

Arnulf. Ihr nahmt mir Kurt, der mir den Sohn er-
                                                ſetzte!

König Heinrich. Gesucht hab' ich die Krone nicht: weiß
                                                Gott.

Arnulf. Ich weiß: Ihr schlugt sie zweimal aus, wie ich.

König Heinrich. Doch nahm ich sie zuletzt, weil Ihr
                                                sie ausschlugt,
(ganz einfach) Dem ohne Zaubern ich gehuldigt hätte.

Arnulf (einfallend). Herr Heinrich? — (langſam) ist das
                                                wahr?

König Heinrich (blickt ihm voll ins Auge). Glaubt Ihr —
                                                ich lüge?

Arnulf. Nein, nein, bei Gott, dies Auge kann nicht
lügen.

König Heinrich. Ich wurde König, weil ein König
sein muß.

Arnulf. Das eben leugn' ich.

König Heinrich.   Streiten wir nicht drum;
Bleibt Ihr am Leben, werdet Ihr's noch lernen. —
Auf Sachsen und auf Bayern ruht das Reich:
Die andern müssen, wenn wir einig sind:
Stark muß die Hausmacht sein des Königtums:
Drum kam ich her mit einem Vorschlag ... (langsam)
                                        — doch
Ihr hört wohl nicht?

Arnulf.   Ich höre! sprecht! der Worte
Begierig bin ich nun: wie erst der Streiche.

König Heinrich (kraftvoll). Nie werd' ich diese Krone
                                        niederlegen,
Sie Euch zu geben.

Arnulf.   Herr, ich will sie nicht.

König Heinrich. Auch wenn Ihr's wolltet! jetzt bin ich
                                        der König
Und bleib' es, bis ich sterbe: offen sag' ich:
Auch nicht um diese Mordschlacht abzuwenden, —
Die immer näher rückt, leg' ich sie ab.

Arnulf. Ihr redet groß und frei: — ich lob' Euch
                                        drum!

König Heinrich. Um meines Rechtes willen nicht —
                                        oh · nein!
Um dieses Reiches willen, das verloren
Für immer wäre, beugte sich sein Haupt:
Verloren hätte ihren Glanz die Krone. —

Doch, da wir beide keine Söhne haben,
Schlag' ich Euch vor: ich nehm' an Sohnesstatt
Den Markgraf Konrad an: er wird mein Erbe,
Wird Euer Eidam — denn — sie lieben sich —

    Arnulf. Ihr habt einst selbst um dieses Kind gefreit.

    König Heinrich (ruhig). Wir sind gewöhnt, wir Sachsen,
stumm und klaglos

Viel mehr der Pflicht zu opfern als der Traum mir,
Der holde Wunsch war, den ich längst beschwichtet. —

(Arnulf steht tief bewegt)

Und Konrad trägt nach unserm Tode dann
Der Sachsen und der Bayern Herzogtum
Und, nie erreicht an Macht, die deutsche Krone.

    Arnulf. Das wollt Ihr wirklich? Heinrich! das ist
groß!

———

Achte Scene.

Vorige. Ratibor und zehn Böhmen, die schon vorher hinter dem Gebüsch links im Hintergrund sichtbar geworden, brechen jetzt hervor.

    Ratibor (den krummen Säbel schwingend).
Da ist der Sachse! nieder mit ihm.

    König Heinrich.   **Wie!**
Verrat? (zu Arnulf) das wollt Ihr nicht!

    Arnulf (zu Ratibor).   **Elender Bube!**
Bist du von Sinnen?

    Ratibor.   **Was verstellt Ihr Euch?**
Erst habt Ihr's selbst gewollt! wenn's Euch jetzt reut,
Uns reut es nicht, — hier haben wir den Sachsen,
Der Slaven schlimmsten Feind! jetzt soll er sterben.

(Dringt auf den König ein.)

Arnulf (deckt Heinrich, der, ohne das Schwert zu ziehen, zu ihm tritt, mit dem Schild und schlägt mit zwei furchtbaren Schwertschlägen Ratibor den Säbel aus der Hand und dann über den Kopf. Ratibor stürzt tot nieder.
Zur Hölle, Mörder! (die andern Böhmen dringen an) nehmt den
Schild, ich bitt' Euch!

(König Heinrich deckt sich mit dem Schild, Arnulf ruft laut in die Coulisse)

Helft, meine Bayern, helft dem deutschen König!

———

Neunte Scene.

Vorige. Eine Schar Bayern mit blauen Schärpen und Röcken bricht mit gefällten Speeren aus der Coulisse links vorn, die Böhmen fliehen, den toten Ratibor mit forttragend — die Bayern verfolgen und umschließen sie und führen sie im Mittelgrund links ab.

Arnulf (zu König Heinrich). Glaubt mir, bei Gott! das hab'
ich nicht gewollt:
Ich wollte blut'gen Zweikampf, keinen Mord.
König Heinrich (groß). Ich wollte Frieden! und Gott
gab ihn uns!
Das Leben dank' ich Euch und Eurer Treue.
Arnulf (bewegt). Wo ist der Markgraf Konrad? (Pause)
König Heinrich (lächelnd, mit überlegner Güte).
In der Ennsburg.

(Arnulf macht eine Bewegung gerührten Erstaunens.)

Zehnte Scene.

Vorige. Udalrich von links vorn, von wo die Bayern kamen.

Udalrich (hat die letzten Worte gehört).   Nein!
Gen Himmel flog die reine junge Seele:
Kein schön'rer Cherub steht an Gottes Thron.
Arnulf. Er starb?
König Heinrich. Er fiel?
Arnulf.   Im Kampf?

Adalrich.   Im schönsten Sieg,
Den über Ungarn Deutsche je gewonnen:
Er weigerte der Ennsburg Übergabe,
Die Eure Gattin ihm befahl —

Arnulf.   Ich nicht!

Adalrich. Und brach wie Wetter Gottes draus hervor:
Kein Reitersturm hat je so rasch gebraust;
Die Ungarn waren kaum zu Pferd gesprungen,
Als unaufhaltsam, mitten in ihr Herz,
Der Markgraf brach: tot schlug er König Zoltan,
Dem Bannerträger spaltet' er die Stirn,
Die Fürsten Karchan, Miklosz traf er dann,
— Sie hatten all' Beratung just gepflogen —
Entsetzt zerstob der Ungarn ganzes Heer:
Nach jagten wir in grimmiger Verfolgung
Und warfen ihre Haufen in die Enns:
Viel tausend Heiden sind darin ertrunken.
Doch Konrad, ohne Harnisch, Helm und Schild,
Das Haupt vom langen Goldgelock umflattert,
War mit dem Schwert nur in die Schlacht gestürmt:
Und hätt' der Tod ihn ängstlich wollen meiden, —
Er hätt' es nicht gekonnt: — der Jüngling ließ
Dem Schicksal keine Wahl: er mußte fallen.

Arnulf. Oh Kurt, ich hab' dich in den Tod gejagt!

Adalrich. Zwölf Pfeile trafen seine Brust — der letzte
Von Spithinjef; den Böhmen schlug noch Helmbrecht:
Dann sank er über seinen jungen Herrn.
Doch Spithinjef hat sterbend noch bekannt,
Wie Fürstin Wanda Euren Brief gefälscht.

Arnulf (befehlend, winkt einem Hauptmann der Bayern).
Sofort geleitet über Bayerns Grenze
Ins Böhmenland die Tochter Boriwois. (Hauptmann ab)

(die Hand vor die Augen legend)

Bald schwebt nun auch aus stillem Klostereiland
Ein bleicher Engel auf ins Himmelreich: —
Und Konrad steht vor Gott und klagt mich an!

Adalrich. Nein, Herr, er bittet:
Daß Gott erweiche Euer hartes Herz.

König Heinrich (die Hand auf Arnulfs Schulter legend).
Er war mir wert: wie sehr, — Ihr wißt's nun, Arnulf!
Auch ich hab' einen Sohn an ihm verloren!

Adalrich. Oh wär' ein Bruder Euch dafür gewonnen!

König Heinrich (Arnulfs Hand fassend).
Ich denk': er ist gewonnen.

Arnulf. Oh mein König. — —
(Er will das Knie beugen, der König zieht ihn an seine Brust.)

König Heinrich. Nicht so! an meine Brust, du böser
Bruder! —
Dank, treuer Gott! du hörtest mein Gebet! —
Verwalte wie bisher dein weites Bayern
So musterhaft, so streng und so gerecht.
Die Bischöfe von Eichstädt und von Freising,
Die stets sich sträubten deinem Herzogtum,
Dir untergeb' ich sie fortan,
Denn besser Regiment führst du, als sie.

Arnulf (eifrig). Den Schwaben Burchard will ich Euch
versöhnen.

———

Elfte Scene.
Vorige. Eberhard, Gerd Billung mit sehr vielen Reisigen von rechts, darunter der Bannerträger mit dem Reichspanier.

Eberhard (hat Arnulfs Worte gehört).
Er ist Euch schon versöhnt: — — durch Heldentod.

König Heinrich. Tot Herzog Burchard?

Arnulf. Fiel der tapfre Schwabe?

Eberhard. Heut' streut der Sieg mit vollen Händen
Schimmer
Auf Eure Krone, Herr. — Als Herzog Burchard
Entkommen war nach Schwaben, hörte man
Von starken Rüstungen, die er betrieb:
Wohin sein Stoß gezielt sei, wußte niemand:
Doch plötzlich flog vom Breisgau er zum Rhein,
Sich den Westfranken — glaubte man — zu einen:
Bei Straßburg schon traf er ihr erstes Heer.
König Heinrich. Nun und?
Eberhard. Der treue Schwabe focht fürs Reich!!
Er griff sie an und schlug sie rasch und gründlich:
Er riß vom Roß Herrn Odelbert von Salzburg, —
Griff mit der Hand den Knaben Giselbrecht,
Erstach den Grafen Robert von Paris,
Der seinem jungen Freund zu Hilfe sprang: —
Doch er ward selber auf den Tod verwundet.
Er schickt Euch seine zwei Gesang'nen zu
Und läßt Euch sagen: längst hab' ihn gereut
Sein Schwabentrotz: Ihr möchtet ihm vergeben:
Er hab's auch sühnen woll'n — „auf Schwabenart".
Udalrich. Wie treu sie alle sind!
Eberhard. Der Rest der Feinde
Entwich auf Metz, das zwiefach jetzt bedrängt wird:
Rasch braucht's Entsatz.
König Heinrich. Jetzt kann ich Metz entsetzen, nicht
wahr, Arnulf?
Eberhard. Damit sind noch die Kränze nicht erschöpft,
Die überschwenglich reich die Siegesgöttin
Wirft heute auf dein königliches Haupt.
(Sonnenaufgang: strahlend heller Tag)
Zwei Boten, eichenlaub-umkränzt, aus Norden, —
Zusammentrafen sie vor deinem Zelt.

Erster Bote (auftretend). Vom Havellande einen Gruß: es schmückt
Der erste Sieg den Namen Brandenburg:
Die Wenden schlug der Graf, den du gesandt.

Zweiter Bote (auftretend). Die Bürger Hamburgs brachen aus der Stadt,
Von deinem Grafen Hellmuth, Herr, geführt:
Der Feinde halbe Flotte liegt verbrannt, —
Kaum übers Meer entkam der Däne Gorm.

Udalrich (des Königs Hand fassend).
Der Himmel hilft Euch sichtlich, König Heinrich.

Eberhard. Der helle Morgen leuchtet über Deutschland.

König Heinrich. Ja! endlich weicht die Nacht, die lang und drückend
Auf diesem Reich und meiner Seele lag. (er atmet auf)
(zu Arnulf) Bis Burchards Sohn gereift — schirmst du mir Schwaben. (Pause)
(zum erstenmal mit einem Anflug von Heiterkeit)
Nun muß ich noch Gerd Billung strafen gehn.
(Macht einige Schritte auf Gerd Billung, der ganz rechts vorn steht.)

Arnulf. Erlaßt die Strafe mir zu Lieb' dem Sachsen.

König Heinrich (dicht an Billung tretend).
Er muß gestraft sein, — hier thut er nicht gut!
Du bist verbannt aus meiner Nähe, Gerd:
Und in ein fernes Land.

Gerd Billung (trotzig). Wohin?

König Heinrich.   Nach Sachsen.

Gerd Billung. Was soll ich dort?

König Heinrich (hängt ihm die eigne Halskette um).
Herzog von Sachsen sein an meiner Statt:
Denn ich bin fortan nicht mehr Sachse, Herzog, —
Ich bin fortan der deutsche König nur.

Arnulf. Heil unserm deutschen König Heinrich, Heil!

König Heinrich (zu Gerd). Dein erst Geschäft in Sachsen
ist, Gerd Billung:
Du wirbst für mich um Herzog Wittekinds
Urenkelkind —

Gerd Billung (einfallend). Mathildis! Dank.

König Heinrich (zu Arnulf). Des Reiches Ost vertrau ich,
Arnulf, dir.

Arnulf. Die Feinde, die ins Land ich selber rief,
— Verlaßt Euch drauf — ich selber schaff' sie aus:
Ich zieh' auf Prag.

König Heinrich. Ich aber zieh' auf Metz.
Drommeten blast! erhebt das Reichspanier!
(Trommetenfanfare.)

Udalrich (legt die Hände Arnulfs, Gerds und Eberhards zusammen:
König Heinrich steht in der Mitte hinter der Gruppe der drei Herzoge).
Ihr alle seid einander wert, ihr Herrn:
Vertragt euch treu fortan!

Arnulf (Gerd Billungs Hand fassend). Mit deutscher Treue.
(Vorhang fällt.)

Schlußbemerkungen für Regie und Darsteller.

Obwohl das Stück unverkürzt gegeben nicht ungewöhnlich lang spielen würde, werden vielleicht Weglassungen gewünscht: derartige Auslassungen sind etwa vorzunehmen Akt I Scene 4 und Akt II Scene 6.

Die Zahl der kleineren Rollen mag an Bühnen geringern Personalstandes dadurch vermindert werden, daß im Notfall die von den beiden Boten im fünften Akt zu sprechenden Worte von Eberhard selbst gesprochen werden; auch können der Reichsherold, mehrere Krieger und Reisige, der Burgwart der Ennsburg u. a. von denselben Personen dargestellt werden; ein mißliches Auskunftsmittel, unter welchem dramatische Lebendigkeit und Charakteristik leiden würden, wäre die Zusammenziehung der beiden Gesandten der Ungarn in Eine Person.

Wo eine des hohen Ortlers würdige Alpen-Hintergrund-Dekoration fehlt, mag der zweite Akt in einer vergitterten Burghalle spielen oder Arnulf in die Coulisse links im Hintergrund deuten da, wo er den Ortler nennt. —

Rüstungen und Kostüme einfach, dem alten sogen. Nibelungenkostüm näher stehend als dem Ritterwesen der Kreuzzüge; man pflegte das breite Schwert in der Scheide aus dem Wehrgehäng gelöst in der Hand zu tragen; langer wallender Mantel. Die Deutschen sehr schlicht, mit dunkeln Farben, Wolle, Leder, dunkles Eisen; ohne Auspuß und Schmuck. — Die Ungarn und Böhmen Pelzrock, kurze knappe verschnürte Jacken und Röcke.

König Heinrich, 40 Jahre alt, hellblondes, einmal gelocktes Haar bis auf die Schultern; ohne Bart; langgestreckt, hoch.

Arnulf, 42 Jahre alt, kurzes braunes Haar, Vollbart; etwas kleiner, aber stämmiger, breiter als der König.

Wanda, zierlich, klein, schwarz, slavisch: bei aller Heftigkeit immer vornehm.

Lindgard, schlank, bleich und blond.

Spithinjef und Ratibor ca. 25—30 Jahre, charakteristisch slavisch, kurzgeschorenes schwarzes Haar, langer hangender Schnurrbart, kein Backen- und Kinnbart.

Burchard, ungefähr 42 Jahre, kleiner und breiter als Arnulf, hellbraun: jovial, aber ein Held, ja nicht lächerlich.

Gieselbrecht (s. oben S. 341) Damenrolle.

Konrad, ca. 25 Jahre, hoch; blondes reiches, frei wogendes Haar; Siegfried-Typus; durchaus nicht sentimental; Held, nicht Liebhaber.

Ubalrich, ca. 50—55 Jahre; spärliches Haar und Bart, silberweiß.

Odelbert, ca. 45 Jahre, schwarz.

Gerd Billung, ca. 50 Jahre, groß und breit; flachsgelbes, ganz lichtblondes Haar, dichter breiter bis auf den Gürtel reichen-der runder Bart gleicher Farbe; (gelb, weiß) altertüm-liche Tracht, Bärenfell.

Graf Robert, ca. 35 Jahre, eleganter vornehmer südromanischer Typus; bronzefarbener Teint, kurzkrauses, schwarzes Haar, wohl gepflegter Bart; schneidig, nicht stutzerhaft, ein tapferer Mann.

Der Reichsherold trägt auf dem Brustwappenschild den einköpfigen schwarzen Adler auf goldenem Grund — das Reichspanier gleicht nicht unsern modernen Kriegsfahnen, sondern den Kirchenfahnen: an eine Querstange gehängtes Viereck; es trägt St. Michael, der den zu seinen Füßen geringelten Drachen schlägt.

Karchan, Millosz, ca. 35 Jahre, echte Magyaren-Typen; Millosz derber, Karchan nicht ohne den Anflug der Reiter-Noblesse.

Helmbrecht, 50 Jahre. Kobilo, 45 Jahre

www.ingramcontent.com/pod-product-compliance
Lightning Source LLC
Chambersburg PA
CBHW021328110726
47900CB00005B/1393